빨치산 진달래꽃

서용환 장편소설

휴앤스트리

| 추천의 글 |

실존의 위대함을 담고 있는 《빨치산 진달래꽃》

소설가 정찬주

  어떤 장르이든 글을 쓴다는 것은 인간 존재를 성찰한다는 의미를 갖는다. 서용환(미국명, Kenneth Y. Seo) 작가가 발간한 자전적 소설인 《빨치산 진달래꽃》도 마찬가지이다. 소설은 작가 집안의 뿌리와 정체성을 성찰하고 역사의 질곡과 이념적 무게 속에서도 살아남아 꽃을 피우는 실존의 위대함을 담고 있다. 비바람이 없다면 어찌 산야의 꽃이 피어날 수 있을까.

  장편소설 《빨치산 진달래꽃》은 '가족사 소설'의 범주에 든다. 염상섭의 《삼대》, 채만식의 《태평천하》, 황석영의 《철도원》 등 '가족사 소설' 계보를 잇고 있는 듯하다. 전지적 시점의 화자(話者)인 작가의 외가와 친가 4대가 신산한 근현대사의 수렁 같은 역경(逆境)을 어떻게 극복해 왔는지를 소상하게 보여주고 있기 때문이다.
  작가 집안의 신산한 근현대사란 동경 유학생의 2·8독립선언, 조선인들이 다수 입학한 만주군관학교, 8·15해방, 여순사건, 6·25 전쟁, 빨치산과 토벌대의 전투 등등이다. 이 같은 역사적 사건들에 작가의 외가와 친가 사람들이 직간접으로 엮이어 소설은 드라마틱하고 복합적으로 전개된다.

작가의 고백처럼 이 책은 논픽션과 픽션이 6대4 정도로 섞이어 역사 및 개인적 사실과 허구적 스토리가 절묘하게 형상화돼 있다. 그러니까 소설은 논픽션을 기둥 삼아 전개하고 있되, 작가 의도나 소설적 흥미를 강조할 때는 픽션을 활용하고 있는 것이다.

이 소설에서 리얼리티를 가장 잘 살리고 있는 부분은 소설의 공간적 배경이 되고 있는 전라남도 화순군 이양면에서 일어난 사건들이 아닐까 싶다. 이양면은 현재 내가 살고 있는 공간이기도 하고, 소설 속에서 가명으로 등장하는 인물 중에 나와 구면인 분들도 많아서 좀 더 사실적으로 다가왔는지도 모르겠다. 실제로 복내초등학교 교사를 지냈고 복내 지역 인민위원장을 맡았던 분은 나를 찾아와 자신의 빨치산 시절을 여러 번 고백했는데, 소설에서 그분을 서술하는 내용과 거의 일치하고 있어서 작가의 취재력에 내심 놀랐다.

나는 작가의 창작 과정에서 그의 장편소설 《고레스 대왕》에 이어 《빨치산 진달래꽃》, 단편소설 《마이 브라더, 홍배 형》을 정독한 뒤 문장과 구성 기법까지 조언하기를 마다하지 않았던바, 이는 작가의 영민함과 집념에 매력을 느껴서였다. 작가는 일찍이 미국으로 건너가 사업가로서 어느 정도 성공을 거두었으므로 편안한 여생을 보낼 수도 있겠지만, 60이 넘어 소설로써 자신의 뿌리 찾는 작업에 매진하는 열정을 보고 나는 그를 차츰 반갑게 맞이하곤 했던 것이다. 미국과 한국을 오가며 화순의 집필실에서 작품 두세 편을 썼을 뿐인데, 소설가로서 문학적 재능과 집중하는 작가정신의 치열성은 그를 신뢰하기에 충분했다. 이윽고 나는 작가에게 효산(曉山)이란 호를 작호하여 선물했던바, 인연은 더 지중해진 셈이다.

《빨치산 진달래꽃》은 우리의 근현대사를 살아온 사람들 간에 이념이란 굴레 속에서 실존적 갈등과 상처가 담긴 소설이다. 그뿐만 아니라 그것들을 어떻게 극복하고 어떤 미래로 나가야 하는지 작가의 고민이 깊이 투사된 소설이다. 소설의 서술과 묘사는 군데군데 아름답고 인간의 체온처럼 따뜻하다. 모국어로 작품을 써준 작가가 고맙기만 하다.

나는 작가의 집필 의도를 믿는다. 작가는 《빨치산 진달래꽃》은 한 가족의 이야기를 넘어 이념과 실존 사이에서 몸부림쳤던 수많은 이름 없는 이들의 운명을 비추는 거울이기를 바란다고 하기에 더욱 그렇다. 따라서 나는 누구라도 이 책을 일독하기를 바라고 원한다.

| 차례 |

추천의 글 ... 02

프롤로그 - 여명의 행군 ... 06

어머니의 진달래꽃 ... 09

동경의 유학생들 ... 15

동지의 배반 ... 29

청년 정찬두 ... 43

노다지 금광 ... 55

꿈을 안고 만주로 ... 65

별빛의 길, 형제의 만남 ... 74

해방 ... 93

환향 아리랑 ... 101

선택과 갈림길 ... 111

고향으로 ... 120

애증(愛憎)의 땅, 이양 ... 130

쌍산의병소(雙山義兵所) ... 134

혼란의 서막 ... 141

경무대 ... 145

이양면 점령군 ... 154

빨치산으로 합류 ... 162

새로운 동지 ... 175

두 배로 셈한 소값 ... 187

정찬우의 철도 ... 194

산속의 전술 ... 203

아버지와 숨바꼭질 ... 215

쌍봉사 주지스님 ... 223

하늘 아래 두 세상 ... 237

가슴 아린 일남이 소식 ... 245

산사람들 ... 257

빨치산의 노래 ... 266

대토벌작전 ... 270

화순경찰서 유치장 ... 282

특경대장 최경신 ... 290

마지막 이별 ... 297

복 있는 며느릿감 ... 306

꽃상여와 심청이 정숙 ... 319

슬픈 결혼식 ... 328

현기의 사고 ... 340

서울 유혹 ... 348

군부대 면회 ... 353

서씨네 가족 ... 362

정용이네 ... 369

슬픈 두견새 ... 382

에필로그 ... 390

진달래 사모곡 ... 393

| 프롤로그 |

여명의 행군

　산등성이 길게 뻗어 있는 계당산 장두골, 어둠이 걷히는 숲 사이로 새벽안개가 자욱하게 깔리고, 멀리서 딱새들의 지저귀는 소리가 숲을 가로질렀다. 어둠이 채 가시지 않은 산길을 따라 한 무리의 사람들이 발소리를 죽이며 가풀막 능선을 걸어가고 있었다. 손에는 묵직한 소총이 쥐어진 그들은 많이 지쳐 보였다. 그들은 한때 평범한 시골 마을의 마름이나 소작농이었고, 학교 선생님이었으며 면서기였으나, 이제는 혁명의 깃발 아래 모였고 투쟁의 길을 선택하여 빨치산이 된 자들이었다.
　그중 한 젊은이가 저 멀리 산 아래에 있는 증동 마을을 바라보며 잠시 가던 걸음을 멈췄다. 그의 눈은 짙은 어둠 속에서도 흔들림 없이 빛나고 있었다. 그는 이 길이 돌아갈 수 없는 길이라는 것을, 그리고 이 싸움이 단순한 생존이 아니라 믿음과 이상을 위한 과정임을 잘 알고 있었다. 하지만 마음속 한편에는 아직도 사라지지 않는 작은 번민이 자리하고 있었다.
　저 아래 증동 마을에서 불빛이 희미하게 아른거렸다. 그곳에는 사랑하는 그의 가족이 있을 터이다. 하지만 이제 그는 더 이상 뒤돌아보지 않기로 했다. 잠시 후, 그가 속삭이듯 대원들에게 말했다.

"가세."

그의 목소리는 낮았지만 결연했다. 뿌연 새벽안개를 가르고 빨치산 대원들이 다시 움직이기 시작했다. 한 걸음 또 한 걸음. 앞에 놓인 그들의 운명이 그들을 어디로 데려갈지 알 수 없지만, 이 길만큼은 확실한 신념으로 나아가야 했다.

'지금 내가 나아가는 이길이 온통 칠흑 같이 어둡게만 보이고, 비록 이길이 고난의 행군일지라도, 깊은밤 어둠이 깊어 다시는 아침이 밝아오지 않을 것 같아 보여도, 안개는 차츰 걷히고 결국 새벽은 곧 반드시 오고야 말리니 운명이여 내게 오라. 나는 결코 두려워하지 않으리라. 우리의 혁명 사업은 계속 정진해 나아가야 하리라.'

새벽안개를 밟고, 이제 막 동터오는 효광을 받은 진달래꽃이 그들의 길 위에서 마침내 붉은 빛을 머금고 긴 겨울로부터 깨어나고 있었다. 이 겨울이 끝나면 꽃 피는 봄이 개울 건너에서 그들을 기다리고 있을 것이다.

絶望속에서
悽然히피어난
빨치산 진달래꽃

어머니의 진달래꽃

일 년 전 의사는 어머니 정숙에게 우울증과 과도한 스트레스가 겹쳐 갑상선에 이상이 생겼다고 진단했다. 그러나 정용에게는 그 까닭을 헤아릴 길이 없었다. 그저 답답한 마음만 가슴에 쌓여갔다.

"아범아, 미국은 철창 없는 감옥 같구나. 이젠 고향에 가서 살고 싶구나. 부디 나를 고향으로 보내다오."

정숙의 한마디는 오래된 결심처럼 단호했고, 정용은 더 이상 머뭇거릴 수 없었다. 그는 어머니를 모시고 곧바로 한국행 비행기에 올랐다.

애리조나 피닉스 스카이하버 공항을 출발해 LA를 거쳐 인천공항으로 이어지는 여정은 장장 이틀이 꼬박 걸리는 길이었다. 그러나 긴 여정 내내 정숙은 말이 없었다. 창가에 앉아 줄곧 차창 밖과 창공만 응시할 뿐이었다.

메마른 애리조나 사막 위를 스쳐 지날 때도, 하얀 포말이 부서지는 캘리포니아 해변 위를 지날 때도, 정숙의 눈빛에는 초점이 없었다. 그 눈빛은 마치 멀리서 불어오는 바람처럼 허공에 흩날려버릴 듯 처량했다. 그러나 비행기가 영종도 상공을 선회하며 활주로를 향해 내려올 때, 긴 겨울 끝에 봉긋이 피어나는 진달래꽃처럼 정숙의 눈빛이 잠시 반짝였다. 정용은 그 순간 어머니의 눈빛을 보며, 그녀가 비로소 고향의 품으로 돌아오고 있음을 느꼈다.

 인천공항에 내린 뒤, 장시간의 길을 달려 마침내 남도 끝자락 화순에 들어섰다. 고향 산천엔 이미 봄빛이 아득히 번져 있었다. 차창 너머로 펼쳐지는 들판과 낮은 산등성이가 하나둘 모습을 드러내자, 정숙의 굳어있던 얼굴에 미묘한 떨림이 일었다.

 차가 고향 마을 어귀에 이르렀을 때 정숙은 조용히 창문을 열었다. 흙냄새와 풀잎의 숨결, 오래된 나무들이 뿜어내는 그윽한 기운이 한꺼번에 차 안으로 스며들었다. 그 순간, 정숙은 마치 잃어버린 숨결을 되찾은 듯 눈을 감았다.

 "아범아, 이 냄새다… 이 바람이구나."

 정숙의 목소리는 낮았지만, 한평생 눌러 두었던 그리움이 터져 나오는 듯 떨렸다. 정용은 순간 가슴이 먹먹해져 말없이 고개를 끄덕였다.

 집 앞에 이르자, 늙은 감나무 한 그루가 여전히 마당을 지키고 있었다. 계절이 조금 이른 탓에 붉은 감은 없었지만, 가지마다 매달린 어린잎들이 햇빛에 반짝이며 정숙을 맞이하는 듯했다.

 정숙은 문간에 들어서자마자 두 무릎을 꿇었다. 두 손으로 마당 흙을 움켜쥐고, 얼굴에 대어 보며 흐느꼈다.

 "드디어 내가 돌아왔구나… 이렇게 돌아왔구나."

 정숙은 문득, 해방 직후 만주에서 조선으로 돌아오던 날 신의주 땅을 밟으며 두 손 가득 흙을 움켜쥐고 눈물짓던 아버지의 모습이 떠올랐다.

 '그때 아버지의 심정이 이와 같았을까?'

 그녀의 눈물은 단순한 환희가 아니었다. 낯선 미국 땅에서 겪어온 긴 세월의 고독과 그리움이 한순간에 무너져 내리듯, 흙 속으로 스며드는 듯했다.

 정용은 그 모습을 지켜보며 깨달았다. 어머니에게 고향은 기억의 자리였고, 사라진 세월을 품은 품이었으며, 결국 마지막으로 돌아와야 할 귀향의 자리였다.

다음날, 여독이 아직 풀리지 않았을 어머니를 배려해서 아무래도 큰길에서 가까운 선산으로 먼저 모셔야겠다는 생각을 한 정용이 정숙에게 물었다.

"어머니, 할아버지가 계신 선산으로 먼저 모실까요?"

"아니다. 계당산 기슭으로 먼저 가자."

정숙은 아들의 부축을 받으며 마을 뒷산으로 천천히 걸음을 옮겼다. 봄기운이 완연하여 산등성이마다 연초록빛이 번지고 있었고, 돌담 사이사이로 피어난 들꽃들이 바람결에 몸을 흔들었다.

자드락 산길을 한참 오르자, 저만치 붉은빛이 눈에 들어왔다. 산허리에는 막 피어난 진달래꽃 무리가 마치 오랫동안 정숙을 기다렸다는 듯 흐드러지게 피어올라 있었다. 바람에 흔들리며 떨어진 꽃잎들이 산길에 뿌려져 꽃길이 되었다.

"아범아… 이 진달래꽃을 보거라. 옛날에도 늘 저 자리에 피어있었지. 외할아버지를 하늘나라로 보내드릴 때도, 내가 시집올 때도, 군대에 간 네 아버지를 기다릴 때도… 언제나 이 꽃이 가장 먼저 봄소식을 전해주었단다."

정숙은 손끝으로 가지를 살짝 만지며, 이윽고 꽃잎 하나를 떼어내 입술에 가져갔다. 순간, 그녀의 눈가가 젖어 들었다. 눈물은 진달래 꽃잎 위에 떨어져, 이슬방울처럼 스며들어 사라졌다. 연분홍 진달래꽃은 옛날 고향의 맛이었다. 정숙의 눈물이 뺨을 타고 흘러내렸다.

정용은 조용히 숨을 고르며 그 눈물을 지켜보았다. 미국에서 함께 살던 세월 동안에도 어머니는 종종 옛이야기를 꺼내셨다. 그러나 이처럼 눈물을 터뜨린 것은 처음이었고, 어쩌면 당연한 것이었다.

"이 꽃잎 한 입에… 돌아가신 네 외할아버지의 한이 있지."

정숙은 진달래꽃을 다시금 따서 삼키듯 입에 넣었다.

"또 한 입엔… 내가 서씨 집안으로 팔려 와 시집살이로 살아온 세월이 있단다. 그때 만원이란 돈에 내가…."

말끝이 흐려지며 흩어지는 바람처럼 꺼져갔다.

정용이 깊은숨을 훅 들이마시며 조심스레 입을 열었다.

"어머니… 그 한 맺힌 긴 세월을 어떻게 지금까지 참고 살아오셨어요?"

정숙이 고개를 천천히 끄덕이며, 대답 대신 또다시 진달래 꽃잎을 입에 넣으셨다.

"이 꽃잎 한 입에는… 어린 나이에 잃어버린 큰아들을 내 가슴에 묻은 한이 있단다. 고등학생이던 그 아이를 내 손으로 보내야 했으니… 참담했단다. 죽고 싶은 이유는 수없이 많았는데, 살 이유는 하나도 찾지 못하겠더라고… 난, 그때 너를 생각했단다. 너만 생각하고 살아야겠다고…."

정숙의 목소리가 갈라졌다. 정용은 차마 어머니의 얼굴을 정면으로 바라보지 못했다.

'어머니의 울음 속에 숨어있는 수많은 이야기들, 그 무게를 내가 감히 다 짊어질 수 있을까.'

잠시 침묵이 흘렀다. 산새 소리와 바람에 흔들리는 나뭇가지들이 정숙의 얼굴을 쓰다듬었다.

"허나 또 이 꽃잎에는… 미국에서 세 손주 잘 키운 기억도 있지. 그리고 너희 아버지랑 결혼 50주년 때, 내가 하아얀 웨딩드레스를 입고 싶다고 고집을 피웠었지… 다시 예식을 올렸던 그날… 그때는 참 행복했었단다."

정숙의 목소리는 떨리면서도, 마지막 남은 한 줌의 위안을 더듬듯 잔잔했다. 그러나 곧 다시, 그녀는 꽃잎을 하나하나 뜯어내며 울부짖듯 속삭였다.

"아버지… 아버지…."

산새가 놀라서 후드득 날아갔다. 오랜 방황 끝에 고향 땅으로 돌아와 다시 진달래꽃을 마주한 어머니. 그것은 단순한 귀향이 아니라 한 생의 긴 여정을 마무리하는 갈무리 같았다.

정숙은 한동안 진달래 꽃잎을 만지작거리다 문득 아들 정용을 불렀다.

"아범아, 네 외할아버지께 올릴 막걸리 한 병 꺼내 오너라."

정용이 배낭 속에서 막걸릿병을 꺼내어 건네자, 정숙은 계당산을 향해 병을 열었다. 그녀는 잔에 막걸리를 따르더니 능선 쪽으로 고개를 깊숙이 숙였다.

"아버지, 한잔하시오."

정숙이 막걸리를 꽃 무리 위로 조심스레 부어 올렸다. 꽃잎에 스며드는 막걸리 향이 산바람에 퍼져나갔다. 이윽고 정숙은 다시 잔을 채우고, 그 위에 진달래 꽃잎 하나를 띄웠다. 그녀는 잔을 들어 한 잔을 마셨다.

"아범아, 속이 좀 풀리는구나. 이제야 숨을 쉬는 것 같구나."

그 한마디는 바람결처럼 가볍게 흘러나왔지만, 정용의 가슴을 울렸다. 오랜 세월 낯선 땅에서 버텨낸 어머니의 삶이 그 말에서 풀려나고 있었다. 그녀는 마지막 잔을 정용에게 내밀며 부드럽게 말했다.

"아범아, 너도 음용하거라. 네 외할아버지께서 함께하신다 생각하고…."

정용은 잔을 받아 들고 고개를 숙여 막걸리를 삼켰다. 순간 그의 가슴에도 알 수 없는 뜨거움이 차올랐다.

산바람에 흔들리는 꽃잎들이 정숙의 흰 머리칼을 스치며 어깨 위로 내려앉았다. 정용은 그 순간 문득 어머니가 그토록 그리워한 고향은, 결국 이 진달래꽃 속에 다 담겨있었음을 깨달았다. 어머니의 눈물 속에서, 진달래 꽃잎에 담긴 사연 속에서, 정용은 비로소 한 편의 글을 쓰기로 마음을 굳혔다.

"어머니, 이제 제가 쓰겠습니다. 당신의 한, 당신의 눈물, 그리고 우리가 잃어버린 모든 이야기들을."

그 순간, 과거의 문이 열리는 듯했다. 이야기는 천천히, 그러나 필연처럼 어머니의 어린 시절, 외할아버지 정찬두의 생과 사, 그리고 해방 후 고향을 뒤흔들었던 빨치산 시대의 소용돌이 속으로 정용을 끌고 들어가고 있었다.

동경의 유학생들

1919년 1월 동경 시내에 예전에 없던 한파가 갑자기 몰아쳤다. 한겨울의 살을 에는 듯한 추위였다. 거리에는 살얼음장 같은 긴장감으로 가득 차 있었고 매서운 바람이 좁은 골목을 헤집고 지나갔다. 유학생들이 모여 살던 하숙촌은 등불 하나에 의지한 채 추운 밤을 견디고 있었다. 뿌연 가로등 아래로 사람들이 조심스럽게 지나가고, 그중 몇몇은 낡은 외투에 몸을 감싼 채 주변을 두리번거렸다.

골목길 끝, 조그마한 하숙집 이층에 정일채를 비롯한 조선의 몇몇 유학생들이 한자리에 모였다. 밖에서 불어오는 칼바람에 창문이 다시 한번 덜컹거렸다.

정일채가 방 한가운데 앉아 묵묵히 동지들을 바라보았다. 범상치 않은 눈매에는 강인한 의지가 서렸고, 깊고 묵직한 눈빛은 동지들에게 신뢰를 불러일으켰다. 겨울밤에도 꿋꿋이 서 있는 거대한 바위처럼, 그는 흔들림 없이 자리를 지켰다. 떡 벌어진 어깨와 곧게 뻗은 등은 한 시대를 떠받치는 기둥 같았고, 깊이 눌러쓴 모자의 그림자는 그의 날카로운 인상을 더욱 선명하게 했다.

"파리강화회의에서 미국의 윌슨 대통령이 소수 민족 국가들을 위한 민족자결주의를 제창했다고 하더이다. 이제 전 세계가 식민지 문제를 논의한다고 하니, 우리도 가만히 있을 수만은 없소이다."

"그렇소. 윌슨 대통령이 14개 조로 된 민족자결주의에서 '모든 강화 조약은 공개적으로 진행하고 공포해야 한다. 그 체결 이후에는 어떠한 종류의 비밀 회담도 있어서는 안 된다'라고 했답니다. 이야말로 일본이 강제로 체결했던 '을사조약'의 불법성을 그대로 공포한 겁니다."

하숙집 호롱불이 그들의 뜨거운 열기에 잠시 흔들렸다. 방 안에는 조소앙 선생으로부터 전해 받은 편지 내용에 대한 이야기를 나누고 있었다. 정일채는 편지를 접으며 참았던 긴 숨을 몰아서 내쉬었다. 조국이 억압받는 이 현실을 바꿀 수 있는 마지막 기회라는 생각이 떠나지 않았다.

그가 고개를 돌려 동지들을 바라보며 속삭였다.

"자~ 동지들! 이제 드디어 때가 되었소. 우리의 외침이 동경 하늘을 가르고, 조국에 울려 퍼질 것이오."

동지들이 결의에 찬 목소리로 답했다.

"우리가 여기 있는 것은 조선의 자유와 독립을 위해서입니다. 우리가 안심하고 믿고, 앞으로 나아갈 수 있도록 정 장군, 당신이 우리를 이끌어 주시오."

정일채는 안팎으로 철저히 모습을 감춘 채, '한국 독립당'의 조소앙 선생 및 '신한 청년당'의 신규식 선생과 긴밀히 연락을 취하면서 직접 지시를 받기도 하며 온갖 계획을 이끌고 있었다. 그는 동지들과 함께 직접 독립선언서를 발표하고 싶어 했지만, 동지들이 극구 만류하고 있었다.

"정 동지, 당신은 앞으로 나서면 안 됩니다. 만약 우리에게 무슨 일이 생긴다면, 그 후의 일들을 처리할 사람은 당신뿐이오. 우리의 후일을 부디 잘 부탁드리오."

정일채가 잠시 침묵했다. 그는 이미 동지들의 충고를 수없이 들었고, 그들의 우려도 이해했다.

"나는 여러분의 확신에 찬 결의를 믿소. 내가 앞으로 나서는 것이 옳지 않다는 것도 알고 있소. 그러나 우리가 함께 모든 짐을 지고 앞으로 나아갈 이때, 나만 뒤로 물러나서 숨어있을 수가 없소이다. 나도 여러 동지들과 함께 모든 것을 준비하고 같이 행동 하겠소. 나를 믿어주시오."

그러나 최팔용이 정색을 하면서 다짐하듯 말리며 말했다.

"정 동지, 우리는 당신의 뜻을 이해합니다. 하지만 우리의 목소리를 대변할 수 있는 사람은 오직 당신뿐이라오. 우리가 앞서 나서더라도, 뒤에서 당신의 지휘와 도움이 절실히 필요하오."

정일채가 고개를 끄덕이며 동지들의 손을 굳게 잡았다.

"흠… 알겠소. 그럼, 나는 여러분들만 믿고 뒤에서 버티고 서 있겠소. 우리 모두가 함께 이 역사를 만들어 가십시다. 우리의 독립을 향한 외침이 곧 우리의 행동이 될 것이오. 그리고 정광효 동지는 이 독립선언서를 가지고 조선으로 들어가시오. 먼저 안국동 선학원를 찾아 만해 한용운 스님을 만나서 우리의 이 독립선언서와 결의문을 전해주도록 하시오. 이제 조선에서도 곧 독립선언을 할 것으로 믿고 있소이다."

"예, 잘 알겠소이다. 정 동지."

정광효가 주먹을 쥐어 올리며 자신 있게 대답하였다.

메이지대학에 재학 중이던 화순 능주 출신의 정광효가 2·8 동경독립선언 한 달 전에 조선으로 먼저 들어가 만해 한용운 선생과 접촉을 시도하였으나, 안국동에 계실 거라는 만해 선생은 만나지를 못했다. 결국, 그는 김범수와 김기형의 도움을 받아 남한산성 수어장대 아래에 있는 만해의 은거처에서 1월 말이 다 되어서야 '유학생 독립선언서'를 간신히 전해줄 수 있었다. 아울러 광주 지역의 만세 사건을 주도하기 위하여 그의 처가가 있는 장성으로 잠입하여 선언문을 재인쇄했다. 또한 그 인쇄된 선언문을 가지고 최한영, 김강 등 5명과 함께 광주 독립만세 시위 동지들을 규합했다.

동경 유학생들의 중심에 서 있던 이는 바로 정일채, 동지들로부터 '정 장군'이라 불리는 인물이었다. 그의 외모는 단단하고 굳센 인상을 주었으며, 낮고 잔잔한 목소리도 동료들을 쉽게 사로잡는 힘이 있었다. 높게 뻗은 콧날과 굳게 다문 입술. 수려한 외모보다 더 눈길을 끄는 것은 그의 고상한 풍채였다. 사유가 깃든 얼굴에는 개결한 인품이 스며 있었다. 동지들 사이에서 '정 장군'이라 불리는 별칭은 결코 과장이 아니었다. 동지들 사이에서 그의 이름은 그 자체로 신뢰와 결의를 상징했다. 동지들은 그를 향해 농담 삼아 말하곤 했다.

"정 장군, 당신의 어깨는 말 그대로 장군감이오. 임진왜란 때 이순신 장군을 도왔던 선대 정운천 장군의 기개가 그대로 이어져 내려온 것 같소이다."

정일채는 그런 말을 들을 때마다 손사래를 치며 웃었지만, 그의 눈빛만큼은 늘 진지했다.

한편, 선언문을 작성한 이는 이광수 선생이었다. 그는 밤새 펜을 휘두르며 혼신을 다해 모든 감정을 쏟아부었다. 이광수는 2.8 동경 독립선언서를 한국어와 영어로 작성했다. 선언문의 초안을 넘겨받은 정일채가 그것을 가만히 들여다보았다. 선언문의 첫 줄을 읽어 내려가는 그의 눈빛이 깊어졌다.

'…우리는 오늘, 조선청년독립단의 이름으로 세계에 선언하노라…'

정일채가 떨리는 두 손으로 선언문을 내려놓으며 감격의 눈물을 흘렸다.

"감사합니다, 이 선생님. 참으로 훌륭하십니다. 이 선언문은 사람의 심장을 꿰뚫는 힘이 있습니다. 선생님의 문체는 우리의 독립선언을 더욱더 힘 있게 그리고 빛나게 만들어줄 것입니다."

"아닐세 정군. 자네들이 이렇게 조국의 독립을 위하여 동분서주하며 헌신하는 것에 비하면야 비록 작지만, 내가 당연히 힘을 보태야 하는 것 아닌가?"

이광수가 계면쩍어하며 고개를 저었지만, 그의 눈빛에는 뿌듯함이 서려 있었다. 옆에 있던 송계백이 농담조로 말했다.

"선생님은 펜으로 싸우는 장군 같습니다. 선생님께서는 우리 모두에게 날 선 검을 쥐어준 셈이지요. 과연, 이 선언서에 조선의 젊은 호랑이 같은 기개를 담아내신 것입니다."

이 말에 방 안이 잠시 웃음으로 가득 찼지만, 그들의 웃음 뒤에는 언제 닥칠지 모를 위협에 대한 두려움이 감돌았다. 정일채와 최팔용은 이광수의 신변을 우려하여 도피할 것을 제안했으며, 결국 이광수는 그들의 제안을 받아들여 선언문 작성 후에 상하이로 도피했다.

1919년 2월 8일 아침, 동경의 하늘은 구름에 뒤덮여 어두웠고, 겨울바람은 매서웠다. 그러나 지요다구 간다에 위치한 재일본동경 조선YMCA 청년회관 2층 건물 회의실로 향하는 조선인 유학생들은 추위 속에서도 한 치의 동요 없이 초조한 표정으로 건물 안으로 하나둘 속속 모여들었다. 2층 회의실은 유학생들의 발걸음이 조용한 가운데서도 분주했다. 방 안은 긴박감으로 가득 찼고, 유리창을 통해 들어오는 희미한 빛은 그들의 결의를 더 다지게 했다.

삼삼오오 모여드는 이들 하나하나의 눈빛에는 설렘과 두려움, 그리고 굳은 각오가 서려 있었다. 문을 열고 들어오는 사람들이 서로 마주 보며 짧은 인사를 나눴다. 오늘의 공식 행사는 '동경 유학생 학우회 임시총회'였지만, 그 짧은 시선 교환만으로도 오늘이 어떤 날인지 누구나 알고 있었다.

누군가 창문 너머 바깥을 살폈다. 이미 골목과 길 건너 여기저기에 경찰의 눈들이 번뜩이고 있는 것이 보였다. 최팔용이 주먹을 꼭 쥔 채 주변을 둘러보며 창가에 서서 잠시 눈을 감았다. 그의 가슴속에서 불타오르는 열정은 오늘 이 선언으로 폭발할 터이었다. 그러나 막상 만반의 준비를 다 하고 기다려도 선언서를 정일채로부터 전해 받아 가져오기로 한 김마리아가 아직 나타나지 않고 있었다.

"마리아에게 혹시 무슨 일이라도 생긴 건 아닐까요?"

"아닐 겁니다. 만약을 대비하여 김철호, 차경신 동지가 동행을 하고 있습니다."

"그래도, 늦으면 늦는다고 연락이라도 해주어야지 이거야 원…."

급한 성격의 윤창석이 혀를 차며 성마르게 안절부절못했다.

"여의치 못할 사정이 있을 겝니다. 조금만 더 기다려 보십시다."

김도연 동지가 온화한 미소로 말하며 동지들의 불안함을 떨치려 하였으나 그도 마음이 편하지 않기는 마찬가지였다.

"똑! 똑!"

그때, 회의실 뒤쪽에서 누군가가 작은 소리로 문을 두드렸다. 윤창석이 긴장하며 문을 살짝 열어주었다. 김마리아가 늘 그랬듯이 한복 왼쪽 자락을 매만지며 들어왔다.

"늦었네요. 미안합니다."

그녀가 조용히 미소를 지으며 짧게 인사를 하고는 자리에 앉았다. 추운 날씨에도 불구하고 그녀의 얼굴엔 땀이 가득했다. 굳이 무슨 일이 있었다는 변명은 하지 않았지만, 따라붙는 일경을 따돌리느라 시간이 많이 지체된 듯싶었다.

"각국 대사관과 일본 국회의원, 조선총독부, 일본 여러 지역의 신문사에 각 영문, 중문, 일문으로 작성된 독립선언문을 발송하고 오느라고 많이 늦었습니다."

차경신이 마리아를 대신하여 부연 설명을 하였다. 마리아는 잠시 뒤로 돌아앉더니 저고리 안에 고이 간직한 선언서를 수줍게 꺼내어 차경신에 주었다.

"경신이, 이것을 전해주시게…."

차경신이 김마리아로부터 두 손으로 공손히 받아 든 독립선언서를 백관수에게 건넸다.

조선 유학생 학우회 총회는 오전 10시로 예정되어 있었지만 늦어지고 있었다. 잠시 후 모두가 강대상 앞에 줄지은 의자로 모여 앉았다. 회의가 개최되고 최팔용이 '조선청년독립단'을 결성하자는 긴급동의를 발의했다. 이윽고 독립선언문이 만장일치로 채택되고, 백관수가 독립선언문을 낭독하기 위하여 강대상 앞으로 나아갔다.

그의 옆에 있던 최팔용이 작게 속삭였다.

"백군, 준비됐나?"

백관수가 잠시 망설였지만, 곧 굳은 결의로 말문을 열었다.

"오늘 예상한 시간을 훨씬 넘어 이미 오후 2시가 되어가오. 우리는 이제 조국의 독립을 선언할 것이오. 이 자리에 모인 모든 동지들은 조국의 자유를 위해 이 목숨을 바칠 각오를 해야 하오. 이곳 일본의 심장부에서 우리가 외칠 선언이, 우리의 목소리가, 그들의 귀에 닿을 것이오. 우리가 이렇게 모인 것 자체가 그들에게는 엄청난 도전일 것이오. 우리의 목소리는 세계에 퍼져나갈 것이외다. 나는 오늘 조선의 독립을 위해서라면 두 번이라도 기꺼이 죽겠소."

나직한 목소리였지만, 방 안 구석구석에 메아리치듯 울렸다. 김도연이 옆에서 힘차게 고개를 끄덕였다.

일경의 감시 속에서 차분하고 신중하게 행동해야 했지만, 그들의 가슴 속에는 이미 뜨거운 불길이 타오르고 있었다. 백관수가 떨리는 손으로 선언서를 높이 들었다. 모두가 시선을 그에게 집중했다. 그는 선언서의 첫 문장을 또렷하게 읽어 내려갔다. 방 안의 공기가 얼어붙은 듯 잠시 정적으로 멈췄으나 곧이어 그의 입에서 힘찬 목소리가 터져 나왔다.

〈독립선언서〉

전조선청년독립단은 아(我) 이천만 조선민족을 대표하야 정의와 자유의 승리를 득한 세계 만국의 전(前)에 독립을 기성(期成)하기를 선언하노라.

4천3백 년의 장구한 역사를 유(有)한 오족(吾族)은 실로 세계 고민족의 하나이라. 비록 중국의 정삭(正朔)을 봉한 사(史)는 유(有)하얏스나 차(差)는 양국 왕실의 형식적 외교관계에 불과 하얏고 조선은 항상 오족의 조선이고 일차도 통일한 국가를 실하고 이족(異族)의 실질적 지배를 수한 사(史) 무(無)하도다.

아울러 합병 이래 일본의 조선통치정책을 보건대 합병 시의 선언에 반(反)하야 오족(吾族)의 행복과 이익을 무시하고 정복자가 피정복자에 대한 비인도적 정책을 습용(襲用)하여 오족에게 참정권, 집회결사의 자유, 언론 출판의 자유 등을 불허하며 심지어 신교(信敎)의 자유, 직업의 자유까지도 불소히 구속하며 행정, 사법, 경찰 등 제기관(諸機關)이 조선민족의 사권(私權)까지도 침해하며, 공사간(公私間)에 오인(吾人)과 일본인과의 우열의 차별을 설(設)하며, 오족에게는 일본인에 비하(比下)야 열등한 교육을 시하야서 오족으로 하여금 영원히 일본인의 사용자(使用者)로 성(成)케 하며, 역사를 개조하여 오족의 신성한 역사적 전통과 위엄(威嚴)을 파괴(破壞)하고 능모(凌侮)하며, 소수를 제(制)한 이외(以外)는 정부와 교통, 통신, 병비(兵備) 등 제기관(諸機關)에 전부 혹은 대부분 일본인을 사용하여 오족으로 하여금 영원히 국가생활에 지능과 경험을 득할 기회를 부득(不得)케 하니 오인(吾人)은 결코 여차(如此)한 무단전제(武斷專制) 부정, 불평등한 정치하에서 생존과 발전을 향유(享有)키 불능(不能)한지라.

그뿐더러 원래 인구과잉한 조선에 한(限)으로 일본인의 이민을 장려(獎勵)하고 보조하여 토착(土着)하니, 오족은 해외(海外)에 유리(流離)함을 불면(不免)하며 일단(一旦) 조선인의 부를 일본으로 유출케 하고 상공업에도 일본인에게만 특수한 편익을 여하(與何)하여 오족으로 하여금 산업적 발흥의 기회를 실(失)케 하도다.

여차(如此)히 하방면(各方面)으로 관(觀)하야도 오족과 일본과의 이해는 상호(相互) 배치(背馳)하야 기해(飢害)를 수(受)한 자는 오족이니 오족은 생존권리 위하여 독립(獨立)을 주장하노라.

그러할진대 조선을 합병한 최대 이유가 소멸(消滅)되었을 뿐더러, 차(此)로부터 조선민족이 무수한 혁명란(革命亂)을 기(起)한다면 일본에게 합병된 조선은 반(反)하야 동양평화의 요란(擾亂)하고 화원(禍源)이 될지라. 오족(吾族)은 정당한 방법으로 오족의 자유를 추구 할지나 만일 차(此)로써 성공치 못하면 오족은 생존의 권리를 위하야 온갖 자유행동을 취하야 최후의 일인까지 열혈(熱血)을 유할지니 어찌 동양 평화의 화원이 아니리오?

오족(吾族)은 일병(一兵)이 무하니(無) 오족은 병력으로써 일본에 저항할 실력이 무하도. 일본이 만일 오족의 정당한 요구에 불응할진대 오족은 일본에 대하야 영원의 혈전을 선택하리라.

오족은 구원(久遠)히 고상(高尚)한 문화를 유하였고 반만년간 국가 생활의 경험을 유한지라 비록 다년간 전제정치하의 해독(害毒)과 경우(境遇)의 불행이 오족의 금일(今日)을 치하였다 할지라도 정의와 자유를 기초로 한 민주주의 선진국의 범(範)을 취하야 신국가를 건설한 후에는 건국 이래 문화와 정의와 평화를 애호하는 오족은 세계의 평화와 인류의 문화에 공헌함이 유할 줄을 신(信)하노라.

〈결의문〉
1. 본단은 한일 합병이 오족의 자유의사에 출치 아니하고 오족의 생존 발전을 위협하고 동양의 평화를 요란케 하는 원인이 된다는 이유로 독립을 주장함.
2. 본단은 일본 의회 및 정부에 조선 민족 대회를 소집하여 대회의 결의로 오족의 운명을 결할 기회를 여하기를 요구함.
3. 본단은 만국 평화 회의에 민족 자결주의를 오족에게 적용하기를 요구함. 우 목적을 전달하기 위하여 일본에 주재한 각국 대사에게 본단의 의사를 각해 정부에 전달하기를 요구하고 동시에 위원 3인을 만국 평화 회의에 파견함. 우 위원은 기히 파견된 오족의 위원과 일치 행동함.
4. 전제 항의 요구가 실패될 시에는 일본에 대하야 영원히 혈전을 선함. 차로써 발생하는 참화는 오족이 기책을 임치 아니함.

자(自)에 오족(吾族)은 일본이나 혹은 세계각국이 오족(吾族)에게 자결(自決)의 기회(機會)를 여(與)하기를 요구(要求)하며 만일 불연(不然)이면 오족(吾族)은 생존(生存)을 위하야 자유의 행동을 취하야 써 독립(獨立)을 기성(期成)하기를 선포(宣布)하노라.

1919년 2월 8일
재일본동경조선청년독립단 대표.
최팔용, 이종근, 김도연, 송계백, 이광수, 서춘,
백관수, 최근우, 윤창석, 김철수, 김상덕

백관수가 동지들 이름 하나하나를 힘차게 읽었다. 선언이 끝나자, 모두가 서로를 바라보았다. 그들의 눈에는 결의로 뜨거운 눈물이 맺혀 있었다.

"조선독립 만세!"

"만세!"

함성이 울려 퍼졌다. 이제 더는 굴복하거나 침묵하지 않겠다는 결의가 심장에서 솟구쳤다. 방 안의 공기는 더 이상 추위가 아닌 열기로 가득 찼다. 비록 숫자는 적었지만, 외침은 강렬하고 확고했다. 이 선언이 일본 제국의 중심부에서 터질 때, 조선 독립을 향한 열망은 전 세계에 퍼져나갈 것이었다.

백관수가 크게 외쳤다.

"이것은 이제 불과 시작일 뿐이오. 여기서 시작한 이 선언이 조선 전역과 세계로 퍼질 것이오. 우리의 선언은 일본에 대한 도전이자, 국제사회에 우리의 의지를 알리는 첫걸음이 될 것이오."

예상했던 대로 경찰들이 즉시 들이닥쳤다.

"전원 체포하라!"

일경의 날카로운 고함소리가 YMCA 회관 벽에 날아와 부딪혔다. 최팔용, 서춘, 김철수, 백관수, 윤창석 등 대부분 선언서에 동참한 이들이 현장에서 체포되었고, 김마리아 역시 체포되었다가 사건에 깊이 관여하지 않았고 여성이라는 이유로 압송되었으나 잠시 후 풀려났다.

일본 경찰은 곧바로 모임을 강제로 해산시켰고, 유학생들은 모두 27명이 체포되었다. 그리곤 사건이 일어난 지 불과 일주일 만에 동경 지방재판소에서 형사 재판이 열렸다.

한편, 김마리아는 경찰서에서 풀려난 후 2·8 독립선언서 10장을 베껴서 속옷에 숨긴 채 동료인 차경신과 함께 현해탄을 건너 부산으로 들어왔다. 그리고는, 대구에 가서 기독교계 인사들에게 2·8 독립선언의 소식을 전했으며 큰언니 김함라와 막내 고모 김필례가 살고 있는 전라도 광주에 도착하여 선언문을 복사하여 수피아여학교를 중심으로 배포했다. 이후 서울로 올라와 이화학당과 정신여학교를 중심으로 교사와 학생들의 협력을 요청하였으며 마지막으로 황해도 봉산과 신천 등지를 돌면서 독립운동에 참여할 것을 독려했다. 이후 3·1 운동 때에는 정신여학교 학생들의 시위를 배후에서 조종한 혐의로 붙잡혔다. 김마리아는 옥고와 고문을 당했지만, 후유증에도 굴하지 않고 여성 독립운동가를 모아 '대한민국 애국부인회'를 조직해 자금을 마련하고, 임시정부를 지원했다.

이렇게 동경의 좁은 방에서 시작된 작은 외침은 결국 조선 전역을 휩쓸었다. 3월 1일, 조선 전역에서 울려 퍼진 독립 만세의 함성은 동경 유학생들이 던진 첫 번째 돌멩이에서 시작된 것이었다. 동경 유학생들의 독립선언은 단지 한 무리의 청년들이 외침이 아니었다. 그것은 억압받는 민족의 가슴에서 솟구친 함성이었다.

정일채가 동경의 허름하고도 좁은 하숙방에 앉아 깊은 생각에 잠겨 있었다. 그는 불현듯 아버지의 얼굴이 떠올랐다. 아버지 정 참봉은 고향에서 묵묵히 농사를 짓는 부농이자 유지였다. 그는 아들이 동경에서 독립운동한다는 것을 모를 수도 있었다. 얼마 전, 아버지에게 돈을 부탁한 자신이 떠오르며 가슴이 먹먹해졌다. 아버지 정 참봉이 결국 전답 수십 마지기를 팔아 아들에게 보내주었지만, 그로 인한 고향의 가정은 큰 어려움을 겪을 수밖에 없었다. 그는 이렇게 마음을 다잡으며 한숨을 내쉬었다. 순간 창문 밖에서는 한겨울 새벽바람이 칼날처럼 스며들었다. 그래도 그의 눈빛만큼은 흔들림이 없었다.

"이제는 더 이상 아버지에게만 의지할 수는 없다. 내가 직접 동지들을 위해서 뭔가를 해내야 하지 않겠는가."

그날 밤늦게 화순 능주, 동향 출신인 정광효가 그의 방문을 두드렸다. 그는 잠시 짐을 싸서 다시 상하이로 떠나려 준비하고 있었다.

"일채 동지, 지난 4월에 상하이에서 임시정부가 공식적으로 수립되었다 하오. 이제는 우리도 함께 해외에서 한목소리로 조선의 독립을 호소해야 할 것이오."

정광효의 목소리에는 피곤함과 열정이 뒤섞여 있었다. 정광효는 자신이 요즘 경제적으로 어려움에 시달리고 있음을 토로하면서, 정일채에게 푸념을 늘어놓았다.

"일채 동지, 요즘 내가 정말 힘들어 죽겠네. 감옥에 있는 동지들 후원하는 것도 중요하지만, 이제 나도 좀 도와주시게."

그러나 정일채 역시 힘든 상황은 마찬가지였다. 아버지의 도움도 한계에 다다랐고, 이제 더는 누구에게도 손을 벌릴 수 없는 처지였다. 그나마 조선에 있는 처갓집에서 보내준 이만 엔으로 버티고 있었지만, 그것도 얼마 남지 않았다.

"광효 선배, 모두 사정이 좋지 않기는 매한가지요. 나 역시 쌀 배달이며 인력거까지 끌어가며 버티고 있는걸, 잘 알지 않소. 하지만 우리 동지들의 뜻을 계속하여 이어갈 수 없다면, 그런 것들이 무슨 의미가 있겠소이까? 정 선배도 다소 힘들겠지만 조금 더 버티어 보세요."

정광효가 정일채의 진지한 표정을 보면서도 불평을 늘어놓았다.

"일채 군, 우리만 이렇게 고생할 이유가 없어요. 우리도 다 귀한 집 도련님들 아닌가? 그런데 참, 이 꼴이라니…."

정일채가 그 말을 듣고 잠시 생각에 잠겼다. 그는 감옥에 있는 동지들의 가족에게 소식을 전하고, 그들을 변호할 변호사를 선임하는 일까지 모두 그의 몫이었다. 이 모든 일을 수행하려면 호주머니 사정이 넉넉해야 했지만, 어디에서도 쉽게 도움받을 수 없는 현실이었다. 그런데도 그는 밤낮

없이 동지들의 뒷바라지를 하고 있는 셈이었다. 정일채는 날마다 또다시 변호사를 찾아 면회가 거부된 동지들의 가족들에게 편지를 쓰고, 많든 적든 자금을 한껏 끌어모아야 했다.

그러나 불행 중 다행이었다. 향후 항소심과 상고심 과정에선 정일채의 노력으로 도움을 요청한, 같은 YMCA 청년회 이사 가운데 일본인 후세 다쓰지 변호사가 참여하여 적극 변론에 나서게 되었다. 그는 최선의 노력을 다한 것 같았지만, 결과는 역시 기대에 미치지 못했다.

"미안하네. 정군! 우리 사법당국에서는 이 사건을 아주 심각하게 다루고 있다네. 나도 면회를 할 수 없게 면회권을 제한하고 앞으로는 변호도 오직 관선 변호사만 가능하다고 하네. 좋지 않은 느낌일세."

경시청의 감시가 계속되는 가운데 재판은 계속되었지만, 경시청은 정일채의 정체를 끝내 밝혀내지 못했다. 동지들은 재판장에서조차 그의 이름을 끝내 언급하지 않았고, 그렇게 정 장군은 끝까지 비밀스러운 인물로 남게 되었다.

동지의 배반

1919년 3월, 조선 땅에서 삼일 만세가 터져 나왔다는 소식이 전해졌다. 정일채는 뛸 듯이 기뻤다. 동경의 외침이 조국에서 거대한 물결로 번져간 것이다. 그러나 환희는 오래가지 못했다.

"조선에서 일본 군대가… 백성들을 무차별로 학살했다는 소식이네. 총칼로 여학생들을 찌르고, 장정들을 끌고 갔다는구먼."

한밤, 밀실에 모인 유학생들이 떨리는 목소리로 전하는 소식은 참혹했다.

정일채는 손으로 얼굴을 가리며 중얼거렸다.

"결국 삼천리강산이 피로 짓밟히고 말았구나… 우리의 만세가, 민중의 함성이…"

그는 며칠 밤을 뜬눈으로 밤을 지새웠다. 눈을 감으면 보이는 것이 곤봉에 맞아 쓰러지고 총부리 앞에 무릎을 꿇은 백성들이었다.

1923년 이른 봄, 우에노의 허름한 여관방에서 정일채는 박열과 마주 앉아 있었다.

"박군, 나는 더 이상 일본에 대해 환상을 갖거나 기대하지 않겠네. 일본 제국은 말로는 절대로 무너지지 않을게요. 우리가 아무리 목이 터지라

만세를 외쳐도, 그들은 총과 칼로만 답할 뿐이지. 이대로라면 조선의 독립은 영원히 오지 않아."

박열이 날카로운 눈빛으로 그를 바라보았다.

"그래요, 저도 같은 생각입니다. 제국주의의 심장은 바로 천황이오. 이제는 그자를 반드시 쓰러뜨려야만 합니다."

옆에서 잠자코 이들을 지켜보던 박열의 아내 가네코 후미코가 낮고 단호한 목소리로 말을 거들었다.

"맞습니다. 저는 비록 일본인으로 태어났지만, 이 천황 체제를 증오하고 있습니다. 일본 황실은 민중을 짓밟고 더 큰 전쟁을 일으키려고 혈안이 되어있고, 제국은 조선을 노예로 만들었죠. 이제 저도 당신들과 함께 조선을 위하여 싸울 겁니다. 제가 직접 검은 파도가 되어, 저들의 권력을 덮어버리는 데 일조하겠습니다."

박열이 깊이 고개를 끄덕였다.

"좋습니다. 이제 우리의 나아갈 길은 정해졌습니다. 지금부터 우리의 모임을 '흑도회'라 부릅시다. 검은 물결처럼 밀려와 이 나라, 일본을 집어삼켜 버립시다."

그 무렵 그들의 새로운 모임, 흑도회 모임에 한 청년이 합류했다. 이름은 정광효. 그는 날카로운 인상에 수려한 말솜씨로 동지들의 신뢰를 얻어갔다.

"박 동지, 우리는 자금 없이는 아무것도 못 할 것입니다. 무기와 인쇄물, 피신처까지… 독립자금을 더 모아야 할 것입니다."

박열과 정일채는 그를 의심하지 않았다.

"맞소. 동지들이 목숨 걸고 모은 돈이 있소. 내가 지켜온 자금이 좀 있소이다. 하지만 우리는 그것을 아주 긴요하게 사용해야 하오."

그러나 정광효의 눈동자에 번뜩이는 탐욕을 박열과 정일채는 끝내 알아차리지 못했다.

  1923년 9월 1일, 후지모리는 평소와 다름없이 경찰서 집무실 책상에 앉아 있었지만, 후텁지근한 더운 날씨가 며칠째 계속되며 짜증이 점점 커지고 있었다. 책상 위에는 최근 조선인들의 동향을 정리한 두터운 보고서가 펼쳐져 있었고, 지면을 훑는 그의 눈빛에 한쪽 눈꼬리가 올라갔다. 그때, 갑작스레 땅이 울컥 뒤집히듯 흔들리기 시작했다. 처음엔 가벼운 진동인 줄 알았다. 그러나 이내 건물이 거센 파도처럼 뒤틀리며 요동쳤고, 벽이 우지끈 금이 가고 선반 위 서류며 도자기 잉크병들이 무더기로 쏟아져 내렸다.

  "지진이다!"

  후지모리는 본능적으로 몸을 움츠리며 소리 질렀다. 책상 밑으로 굽은 자세로 몸을 피하던 그는, 흔들림이 잠시 멈추자마자 허겁지겁 자리에서 일어났다. 눈앞엔 먼지가 피어오르고, 벽의 균열 사이로 삐걱거리는 소리가 들려왔다.

  "모두 밖으로 대피하라."

  여기저기서 고함소리가 들렸다. 아직도 땅이 흔들리는 감각을 느끼며, 그는 반사적으로 권총과 군도(佩刀)를 손에 쥐었다. 그것은 위엄의 상징이지 생존의 본능이기도 했다. 그러나 평소 결코 빠뜨린 적 없던 금테 장식의 모자는 혼란 속에 미처 챙기지 못한 채였다. 후지모리는 허둥지둥 현관을 밀치고 밖으로 뛰쳐나갔다. 마당 너머, 먼지와 연기 속으로 흔들리는 하늘 아래 아라카와구 미카와시마의 낡은 지붕들이 보였다.

  후지모리는 도쿄 경시청 소속 경부(警部)로서, 조선인 노동자들이 밀집해 사는 지역을 관할하던 미카와시마경찰서(三河島警察署) 서장이었다. 지금 그의 눈앞에 펼쳐진 것은 더 이상 질서의 세계가 아니었다. 후지모리가 거리로 나섰을 때, 이미 도시는 무너져 내리고 있었다. 무너진 건물의 잔해 속에서 사람들이 처절한 비명을 지르며 필사적으로 도움을 요청했다. 그러나 그가 마주한 광경은 '대피'라는 말조차 무색할 정도로 참혹했다. 철근과 콘크리트조차 힘없이 붕괴되었으며, 골목마다 매캐한 연기가 자욱하게 깔려 있었다. 사람들은 연기 속에서 허우적거리며 신음을 토해 냈다.

"모두 대피하시오! 불길이 번지고 있다! 어서 서둘러 피하시오!"

그가 거칠게 숨을 몰아쉬며 외쳤지만, 공포에 질린 사람들은 그의 목소리를 듣지 못했다. 철근 콘크리트 건물마저 무너지고, 골목마다 매캐한 연기 속에서 사람들이 쓰러져 신음하고 있었다. 절망과 두려움이 극에 달하자, 이내 군중들의 감정은 분노와 증오로 변질되어 가고 무서운 소문이 삽시간에 퍼지기 시작했다. 군중들은 거친 숨을 몰아쉬며 외쳤다.

"놈들이 이 참화를 틈타 폭동을 일으키려고 하는 게 분명해!"

"조선인들이 건물에 불을 질렀다! 우물에 독을 탔다!"

도시는 불길과 절망 속에서 인륜이 무너지고 있었고, 이성은 그 잿더미 속에서 함께 타들어 가고 있었다. 그 혼란 속에서 더 이상 일본인과 조선인을 구별할 겨를조차 없었다.

군중들은 혼란과 공포의 소용돌이 속에서 무너진 삶에 대한 분노를 쏟아낼 희생양을 찾아 나서기 시작했다. 그렇게 그들의 증오의 화살은 오랫동안 차별과 멸시의 대상이 되어온 조선인들에게로 향했다. 광기에 사로잡힌 군중은 이성을 잃고 폭력을 무자비하게 휘두르기 위해 몰려들었고, 후지모리 순사 또한 그 거센 흐름 속에 휩쓸렸다.

"도대체 무슨 일이 벌어지고 있는 거지? 이건… 재앙이다."

그는 아비규환 속에서 발만 동동 구르며 어찌할 바를 몰랐다. 그러나 불길한 예감이 뇌리를 스쳤다. 평소 자신이 감시하던 조선인 부락이 떠올랐다. 그는 이미 조선인 부락을 향하여 달려가고 있었다.

도착하여 바라본 조선인 마을은 이미 지진이 휩쓸고 지나갔고, 잿더미로 변해 있었다. 무너진 담벼락 사이로 희미한 불꽃과 검은 연기가 피어올랐다. 그는 칼집 위로 손을 얹고 주위를 경계하며 거리를 가로질렀다. 그러나 그의 눈앞에 펼쳐진 것은 그야말로 무질서 그 자체였다. 이미 일본인 무리들은 혼란 속에서 분노에 사로잡혀 조선인들을 찾기 시작했다. 영문도 모른 채 달려온 한 무리의 일본인들이 흥분한 얼굴로 후지모리에게 숨을 헐떡이며 말했다.

"서장님! 조선인들이 우물에 독을 타고 돌아다닌다고 하지 않습니까? 당장 그들을 찾아내야 합니다! 그 조센징들 때문에 우리가 이 지경이 됐습니다!"

후지모리는 눈살을 찌푸리며 이 상황을 곱씹었다. 지진 때문에 모든 것이 무너져 내리는 가운데, 사람들은 공포와 혼란 속에서 가상의 적을 찾아 나서고 있었다. 그렇게 조선인들은 그들이 찾는 희생양이 되어버린 것이다.

후지모리가 번쩍이는 군도를 높이 쳐들며 외쳤다.

"우물에 독을 탔다고? 이건 말도 안 되는 소문이다! 지금 이런 대지진 속에서 대체 누가 그런 짓을 할 여유가 있겠나? 다들 침착하시오! 자, 자… 다들 냉정하자고."

그러나 일본인 군중들은 더 이상 냉정을 유지하지 못했다. 그들의 눈에는 조선인들이 모든 재앙의 근원으로 보였고, 복수하려는 분노가 솟구쳤다. 막대한 피해와 혼란 속에서, 온전한 판단을 기대하기란 너무 어려웠다. 후지모리가 아무리 말려도 그들의 폭주를 막을 수 없었다. 군중들은 거리로 나가 조선인을 찾아냈다. 그들의 눈엔 이미 분노와 공포가 한데 뒤섞여 있었다. 일부 자경단을 자처하는 이들이 무리를 짓고, 칼과 몽둥이를 들고 거리를 헤집었다.

"조선인들을 색출하자!"

이윽고, 어디선가 '십오 엔 오십 전'을 발음하게 해 조선인을 가려낸다는 터무니없는 유언비어가 돌기 시작했고, 광기로 가득 찬 군중들은 이를 곧이곧대로 믿었다. 분노와 공포가 결합된 폭력은 이제 멈출 기미가 없었다. 누군가 칼을 빼 들었고, 누군가는 몽둥이를 움켜쥐었다. 인간성은 붕괴된 도시의 잿더미 속에서 서서히 사라져가고 있었다.

이러한 아비규환의 상황 속에서 정일채의 동지 몇 명도 동경 인근에서 불길한 기운을 감지하고 서둘러 몸을 숨기려 하고 있었다. 본디 2월 8일 동경 유학생 독립선언으로 인해 표적이 된 그들은, 복역 후에도 일본 순사들의 끊임없는 감시를 받아왔다. 그런데 지진이 터지자, 전혀 근거 없는 '조선인이 우물에 독을 탔다'는 유언비어까지 퍼지며 그들의 처지는 더욱 위태로워졌다.

정일채의 동지들이 허겁지겁 어둠이 깔린 골목을 빠져나가려 했으나, 불운하게도 한 무리의 일본인 폭도들이 길을 가로막았다.

"거기 조선 놈들 아니냐? 조선인들이 우물에 독을 탔다던데, 너희도 그 짓을 하려는 게 아니냐?"

그들은 번뜩이는 증오의 눈빛을 내리꽂으며, 이미 린치를 가하려는 대상으로 결론을 내린 듯한 태도로 동지들을 몰아세웠다. 동지들이 겁에 질린 눈빛을 주고받았지만, 차마 '조선인'임을 인정할 수 없는 절박한 순간이었다. 그들은 이 짧은 순간 안에 결단을 내려야 했다. 자칫 잘못 대처하면 목숨을 잃을 수도 있었다.

"아닙니다. 우리는 일본인입니다. 지진으로 집이 무너져 친구의 집을 찾아가던 길입니다."

그러나 이미 분노와 공포에 사로잡힌 군중들의 귀에는 그들의 변명이 들어오지 않았다. 의심과 증오는 불길처럼 번졌고, 이내 한 남자가 소리쳤다.

"이봐, 15엔 50전을 말해봐! 조선 놈들은 이 발음을 제대로 못 하지 않나?"

동지들이 눈빛을 주고받으며 당황스러워했지만, 침착함을 잃지 않으려 애썼다. 그러나 그들 중 한 명이 불안에 휩싸인 채, 떨리는 목소리로 엉겁결에 대답을 해버리고 말았다.

"십오 엔 오십 쎈…"

순간, 일본인들이 비웃음을 터뜨리며 손을 번쩍 들어 그들을 가리켰다.

"하하하, 이거 봐라! 이것들이 조선 놈들이 맞잖아! 이놈들이 우물에 독을 탄 게 틀림없어!"

"역시 조선 놈들이다! 당장 처단해야 해!"

"저놈들을 죽여라!"

그들의 목소리에는 이미 이성이 사라지고 없었다. 날카로운 의심과 증오는 곧 무자비한 폭력으로 변질되었다. 광기에 사로잡힌 폭도들은 손에 들고 있던 몽둥이와 칼을 높이 치켜들고는 동지들에게 달려들었다. 그들의 눈에는 공포와 복수심이 뒤섞여 있었다. 이대로라면, 동지들이 이곳을 벗어날 가능성은 전무했다.

그때 마침, 군중 사이를 뚫고 한 사람이 앞으로 나섰다.

"멈춰라! 이들이 무슨 죄가 있는가? 확인도 되지 않은 유언비어를 믿고 무고한 사람들을 해칠 수는 없다!"

순식간에 퍼진 분노와 폭력의 소용돌이 속에서, 뜻밖에도 그들의 뒤를 쫓던 감시자, 후지모리 순사가 나섰다. 그의 낮고 단호한 외침에 잠시 폭도들이 멈칫했다. 그의 개입은 실로 예상치 못한 구원의 손길이었다. 피로 물든 거리의 아수라장에서, 그것은 천운과도 같은 기적의 순간이었다.

그 무렵, 동경 인근 사이타마현 외곽에 위치한 조선인 부락 역시 대지진의 참화를 피하지 못했다. 임시로 지어진 판잣집들은 대부분 무너져 내려 형체를 알아볼 수 없었고, 깊게 갈라진 대지 사이로 불길이 치솟았다. 연기와 먼지가 하늘을 뒤덮으며 마을 전체를 유령 도시로 만들고 있었다.

정광효가 허름한 외투를 걸친 채 황폐한 마을을 은밀히 둘러보았다. 그의 단정한 머리칼과 날렵한 실루엣은 차가운 인상을 더욱 도드라지게 만들었다. 날카롭게 빛나는 눈매와 굳게 다문 입술, 그리고 음흉하게 꿈틀거리는 입가의 미소는 그의 속내를 쉽게 가늠할 수 없게 했다. 무엇보다도, 그의 눈빛에는 감출 수 없는 욕망이 번뜩이고 있었다. 아무리 교묘하게 감추려 해도 순간순간 드러나는 본능은 숨길 길이 없었다. 그런 정광효가 지금, 폐허가 된 조선인 마을을 가로지르며 머릿속으로 치밀한 계산을 하고 있었다. 혼란을 기회로 삼아야 한다. 그의 입가에 번진 미소는 어둠 속에서도 선명하게 빛났다.

'이번 대지진… 이건 하늘이 내게 내린 절호의 기회야. 이 혼란 속에서 정일채를 제거하고, 그가 모아둔 독립자금을 손에 넣을 수 있다면, 나는 경성과 상해에서 위대한 독립투사로 인정받을 수 있어!'

정광효는 머릿속으로 나름의 계획을 정리하며 정일채가 있을 만한 장소를 떠올렸다. 붕괴된 조선인 마을은 이미 초토화되어 더 이상 마을이라 부를 수도 없었다. 스러진 집터에서는 불길과 희뿌연 연기가 피어올랐고, 재와 파편이 흩날리며 폐허를 뒤덮고 있었다.

한편, 정일채는 고향 화순에서 온 급보를 받고 자신이 위험에 처했음을 직감하고 있었다. 그러나 정광효가 바로 자신을 노리고 있다는 사실까지는 알아채지 못했다. 그는 후지모리 순사의 감시망을 피해 조용히 탈출을 준비하고 있었다. 동경을 떠나기 전, 그는 마지막으로 지인에게 작별을 고하고 오겠다는 아내 조연희를 마을 입구에서 기다리고 있었다.

'광효 선배가 정말 그런 사람일까? 그래도 우리는 함께 독립운동을 했던 동지인데… 설마 그가 날 해치려 들겠어?'

그러나 불길한 예감은 틀리지 않았다. 그날 밤, 폐허가 된 거리에서 운명의 칼날이 서서히 내려앉고 있었다. 서둘러 채비를 마친 정일채가 떠날 준비를 마치고 있을 무렵, 정광효가 이미 그의 뒤를 바싹 쫓고 있었다. 얼마 지나지 않아, 폐허가 된 조선인 부락의 입구에서 두 사람의 시선이 마주쳤다.

정일채는 등에 무거운 봇짐을 메었고, 손에는 작은 가방을 들고 있었다. 혼돈 속에서도 말끔하게 차려입은 정광효가 빠르게 그의 짐을 위아래로 훑어본 뒤 음흉한 미소를 지으며 다가섰다.

"일채 군, 이런 지옥 같은 현장에서 자네를 만나게 될 줄이야. 어디를 그리 급히 가려는 겐가?"

정일채가 의심스러운 눈길로 정광효를 바라보았다.

"광효 선배, 선배가 여기까지 올 줄은 몰랐소. 이 난리통에 무슨 일이라도 생긴 겁니까?"

정광효가 내심 웃으면서도 겉으론 태연한 척 말했다.

"일채 군, 자네가 위험하다는 소문이 있기에 걱정돼서 찾아왔다네. 게다가 최근 자네에 대한 이상한 소문도 있고 해서 말이야."

"소문? 무슨 소문 말이오?"

정일채가 불안감을 숨기지 못하고 주변을 두리번거렸다. 이미 정광효에게서 불길한 예감을 느끼고 있었다. 그 순간 땅이 다시금 요동치며 여진이 일어났고, 담벼락이 무너지고 먼지가 치솟으며 마을은 다시 아수라장이 되었다. 그 틈을 노린 정광효는 품에서 권총을 꺼내 정일채에게 겨누었다.

정일채는 등골이 얼어붙는 듯한 공포를 느꼈다.

"이게 대체 무슨 짓이오? 선배가 어찌 내게 이럴 수 있단 말이오?"

그러나 정광효가 차가운 눈빛으로 그를 응시했다.

"미안하지만, 이건 내 살길을 위한 일일세. 나도 이젠, 세상에서 인정받고 살아야 하지 않겠나?"

정일채가 순간, 몸을 돌려 달아나려 했으나, 금속성의 광채가 번득이는 순간, 천둥소리 같은 총소리가 울렸다.

"탕!"

정일채는 가슴에 불타는 듯한 통증을 느끼며 바닥에 쓰러졌다. 피가 튀면서 땅바닥을 적셨다. 흐릿한 시야 속에서 정광효의 얼굴이 다가왔다. 멀리서 아내 조연희가 달려오는 모습이 겹쳐서 보였다.

"연희… 가까이 오지 마시오. 절대로 오지 마시오…"

정일채가 숨이 끊어지는 순간까지 아내의 안위를 걱정하며 피를 토해 냈다.

"난, 당신을… 믿었는데…"

정광효는 정일채가 쓰러지자마자 곧바로 그의 가방과 봇짐을 빼앗았다. 그리고는 안에 든 돈을 확인하고는 급히 그 자리를 벗어났다. 조연희는 멀리서 뛰어오다가 남편이 피 흘리며 쓰러지는 모습을 보고 말았다. 순간 가슴이 멎는 듯했고, 다급히 달려가려 했으나 몸은 말을 듣지 않았다.

"여보, 안 돼요! 정신 차려요!"

조연희가 비명을 질렀지만, 소리는 목구멍에서만 맴돌 뿐이었고, 발은 힘이 없어 넘어질 듯 자꾸 헛걸음만 걸었다. 남편이 쓰러진 곳까지 불과 채 백 걸음도 안 되는 곳이 조연희에겐 너무나도 멀었다. 가까스로 남편에게 다가가 그의 축 늘어진 팔을 부여잡았다.

"안 돼요. 여보, 일채 씨. 제발 정신 좀 차려요. 날 두고 가지 말아요!"

"여보, 연희… 사랑하오. 당신이어서 좋았고 행복했소. 고맙소 그리고 미안하오…"

정일채는 마지막 힘을 다해 입술을 달싹였다.

"…조선독립… 만세…."

그의 목소리는 무너진 잿더미 속에 묻혀 사라져갔다. 정일채는 힘없이 고개를 떨구며 조연희의 품에서 마지막 숨을 거두었다. 조연희가 쓰러진 정일채를 보듬어 안고 오열했다.

"일채 씨… 왜 나를 혼자 두고 가는 것이요… 우린 아직 함께할 날이 많은디… 이렇게 가면 나는 어쩌라고…."

그녀는 남편의 차가운 얼굴을 어루만지며 끝없이 눈물을 흘렸다.

"우리 같이 조선의 해방을 이루고 한날한시에 가자고 허지 않았소? 혼자서 먼저 가지 마소… 이렇게 가버리면 나는… 어떡하라고…."

무너진 건물과 흩날리는 잿더미 사이에서, 한 여인의 울부짖음이 처절하게 울려 퍼졌다.

"흑흑흑… 여보 일채 씨! 하늘에서라도 만날 날을 기다릴 테니, 부디 날 찾아오세요."

그때 멀리서 들려온 총성에 후지모리가 본능적으로 소리가 난 방향으로 뛰쳐나갔다. 먼지와 땀으로 얼룩진 채 현장에 도착한 그는 피투성이로 쓰러진 정일채와 그의 가슴을 부여잡고 오열하는 조연희를 발견하고 즉시 상황을 파악했다. 정일채는 이미 왼쪽 가슴에 심각한 총상을 입고 조연희의 품에 쓰러져 있었다. 후지모리가 다가서자 조연희는 피눈물을 흘리며 광효가 달아난 방향을 힘없이 가리켰다. 조연희는 무너진 그 자리에서 밤이 깊어지도록 통곡했다.

"저놈을 반드시 잡아야 한다."

후지모리는 순간, 살인자를 쫓는 일이 가장 우선이라고 판단했다. 더욱이 그에게는 정일채를 감시하는 은밀한 임무도 주어져 있었기에 범인을 놓쳐서는 안 될 이유가 명백했다. 후지모리가 직감적으로 광효의 소행임을 깨닫고 그를 뒤쫓았다. 도망치던 정광효는 숨이 가빠졌지만, 쫓기는 와중에도 재물을 포기할 수 없었다. 그러나 후지모리의 발소리가 점점 가까워졌고, 정광효가 막다른 골목에 몰렸다.

"거기 서라, 정광효! 정일채를 살해한 범인이 바로 너지!"

후지모리의 외침이 거리를 가르며 울렸다. 정광효는 모든 계획이 이미 틀어져 버린 것에 이를 갈았다. 붙잡히기보단 차라리 싸워야 했다. 그가 발걸음을 멈추고 서서히 돌아서며, 후지모리를 향해 다시 한번 권총을 겨눴다. 짙은 연기와 먼지로 인해, 서로의 얼굴은 흐릿했지만, 살벌한 긴장감이 양쪽을 짓눌렀다. 둘 다 가쁜 숨을 고르며 서로를 노려보았다.

"넌 동지를 배신한 모리배에 지나지 않는다. 너 같은 놈들의 탐욕과 배신으로 조선이 독립이 이루어질 리 없을 것이다. 너는 반드시 죗값을 치를 것이야!"

그러나 정광효가 더 빨리 방아쇠를 당겼다.

"탕!"

후지모리가 정광효가 쏜 총탄에 쓰러졌고, 주변의 일본인들이 총소리의 두려움 속에서도 즉시 정광효를 향해 몰려들었다.

"저놈을 잡아라! 저 조센징이 일본 순사를 죽였다! 조센징을 다 죽여라!"

정광효가 혼비백산하며 다시 도망치기 시작했다. 마침, 계속되는 여진과 화재의 혼란 속에서 그는 극적으로 탈출할 수 있었다.

"여기서 끝낼 수 없다. 나는 결국 조선의 영웅이 되고 말 것이다."

그가 비열한 웃음을 지으며 사이타마현의 어두운 골목 속으로 사라졌다.

정광효가 일본 경찰서장을 살해한 사건은 흥분한 일본인들의 분노에 불을 붙이게 되었고, 이 소식은 삽시간에 동경 일대에 퍼져 일본인 폭도들의 광기를 더욱 부추겼다. 그들은 조선인 마을을 닥치는 대로 습격했고, 수많은 무고한 이들이 목숨을 잃었다. 정광효의 탐욕과 배신으로 인해, 애꿎은 조선인들의 비극이 더욱 깊어지고 있었다.

며칠 뒤, 박열과 후미코는 정일채의 최후를 전해 들었다. 박열은 피가 마를 듯한 분노로 이를 갈았다.

"정일채의 피, 반드시 갚겠다. 천황의 목을 베기 전까지 우리는 절대로 멈추지 않을 것이다."

후미코가 단호히 대답했다.

"그의 죽음은 검은 파도가 되어 제국을 뒤엎을 겁니다. 우리는 살아남아 끝까지 싸워야 해요."

방 안에 무거운 침묵이 흘렀다. 그러나 그 침묵 속엔 꺼지지 않는 불길이 타올랐다. 검은 파도의 서곡은, 이제 막 시작되고 있었다.

한편, 정광효는 가까스로 동경을 탈출하여 조선으로 돌아왔다. 그는 자신이 일본 경찰서장을 저격하여 처단했다는 사실을 무용담으로 미화하였고, 이로 인해 독립운동계 일부로부터 영웅의 칭송을 받게 되었다. 정광효는 다시 중국으로 향했다. 낯선 상하이 부두에 발을 디딘 그는 김구, 이동녕 등 임시정부 요인들의 뜨거운 환영을 받았다. 일본에서 은밀히 가져온 2·8 동경유학생 만세운동의 소식은 그를 단숨에 주목받는 인물로 만들었다. 김구를 비롯한 임시정부 인사들조차 그의 말 속에 숨은 진실과 거짓을 가르지 못한 채 그의 주장에 귀를 기울였다. 그들의 신뢰는 곧 정광효의 출세로 이어졌다. 정광효는 그 명성을 발판 삼아 임시정부에서 교통부 참사와 임시의정원 대의원이라는 요직을 차례로 거머쥐었고, 해방 뒤에는 귀국하여 광주시장 직책까지 수행하였다.

그 후, 팔로군 출신의 정율성은 6·25 전쟁이 한창이던 시기, 방호산이 지휘하는 제6사단의 정치위원으로 임명되어 고향 화순으로 돌아왔다. 마을 사람들은 오랜 세월 만에 고향 땅을 밟은 그를 반기며 남산 아래 장터를 가득 메웠고, 역시 팔로군 출신인 정광효가 앞장서서 그를 맞이하는 성대한 환영식을 열어주었다.

"우리 모든 화순군민들은 미제와 이승만 괴뢰정권 아래서 억압받는 우리 인민들을 해방시키려고, 인민해방전쟁을 수행하고 있는 우리 인민군 동무들을 두 팔을 벌려 열렬히 환영하는 바입니다."

이에 감격한 정율성이 답례로 그가 1948년에 직접 작사 작곡한 〈조선인민군가〉를 인민군대와 함께 부르며 화답했다.

"우리 인민군대를 열렬히 환영해 주신 정광효 전 광주시장님과 화순군민들께 감사드립니다. 저희 조선 민주주의 인민군대는 조속히 부산과 목포까지 단시간 안에 점령하여 남조선을 완전히 해방시키겠습니다."

붉은 깃발이 바람에 나부꼈고, 그의 웃음은 어느 때보다 환했다. 그러나 나중에 전세가 북쪽에 불리하게 전개되자 그는 주저 없이 짐을 꾸렸다. 그는 곧바로 월북하였고 결국 행적이 묘연해졌다. 그리고 이후로 그의 행방은 안개 속으로 사라져 버렸다.

정광효의 선택에는 확고한 신념이 없었다. 사상을 가진 신념이 아닌, 오로지 기회주의에 따른 계산일 뿐이었다. 그는 오로지 살아남기 위해, 그리고 더 높은 자리를 차지하기 위해 분주히 움직이고 있었다. 더구나, 도쿄에서 동지의 목숨을 빼앗고 자금을 챙겼던 그의 과거, 그날의 피비린내 나는 진실은, 마치 존재한 적도 없었던 것처럼 세상에서 사라져 버렸다. 결국은 그가 동경에서 동지의 생명을 빼앗고 재물을 탈취한 사실은 철저히 은폐되어 버리고 말았다.

청년 정찬두

　전라남도 화순군 이양면 송정리. 그곳은 정찬두(鄭贊斗)가 태어나고 자란 고향이다. 1917년, 송정리에서 하동 정씨 승채의 장남으로 태어난 정찬두는 어릴 적부터 이양소학교에 다니며 유복한 어린 시절을 보냈다.
　정찬두는 남들보다 성숙해 보였다. 또래보다 훨씬 깊은 눈빛에는 삶의 무게가 묻어났고, 다문 입술에서는 결연한 의지가 느껴졌다. 마른 듯하지만 단단한 체격은, 광주고등보통학교 시절부터 유도를 시작하며 자연스럽게 다져진 것이었다. 그의 둥그스름한 얼굴에는 부드러운 인상이 스며 있었고, 그가 총명한 청년이라는 것을 말해주는 듯하였다. 그의 뚜렷한 눈썹 아래로 깊고 맑은 눈동자가 자리 잡고 있었고, 그 눈빛은 늘 먼 곳을 응시하듯 깊은 생각에 잠긴 듯이 보였다. 그는 사람들 앞에서 감정을 쉽게 드러내지 않는 편이었다. 누구보다 속이 깊고 생각이 많았지만, 말이 많지 않았기에 때로는 냉정해 보이기도 했다. 하지만 그의 침묵 속에는 항상 가족을 지키려는 단단한 신념이 자리하고 있었다. 입가에는 쉽게 웃음이 떠오르지 않았지만, 가족을 바라볼 때만큼은 문득 부드러워지곤 했다.
　그러나 그에게 갑자기 찾아온 시련은 젊은 나이에 감당하기에는 너무도 가혹했다. 집안이 기울어지고 아버지가 일찍 세상을 떠난 후, 그는 어머니와 어린 동생을 부양해야 하는 가장이 되었다. 그러나 힘겨운 삶은 그를 더욱 강하게 만들었다.

정찬두가 이양면 송정리 들판을 바라보며 깊은 한숨을 내쉬었다. 정찬두의 어린 시절, 송정리 들판은 찬란한 금빛 곡식으로 물들었고 그 풍요로움 속에서 흘러갔다. 그때는 참 행복했다. 할아버지 정 참봉은 그를 바라보며 늘 자랑스러워했다.

"우리 찬두는 크게 될 것이여. 공부만 잘하면 세상에 못할 게 없제. 봐라, 느그 할아부지 내도 과거시험에 합격했잖여. 너도 훌륭한 사람이 되어야 헌다. 알겠느냐?"

할아버지는 늘 이렇게 말씀하셨지만, 세상은 그렇게 호락호락하지 않았다. 그의 할아버지, 정 참봉은 과거시험에 합격했던 마지막 세대였다. 갑오개혁으로 과거가 폐지되기 전 마지막으로 시행되었던 과거시험에서 합격의 기쁨을 누린 정참봉은 집안의 자랑이었다.

정찬두가 태어날 무렵, 조선은 이미 일본의 식민지가 되어 있었고 일본의 억압은 날로 심해져 갔다. 정찬두가 자라면서 그의 삶은 점차 어두운 그림자로 물들기 시작했다. 당시 병력 증강이 필요했던 일본 정부는 내선일체를 주창하며 조선인을 일본인으로 동화시키고자 하였다. 창씨개명을 강요하면서 김씨는 가네다로, 박씨는 하야시란 식의 일본 이름으로 바꾸는 조선인들이 늘어가던 시대였다. 그럼에도 불구하고, 일본인들의 조선인에 대한 뿌리 깊은 편견은 가시지 않았다.

"이제는 내선일체다. 이제 대일본제국과 조선은 하나란 말이다. 그러니까 이제는 조센징 말을 쓰지 말아라. 일본어를 써야 훌륭한 제국 국민이 될 수 있다."

학교에서는 일본어만 말하라고 강요했고, 조선말을 사용하다 적발되면 매질을 당하기 일쑤였다. 정찬두는 속으로는 분했지만, 어쩔 수 없었다.

교실에서 조선말을 쓰다 일본인 선생에게 맞은 기억이 아직도 생생했다. 그저 고개를 숙이고 참고 견딜 수밖에 없었다. 집안 사정도 어려워지면서 그는 점점 더 어른스러운 책임감을 느꼈다. 정 참봉은 그런 정찬두를 보며 늘 자랑스러워했다.

어느 날 정 참봉이 일본으로부터 온 전보 한 장을 받았다.

"마님, 마님! 전보가 왔습니다요."

"허허 웬 소란이냐? 어디서 온 건가?"

"일본에서 대련님 아씨한티서 온 거 가튼디요?"

"그래? 이리 줘봐라. 뭐 급한 일이 있다고 이라고 돈 비싸게 전보를 보냈당가?"

전보에는 짤막하게 적혀 있었다.

〈정일채 사망. 시신 인수 및 장례 요망〉

"이… 이런 날벼락이 있나?"

정 참봉은 전보를 읽자마자 그 자리에서 쓰러지고 말았다.

"마님… 마님!"

"어서 마님을 안으로 모시게…."

그날 저녁, 아들의 부고를 들은 정 참봉은 충격에 쓰러진 뒤 앓아눕고 말았다. 작은 아들 정일채의 죽음은 정씨 집안에 깊은 슬픔과 큰 충격을 남겼다.

황망 간에 아들을 잃은 정 참봉은 정일채의 시신을 고향으로 인수하기 위해서 사람 둘을 일본으로 보냈다. 그는 아들의 시신 인수를 위해 많은 돈을 썼고, 집안은 그때부터 기울기 시작했다. 정 참봉은 작은 아들의 죽음 이후 삶의 의욕을 잃었다.

"내가 부족해서 이런 일을 막지 못했다. 나가 살아있는 것이 죄여, 죄…."

깊은 자책 속에 시름시름 앓다가 끝내 일어나지 못하고 세상을 떠났다. 그 뒤를 이어 정찬두의 아버지 정승채도 삶의 무게를 이기지 못하고 술과 노름에 빠져 집안의 재산을 탕진했다. 결국 그도 병에 걸려 일찍 세상을 떠나고 말았다.

그때부터 정찬두의 고생은 시작되었다. 아버지가 떠난 뒤 남은 것은 빚과 홀로 남은 어머니, 그리고 어린 동생 정찬우뿐이었다. 정찬두가 어린 나이에 갑자기 집안을 책임져야 하는 무거운 짐을 짊어지고, 동생과 홀로 남은 어머니를 모시게 된 것이다.

그가 어머니와 동생을 바라보며 속으로 결심했다.

'아무리 어렵더라도 나가 우덜 집안을 다시 일으켜 세워야 쓰겄다.'

하지만 세상은 그렇게 간단하지 않았다. 정찬두는 할 수 있는 일을 찾아 나섰지만, 일본인들은 조선 사람들을 깔보며 어디에서도 그에게 기회조차 주지 않았다. 그럴 때마다 그는 억울함과 분노로 밤잠을 설쳤다.

어느 날, 정찬두가 어머니와 대화를 나누었다.

"엄니, 이제 우덜 집안은 어쩌면 좋겠소. 아부지도 안 계시고, 재산도 다 사라져 부렀고…"

어머니 보성댁이 깊은 한숨을 내쉬며 말했다.

"찬두야, 니가 아직 어리다만… 인자는 니가 이 집안을 이끌어야 쓰겄다. 니 동생 찬우도 아직 어려서 아무것도 모르니께, 시방은 니가 나한테 힘이 되어줘야 쓰겄다."

정찬두는 어머니의 말을 듣고 다시 한번 마음을 다잡았다.

'그라제. 내가 우덜 집안을 다시 세울 것이여. 아무리 어렵더라도 반드시…'

그는 매일 아침 일찍 일어나 밭을 갈고, 저녁에는 마을 어른들에게서 농사짓는 법을 배웠다. 그러나 그것으로는 집안을 일으킬 수 없었다. 농사를 배운 적도 없고 체질적으로 맞지도 않았던 정찬두는 점점 더 절망스러워졌다. 그럴 때마다 그는 동생 정찬우를 바라보며 마음을 다잡았다. 동생은 그에게 있어서 유일한 희망이었다.

"성, 너무 무리하지 마소. 우린 그냥 이라고 살아도 된당께요."

정찬우는 늘상 이렇게 말했지만, 정찬두는 고개를 저었다.

"아니여, 찬우야. 우덜 집안이 이라고 끝나면 안 되제. 할아버지도, 아버지도 하늘에서 다 우릴 보고 계시자녀. 나가 이대로 포기할 수는 없제."

그렇게 정찬두는 힘겹게 하루하루를 버텨갔다. 그의 꿈은 단 하나였다. 집안을 다시 일으켜 세우고, 찬우와 어머니가 더 이상 고생하지 않도록 하는 것이었다. 하지만 그가 원하는 세상은 점점 더 멀어져 갔다. 현실은 그리 만만치 않았다. 그는 어린 나이에 가족을 부양하면서 힘들게 살아가야 했다. 그의 유일한 희망은 동생 찬우와 어머니 옥자였다. 그는 가족을 위해서라면 어떤 고난도 견딜 수 있다고 생각했다.

그는 스스로를 채찍질하며 한숨도 못 자고 일했지만, 그의 마음속엔 언제나 작은아버지의 죽음과 아버지의 무기력이 남아있었다.

그리고 그날 밤, 정찬두는 어둠 속에서 혼잣말을 중얼거렸다.

"인자 어쩌믄 좋다냐?"

그가 밤하늘을 바라보며 굳은 결심을 한 듯 다시 중얼거렸다.

"그려~ 나도 인젠가는 이 세싱에 크게 발자국을 남길 날이 올 것이다."

그의 눈이 어둠 속에서도 빛나고 있었다.

정찬두는 어느 날 이른 새벽, 혼자 들판에 나가 긴 한숨을 내쉬며 멀리 문중 산을 바라보았다. 집안의 빚 때문에 망연자실했던 시간들이 머릿속에 떠올랐다. 전답은 이미 다 팔려나가고 남은 건 빚더미뿐이었다. 더는 맥을 놓고 앉아 있을 수만은 없었다. 그의 얼굴엔 결연한 의지가 담겨 있었지만, 마음 한편엔 여전히 무거운 책임감이 자리 잡고 있었다. 집안의 빚을 떠안고 살아남은 그는 더 이상 나약한 소년이 아니었다. 아버지가 세상을 떠난 후, 가족의 생계를 책임지는 가장으로서의 부담감이 그를 단단하게 만들었지만, 그 무게는 종종 그를 심하게 짓누르곤 하였다.

마을 어귀에서 정씨 문중 어르신 한 분이 정찬두에게 다가왔다.

"기침하셨능게라, 어르신?"

"그려 찬두, 잘 잤능가? 아니시… 이 판국에 잠이 잘 올 리가 없을 테구먼. 그려~ 자네 아버지 일로 참 안됐제만, 이제 자네가 나서야 허네. 시방은 자네가 문중의 장손이고 가장이 되아부렸응께."

문중 어르신이 깊은 한숨을 쉬며 정찬두의 어깨를 토닥였다.

"…"

정찬두가 대답 대신 고개만 끄덕였다.

문중 어르신이 깊은 한숨을 쉬며 정찬두의 어깨를 토닥였다.

"찬두야… 니 마음이야 우리가 다 잘~알제. 허지만 니가 우덜 집안의 기둥인께, 몸 조심해야 헌다. 알긋냐?"

"예, 아제 잘 알겠구만이라."

정찬두가 고개를 끄덕이며 힘없이 대답했다.

'농사지을 땅도 없고, 손 놓고 마냥 앉아만 있을 수는 없제.'

주변 사람들은 그를 보며 안타까워했지만, 정찬두는 이미 각오를 굳히고 있었다. 차가운 새벽 공기가 얼굴을 스치자, 그의 생각이 한층 맑아졌다. 문득 어린 시절 소학교에서 들었던 교사의 말이 떠올랐다.

"큰 사람은 환경을 탓하지 않는다. 결국은 나 스스로 큰 물결을 헤쳐 나갈 수 있는 큰 배가 되어야 한다."

그는 그 말의 의미를 곱씹으며 다시 고개를 들었다. 현실은 힘들었지만, 더 이상 좌절만 하고 있을 수는 없었다. 이제 그의 목표는 단순히 가정을 지키는 것을 넘어, 새로운 삶을 만들어가는 것이 되었다. 길은 험난했지만, 두렵지 않았다.

어둠 속에서도 빛나는 별을 바라보며 그는 나지막이 속삭였다.

"할아버지, 아버지… 그리고 작은아버지. 지켜봐 주시오. 이 찬두가 꼭 해내고야 말 것이오."

정찬두는 고향마을 송정리 뒤에 병풍처럼 둘러선 문중 산을 올려다보았다.

"올체, 어릴 적부터 항시 보아오던 산이, 시방은 우리를 먹여 살릴 수도 있는 것 아니간디?"

그 순간, 그의 마음속에는 이미 산판 사업의 밑그림이 또렷하게 그려지고 있었다. 이제 남은 것은 행동뿐이었다. 정찬두는 굳은 결심으로 두 손을 꽉 쥐고는 천천히 집으로 향했다. 그는 일을 시작하기 전에, 장손으로서 마땅히 거쳐야 할 절차를 밟았다.

며칠 뒤, 그는 문중 어른들을 모아 송정리 사랑채에서 문중회의를 열었다. 널찍한 마루 위에 둘러앉은 촌로들과 종친들이 그의 말을 기다리고 있었다.

정찬두가 허리를 곧게 펴고 입을 열었다.

"큰어르신들, 종친 형님들. 요즘 집안 사정이 참말로 어렵소. 빚은 쌓이고, 농사민으로는 도지히 갚을 길이 없당께요. 더구나 작은아버지 숭해가 일본 유학 중에 갑자기 세상을 뜨신 뒤, 그 충격에 할아버지와 아버지마저 잇달아 돌아가셨소. 집안 기둥 셋이 한꺼번에 무너진 셈이니, 나가 장손으로서 그냥 손을 놓고 있을 수가 없당께요. 허니, 문중 산에 있는 나무라도 좀 베어다 팔아서 빚을 갚고, 우리 집안을 다시 일으켜 볼라 합니다. 허락만 해주신다면, 나 찬두가 몸 다 바쳐 해내보겠소."

잠시 정적이 흘렀다. 어른들은 서로 눈빛을 주고받았다. 몇몇은 고개를 끄덕였지만, 한편에서는 우려의 목소리도 나왔다.

"찬두 장손, 그 산은 우리 문중의 귀한 재산인디, 함부로 벌목하면 안 되제."

"허나 지금 형편이 워낙 딱한디, 장손이 앞장선다 하니 우리도 도와야제."

여기저기서 많은 말들이 튀어나왔다. 그때 집안의 가장 큰 어르신인 백종조부가 마침내 한마디를 하였다.

"찬두 장손 들으시게. 자네 마음속에 진정 정씨 가문의 자존이 살아있는가?"

"네, 그러합니다."

정찬두가 자신 있게 대답하였다.

"그렇다면, 우덜 정씨 집안에는 세 가지 가훈이 있는디, 그중 하나가 득의담연(得意淡然)일세. 즉, 뜻을 얻었을 때는 담담히 행동한다 이네. 종손의 뜻이 정 그러하다면, 내 믿어봄세. 한번 해보시게나."

결국, 문중회의는 신중한 논의 끝에 '산판 허락'을 내렸다. 단, 마구잡이로 베지 말고, 산을 해치지 않는 범위에서 일정 구역을 한정해 벌목하라는 조건이 붙었다.

허락을 얻은 정찬두는 그 길로 준비에 들어갔다. 그는 강단 있는 사람이었고, 마음을 정한 이상 머뭇거림이 없었다. 그는 곧바로 어머니와 동생 정찬우에게 자신의 결심을 전했다.

"엄니, 찬우야. 나가 산에 올라가서 나무를 베어 팔아볼라요. 이래야 우리 집안도 다시 일어날 수 있을 것 같소."

그러나 어머니 옥자가 정찬두의 결정을 듣고 한숨을 쉬었다.

"아따 찬두야, 그 산판 일이 얼마나 험한 일인디… 네 몸이라도 상하면 어쩌려고 그러냐. 아부지 돌아가신 뒤로 너 혼자 이 모든 걸 짊어지고 있는 거 안다만, 그래도 네 몸이 먼저 아니겠냐."

동생 정찬우도 형을 말렸다.

"성님, 산에서 나무 베는 거시 만만찮을 텐디… 내도 조금씩 일 찾아서 벌고 있으니, 굳이 산판까지 나갈 필요는 없지 않겠소?"

그러나 정찬두의 결심은 흔들리지 않았다. 그가 굳은 목소리로 대답했다.

"동상, 자네가 벌어오는 돈으로는 집안 빚을 갚기엔 턱없이 모자릉께. 농사짓기도 어려운 이 판에 산판이라도 해야 집안을 일으킬 수 있당께. 이대로는 안 되네. 지금이 기회일지도 몰라. 나가 이 일을 잘만 해내면 우리 집안을 다시 일으켜 세울 수도 있을 것이여."

어머니 보성댁 옥자와 정찬우가 여전히 걱정스러운 눈빛을 보내왔지만, 정찬두는 굳은 결심을 꺾지 않았다. 정찬두는 한번 마음을 먹은 이상 일을 강단 있게 추진하는 성격이었다.

다음날 이른 새벽, 큰 지게를 짊어지고 도끼를 들고 산으로 향했다. 한 그루씩 나무를 베어내는 동안 그의 손바닥엔 물집이 잡히고, 팔과 다리는 피로에 짓눌렸지만, 그는 멈추지 않았다. 몸이 힘들수록 오히려 이를 더 악물었다.

'아따, 이거시 참말로 사람이 할 일이 아니구먼….'

정찬두가 중얼거리며 손에 생긴 물집을 바라보았다. 그러나 그는 결코 멈추지 않았다. 가족과 집안을 위해선 이 정도 고생쯤은 아무것도 아니라고 스스로를 다독였다. 그의 마음속에는 문중회의에서 했던 다짐이 떠올랐다.

"나가 이 일만 잘 해내면, 우리 집안이 다시 일어설 것이여."

그렇게 몇 달이 지나면서 정찬두의 산판 일은 점점 자리를 잡아갔다. 나무를 베어내는 속도도 빨라졌고, 그가 벌어들이는 수입도 조금씩 늘어났다. 처음에는 혼자 시작했던 일이었지만, 이제는 일꾼들도 생겼다. 열댓 명의 일꾼들이 정찬두를 도와 나무를 베어냈고, 심지어 서울에서 도락구도 한 대 사 와서 나무를 옮기기 시작했다. 정찬두의 사촌 동생도 그를 도와 산감(山監) 일을 시작했다. 마을 사람들은 이제 그의 산판 일을 부러워했다.

하루는 마을 구장이 정찬두를 찾아와서 그를 보며 흡족한 표정으로 말했다. 구장은 마을에서 꽤나 영향력이 있는 사람이었기에, 정찬두는 그가 무슨 일로 찾아왔는지 궁금했다.

"찬두 사장, 참 대단하구먼. 그 험한 사업을 이렇게 잘 해낼 줄은 몰랐당께~ 자네는 역시 정씨 집안의 장손이구만 그려. 어쩌쿠럼 이렇게까지 사업을 잘허게 된 거시여?"

정찬두가 미소를 지으며 겸손히 대답했다.

"뭐 별거 아니구만요. 주위 분들이 지를 많이 도와주시고, 지는 그저 할 수 있는 일을 열심히 하다 보니께 이리된 거라."

구장이 고개를 끄덕이며 말을 이었다.

"하이고, 자네 같은 청년이 마을에 몇 명이라두 더 있으면 좋을 텐디. 그런디 자네, 요즘 돈도 좀 벌고 허니 중매 얘기가 한두 번은 들어왔을 것 아니등가? 내 좋은 혼처가 있는디 함 들어볼 틴가?"

정찬두가 당황스러운 듯 손사래를 쳤다.

"아따, 중매는 무슨 중매요. 나가 아직 그럴 마음이 없당께요."

그러나 구장이 웃으며 말했다.

"그렇지 않아도 자네에게 딱 맞는 처자가 있다고 장흥 이씨 집안에서 중매 부탁이 들어 왔는디. 한번 생각해 보는 거시 어떻겠는가? 내, 자네 어머님 보성댁 마님께는 따로 말씀 올리겄네."

"예, 어르신. 한번 생각혀 보겠습니다."

정찬두는 잠시 고민에 빠졌다. 사업은 이제 막 자리를 잡았고, 결혼까지 생각할 여유는 없었다. 그러나 집안 사정을 생각하면, 장손의 책임을 마냥 무시할 수는 없었다.

며칠 뒤, 정찬두가 어머니에게 중매 이야기를 전했다. 어머니는 이미 구장을 통해서 중매 이야기를 듣고 있었다.

"아이고, 우리 큰아들 찬두도 이제 성혼할 때가 다 됐구먼. 중매 얘기 들어올 줄이야. 이젠 장가도 가고, 너도 어엿한 가정을 가져야 쓰겄지. 글 안해도 구장이 연락을 해왔드라."

보성댁은 그 소식을 듣고는 환하게 웃었다. 옆에서 동생 정찬우도 웃으면서 거들었다.

"성님, 이참에 장가도 가고 사업도 더 잘되면 금상첨화 아니간디요?"

"말이 쉽제. 내게는 사업이 먼저여. 아직 장가갈 마음은 없지만, 엄니랑 동상이 기뻐하는 거 보니 나도 참… 다시 한번 생각해 봐야 쓰겄소."

하지만 그의 머릿속에는 여전히 산판 일이 가득 차 있었다. 집안을 일으키기 위해, 그는 여전히 쉬지 않고 달려가야만 했다. 그럼에도 불구하고 정찬두는 마음 한구석에서 중매 이야기가 떠나지 않았다. 마을 사람들은 그를 청년 사업가로 대단하게 여겼고, 그만큼 책임감도 커졌다. 한편으로는 결혼을 통해 안정을 찾고 싶은 마음도 생겨나기 시작했다. 결국 중매 이야기는 점점 더 구체화되었고, 정찬두는 결혼을 진지하게 고려하게 되었다.

그중에서도 장흥에 있는 장동 마을의 부잣집 첫째 딸, 이순례와의 혼사가 빠르게 성사되었고, 어머니 보성댁은 이씨 집안에서 보내온 사주단자(四柱單子)를 수락했다.

한편, 장흥 이씨 집안에도 봄바람처럼 화사한 기운이 감돌았다. 혼인의 첫걸음인 큰딸 순례의 사주단자가 화순 정씨 댁으로 보내진 그날 밤, 집안은 이른 저녁부터 분주하고 들뜬 분위기로 가득했다.

달빛이 사랑스레 마루를 어루만지며 비치기 시작할 무렵, 순례의 어머니가 다정한 눈빛으로 딸을 불렀다.

"순례야, 이리 와봐라."

"예, 엄니. 왜 그러시요?"

"정찬두 그 사람 말이다. 참말로 성실한 사람 같더라. 니 시집가서 고생은 안 헐 것 같구나, 호호."

이순례는 얼굴을 붉히며 고개를 끄덕였다. 그녀는 비록 정찬두의 얼굴을 한 번도 본 적이 없지만, 그래도 그가 믿음직한 사람일 거라는 생각에 결혼을 흔쾌히 결심했다. 결혼식은 마을의 큰 잔치로 치러졌고 마을 사람들은 두 사람의 혼사를 진심으로 축복해 주었다.

노다지 금광

늦은 오후, 마을 앞 지석천에 노을이 비쳤다. 비늘같이 반짝이던 물결은 황금같이 빛이 났다. 그의 친구 조상만이 찾아와 한 가지 흥미로운 이야기를 들려주었다.

"찬두 사장, 기운동 뒷산에 있는 활용동에 금골이라는 골짜기를 알제? 거그에 동굴이 있다는디, 거시기 거그에 '노다지'가 묻혀있다는 소문이 있구먼."

"상만이, 뜬금없이 노다지가 뭔 말이당가?"

"아 금맥 말이여. 금골이 왜 금골이겄는가? 그라고 근처에 이양 탄광, 화순 탄광이 있지 않은가? 원래 금맥은 탄광 근처에 많이 존재한다는 말이 있구먼."

"참말이랑가? 그런디?"

청찬두의 눈동자가 차츰 커지고 눈썹이 올라갔다.

"요즘 조선 팔도에서 금광 사업이 유행이라는디, 자네도 한번 해보는 거시 어짜겄는가? 자네가 산판에서 보여준 배짱과 운영 능력이라믄 충분히 성공할 거시라고 보는디…"

"흠… 황금 노다지라… 고것이 사실이라믄, 한번 해볼 만한 사업일 텐디?"

조상만의 이야기를 들은 정찬두는 온몸의 피가 끓어오르며, 가슴이 미친 듯이 요동치는 것을 느꼈다. 그의 머릿속엔 벌써 금광 사업의 성공으로 더욱 넓어진 부와 명예가 그려지기 시작했다.

기운동 뒷산의 금골은 정씨 집안의 땅, 곧 정찬두의 소유나 마찬가지였다. 그는 산판 사업으로 이미 큰 성공을 거두고 있었지만, 항상 더 크고 새로운 도전을 꿈꾸던 정찬두는 요즈음 조선에서 한창 유행하는 사업이라는 금광사업에 도전해 보기로 작정한 것이다. 다만 금광 사업은 그가 지금까지 해오던 산판 사업과는 전혀 달랐다. 그는 금광 사업에 대해 더 깊이 알아보기 위해 평소 산판 사업을 하며 친분을 쌓아온 일본인 사업가 요미우라 씨에게 조언을 구하기로 했다. 요미우라는 일본에서 다양한 광산 사업을 경험한 전문가였다. 다행히 정찬두의 요청을 받은 그가 기꺼이 도움을 주겠다고 약조했다.

"찬두 상, 현재 조선에서 금광사업을 하려면 총독부로부터 '금광개발권' 허가를 먼저 받아야 합니다. 그런데 허가증을 받기가 하늘의 별 따기로 어렵습니다. 아울러 금광 사업은 큰 꿈을 가져야 하지만 동시에 매우 신중해야 합니다. 초기 투자와 계속되는 관리가 중요합니다. 먼저 금골을 사전 조사해 보고 금맥의 가치와 경제성이 있는지 평가해야 합니다. 제가 일본에서 데려온 기술자와 함께 직접 현장을 조사해 보겠습니다."

요미우라의 도움으로 정찬두는 금골에 대한 좀 더 자세한 조사를 진행했다. 기술자들이 금골에서 소량의 금맥을 발견했지만, 그 양은 예상보다 적었다. 요미우라가 냉정하게 말했다.

"이 금골은 잠재력이 있습니다. 그러나 시설 투자와 노동 비용을 생각하면 현재 상태로는 큰 수익을 기대하기 어렵습니다. 그래도 투자 여력이 있다면 기술을 개선하고 추가로 탐사를 진행하는 것을 추천합니다."

정찬두는 고민에 빠졌다. 이미 산판 사업으로 벌어들인 자금을 금광에 쏟아부을 준비가 되어있었지만, 투자 위험도가 컸다. 그럼에도 불구하고 그는 결정을 내렸다.

"도전하지 않으면 후회할 것 같소. 요미우라 상, 우리 함께합시다."

요미우라가 그의 확고한 의지를 재차 확인하고는 고개를 끄덕였다.

"좋습니다. 그렇다면, 우선 총독부에 아는 친구가 있으니, 그를 통해 한 번 알아보겠습니다."

며칠 후, 요미우라로부터 만나자는 연락이 왔다.

"찬두 상, 금광을 개발하려면 먼저 광업권을 신청해야 하는데, 이게 그리 간단한 일이 아닙니다. 정식으로 신청하고 나서 허가가 나올 때까지 몇 년씩 걸릴 수도 있지요. 하지만 시간을 단축할 수 있는 방법을 하나 알아냈습니다."

그는 잠시 숨을 고르며 목소리를 낮추었고, 눈빛은 더욱 또렷해졌다.

"예전에 중단된 '기존 광업권'을 인수한 뒤, 사업 장소만 변경해서 신청하는 겁니다. 이 경우엔 절차가 간단해지고, 허가도 거의 즉시 나올 겁니다."

"아, 그런 방법이 있었군요! 요미우라 상, 그것이야말로 정말 기가 막힌 방안 아닙니까?"

정찬두가 감탄하며 요미우라의 두 손을 덥석 잡았다. 요미우라가 고개를 끄덕이며 말을 이었다.

"지금 장성군 북일면에 미쓰이 광산이 운영하다가 중단된 금광이 하나 있습니다. 매장량은 많지 않지만 아직 금이 남아 있어서, 매각을 하더라도 가격이 꽤 나갈 겁니다. 반면에 고흥군 대서면 금곡리에는 다이니혼 주식회사가 운영하다가 폐쇄한 금광이 있는데, 이곳은 매장량이 거의 바닥난 상태라 광업권을 아주 싸게 넘길 가능성이 높습니다."

정찬두가 자리에서 몸을 조금 앞으로 내밀며 눈빛을 반짝였다.

"그렇습니까? 그럼 혹시 요미우라 상께서 그 광업권 인수를 도와주실 수 있겠습니까?"

요미우라는 조심스럽게 고개를 끄덕이며 입가에 미소를 지었다.

"물론이죠. 제가 일본 상회 쪽 인맥이 좀 있으니, 다이니혼 측과 접촉해 보겠습니다. 그리고 그 광업권을 인수하면, 사업지 변경 신청도 제가 총독부 쪽에 잘 말해 두겠습니다."

"고맙습니다. 이 일만 잘되면, 우리도 드디어 뭔가 큰일을 시작할 수 있겠군요."

정찬두가 무릎을 치며 벅차오르는 마음을 감추지 못했다.

"하지만 서두르지 마시오. 이런 일은 조용히, 은밀하게 처리해야 합니다. 누군가가 눈치채면 괜한 경쟁이 붙거나, 방해를 받을 수 있어요."

요미우라의 말에 정찬두가 다시금 진지한 표정으로 고개를 끄덕였다.

"예, 명심하겠습니다. 그럼, 일단 고흥 금곡리 광업권을 우선적으로 검토해 주십시오. 필요하다면 현장도 직접 다녀오겠습니다."

"좋습니다. 며칠 안에 다시 연락드리죠."

정찬두는 어차피 그를 통해서 시작된 일이었으니, 광업권 취득과 허가를 받는 것까지도 요미우라의 도움을 받기로 하였다. 그는 조선총독부에 인맥이 있었고, 당시 일본인 명의로 광업권을 취득하는 것이 훨씬 수월했기 때문이었다.

정찬두는 며칠 후에 그를 다시 만났다. 좀처럼 감정을 드러내지 않던 요미우라가 드물게 말을 빠르게 쏟아냈다.

"찬두 상, 기쁜 소식이오. 광업권을 받아왔소."

요미우라는 전혀 예상하지도 못한 상황에서 다이니혼 주식회사로부터 고흥군 대서면의 광업권을 받아온 것이다.

"요미우라 상! 무슨 말씀이신지요? 가격 협상도 없이, 매수금도 지불하지 않았는데… 벌써 광업권을 받아 오셨다니요?"

"그렇소. 찬두 상! 당신은 참으로 복이 많은 사람이오. 다이니혼 주식회사에서는 어차피 폐광된 사업이고, 앞으로는 전라도에서의 사업 계획이 더 이상 없기에 무상으로 주겠다고 하여 그냥 받아왔지요. 하하하"

"네~ 그렇군요. 수고 많으셨습니다. 정말 감사합니다. 요미우라 상."

"아닙니다. 찬두 상. 우리가 그저 운이 좋았을 뿐입니다."

요미우라가 일본인 특유의 겸손함으로 머리를 조아리며 겸연쩍어하였다. 그런 연고로, 형식상 광업권의 명의는 요미우라로 등록하기로 하고, 실질적인 투자와 운영은 정찬두가 책임지는 방식으로 추진되었다. 요미우라는 곧 조선총독부에 금골 일대에 대한 광업권 설정 허가를 신청하였다. 며칠 후, 총독부로부터 다음과 같은 공문이 도착했다.

〈조선총독부 광업국 문서 제1939-264호〉
전남 화순군 이양면 송정리 산 37-2번지 일대 금광 개발권,
신청인 요미우라 겐지로 광업권 설정 허가 승인.
조건부: 6개월 내 탐사 착수, 1년 내 생산 보고서 제출.

허가증을 받은 날, 정찬두는 벅찬 감정을 감추지 못했다. 문서를 손에 쥔 채 숨을 고르며 혼잣말로 되뇌었다.

"이제 진짜 시작이다… 우리 조선 사람 손으로 다시 캐내는 금, 내 손으로 한번 만들어보자."

이렇게 하여 다이니혼 주식회사로부터 권리를 넘겨받은 그는, 조선총독부의 정식 허가를 받은 후, 정씨 문중 소유인 화순군 이양면 송정리 기운동 뒷산 금골에 '정금광업소'라는 이름으로 금광 개발에 착수하게 되었다.

드디어 정찬두와 요미우라가 금골을 본격적으로 개발하기 시작했다. 일본에서 최신 발파 및 채굴 장비들을 들여오고, 조선의 노동자들과 일본의 기술자들이 협력하며 금골은 활기를 띠었다. 그러나 예상치 못한 난관들이 그들을 기다리고 있었다. 금맥은 발견되었지만 금의 양이 매우 적었고, 초기 시설 투자금이 빠르게 소진되었다. 정찬두는 조상만과 요미우라에게 자금을 추가로 융통하며 사업을 이어갔다. 그러나 사업은 점점 깊은 수렁으로 빠져들었다. 조상만이 친구의 몰락을 막기 위해 새로운 방안을 제안했다.

　"찬두 사장, 이렇게는 안 되겠네. 금맥이 있는 다른 금광을 찾아보든지, 금광을 다른 일본 사업가들에게 넘기는 것도 생각해 보시게. 그들이라면 이곳에서 더 큰 자본과 기술력으로 금을 캐낼 수 있을 거 같든디. 자네가 잃는 건 아니여~ 오히려 자네는 금골의 가치를 팔아 손해를 줄일 수 있당께."

　하지만 그는 쉽게 포기할 수 없었다. 그는 마지막으로 요미우라와 상의했다.

　"요미우라 상, 내게 조금 더 시간이 필요합니다. 금골에 묻힌 잠재력을 끝까지 확인해 보고 싶소."

　요미우라가 고개를 끄덕였다.

　"정찬두 상의 의지는 대단합니다. 하지만 더 이상 손실이 커지지 않도록 신중히 판단해야 합니다. 이 사업에서 중요한 것은 단지 금이 아니라, 믿음과 관계입니다. 그걸 잃지 않기를 바랍니다."

　산판에서 벌어들이는 돈은 나오는 족족 금광개발로 들어갔다. 그러나 금골에서 금맥을 찾기는 했지만, 들어가는 투자금에 비하면 캐내는 금의 양이 턱없이 적었고, 초기 시설 투자금이 너무 많이 들어갔다. 자금은 곧 바닥이 보이기 시작했고, 급전을 융통하여 조달했지만 밑 빠진 독에 물 붓기였다. 결국은 부도가 났다. 욕심이 과했고, 지나친 욕심이 화를 자초

했다는 표현이 맞을 것이다.

결국 정찬두는 산판사업과 금광사업을 모두 매각하기로 결정했다. 금골의 권리는 일본의 대형 금광 회사에 넘겨 손실을 최소화했다. 실패한 금광 사업을 뒤로하며, 그는 많은 것을 배웠지만 남은 것은 아무것도 없었다. 마지막 빚을 정리한 후, 그가 허탈한 표정으로 아내 순례를 바라보았다. 그녀는 아이들을 품에 안고 말없이 눈물을 흘리고 있었다.

"정숙이 아부지! 이 일을 어쩌면 좋단 말이오…."

장흥댁이 울먹이며 말했다. 정찬두는 굳은 얼굴로 그녀를 바라보았다. 그러나 그의 결심은 변하지 않았다.

그 후, 정찬두가 매각한 금광을 인수한 일본의 '미쓰이 금광 회사'는 다시 한번 광산 전문가들을 투입하여 정밀 조사를 진행했다. 그리고 정찬두가 포기한 지점으로부터 불과 열 척(尺)을 더 파고 들어가자 거대한 금맥이 발견되었다. 후에 이 소식을 전해 들은 정찬두는 하늘을 바라보며 씁쓸한 미소를 지었다.

"참으로 안타깝도다. 내가 조금만 더 인내하고 확신을 가졌더라면… 그러나 실패는 끝이 아니다. 그것은 다음 성공을 위한 밑거름일 뿐이다."

우리네 인생은 나뭇잎 한 장 차이보다도 더 얇은 실패와 성공 사이에서 어떠한 선택을 하여야 하는지 정찬두는 아직 깨닫지 못하고 있었다.

"이대로 주저앉을 순 없지. 처음부터 다시 시작해야겠군. 아무래도 고향을 떠나야겠어."

정찬두의 눈빛이 다시 한번 결의로 빛났다. 실패는 그에게 또 다른 출발을 의미할 뿐이었다.

"임자! 이래갖고는 안 되겠네. 실패는 끝이 아니여. 다음 성공의 밑거름일 뿐이구먼. 처음부터 새로 시작해야 쓰겠네. 아무래도 우리 식구들이 고향을 떠나야겠구먼."

바느질을 하던 장흥댁이 놀란 표정으로 남편을 쳐다봤다.

"여그서 농사도 못 짓고, 갈 데가 어딨다요? 도대체 어디로 갈 수가 있단 말이요?"

"만주로 가야겠구먼. 수많은 사람덜이 만주로 간다는디, 우덜도 거그에 가기만 한담사 뭐라도 시작할 수 있겠제."

정찬두가 어머니께 자신의 굳은 결심을 확인하듯 다시 한번 말했다.

"엄니, 지들은 만주로 떠나겄습니다. 거그에 가서 모든 것을 새로 시작하겄습니다."

"만주라니? 식솔들 데리고 그 먼 데를 어찌 간단 말이냐?"

"엄니! 많은 사람들이 새로운 세상을 찾아서 만주로 가고 있다고 안허요. 지도 그곳에 가서 새롭게 시작해 볼랍니다."

결심에 찬 목소리로 말하는 그의 얼굴엔 단호함이 가득 서려 있었다. 어머니 보성댁 마님은 남편을 비망간에 떠나보내고, 의지하던 큰아들마저 멀리 타향만리로 떠난다니 가슴이 철렁 내려앉았다. 그러나 자신의 욕심으로 아들의 날개를 꺾고 싶지는 않았다.

"그려~ 알긋다. 인생지사 새옹지마(塞翁之馬)라고 하지 않더냐? 흥함이 있고 쇠함이 따라오면, 흥함도 반드시 다시 오게 되어있느니라. 그 쇠함을 들어 쇠함이라고 일컫지 말그라."

정찬두 식솔들이 이양을 떠나 만주로 가는 날, 어머니는 정찬두의 손을 꼭 잡고 아무 말씀도 하지 않았다. 그녀는 어쩌면 이것이 큰아들 찬두와 마지막 이별일 수도 있겠다는 생각을 했다. 그래도 옆에는 남아있는 작은아들 찬우가 있으니, 자기가 죽을 때 임종(臨終)은 해줄 거라고, 믿고 싶었다. 큰아들 찬두는 떠나고 없더라도 작은 아들 정찬우가 상여 맨 앞에서 서서 상주 역할은 해줄 거라고 굳게 믿었기에, 서럽도록 슬프지도 않았고 눈물도 나지 않았다.

"아범아, 부디 다치지 말고 건강하거라잉? 부디 이 어매는 걱정하덜 말고, 니 가족과 새끼들 잘 챙기거라."

"알겠습니다, 어머님. 어머님께서두 부디 건강하시게라."

가족 모두 큰절을 하면서 정찬두가 어머니와의 마지막 작별을 느꼈는지, 처음으로 '어머님'이란 호칭을 했다. 어머니는 마음 같아서는 '아들아! 부디부디 잘 가거라!'라고 외치면서 마지막으로 한번 꼭 안아주고 싶었지만, 눈물을 꾹꾹 참고 있었다.

"잘 댕겨오너라."

떠나는 날, 마을 사람들이 그를 배웅했다.

"찬두, 만주에 가면 조심허야 한다잉. 애기들이랑 제수씨도 잘 챙기고… 자네는 뭣을 해도 잘할 것이여. 나는 자네를 믿제 암~."

조상만이 걱정스런 표정으로 말했다.

"고맙네, 상만이. 나가 꼭 성공해서 돌아올랑께."

막상 헤어지는 마지막 순간이 되자, 어머니가 그의 손을 꼭 잡으며 놓으려 하지 않았다.

"정숙 아범아, 아무리 어려워도 건강만은 챙겨라. 그라고… 니 새끼들과 안사람 순례를 잘 보살피거라."

"예, 어머니, 다녀오겠습니다."

정찬두는 어머니의 주름 잡힌 눈가에 얼핏 스치는 눈물을 보았다. 그는 차마 어머니를 마주 바라보지 못하고 눈길을 돌렸다. 그가 애써 하늘을 바라보며 마음속으로 결심했다. 장흥댁은 아들네가 신작로를 돌아서 보이지 않을 때까지 여전히 멀리서 눈물을 훔치며 바라보고 있었다. 정찬두가 뒤를 돌아보니, 어머니는 아직도 어서 가라는 듯 손등을 밀면서 손을 흔들고 서 있었다.

'어머니, 나는 결코 멈추지 않을 것이오. 우리 가족과 후손들이 더 나은

삶을 살 수 있도록 끝까지 나아갈 것이오.'

정찬두는 멀리 어머니를 뒤돌아보며 주먹을 불끈 쥐며 다시 한번 다짐했다. 그러나 그는 그것이 어머니와의 마지막 이별이라는 것을 그때는 미처 느끼지 못하고 있었다.

꿈을 안고 만주로

1931년 9월 18일, 일본 관동군은 스스로 남만주 철도 선로를 폭파해 놓고는 곧바로 '중국군의 공격'이라고 발표했다. 피해는 미미해 열차 운행에도 지장이 없었지만, 일본군은 이를 구실 삼아 중국 군영을 습격했고, 불과 몇 달 만에 만주 전역을 장악해 버렸다.

이듬해, 청나라 마지막 황제 푸이가 다시 황제로 옹립되어 '만주국'이 세워졌다. 그러나 그것은 명목상의 나라였을 뿐, 실상은 일본의 꼭두각시에 지나지 않았다. 장제스의 국민정부는 공산당과의 내전에 발이 묶여 일본과 정면충돌을 피했고, 국제연맹의 비난조차 일본을 멈추게 하지 못했다.

만주는 오래도록 독립군의 근거지였다. 일본의 무력 점령은 큰 타격이었으나, 동시에 항일의 불씨를 더욱 치열하게 지폈다. 조선인과 중국인들이 함께 싸워야 한다는 자각이 널리 번지면서, 만주는 다시금 저항의 땅이 되어갔고, 만주국은 더 많은 군병력이 필요하였다.

정찬두는 아내와 두 아이, 정숙과 현기를 데리고 만주에 정착했다. 모든 것이 낯설었고 새로운 땅이었지만, 삶을 다시 일으킬 수 있는 마지막 희망처럼 보였다. 그러나, 그가 발을 들여놓은 이 땅이 앞으로 그의 운명을 송두리째 바꾸어 놓으리라는 것을 정찬두는 몰랐다.

1938년 10월, 찬바람이 매섭게 불어오는 봉천(奉天)의 어느 날, 정찬두가 무거운 발걸음으로 만주군관학교의 교문을 넘었다. 조용히 주위를 둘러보던 그는 아직 어색하게 느껴지는 군복의 옷깃을 고쳐 잡으며 깊은숨을 내쉬었다. 이곳에서의 생활이 어떻게 펼쳐질지 알 수 없었지만, 그는 고등보통학교 시절부터 운동으로 단련된 체력과 각오로 자신을 다잡았다.

만주에 도착한 처음, 정찬두는 가족을 위해 할 수 있는 모든 일을 찾아 나섰다. 광활한 땅 만주는 가도 가도 끝이 없었다. 사람들은 강 옆 버려진 습지에서 논을 개간하거나, 산속 깊이 들어가서 화전을 일구기도 하였고, 광활한 땅에서 옥수수를 심기도 했다. 정찬두는 원래부터 농사는 지을 줄을 몰랐고, 장사를 시작할 남아있는 자금도 수중에 없었기에 군대에 들어가기로 결심했고, 봉천군관학교에 지원하여 군대에서 일하며 가족을 부양할 방법을 찾았다. 그곳에서 먹을 것과 잠자리는 해결될 것이라 믿었기 때문이다.

정찬두가 혼자서 중얼거리며 멀리 펼쳐진 만주 벌판을 바라보았다.

"내가 만주를 찾아온 것이 아니라 내가 이곳에 있으니 만주를 만난 것이다."

다행히 벌목과 금광 사업 당시 만났던 일본인 요미우라 씨가 정찬두의 성실함과 정직함에 깊은 인상을 받았고, 만주군관학교에 그의 입학을 흔쾌히 주선해 주었다. 특히 사업할 때 진 빚을 깨끗하게 갚았던 것이 요미우라 씨에게 아주 좋은 인상을 남겼던 것이었다. 입학이 빠르게 진행되었다.

'봉천만주군관학교'는 일본 육사와 유사한 학제와 훈련 방식을 따랐다. 입학 전 군사훈련, 졸업 후 견습사관 복무기간을 포함하여 2년제로 운영되었으며, 실제 교육기간은 만 1년에 불과했다. 그러나 그 짧은 기간의 훈련은 극도로 혹독했다. 일본군 특유의 엄격한 훈련방식과 만주 지역의 험난한 상황이 결합되어, 훈련은 실전을 방불케 했다. 학교의 목표는 항일

세력, 공산 게릴라, 마적(馬賊) 등 다양한 적들을 상대할 장교를 양성하는 것이었다.

군관학교 구내를 걸으며 정찬두가 멀리서 한 생도가 다가오는 것을 보았다. 큰 키에 날카로운 눈매와 반듯하게 열린 가슴에 자신감을 가진 그는 일 년 선배인 정인권이었다. 정인권은 이미 성적 우수자로 이름난 인물이었다.

"선배 생도 정인권일세. 반갑네."

정인권이 온화한 미소를 띠며 자신을 소개했다.

"반갑습니다. 신입생도 정찬두입니다."

정찬두가 바짝 긴장된 자세로 경례를 붙였다. 두 사람은 짧게 인사를 나누고 자연스레 구내를 거닐기 시작했다.

"정 선배님, 이곳 군관학교의 생활은 어떻습니까?"

"오까게사 마데(덕분에 잘 지내네)."

정인권이 지극히 일본스러운 인사치레로 건성으로 대답하였다.

"아니, 그게… 여기 훈련이 그렇게 힘들다던데 정말입니까?"

정찬두가 물었다. 정인권이 미소를 지으며 고개를 끄덕였다.

"훈련이야말로 다 설명할 수 없지. 만주군관학교는 일본 육사와 학제부터 훈련 방식까지 거의 같네. 훈련이라기보다 실전이라고 생각해야 할걸세. 이곳에서의 교육은 단순히 책상에 앉아 공부하는 게 아닐세. 조선인 항일세력, 공산 게릴라, 마적… 실전 교육훈련을 나가면 바로 그런 놈들을 모두 상대해야 하네."

정찬두는 그 말을 듣고 잠시 생각에 잠겼다. 훈련이라고 해도 실제 교전까지 이어질 줄은 상상도 못 했다.

"그 비적(匪賊) 토벌 실습이 정말 그런 거였구면요. 들었긴 했는데, 조선인 항일독립세력도 비적 취급이라뇨. 참말로 나중에 그들과 맞닥뜨리면 어떻게 해야 할지… 복잡한 세상입니다."

정인권이 고개를 끄덕이며 대답했다.

"맞네. 비적이라고 불리는 게 꼭 마적만은 아닐세. 비적이란 이름으로 모든 적들을 싸잡아 부르지. 독립군이든 팔로군이든 국민당 게릴라든 일본군 입장에서는 모두를 '비적'으로 부르고, 그들은 일반 토벌 대상일 뿐이네."

그때, 일본계 생도들이 지나가면서 일부러 들으라는 듯이 낮은 목소리로 "조센징"이라고 중얼거렸다. 정찬두는 얼굴이 굳어졌지만, 정인권은 태연한 표정을 유지했다.

"왜 이렇게 뻔뻔하게 대놓고 차별과 멸시를 하는지 모르겠군요…."

정찬두의 분노를 짐작하며 정인권이 담담하게 말했다.

"일본계 생도들은 우리랑 다르지. 저들은 쌀밥을 먹고, 우리는 잡곡밥을 먹고 있었네. 구내에서 만주계 생도들조차 우리랑은 접촉도 하지 않아. 헌병대의 지시 때문이지. 차등 급식이야 어떻게든 항의해서 폐지되긴 했지만, 그들이 우리를 어떻게 바라보는지는 명확하네. 하지만 차별이 우리를 무너뜨릴 수는 없지."

정찬두가 속에서 치밀어 오르는 분노를 꾹 참으며 물었다.

"정말 이런 차별을 참고 지낼 수 있을까요, 정 선배님? 여기서 우린 일본식의 군대를 배운다는 이유로 이래야만 합니까? 여기는 만주국 아닌가요?"

정인권이 깊은숨을 내쉬며 그의 눈을 똑바로 바라보았다.

"정찬두 신입생! 만주국도 결국은 일본 대제국의 일부라는 것을 모르는가? 우리는 더 큰 것을 봐야 한다. 여기서 무엇을 배우느냐가 중요하지, 그들이 우리를 어떻게 대하느냐는 중요치 않아. 홍사익 장군도 말했듯이, 우리가 군인이 되어 이곳을 떠나면 언젠가는 결국 우리를 위해 힘을 쓸 날이 올 걸세."

정찬두가 잠시 머뭇거리다 물었다.

"그렇다면… 혹시 조선 독립을 염두에 둔 조직 같은 것도 있다는 겁니까?"

정인권이 조심스러운 표정을 지으며 고개를 끄덕였다.

"사실 이곳에도 건국동맹과 연결된 이들이 있지. 그러나 학교의 기본 입장은 학교 내에서 어떠한 정치활동을 허용하지 않고 있다네."

정인권이 단호하게 말을 이어갔다.

"그렇기에 여기서 일본군의 방식으로 배운다고 해서 그들에게 굴복하는 게 아니야. 오히려 이곳에서 배운 것들을 우리의 목표를 위해 사용할 날이 오겠지."

정찬두는 정인권의 말을 듣고 결심이 섰다. 이곳에서 배울 것은 단순히 군사교육이 아니었다. 그것은 자신의 미래를 준비하는 과정이었다.

만주 봉천군관학교의 훈련과 생활은 마치 번개와 천둥이 몰아치는 폭풍우 속같이 살벌하게 진행되었다. 아침마다 신사참배를 하고, 저녁이면 하루를 반성하는 일기를 써야 했다. 교관들은 일본 천황에 대한 충성과 대동아 성전을 강조하며 매일 훈화를 늘어놓았다. 그러나 이런 교육은 들을수록 조선인 생도들의 민족의식을 자극하는 역효과를 가져왔다.

만주 봉천군관학교의 가을이 깊어지면서, 서늘한 바람이 학교 구석구석을 스쳐 지나가고 있었다. 학생들은 훈련과 수업으로 정신없이 바쁜 나날을 보내고 있었지만, 이곳에서는 겉으로 드러나지 않는 또 다른 전쟁이 벌어지고 있었다. 그것은 이념의 전쟁이었다.

어느 날, 정찬두는 훈련을 마치고 내무반에 들어와 선·후배들과 마주 앉았다. 방 안 공기는 젊은 피의 열기로 가득 차 있었고, 사상과 이념, 조국의 미래를 두고 격렬한 논쟁이 이어지고 있었다. 정인권, 박찬희, 이덕기 등은 저마다의 신념을 내세우며 팽팽히 맞섰다.

먼저 입을 연 사람은 정인권이었다. 그는 늘 그렇듯 목소리에 강단이 서 있었고, 확신에 찬 어조로 말을 뱉어냈다.

"우리 민족이 살아남고 이기려면 서양의 민주주의와 일본의 자본주의를 반드시 받아들여야 한다고 생각하네. 그것이야말로 장차 조국을 구할 길일세."

그의 말은 조금의 의심도 허용하지 않는 듯 단호했다. 그러나 곧 박찬희가 비웃듯 조소를 지으며 맞받았다. 그의 눈빛은 불꽃처럼 치열했고, 내면의 신념이 타오르는 듯했다.

"그건 착각일 뿐입니다. 일본은 자본주의가 아닌 제국주의에 기본하고 있습니다. 그리고 자본주의라는 것은 결국 소수의 부자들을 위해 다수의 민중을 착취하는 체제 아닙니까? 조선이 그들의 손아귀로부터 더 이상 자유로울 수 없다는 건 이미 뼈저리게 경험한 바 아닙니까? 우리가 나아갈 길은 공산주의 혁명입니다. 민중이 주인이 되는 세상, 그것이야말로 진정한 해방이지요."

박찬희의 말에 이덕기가 고개를 끄덕이며 힘을 보탰다.

"맞습니다. 박찬희 군 말이 옳습니다. 일본 제국주의도 결국 자본주의의 산물이 아닙니까? 그들이 내세우는 대화혼(大和魂)이라는 것도 결국 민중을 억압하고 조선을 지배하기 위한 껍데기일 뿐이지요. 우리에게는 인민을 근본에 두는 사회주의, 그 근본 위에 세워지는 공산주의만이 조국을 완전히 해방시킬 수 있습니다. 혁명 외에는 길이 없습니다."

정인권은 두 사람의 열띤 목소리를 듣다가, 조용히 한숨을 내쉬었다. 그는 의자에 몸을 고쳐 앉으며 차분하지만 무게 있는 어조로 말을 이어갔다.

"이천 년 전에도 이념의 사상은 크게 두 갈래로 나뉘어 있었네. 하나는 헬레니즘, 다른 하나는 헤브라이즘이지. 헬레니즘은 인간 중심의 철학, 즉 유물론적 사상으로서 훗날 사회주의와 공산주의가 뿌리를 내린 사상이라 할 수 있네. 반면, 헤브라이즘은 신을 중심으로 한 신본주의로, 우리의 정신세계를 지배해 온 근본 사상이야. 그렇기에 러시아나 중국의 공산주의자들은 종교를 결코 인정하지 않는 것일세."

그는 잠시 말을 멈추고 세 사람을 둘러보았다.

"제군들의 이상이 매력적인 건 사실일세. 하지만 현실을 직시해 보게. 로씨아가 정말 우리가 본받아야 할 국가라고 생각하나? 그들은 권력을 잡은 후 폭정과 독재로 세계 평화주의를 혼란에 빠뜨리고 있지 않은가. 과연 공산주의가 인간의 자유와 권리를 지켜낼 수 있는 체제라 말할 수 있겠는가?"

잠시 정적이 흘렀으나, 박찬희가 굴하지 않고 단호히 맞섰다. 작은 체구였지만 그의 태도는 결연했고, 눈빛은 더욱 매서워졌다.

"그건 어디까지나 과도기의 혼란일 뿐입니다, 선배님. 모든 혁명은 고통과 희생을 수반하지요. 그러나 그 희생이야말로 더 나은 미래를 위한 것입니다. 우리는 반드시 그 길을 감수하고 나아가야 합니다."

그의 목소리에는 흔들림이 없었다. 비록 정찬두보다 학년은 낮았지만, 나이는 두 살 많았고, 오히려 더 노련한 기개를 보여주곤 했다. 게다가 그는 모든 1학년 생도들을 이끄는 생도대장, 곧 대대장이었다. 날카로운 통찰력과 철저한 규율로 동기들을 지휘했고, 빈틈없는 군기와 불굴의 신념을 품은 젊은 지휘관으로 누구보다 당당했다. 내무반 안은 다시 뜨겁게 달아올랐다. 그러나 한쪽에 앉아 있던 정찬두는 끝내 아무 말도 하지 않았다. 그저 묵묵히, 차갑지도 뜨겁지도 않은 표정으로 그들의 논쟁을 조용히 지켜볼 뿐이었다.

이곳 만주 봉천군관학교에서 생도들 사이에서 벌어지는 사상적 갈등은 그에게도 고민을 안겨주었다. 그러나 그는 굳이 그 논쟁에 끼어들지 않았다. 정찬두는 가족이 있는 집을 생각했다. 홀로 남으신 어머님은 그가 이념에 휘말려 싸우는 것을 바라지 않으실 것이라고 확신하고 있었다. 어머니는 그저 그가 건강하게 돌아오기를 바랄 것이다. 그래서 정찬두는 논쟁이 벌어질 때마다 늘 뒤로 물러서곤 했다. 불필요한 갈등에 휘말리고 싶지 않았던 것이다. 그러나 그날은 달랐다. 정찬두가 처음으로 입을 열었다. 논쟁이 격렬해지면서 자신도 모르게 말을 뱉고 말았다.

"찬희 군, 덕기 군은 정말로 공산혁명만이 답이라고 생각하시는가? 그건 너무 위험한 길일지도 모르지. 조국을 위해 싸워야 한다는 것은 맞지만, 그 방법이 꼭 공산주의여야 한다고 생각하지는 않네. 나는 막시즘을 이해하고 동의하지만, 막시즘은 이미 낡고 진부한 이론에 불과하네. 뭔가 새로운 혁명이론이 필요할 걸세."

정찬두가 말하는 방식은 그동안의 침묵과는 달리 확신이 담겨있었다. 그 순간, 이덕기는 정찬두가 지금까지 자신의 마음을 숨기고 있었음을 깨달았다. 이덕기가 고개를 들며 비꼬듯이 물었다.

"그럼, 정 선배님은 무엇을 믿습니까?"

정찬두는 그의 질문 태도에 조금은 불쾌하였으나, 잠시 생각하다가 이내 웃음 띤 얼굴로 말을 더듬으며 대답했다.

"나는… 나는 무엇을 '믿는다'기보다는 우리 모두가 공생할 '평화'를 꿈꾼다네. 이념의 싸움도 중요하지만, 방법이 잘못되면 우리의 희생만 늘어날 뿐이지."

그 말을 듣고 있던 이덕기가 깊은 한숨을 내쉬었다. 정찬두의 말이 그를 곤혹스럽게 만들었던 것이다. 그는 가족을 잃었고 더는 물러설 곳이 없었다. 비록 지금은 일본을 위하여 만주군으로 복무하고 있지만, 조국의 독립을 위해 무엇을 해야 할까 고민을 해야 했고, 그게 공산주의 혁명이든 무장투쟁이든 상관없었다. 그러나 정찬두의 입장을 들으니, 자신이 놓친 또 다른 사실이 있다는 것을 깨달았다. 밤이 깊어지면서 논쟁은 점점 더 격렬해졌다. 그럼에도 불구하고, 정찬두는 박찬희와 이덕기가 말하는 공산주의 혁명에 대한 동질감을 느끼기는 하였지만, 여전히 방법론에는 차이가 있었다.

만주의 가을은 깊어졌고, 봉천군관학교의 생활은 더욱 혹독해졌고 정찬두는 점점 더 단단해지고 있었다. 그는 이곳에서 배운 모든 것을 자신의 목표를 위해 활용할 것을 다짐했다. 그는 밤하늘을 바라보며 속으로 다짐했다.

"내가 선택한 이 길이 옳은지는 알 수 없지만, 우리 가족을 위해 끝까지 나아가리라."

군관학교 교육을 마친 정찬두는 신설되는 관동군 제1방면군 제6관구 소속으로 자대 배치를 받았다. 제1방면군은 1942년부터 만주국 북부에 주둔하고 있었는데, 소비에트 연합군의 만주국 침공 당시에는 사령부가 선양시(沈阳市)에서 연변 둔화시(敦化市)로 이동하였으며 러시아와 직접 교전을 한 부대였지만, 교전 당시에는 러시아 붉은 군대의 적수가 되질 못했다.

부대는 원래 사쿠라이 료조가 사령관이었으나, 후임인 기타 세이이치가 사령관으로 부임하면서 장교들의 기강이 해이해지기 시작했다. 특히, 막바지에는 만주 출신들과 조선 출신 장교들이 팔로군과 독립군으로 귀의하는 집단 이탈이 시작되었다.

별빛의 길, 형제의 만남

1941년 가을은 조선의 땅을 단풍의 붉은 물결로 아름답게 물들이고 있었다. 화순의 들판에서 가을바람은 사뭇 쓸쓸하게 느껴졌다. 정찬우가 바람을 등지고 선 채로 황량한 송정리 들판 너머 도림역을 바라보며 깊은 한숨을 내쉬었다.

"아재, 지는 이양을 뜰라요. 일본으로 가겄습니다."

"아따 조카! 여그서 좋은 직장엘 잘 댕기믄서, 가기는 어디럴 간다 그라는가?"

"여그서는 더 이상 희망이 없당께요. 기관사 공부는 안 갤쳐주고 '데모도'로만 써먹는당께요. 말이 '시다'지 석탄을 날르고 퍼 넣는 '노가다'랑께요. 지는 '시다'를 해도 차라리 일본에서 해볼라요."

정찬우가 결연한 목소리로 말했다.

그는 이리와 여수를 잇는 전라선 철도국에서 어렵사리 기관사 보조로, 엄밀히 말해서는 기관사 조수의 보조인 탄부(炭夫)로 취업하여 일하고 있었다. 기관사나 조수 모두 일본인이었다. 이리에서 여수까지 왕복하는 객차에 탑승했다가 일주일에 한 번 정도 이양집에 들르곤 하였다. 그러나 그의 일상은 희망보다 절망이 가까웠다. 석탄을 나르고 퍼 넣는 일은 이제

이력이 나서 그리 어렵지도 않았다. 그러나 단순노동에서 벗어날 가능성은 전혀 보이지 않았다.

그의 말에 문중 큰 집의 정순열 어르신이 고개를 절레절레 흔들었다.

"찬우야, 일본에 가서 일해 봤자 일본 놈들 밑에서 고생만 할 게다. 차라리 여기서 어떻게라도 버텨보는 게 더 나을란지도 모르제."

어르신은 걱정스러운 눈빛으로 정찬우를 바라보았다. 그는 이내 고개를 숙인 채 한숨을 쉬며 항변하듯 대답했다.

"야~ 알지라. 지두 그리고 싶지만, 여그서는 기관사 공부를 안 갤쳐주니께요. 차라리 일본에 가서 기술이라도 배워보려는 거시구만요."

큰집 정순열 어르신이 다시 한번 무거운 한숨을 내쉬었다.

"참으로 험난한 세상인디…. 그려, 지재유경(志在有徑), 뜻이 있는 곳에 반드시 길이 있는 법이니, 자네의 그 뜻을 누가 꺾을 수 있겠는가? 마음 가는 대로, 뜻 품은 대로 한번 나아가 보거라. 떠나는 길에 내 자네를 위해 세 개의 봉투를 마련했으니, 살아가는 여정에서 꼭 필요하다 여길 때마다 번호대로 하나씩 펼쳐 보거라. 적어도 배곯지 않고 따뜻한 밥 한 끼는 먹을 수 있을 게야."

"야~ 감사합니다. 당숙 어르신. 그라믄, 다녀오겄습니다."

정찬우는 마른 듯하지만 탄탄한 체격을 지닌 청년이었다. 오랜 노동으로 단련된 손에는 굳은살이 박였고, 날렵한 얼굴선에는 결연한 의지가 서려 있었다. 깊은 눈매는 늘 무언가를 갈망하는 듯했고, 굳게 다문 입술에서는 쉽게 흔들리지 않는 기백이 엿보였다. 거칠지만 속 깊은 성정, 그리고 한 번 품은 뜻을 끝까지 밀고 나가는 성격이 그를 더욱 단단하게 만들었다.

일본으로 가면 더 나은 기회가 있을 것이라는 희미한 희망은 그의 발길을 옮기게 했다. 큰집 어르신들과의 마지막 대화는 정찬우의 마음을 무겁게 했다. 어릴 적에는 그저 평범한 삶을 꿈꿨던 정찬우였다. 정찬두네 가족이 만주로 떠난 뒤로 남은 가족은 어머니뿐이었는데, 어머니마저 세상을 떠나고 나서는 그에게 남겨진 건 끝없는 외로움이었다. 어렵게 들어간 철도국 일을 남들은 다들 부러워하였지만, 더 이상의 희망은 없었다.

부산에서 출발하여 시모노세키로 향하는 부관페리는 거센 파도를 헤치며 천천히 전진하고 있었다. 밤바다 위를 유영하듯 나아가는 배 위에서 승객들은 저마다 준비해 온 도시락을 펼쳐 들었다. 그러나 정찬우는 우두커니 주위를 둘러볼 뿐이었다. 그는 도시락을 마련할 여유도, 따로 쓸 돈도 없었다.

그때, 정순열 어르신이 건네주신 작은 봉투가 그의 손에 닿았다. 봉투에는 '一(일)'이라는 글자가 선명하게 적혀있었다. 정찬우가 천천히 봉투를 열었다. 그 안에는 일본 돈 일 원짜리 한 장과 함께, 곱게 접힌 종이에 '勿懼'라는 글귀가 적혀있었다.

'물구'라… '두려워하지 말라'는 뜻이군요. 감사합니다, 어르신…'

정찬우가 잠시 글귀를 되새기며 손에 힘을 주었다. 어르신께서 전해주신 짧은 한마디가 그의 마음 깊은 곳을 울렸다. 바다를 건너 낯선 땅으로 향하는 길, 앞날에 대한 불안과 두려움이 그의 가슴을 짓누르고 있었지만, 이 한마디가 마치 등불처럼 어두운 그의 앞길을 밝혀주는 듯했다.

정찬우는 나머지 두 봉투를 다시 정성스레 접어 가슴 깊이 간직하며 결심했다.

'그래, 두려워하지 말자. 나아가야 할 길이 있다면, 나는 끝까지 가볼 것이다.'

그렇게 정찬우는 다시 한번 용기를 얻고, 현해탄 바다를 건너 일본으로 떠났다.

1941년 겨울, 정찬우는 일본 오사카의 철도국에서 기관사 보조로 일하고 있었다. 일본은 도로도 넓고 잘 정리 되어있었을 뿐만 아니라 크고 아름다운 건물들도 많았다. 철로도 수많은 도시들과 연결이 잘 되어있어서 모든 것들이 부러울 뿐이었다. 그러나 정찬우는 여전히 일본인 감독관에게 무시를 당하며 고된 노동을 견뎌야 했다. 그나마 함께 일하는 기관사 사게하시 씨가 일주일에 한두 번씩 틈이 나는 대로 정찬우에게 기관사 일을 가르쳐 주었고, 머리가 좋은 정찬우도 어깨 너머로 어느 정도는 이미 혼자서도 운전을 할 수 있을 정도는 되었기에 잘 버티며 지낼 수 있었다. 또한, 기관차는 수시로 증기엔진과 바퀴가 번갈아 가며 고장이 났으나, 당시 기술자가 부족한 상황에서 정찬우는 그동안 어깨너머로 배워온 수리 기술로 작은 고장 정도는 직접 고칠 수 있었다.

오사카의 겨울, 혼자서 춥고 힘들고 외로움에 지쳐서 포기하고 싶을 때 어르신께서 주신 봉투가 갑자기 생각이 났다. '二' 자가 쓰여 있는 두 번째 봉투를 열어 보았다. 거기엔 마찬가지로 일 원짜리 한 장과 함께 '勿放棄'라고 쓰인 종이가 있었다.

'물방기라… 포기하지 말라는 말씀이시군. 아~ 어르신은 이미 다 알고 계셨구나.'

정찬우는 어르신의 글을 위로 삼아 다시 한번 용기를 내기로 작정하였다.

어느 날 밤, 사게하시와 정찬우가 운행 일정을 마치고 기관사 사무실에서 마주 앉았다. 안쪽 가운데에 있는 석탄 난로에서는 따뜻한 온기가 사무실 전체로 퍼지고 있었다. 사게하시는 정찬우가 기운 없이 앉아 있는 것을 보고 먼저 입을 열었다.

"찬우 군, 요즘 많이 힘들어 보이네. 무슨 걱정이라도 있나?"

정찬우가 잠시 망설이다가 고개를 끄덕였다.

"사게하시 상, 저는 여기서 아무리 노력해도 미래가 보이지 않습니다.

제가 여기서 계속 살아갈 수 있을지 모르겠어요. 저는 제 꿈을 마음껏 펼치며 살아보고 싶습니다."

사게하시가 잠시 생각에 잠긴 듯 보이다가 조용히 말했다.

"나도 젊었을 때는 비슷한 고민을 했었지. 하지만 중요한 건 오로지 한 곳만을 바라보며 최선을 다하는걸세. 그리고 나서 기회를 잡는 거야. 자네는 재능이 있어. 여기서 배운 것을 활용할 수 있는 곳을 찾아보는 것이 어떤가?"

"기회라니요? 이 땅 어디에도 조선인에게 기회라는 건 없는 것 같아요."

사게하시가 고개를 저으며 테이블 위에 펼친 신문을 가리켰다.

"자네도 저 아사히신문에 난 기사를 봤겠지? 만주국 남만주철도주식회사에서 기관사를 모집한다는 소식. 거긴 어쩌면 정찬우 군 자네에겐 더 나은 환경을 제공할지도 모르겠네. 기회는 도전하는 자에게 온다는 말이 있지 않은가?"

정찬우가 신문에 실린 기사를 다시 보며 눈을 반짝였다.

"만주라… 거기라면 정말 다를까요?"

"확신할 순 없지만, 적어도 자네가 이곳에 남아 머무는 것보다는 나을걸세. 그리고 내가 자네의 성실함과 열정을 보고 추천서를 써주겠네. 자네 같은 사람이 거기서 기관수 일을 할 수 있기를 바라겠네."

정찬우가 깊이 고개를 숙이며 감사의 인사를 전했다.

"정말 감사합니다. 사게하시 상의 도움을 잊지 않겠습니다. 꼭 열심히 해서 보답하겠습니다."

만주에는 일본이 만주국이라는 괴뢰정부를 수립하면서 수많은 일본인과 조선인들이 진출하게 되었다. 만주는 조선인들에게 일본에 비해 경제 기회가 더 많고, 일본보다 차별이 덜하다는 소문이 퍼지면서 정찬우도 만주로 떠날 결심을 했다. 만주로 향하는 또 다른 이유는, 일본 제국주의에 대한 반발심과 더불어 조선인 공동체와 함께 자신의 민족적 정체성을 지키려는 열망도 있었다.

1942년 2월, 만주의 이월은 말 그대로 엄동설한(嚴冬雪寒)이었다. 기차가 만주로 들어서니 차창 문이 얼어서 밖을 내다볼 수가 없었고, 기차 안도 바깥만큼이나 추워서 손발이 얼어들었다. 기차가 흔들릴 때마다 창문 너머 희미한 설경이 어렴풋이 스쳐 지나갔다. 정찬우는 단단히 여민 외투깃을 손으로 눌렀다. 기차 안에는 정찬우처럼 만주로 이민을 가는 조선인들이 적지 않았다. 못 먹고 못 입고 가난에 쪼들린 사람들의 행색은 한결같이 초라해 보였다. 만주로 향하는 기차 안에서 정찬우는 평안도 출신의 청년 오창길을 만났다. 그는 처음엔 무뚝뚝한 표정이었지만, 정찬우와 이야기를 나누며 점차 마음을 열기 시작했다.

"지는 정찬우요. 일본에서 오는 길이고, 고향은 전라도 화순이오."

"반갑수다. 내는 오창길이라 하오. 다들 일본엘 못 가서 안달인데, 형씨는 우찌해서리 그 좋은 일본서 만주로 왔슴네?"

오창길이 의아한 듯 고개를 갸웃거리며 물었다.

"남만주 철도주식회사에서 기관사를 모집한다고 하든디, 지원 한번 해 볼라고 그라지요. 일본보단 나슬 거라 생각했지요."

"그라믄 형씨는 철도 기관사입네? 대단하우다."

정찬우가 씁쓸한 웃음을 지었다. 오창길은 정찬우가 부러운 듯 고개를 끄덕이며 말을 이었다.

"내는 만몽농업회사에서 나빈선 일대에 논을 개간하고, 논농사를 지을 줄 아는 직원을 모집한다 기래서 가는 중이외다. 거기서 뭐든 해봐야 안 되갔슴네까? 여도 나라고 별반 다르진 안캈지만, 우리 서로 힘을 내서 버텨봅쉐다."

오창길이 고개를 끄덕이며 그의 어깨를 토닥였다.

"그랍시다. 우리 함께 노력해 보십시다."

그 둘은 같은 처지의 조선 청년들이 우연히 함께 만나서 만주에서의 새 출발에 대한 불안과 기대를 나누며, 새로운 인생을 힘차게 시작하기로 서로를 격려했다.

1942년 봄, 정찬우는 오사카 철도국에서 만난 일본인 기관사 사게하시 씨의 추천서 덕분에 만주 철도국에서 기관사로서 새로운 삶을 살아갈 수 있었다. 대부분의 기관차는 조선에서 4~5년 전에 사용하던 노후된 '미카도'를 가져와서 사용했기에 정찬우에게는 익숙했다. 그러나 그곳에서도 역시 일본인 감독들은 조선인들을 함부로 대했고, 하루하루가 고된 날들의 연속이었다. 정찬우는 이 넓은 곳에서 정찬두네 식구들을 어찌 찾을 수 있을까 싶어서, 감히 형을 찾을 엄두는 내지도 않았다.

어느 날 밤, 오창길이 탁주 한 병을 사 들고 정찬우의 하숙방에 찾아왔다.

"어이, 찬우 씨. 우리 탁주나 한잔 걸칩세다. 내레 잠이 안 와 죽갓네기레."

"좋지. 내일은 쉬는 날이니 한잔하세나."

정찬우는 못 먹는 술이 한잔 입에 들어가자, 얼굴이 벌게지며 어렵게 속에 있는 말을 꺼냈다.

"창길이, 우리 이렇게 사는 거시 무슨 의미가 있을까잉?"

정찬우가 등잔불의 흔들리는 불을 바라보며 속삭이듯 말했다.

오창길이 신중한 눈빛으로 그를 바라보며 물었다.

"기라믄, 찬우 씨는, 뭘 하고 싶제이요?"

정찬우가 고개를 들어 말했다.

"내게는 두 가지 꿈이 있소. 하나는 천산남로(天山南路)를 따라 끝없이 뻗은 실크로드 기찻길을 열차로 운전하고 달려보고 싶소. 또 하나는 조선의 이름을 걸고 일본 제국주의에 맞서서 싸워보는 것이지라. 작은 행동이라도 한번 해보고 자프요."

"우리 이러다 아무 보람도 없이 고생만 하다 죽는 거 아님네까? 그렇지 아니함네? 차라리 위험하긴 하지만스리 독립운동이라도 하는 거이 더 의미 있는 일이 아님네?"

오창길이 한숨을 내쉬며 말했다. 정찬우는 마음 깊은 곳에서 치밀어 오르는 결심을 느끼며 오창길에게 고개를 돌렸다.

"내가 조선을 떠날 때, 꼭 필요할 때 꺼내어 읽어보라는 집안 어르신의 편지가 있네. 두 개는 이미 읽어보았고, 마지막 하나가 남았으니, 잠깐만 기다려 보시게."

정찬우가 주섬주섬 세 번째 봉투를 꺼내어 들었다. 거기엔 '勿後悔'라고 쓰여 있었다. 이 글을 읽자마자 정찬우는 무릎을 쳤다.

"물후회, 즉 후회하지 말라. 바로 이거시여! 그래! 우덜도 조선의 독립을 위해서 싸워야 한당께. 그냥 지나칠 수는 없구먼. 이참에 우리가 나서서 싸우지 않으믄, 내는 평생 후회하면서 살 것 가트네."

오창길이 정찬우의 말을 듣고 눈을 반짝였다. 오창길은 처음에는 망설였지만, 그의 결심을 느끼고 천천히 고개를 끄덕였다.

"찬우, 자넨 참으로 강단지고 용기가 있시다. 그래, 나도 자네 생각에 동의하우다. 우리 작은 힘이라도 합쳐서 함께 해봅세다."

"그러세. 우덜 집안에는 세 가지 가훈이 있는디, 그중 하나가 득의담연(得意淡然)일세. 즉, 뜻을 얻었을 때는 담담히 행동한다 이네. 창길이 우리 한 번 해보세나."

"찬우! 자네는 어느 누구에게도 허락을 받을 필요가 없지비. 자네는 이미 용감한 사람일세. 충분히… 용기는 쉽게 얻을 수 있는 것이 아니지비. 특히 반드시 필요할 시간에는 말일세."

그리하여 정찬우는 철도국에서 기관사로 일하면서도 독립운동 단체인 남만군정 산하의 항일 조직에 비밀리에 가입했다. 그의 동료로는 오창길 외에도 김성준이라는 열혈 청년과 독립운동에 헌신하는 이동찬이 있었다. 이동찬은 용맹한 심성과 명석한 두뇌로 독립운동 단체의 전략을 이끌었다. 그는 항상 차분하고 냉철했지만, 정찬우에게는 늘 따뜻한 격려를 아끼지 않았다.

"이동찬 동지, 이번 열차 편으로 관동군 제1방면군 사령관에 기타 세이이치 장군이 새로 부임해 왔습니다."

정찬우가 이번에 철도국에서 얻은 민감한 정보를 이동찬 동지에게 보고하였다.

"찬우 동지, 당신의 기관사 직책과 정보가 우리 조직에 매우 큰 힘이 되고 있습니다. 조국의 독립을 위해 함께 싸워줘서 고맙소."

정찬우가 이동찬의 말을 들으며 결의를 다졌다.

"조국의 독립이 있다면, 이 목숨 바쳐서라도 그 길을 가야겠지라."

정찬우는 낮에는 철도 기관사로서 증기를 가르며 달리고, 밤이면 조국의 독립을 꿈꾸며 항일 운동에 헌신했다.

거친 세상 속에서도 희망을 잃지 않던 그의 삶에 한 줄기 따스한 빛이 스며들었다. 그녀의 이름은 김영란. 누구보다도 따스한 마음과 뜨거운 열정을 지닌 여인이었다. 김영란은 정찬우의 신념을 이해하고, 그 뜻을 함께하고자 했다. 그녀는 정찬우의 남자다움과 진지함에 차츰 마음이 끌리기 시작하였다.

어느 날 밤, 그녀가 정찬우를 바라보며 부드럽게 말했다.

"찬우 씨, 당신의 꿈은 곧 나의 꿈이기도 해요. 조선이 독립하는 그날까지, 나는 당신과 함께할 거예요."

그녀의 맑고 단호한 목소리에 정찬우는 감동했다. 그는 그녀의 두 손을 마주 잡으며 진심을 담아 답했다.

"영란 씨, 함께해 줘서 고맙소. 당신과 함께라면 어떠한 험난한 길도 두렵지 않을 것이오."

그녀는 섬세하면서도 강인한 인상을 지닌 여성이었다. 유난히 검고 긴 머리카락이 어깨 위로 부드럽게 흘러내렸고, 깊고 맑은 눈빛 속에는 흔들리지 않는 신념이 서려 있었다. 그녀의 얼굴은 단아했지만, 그 안에는 누구보다 뜨거운 심장이 뛰고 있었다. 작고 단정한 입술은 늘 굳은 의지를 담고 있었고, 가녀린 듯 보이는 손끝마저 결코 나약하지 않았다. 조용하지만 누구보다 단단한 사람이었으며, 조국의 독립을 위해 스스로를 태울 준비가 되어있었다.

어둠이 내려앉은 밤하늘 달빛 아래, 두 사람은 서로의 눈빛을 사랑스럽게 바라보았다. 정찬우가 김영란을 꼬옥 껴안아 주었다.

"어머! 찬우 씨…"

"영란 씨. 잠시만… 잠시만 이대로 있어주시오."

잠시 후, 정찬우가 떨리는 마음으로 김영란의 얼굴을 뚫어지게 바라보았다. 그녀의 눈은 겨울 하늘의 밤보다 더 검고 깊었다. 김영란의 얼굴은 별빛에 젖은 달덩이같이 산뜻한 빛이 났고, 바람에 찰랑찰랑 흔들리는 그녀의 머리칼에서는 향긋한 꽃내음이 났다. 정찬우는 자신의 삶에 이렇게 희망과 가슴 솟구치는 뜨거운 사랑이 있을 수 있다는 것에 너무나 감사했다. 김영란을 바라보는 그의 눈빛은 하늘을 향한 염원을 담아 기도하고 있었다. 앞으로 그 누구도 그녀의 아름다운 눈빛을, 목소리를, 마음을 훔쳐 가지 못하도록 그녀를 지켜주리라. 그렇게 그들의 사랑이 피어오르는 순간, 김영란이 수줍게 얼굴을 붉히며 물었다.

"찬우 씨, 우리가 훗날 가정을 이루게 된다면… 아이들은 몇 명이나 낳고 싶으세요?"

그녀의 말에 정찬우가 순간적으로 미소를 지었다. 마음속으로 그는 생각했다.

'영란 씨가 이런 질문을 한다는 것은 결혼을 서두르고 싶다는 의미일 터….'

그 생각에 그는 웃음을 지으며 익살스럽게 대답했다.

"나는 한 열 명쯤 낳았으면 좋겠소."

"어머… 열 명이나요?"

김영란이 눈을 동그랗게 뜨며 두 손을 입가에 가져다 대었다.

"그렇게 많으면, 아이들 이름은 어떻게 다 외우려고 하세요?"

정찬우가 한껏 너털웃음을 터뜨리며 대꾸했다.

"하하하 이름이야 간단하지 않소? 첫째는 일남이, 둘째는 이남이, 셋째는 삼남이… 딸이라면 일순이, 이순이 이렇게 지으면 될게요."

"재밌네요, 찬우 씨. 호호호."

"하하하."

두 사람의 웃음소리는 마치 사랑이라는 기적이 이루어지길 바라는 간절한 기도처럼, 아름다운 음악의 리듬을 타는 듯 고요한 밤공기 속으로 잔잔히 퍼져 나갔다. 어둠 속에서도 서로를 밝혀 주는 등불처럼 그들의 사랑은 견고하고 따뜻했다. 앞으로 다가올 어떤 험난한 길도 함께라면 두렵지 않을 터였다.

만주의 차가운 겨울밤, 정찬우는 동료들과 함께 제1방면군 사령부와 군 부대의 정보를 수집하기 위해 언덕 위에 올랐다. 매서운 바람이 세차게 불어 옷깃을 여미게 했지만, 그는 잠시 하늘을 올려다보며 그 아름다움에 숨을 고르지 않을 수 없었다. 밤하늘에는 마치 그들의 굳건한 신념을 응시하듯 수많은 별들이 고요히 빛나고 있었다.

오창길이 옆에서 그를 바라보며 조용히 물었다.

"찬우 씨, 우리래 걷는 이 길이 과연 의미 있는 길이구아?"

정찬우가 별빛이 반짝이는 밤하늘을 응시한 채 미소 지었다. 어둠 속에서도 빛을 잃지 않고 스스로를 빛내는 별들처럼, 그들의 삶 또한 수많은 역경과 어려움 속에서도 결코 꺾이지 않을 터였다.

"나는 우리가 살아온 날들이 결코 헛되지 않았다고 믿소. 별은 어둠 속에서 더욱 빛을 발하지 않소? 우리도 그와 같소. 조국 독립을 향한 우리의 신념과 희생이 결국 후세들에게 자유라는 빛을 안겨줄 거시오."

그들의 가슴속에는 언제나 조국 독립이라는 하나의 목표가 불꽃처럼 타오르고 있었다. 고된 싸움과 험난한 여정, 굶주림과 추위가 끊임없이 그들을 시험했지만, 밤하늘의 별처럼 흔들림 없이 하나의 길을 향해 나아갔기에 결코 무너지지 않았다.

정찬우가 주머니에 손을 깊이 넣은 채 오창길을 바라보았다. 오창길 또한 밤하늘을 올려다보며 별빛을 담고 있었다. 수백 년 동안 길 잃은 이들에게 방향을 알려주었던 그 별빛이 이제는 그들에게도 길을 밝히고 있었다.

"우리의 싸움이 끝난 뒤, 후세들은 우리가 별처럼 빛났다고 기억할 것이오. 우리가 걷는 이 길이 결국 자유의 별빛으로 남을 테니까."

두 사람은 서로를 바라보며 굳게 다짐했다. 비록 그들이 걷는 길은 험난할지라도, 하늘의 별처럼 영원히 빛날 것이었다. 언젠가 반드시 찾아올 자유로운 조선의 하늘 아래에서, 후손들이 자신들의 희생과 신념을 기억하며 별빛을 우러를 날을 기다리며, 그들은 흔들림 없이 별빛의 길을 걸어가기로 했다.

1944년 11월, 만주의 겨울은 여느 해보다 일찍 찾아왔다. 조국의 독립을 위한 그들의 항일 투쟁은 일제의 눈을 피해 만주 전역으로 퍼지고 있었지만, 그들은 이제 가장 위험한 작전을 눈앞에 두고 있었다. 그것은 바로 관동군 제1방면군 사령관 기타 세이이치를 암살하는 것이었다. 이는 조선 독립운동 역사에 중대한 전환점이 될 수도 있는 위험천만한 임무였다.

"이번 작전은 단 한 번의 기회뿐입니다."

이동찬이 침착한 목소리로 말했다.

"사령관이 부대 밖으로 나오지 않는다면 우리가 직접 사령부 내부로 잠입할 수밖에 없습니다."

오창길이 걱정스러운 표정으로 말을 이었다.

"동지들, 우리래 부대 안으로 직접 들어가자는 것이우까? 아무래도 너무 위험하지 않슴네? 장소가 관동군 사령부라 잔씀네? 고조, 우리래 실패하믄 모두 목숨을 잃는 일이 아임네까?"

그러나 정찬우가 결의에 찬 얼굴로 천천히 고개를 끄덕였다.

"위험하지 않은 일이 어디 있다요? 지는 위험해도 반드시 해야 할 일이라면 피하지 않겠소. 우리가 하지 않으면 누가 하겠습니까? 관동군이 지금 '관동군 특종 훈련'이라는 이름으로 100만 병력 증강을 목표로 대규모 훈련을 시작했다고 하는디, 기타 세이이치 신임 사령관을 지금 제거하지 못하면 우리 조국의 독립은 더욱 멀어질 것입니다. 반대로 우리가 이번 작전에 성공한다면 앞으로 우리의 활동은 더욱 수월해질 것입니다. 나는 지금 하얼빈에서 안중근 의사가 이토 히로부미를 저격할 때의 그 마음으로 나서는 것이오."

정찬우의 말이 끝나자 그를 바라보던 김영란이 차분히 입을 열었다.

"저 역시 동지들의 뜻에 동의하며 함께하겠습니다. 하지만 꼭 부대 내부로 침투해야만 하는 것일까요? 기타 세이이치가 부대 밖으로 나왔을 때가 작전 성공률이 훨씬 높을 텐데요. 그리고 우리가 꼭 해야만 하는 일인가요?"

그녀의 목소리는 침착했지만, 그 안에는 깊은 고민과 결연한 의지가 뒤섞여 있었다. 그러나 이동찬이 조용히 고개를 저으며 말했다.

"물론 그렇습니다만, 그가 이제 막 부임하여 부대 밖으로 나오지 않는 이상 우리가 내부로 들어가는 수밖에 없소이다. 이 일은 우리에게 반드시 필요하오. 그리고 만약 잡히는 상황이 온다면, 우리의 작전 목표는 요인 암살이 아니라 식량을 훔치러 왔다고 주장해야 하오. 반드시 명심하시오."

"그렇다면, 보초와 내부 경비, 그리고 기타 세이이치의 동선 파악부터 해야겠어요. 이동찬 동지, 우리에게 사흘만 더 말미를 주세요."

김영란이 사슴같이 큰 눈으로 심각한 표정을 지으며 제안했다.

이동찬이 여러 동지들의 동의를 구하는 듯 한 번 둘러보더니 대답했다.

"좋소. 그렇게 하십시다."

관동군 제1방면군 신임 사령관을 제거하는 작전은 극도로 위험했지만, 반드시 성공해야만 했다. 정찬우가 코트 깃을 단단히 여미고 어둠 속으로 발을 내디뎠다. 눈으로 뒤덮인 들판 위로 펼쳐진 길은 고요했으나, 그의 심장은 긴장감으로 빠르게 뛰고 있었다. 적막한 어둠 속에서 허름하게 걸인의 옷차림을 한 정찬우와 동료들은 신중하게 움직이며 관동군 기지 주변을 탐색했다.

계획한 대로 하수구를 통해 내부로 진입하려던 그 순간, 멀리서 들려오는 발소리에 모두가 숨을 죽였다.

"조용히…!"

정찬우가 낮고 긴장된 목소리로 경고하며 주위를 경계했다. 그러나 예상치 못한 상황은 늘 존재하기 마련이었다. 이상한 낌새를 눈치챘는지 순찰병 두 명이 갑자기 방향을 돌려 다가오기 시작했다.

"침입자다! 저들을 잡아라!"

관동군 보초병의 외침이 울리자, 전망대 위에서는 탐색등의 빛이 사방으로 어지럽게 흔들리기 시작했고, 사이렌이 적막을 깨뜨리고 요란하게 울렸다. 곧이어 날카로운 총성이 밤하늘을 찢었다.

탕— 탕— 탕—

"이쪽으로! 서둘러요. 어서!"

오창길이 앞서서 혼란 속을 헤치며 달리기 시작했고, 정찬우와 김영란이 뒤를 이었다. 그러나 추격의 속도는 그들의 예상보다 빠르게 다가왔다.

피웅— 피웅—

몇 발의 총알이 날카롭게 허공을 가르며 위협적으로 그들 곁을 스쳐 지나갔다.

"빨리 가요! 제가 막을게요!"

그 순간, 김영란이 결연히 뒤돌아서며 정찬우를 앞으로 밀쳐냈다.

"영란 씨, 안 돼!"

정찬우가 절박하게 외쳤지만, 이미 김영란은 몸을 돌려 관동군 병사들을 향해 그의 앞을 막고 있었다. 총성이 다시 울렸다. 김영란의 몸이 힘없이 눈 위로 쓰러졌다. 그녀의 시선은 마지막 순간까지 정찬우에게 고정돼 있었다. 하얀 눈 위로 핏자국이 처연하게 퍼져나갔다. 병사들의 함성 속에서도 김영란이 마지막 힘을 다해 미소 지으며 말했다.

"부디 꼭 살아남으세요, 찬우 씨…."

그녀의 마지막 한마디가 정찬우의 가슴을 무겁게 짓눌렀다.

"영란 씨!"

정찬우가 그녀의 이름을 부르짖으며 멈추려 했으나, 오창길이 그의 팔을 거칠게 잡아당겼다.

"찬우 동지! 지금 멈추면 같이 죽는 거이야! 영란 씨에게는 미안하지만 우리래도 살아서 나가제이요!"

하지만 정찬우의 머릿속엔 김영란의 모습만이 가득했다. 그를 지키기 위해 자신의 목숨을 던진 그녀의 희생을 그는 결코 잊지 않을 것이었다.

그러나 도망칠 틈도 없이 관동군 병사들이 그들을 포위했고, 마지막 순간, 정찬우가 오창길을 언덕 아래로 밀쳐내며 절규하듯 외쳤다.

"어서 가오! 영란 씨의 죽음을 헛되게 하면 아니 되오!"

다행히 오창길이 무사히 부대 밖으로 사라지자 정찬우는 더 이상 저항하지 않고 두 손을 들어 순순히 체포되었다. 그는 잡히기 직전 눈 덮인 하수구 속으로 총을 던져버렸다. 관동군 병사들에게 둘러싸여 끌려가면서도 양식을 훔치러 들어온 평범한 도둑으로 보일 수 있기에 다행이었다.

"빠가야로! 멍청한 거지 놈들 같으니! 여기는 왜 들어왔나?"

관동군 병사들이 거칠게 그를 붙잡아 심문실로 끌고 갔다.

어둡고 좁은 방 안, 정찬우는 두 눈이 가려지고 온몸이 밧줄로 꽁꽁 묶인 채 차가운 바닥에 무릎 꿇렸다. 그의 머릿속에는 김영란의 얼굴이 끝없이 떠올라 가슴이 메어왔다.

"영란 씨, 나 땜시… 미안허요, 정말 미안허요…"

그가 몸을 움직여보려 했으나 밧줄에 묶인 몸은 움직일 수가 없었다. 그때 누군가가 그의 얼굴에서 눈가리개를 벗겨냈다. 정찬우는 눈앞에 서 있는 관동군 장교의 얼굴을 보는 순간 경악을 금치 못했다.

"성…"

그의 목소리는 떨렸다. 바로 그의 형 정찬두였다. 정찬두는 정찬우를 바라보며 잠시 눈을 감았다 다시 떴다. 그의 눈 속에는 복잡한 감정이 서려 있었다. 그 넓은 만주 땅에서, 이렇게 기막힌 운명의 장난처럼 형제가 마주치다니.

"찬우야."

정찬두가 조용히 입을 열었다.

"네가 여기까지 와서 이런 일을 하리라곤 생각도 못 했구먼. 진짜로 거지가 된 것이냐? 난 네가 일본으로 건너갔다는 소문을 들었는데. 일본으로 간 네가 대체 여기서 무슨 위험한 짓을 하고 있는 것이냐?"

정찬우가 분노와 슬픔이 뒤섞인 눈빛으로 형을 쏘아보며 외쳤다.

"성이 그런 질문을 할 자격이 있다고 생각하는가? 우리 민족을 짓밟는 일본 놈들 편에 서서 싸우고 있는 당신이!"

정찬두는 침묵했다. 동생의 말이 날카로운 칼날처럼 가슴을 찔렀다.

"동상, 나도 우리 가족을 지키기 위해 이 길을 선택할 수밖에 없었네. 우리가 할 수 있는 일은 여기서라도 살아남는 것이라고 생각했을 뿐이야…"

그러나 정찬우가 격한 감정으로 고개를 저었다.

"성은 그렇게 해서라도 진정 살아남고 싶었소? 그게 조선을 위해 목숨 바친 사람들 앞에서 무슨 의미가 있단 말이오?"

정찬두가 속으로 번지는 갈등을 억누르며 담담히 말했다.

"동상, 내 뜻은 달랐을지 모르지만, 자네를 이렇게 다시 만난 이상 내가 해야 할 일이 하나 생겼구먼."

정찬두는 주변을 둘러본 후 심문실 문을 잠그고는 작게 안도의 한숨을 쉬었다.

"동상, 지금 당장 떠날 준비를 하소. 이것이 내가 자네를 도울 마지막 기회네. 자네 목숨만이라도 구할 수 있다면…"

"성, 그라믄 성도 위험해지잖여…"

"괜찮혀. 양식 훔치러 왔다가 도망쳤다고 하면 그만인 것이야."

정찬우는 잠시 망설였으나, 형의 눈에서 진심과 절박함을 보았다. 동생을 구하려는 형의 간절한 마음을 무시할 수 없었다. 정찬우가 형의 손을 잡으며 무겁게 고개를 끄덕였다. 정찬두가 부하들을 밖으로 내보낸 뒤, 동생을 위해 안전한 탈출 경로를 알려주었다.

"이 길은 안전할 거시여. 이 길을 따라가면 자네 동료들이 기다리고 있을 것이네. 내가 해줄 수 있는 건 여기까지여. 꼭 살아남아야 하네."

정찬우가 형을 다시 바라보았다. 그의 눈에는 고마움과 슬픔, 그리고 안타까움이 교차했다. 두 사람은 아무 말 없이 잠시 서로를 바라보다가 정찬두가 나지막하게 말했다.

"조심히 가소, 동상. 나 역시 내가 할 수 있는 선에서 자네와 조선을 위해 무언가 해보려 하니께."

정찬우가 형의 손을 꼭 붙잡으며 눈을 감았다. 뜨거운 눈물이 그의 뺨을 타고 흘러내렸다.

"성, 고맙소. 언젠가 우리가 함께 자유로운 고국 땅에서 다시 만날 수 있기를 바라오."

정찬두가 그 말을 깊이 가슴에 새기며 천천히 동생의 손을 놓아주었다.

정찬우는 형의 도움으로 그렇게 간신히 목숨을 건져 동지들의 품으로 돌아왔다.

"찬우 동지! 이렇게 무사히 살아 돌아왔구료!"

이동찬 동지가 북받치는 반가움과 안도의 마음을 억누르지 못한 채 그의 등을 힘껏 두드렸다.

"다시는 자네 얼굴을 못 볼까 봐 얼마나 애를 태웠는지 모르구레. 찬우 동지, 살아 돌아와 줘서 정말 고맙수다. 그리고… 김영란 동지의 죽음은 참으로 통한의 일이었시다."

정찬우는 말없이 고개를 떨구었다가 이내 천천히 오창길을 바라보았다.

"우리는 이미 목숨을 내놓고 나선 몸 아니겠소? 인명재천(人命在天)이라 했지만, 김영란 동지의 희생은 너무나도 뼈아프고 원통하구만요. 이제 그녀는 하늘의 별이 되어 조국의 독립을 기원하며 우리를 지켜볼 것이오. 그리고… 찬두 성님이 나를 구해줬소이다. 그이가 없었다면 내 오늘 이렇게 살아 돌아올 수 없었을 것이오."

정찬우가 쓸쓸하게 웃자, 오창길이 의아한 얼굴로 물었다.

"찬두 형이라믄, 그 관동군 장교가 아니었슴네? 어째 그가 자네를…?"

정찬우는 숨을 고르듯 담담히 고백했다.

"그이가 바로 내 핏줄을 나눈 친형, 찬두 성님이라오. 우연히, 아니 차라리 운명일 게요. 내가 잡혀간 그곳에서 만났소. 언젠가… 언젠가는 성님도 우리와 같은 꿈을 꾸게 될 것이라 믿고 있소이다."

"…"

정찬우는 어둠 속에서 마주쳤던 형의 눈빛을 결코 잊을 수가 없었다. 그의 형 정찬두의 눈 속에는 분명 꺼지지 않는 뜨거운 불씨가 깃들어 있었고, 그 불씨는 자신의 가슴으로 전해져서 더욱 뜨겁게 타오르고 있었다. 정찬우는 깊고 푸른 밤하늘을 바라보며 굳게 다짐했다. 조국의 독립을 향한 이 험난한 싸움의 끝이 반드시 자유로운 조선 땅 위에서 완성되리라는 믿음과 함께, 그는 다시 별빛 아래 한 걸음씩 힘차게 발걸음을 옮겼다.

해방

만주 하얼빈의 겨울은 혹독했다. 영하 30도를 넘나드는 기온에 거친 바람까지 겹쳐, 추위는 뼛속 깊이 파고들었다. 황량한 벌판 위의 눈은 조용히 내리는 법이 없었고, 늘 매섭게 휘몰아쳤다. 그럼에도 정찬두는 이곳의 겨울이 조선의 습하고 음산한 한기보다 오히려 견딜 만하다고 생각하곤 했다. 차갑지만 건조한 공기가 그에게는 더 버티기 쉬웠던 탓이었다. 그러나 아무리 익숙해졌다 해도, 만주 새벽의 공기는 살을 엘 듯이 매서웠다. 하얼빈의 하늘은 항상 짙은 먹구름으로 덮여 있었고, 오늘 아침도 예외는 아니었다.

정찬두는 아직 어둠이 걷히지 않은 이른 새벽부터 서둘렀다. 어린 딸 정숙을 학교에 데려다주기 위해서였다. 만주의 혹독한 추위 속에서 아이 혼자 길을 나서는 것을 두고 볼 수 없었다. 비록 만주군 장교였으나 정찬두는 딸 앞에서는 여느 아버지와 다르지 않았다. 정숙은 벌써 일어나 등교 준비를 서두르고 있었다.

1936년, 이양 송정리에서 정찬두와 장흥댁 이순례 사이에서 태어난 정숙은 어려서부터 예쁘고 총명하기 이를 데 없었다. 정숙이 반짝이는 눈빛으로 옷을 챙겨 입으며 말했다.

"아부지, 오늘 학교 가믄 선생님이 새 책을 나눠준다 했어라! 친구들도 다 기다리고 있을 것이여라."

"그래, 우리 정숙이가 새 책도 받고, 공부도 잘 하겠구나. 준비 다 됐으믄 차에 타그라."

장흥댁이 딸 정숙의 머리를 쓰다듬으며 말했다.

"야~ 엄니, 핵교에 댕겨오겄쓰라."

"그려, 공부 잘 허고잉."

정찬두가 쿠로가네에 시동을 걸고 딸을 태운 채 집을 나섰다. 쿠로가네는 일본에서 제작된 소형 사륜구동 군용 차량으로, 광활한 만주에서 주로 정찰용으로 쓰였다. 정숙이는 차창 밖으로 지나치는 풍경을 바라보며 들뜬 얼굴을 하고 있었다. 그런 딸의 모습을 보는 정찬두의 입가에도 엷은 미소가 번졌다. 이 낯선 만주 땅에서 씩씩하게 자라나는 딸이 대견하면서도 한편으로는 안쓰러웠다. 어린 정숙이는 조선어뿐 아니라 일본어와 중국어까지 배워가며 살아가고 있었다. 그렇게 세 나라의 말을 동시에 익혀야 하는 딸의 처지를 생각할 때면 정찬두의 마음은 참참하고 안쓰러웠다. 하지만 정숙은 그런 아버지의 마음을 아는지 모르는지 언제나 밝고 명랑했다.

이른 아침 하얼빈 거리는 고요히 잠들어 있었다. 밤새 내린 눈이 하얗게 얼어붙은 나무와 텅 빈 길 위에 쌓여 차가운 새벽 공기를 머금고 있었다. 정찬두는 천천히 차를 몰며 길가의 풍경을 둘러보았다. 조선족과 만주족이 어우러져 살아가는 마을은 표면적으로는 평화롭고 고즈넉했으나, 그 평온함 아래에는 숨길 수 없는 긴장감이 묵직하게 자리 잡고 있었다. 멀리서 보이는 사람들은 아무렇지 않게 일상을 시작하고 있었지만, 그들 역시 전쟁의 그림자 속에서 힘겨운 삶을 이어가고 있었다. 정찬두는 그들을 바라보며 깊은 생각에 잠겼다. 만주라는 낯선 땅 위에서 모두가 삶을 이어가기 위해 발버둥 쳤지만, 일본의 지배와 전쟁이라는 가혹한 현실에서 결코 자유로울 수 없었다.

정찬두가 정숙을 태운 채 마을을 지나갔다. 뒷좌석에 앉은 정숙이 설레는 눈빛으로 창밖을 내다보며 물었다.

"아부지, 만주군이 뭐예요? 저희 반 친구들이 아빠가 만주군이라고 부러워하는디, 아부지는 무슨 일을 하시는 거예요?"

뜻밖의 질문에 정찬두는 잠시 말을 아꼈다. 어린 딸에게 자신이 하는 일을 어떻게 설명해야 할지 고민스러웠다. 딸의 눈에 비친 세상은 평화롭고 순진무구했으나, 정찬두가 속한 현실은 그렇지 않았다. 만주군 장교라는 그의 역할은 복잡했고 때로는 위험이 도사리고 있었다. 그는 일본 제국의 명령을 따르며 만주국에 복무했지만, 마음 깊은 곳엔 늘 설명하기 어려운 복잡한 감정이 교차하고 있었다.

"음… 정숙아, 아부지는 나라를 지키는 일을 하는 거야. 사람들이 안전하게 살 수 있도록 돕는 일이제."

그는 최대한 온화한 목소리로 진실의 일부만을 말했다. 정숙이 단순하고 순수하게 받아들이기를 바랐다. 정숙은 고개를 끄덕이며 아버지의 말을 의심 없이 믿었다.

"아부지는 참말로 좋은 일을 하시는 것 같아요. 지는 아부지가 자랑스러워요."

딸의 순진한 말에 정찬두는 잠시 가슴이 먹먹해졌다. 그녀의 맑은 웃음은 전쟁의 암울한 현실 속에서도 빛나는 희망처럼 느껴졌다. 그는 마음속으로 굳게 다짐했다. 딸이 이 험난한 세상에서 조금이라도 안전하고 행복하게 자랄 수 있도록 자신이 할 수 있는 모든 것을 다하겠다고.

쿠로가네는 울퉁불퉁한 도로를 따라 학교로 향했다. 학교에 가까워지자 정숙은 창문을 열고 친구들이 모여 있는 모습을 보며 신나게 손을 흔들었다. 친구들에게 자신이 만주군 쿠로가네 차량에서 내리는 모습을 자랑하고 싶었던 것이다. 친구들의 부러운 눈길을 받으며 정숙은 더욱 밝게 웃었다.

"아부지, 친구들이 다 나를 보고 있어요! 저희 반에서 쿠로가네 차를 타고 다니는 애는 저밖에 없을께요!"

정찬두가 딸의 즐거운 모습을 보며 미소 지었다. 딸의 웃음소리를 들을 때마다 그의 마음엔 복잡한 안도감과 애틋함이 뒤섞였다. 정숙은 활짝 웃으며 차에서 내려 학교로 달려갔다.

"아부지, 감사합니다! 오늘은 참말로 멋진 날이 될 것 같으요!"

정찬두가 멀어지는 딸의 뒷모습을 말없이 바라보았다. 차가운 아침 공기가 그의 뺨을 스쳤지만, 딸의 밝은 미래를 위해서라면 그는 무엇이든 견딜 준비가 되어 있었다. 그의 가슴속에는 타오르는 듯한 다짐이 자리 잡고 있었다. 전쟁과 혼란 속에서도 딸의 웃음을 지키려는 아버지의 결연한 결심이었다. 그는 다시 차에 올라 하늘을 올려다보았다. 먹구름 사이로 아침 햇살이 희미하게 그의 얼굴을 비췄다. 차갑지만 강렬한 빛이었다.

1945년 여름, 만주의 하늘은 짙은 먹구름 아래 거칠게 흔들리고 있었다. 8월 9일부터 10일까지 하얼빈과 지린, 창춘에 대한 소련군의 무자비한 폭격은 도시를 폐허로 몰아넣었다. 철로와 비행장, 일본 관동군의 주요 시설이 속절없이 무너져 내리고, 굉음은 전쟁의 종말을 예고하는 듯했다. 아무르강과 무단강(牡丹江)을 넘어 진격한 소련과 몽골의 연합군 앞에 관동군은 패퇴를 거듭하며 무기력하게 물러났다. 결국 일본 제국은 남사할린을 소련에 내주었고, 태평양 전선에서도 미국의 압도적 우위에 직면하여 패색이 짙어져 갔다.

그날 저녁, 붉은 노을 아래 흔들리는 만주의 하늘을 바라보며 정찬두는 복잡한 감정에 휩싸였다. 석양은 마치 타오르는 전쟁의 불길처럼 하늘을 물들였고, 만주에서 3년간 격전을 견뎌온 그의 마음에도 서서히 종말이 다가오고 있음을 실감하게 했다. 혼란과 패배의 기운이 부대 전체를 휘감고 있었다.

깊은 밤, 정찬두는 급하게 부대 본부로부터 호출을 받았다. 어둠을 뚫고 걸어가는 동안 그의 머릿속은 어지러웠다. 별이 빛나는 밤하늘의 고요 속에 알지 못할 두려움이 급습해 왔다. 본부에 도착하자마자 직속 후배인 최경신 소위가 급히 달려와 낮은 목소리로 속삭였다.

"성님, 로스케들이 이미 아무르강을 넘어 무단강도 점령했답네다. 국경을 넘자마자 폭격기가 날아와 지린과 창춘의 부대들이 모조리 불바다가 되었다 합네다. 우리도 곧 출동 명령이 떨어졌응께, 빨리 준비해야갔습네다."

정찬두는 이미 각오하고 있었던 일임에도 막상 현실로 마주하니 마음이 무겁게 눌려왔다. 그는 깊은 한숨을 내쉬며 나지막이 중얼거렸다.

"결국 이렇게 되는구만. 이놈의 전쟁도 정말 끝이 오고 있다는 것인가?"

그의 목소리에는 깊은 피로와 체념이 녹아있었다. 수많은 전투 속에서 목숨을 걸고 싸워왔지만, 지금 그를 엄습한 공포는 전쟁의 패배가 아닌, 그 이후의 삶에 대한 불확실한 불안이었다. 일본 제국이 몰락한 뒤 자신의 인생과 가족에게 닥칠 운명을 누구도 알 수 없었다.

일본 관동군의 무너짐은 일본 제국의 항복과 제2차 세계대전의 종말을 재촉했다. 8월 6일 히로시마, 9일 나가사키에 원자폭탄이 투하되었고, 8월 15일 천황은 패전을 공식적으로 선언하였다. 결국, 8월 18일 만주국의 하늘에서 청천백일만지홍(靑天白日滿地紅) 깃발이 내려졌고, 만주국은 9월 2일, 역사 속으로 사라졌다.

부대에는 만주국으로부터 마지막 명령이 내려졌다. 모든 무기와 차량을 반납하고 부대를 즉시 해산하라는 것이었다. 정찬두는 명령서를 손에 쥔 채 망연히 서 있었다. 지금껏 자신을 지탱해 온 명령과 의무가 순식간에 무너져 내리는 것 같았다. 더 이상 싸워야 할 이유도, 명분도, 지켜야 할 명령도 사라졌다. 예상했음에도 불구하고 만주국의 갑작스러운 패전 소식은 그에게 커다란 충격이었다. 일본 제국이 더는 견디지 못할 거라는 소문이 이미 떠돌아다녔지만, 막상 패전이 현실로 다가오자 그의 마음은 복잡해졌다. 이제 남은 길은 가족을 데리고 조선으로 돌아가는 것뿐이었다.

집으로 돌아가는 길, 정찬두의 머릿속은 온갖 걱정으로 가득했다.

'해방된 조국 앞에서 무슨 얼굴로 설 것인가? 조선으로 돌아가 어떻게 살 것이며, 가족은 어떻게 먹여 살릴 것인가?'

오랜 군생활로 인해 명령만 따르던 그에게 평범한 삶은 낯설고 막막할 것이다. 그러나 가족을 위해 무슨 일이든 해야 한다는 결의가 가슴 속에 자리 잡고 있었다. 가족을 생각하면 어떤 어려움도 견딜 수 있을 것 같았다.

집에 도착하자 아내 순례와 딸 정숙이, 어린 아들 현기가 그를 기다리고 있었다. 장흥댁이 남편의 어두운 표정을 보자 심상치 않은 일이 있음을 직감했다.

"여보, 무슨 일이요? 전쟁 때문이다요?"

정찬두가 무겁게 고개를 끄덕이며 대답했다.

"그렇소. 전쟁이 끝났소. 일본이 졌다고 하오. 만주국도 끝났소. 우리도 더는 여기에 있을 수 없소."

그의 목소리에는 깊은 피로와 체념이 가득했다. 장흥댁은 놀랐지만, 한편으로는 안도하는 기색이 역력했다. 이내 현실을 받아들이듯 조심스레 물었다.

"그라믄… 조선도 일본으로부터 해방되는 거시당가요? 우리도 참말로 조선으로 갈 수 있는 거지라?"

그녀의 떨리는 목소리엔 희미한 희망이 깃들어 있었다. 정찬두는 속으로는 기뻤지만 한숨을 내쉬었다. 가장으로서 일자리 없이 어린 두 아이와 아내를 데리고 삼천리도 넘는 먼 길을 떠나는 것은 결코 쉽지 않은 일이었다. 정찬두가 잠시 침묵하다 천천히 고개를 끄덕였다.

"그라지. 이제 우리도 떠나야 하겠구먼. 군대도 해산됐고, 여기 남아있으면 위험하니 어서 짐을 싸서 조선으로 돌아갑시다."

장흥댁이 불안한 눈으로 그를 바라보며 다시 물었다.

"정숙 아부지, 조선으로 가믄 우리는 어찌 되는 것이래요?"

정찬두가 아내 순례의 어깨를 다독이며 따뜻하게 말했다.

"걱정하지 마소. 내가 무슨 일이 있어도 자네와 정숙이, 그리고 현기를 지킬 것이요. 우리가 함께하믄 못 할 게 없응께."

장흥댁은 여전히 불안했지만 남편의 말에 고개를 끄덕이며, 스멀스멀 올라오던 불안감이 이내 사라져 버렸다. 옆에서 가만히 듣고 있던 정숙이 커다란 눈을 동그랗게 뜨고 물었다.

"아부지, 그럼 우리 이제 만주에 안 살아요? 친구들도 다 못 보는 거예요?"

"응, 이제 친구들과 헤어져야 하겠지. 하지만 조선에 가믄 또 새로운 친구들을 만날 수 있으니께 걱정허덜 말그라."

정숙이가 슬픈 표정으로 고개를 끄덕였지만, 아버지의 말을 듣고 조금은 안심한 듯했다. 정찬두가 그런 딸의 모습을 보며 가슴이 아려왔다. 만주는 정숙에게 소중한 추억이 가득 담긴 곳이었다.

그날 밤, 정찬두와 장흥댁이 말없이 짐을 꾸리기 시작했다. 만주에서 보낸 시간들이 주마등처럼 스쳐 갔다. 집 안 구석구석 만주 생활의 흔적들이 남아있었다. 그것은 전쟁과 혼란 속에서도 꿋꿋이 살아온 삶의 증거였다. 정숙이 작은 보물상자를 정리하며 아버지를 올려다보았다.

"아부지, 조선에 가믄 거기서도 행복하게 살 수 있지라?"

"그럼, 우리 정숙이는 어디서든 행복할 것이여. 아부지가 너를 위해서라면 뭐든지 다 할 테니 걱정하지 말그라."

"그럼, 우리 조선까지 쿠로가네 타고갈 수 있나요?"

"… 한번 알아보마."

정찬두가 당황하며 대답을 흐렸지만, 정숙이 아버지의 말에 활짝 웃었다. 정찬두는 정숙의 예쁘고 순진한 미소를 바라보며 이제는 전쟁의 상처와 고통을 뒤로하고 고향 땅에서 새롭게 삶을 시작할 때가 되었다고 마음을 굳게 다졌다.

환향 아리랑

　1945년 8월, 드디어 조선은 해방을 맞았다. 제2차 세계대전은 일본의 전면적인 패배로 끝나고 일본은 무조건 항복을 했다. 8월이 끝나가는 여름 한복판, 정찬두와 그의 가족들은 남쪽을 향해 끝없이 걷고 있었다. 꿈에도 그리던 해방이 찾아왔으나 조국으로 돌아가는 길은 멀고도 아득하기만 했다. 일본의 패망과 더불어 만주 땅 곳곳에 흩어져 살던 조선인들은 하나둘씩 고향으로 향하는 귀국 행렬에 합류했다. 이날이 오길 그 얼마나 고대하였던가? 정찬두 가족도 일종의 흥분을 가눌 수는 없었다. 그러나 앞날은 여전히 위태롭고 불투명했다.

　정찬두가 낡은 관동군 군화를 신은 채 무겁게 발걸음을 옮길 때마다, 그의 군화는 바싹 메마른 흙먼지로 하얗게 덮여갔다. 하얼빈에서 창춘을 거쳐 봉천까지는 그나마 운 좋게 열차를 타고 내려올 수 있었으나, 봉천 이후부터는 해방된 조국으로 향하는 사람들의 행렬이 밀물처럼 쏟아져 나와서 발 디딜 틈조차 없었다. 설상가상으로 패잔병이 되어 돌아가는 관동군 병사들에게 제공되던 열차는 이미 끊긴 지 오래였다. 설령 열차가 있다고 해도 날로 격렬해지는 현지인의 반일 감정 때문에 자리를 내줄 리 만무했고, 오히려 분노에 찬 군중들에게 폭행을 당할 위험마저 있었다. 이에 사람들은 일찌감치 일본군의 제복을 벗어버리고 낡은 한복으로 갈아입은 채 고단한 길을 나서야 했다.

정찬두 일행 역시 최경신이 정성스레 준비해 온 하얀 광목천에 태극기를 크게 그려 넣은 띠를 머리에 둘렀다. 선명하게 그려진 태극기는 고향 땅을 향한 간절한 염원의 상징이자, 험난한 귀향길에서 그들의 생명을 지켜주는 작은 보호막이기도 했다.

정찬두는 가족들과 함께 봉천역 앞의 허름한 국밥집에서 기다리고 있었다. 그는 수행 참모였던 최경신과 후배 이덕기를 역으로 보내 단둥으로 향하는 열차 편을 수소문해 보게 했다. 한참 뒤, 두 사람이 숨을 몰아쉬며 돌아왔으나 최경신이 애석한 표정으로 고개를 가로저었다.

"형님, 이미 표는 모두 동났습네다. 웃돈을 얹어준다고 해도 전혀 구할 수가 없었시요."

어느새 정찬두를 부르는 최경신의 호칭은 자연스레 형님으로 바뀌어 있었다. 눈치 빠른 그였으니 주변 사람들의 날카로운 시선을 의식한 탓이리라.

"경신이, 그러면 다음 열차는 언제쯤 가능하다고 하던가?"

정찬두는 실망스러운 기색이 역력했으나, 한 가닥 남은 희망이라도 잡아보려는 듯 물었다. 이덕기가 눈을 크게 뜨고는 서둘러 손사래를 쳤다. 그러나 그의 얼굴에는 여전히 실망보다는 어딘지 모르게 생기 있는 빛이 서려 있었다.

"말도 마시라요. 이번에 이 열차가 내려가끈일랑, 다음 열차는 한 달 뒤에나 있을지, 언제가 될지 전혀 기약이 없답네다. 하지만 제가 알아놓은 역무원에게 돈을 조금 쥐여주믄 열차 지붕 위에라도 올라탈 수 있다고 했습네다."

하지만 아녀자를 동반한 정찬두는 그런 위험을 감수할 엄두가 나지 않앉다. 차라리 신의주까지는 거리도 얼마 되지 않으니 걸어가는 편이 낫겠다고 생각했다.

"아니여. 아녀자들도 있는데 열차 지붕 위는 너무 위험허지 싶네. 우덜은 차라리 걸어가는 거시 낫겠네."

정찬두의 의견에 최경신이 망설임 없이 말했다.

"형님, 그럼 저희도 함께 걸어가겠습네다. 열차로는 세 시간이 걸린다고 하니, 걸어가믄 사나흘이면 넉넉히 도착하지 않갔습네까? 가다가 무슨 일이 생길지도 모르니 저희도 함께 가는 것이 안전하갔습네다."

"그럼 그렇게 함께 가도록 하세."

결국 최경신과 이덕기도 정찬두 가족과 함께하기로 마음먹었다. 이 시점부터는 자신들이 관동군이었다는 사실이 밝혀지는 순간, 언제 누구에게 갑자기 린치를 당해도 이상하지 않을 만큼 위험천만한 상황이었기에, 서로의 존재가 곧 생명의 보호막이나 마찬가지였다.

최경신은 한눈에 봐도 강단 있는 인물이었으나, 얼굴에는 잊히기 어려운 상처가 서려 있었다. 날렵한 턱선과 깊이 팬 눈매는 그가 지나온 삶이 결코 평탄치 않았음을 여실히 드러냈고, 깊고 어두운 눈동자 속에는 꺾이지 않는 결기가 서려 있었다. 과거 3·1운동으로 가족을 잃고 흩어진 형제들을 찾지 못한 채 방황했던 그였기에, 누구보다 강인한 생존 본능으로 이 순간을 버텨내고 있었다.

삐이익- 뿌우욱- 칙칙-폭폭-

고갯마루에 올라서니, 신작로 옆길로 뻗은 철길 위를 열차가 길게 기적 소리를 울리며 지나갔다. 열차 지붕 위는 사람들과 짐짝들로 빼곡하게 채워져 있었다. 일행 모두는 그 모습을 바라보며 부러운 마음을 감추지 못했다.

"아따, 저 기차라도 탔으면 편히 갈 수 있을 텐디…"

긴 기적 소리에 이덕기가 허탈한 듯 중얼거렸다. 그러나 어쩌면 저 지붕 위가 더 위험하고 불편했을지 모른다는 생각에 위안이 되기도 했다. 정찬두 가족과 일행은 고개를 푹 숙이고 다시 힘겹게 걷기 시작했다. 어린아이 둘을 데리고 삼천리 머나먼 귀향길을 걷는 것은 결코 쉬운 일이 아니었다.

여덟 살 정숙과 다섯 살 현기는 벌써 지쳐 걸음을 질질 끌고 있었다. 아내 장흥댁은 옷가지와 보따리를 어깨에 둘러멘 채 무거운 걸음을 떼었고, 정찬두는 온갖 살림살이를 이불 보따리와 함께 지게 위에 지고 있었다. 어린 현기가 지칠 때면 정찬두는 아이를 지게 위에 올리고 다시 힘을 냈다.

"아부지, 힘들어요…."

정숙이 눈물 맺힌 얼굴로 말을 꺼냈다.

"아이고, 정숙아. 힘들제야? 조금만 더 참드라고. 이제 봉화산만 넘으면 압록강이여. 거기서 배든 기차든 타고 우리 집으로 가는 거니라."

정찬두가 아이들을 다독이며 위로했다.

"현기야, 너도 조금만 더 힘내거라잉? 아부지가 곧 맛난 거 사줄텐게."

"야, 아부지…."

정찬두는 정숙과 현기, 아내 순례까지도 새끼줄로 허리를 꽁꽁 묶어 자신의 허리춤에 단단히 연결하였다. 돌아가는 귀국 행렬이 너무나 많아 자칫하면 가족들을 잃어버릴 수도 있는 탓이었다. 사람들로 발 디딜 틈조차 없는 길은 험했고, 어린아이들 때문에 발걸음은 점점 더 느려질 뿐이었다.

수많은 사람들이 앞사람의 발자국만 따라 묵묵히 걷고 있었고, 길가에는 더러 지쳐 쓰러진 사람들이 보였다. 정찬두는 고개를 떨군 채 묵묵히 걸음을 재촉했다. 땀은 이미 등줄기를 따라 흘러내렸다. 그래도 봉화산만 넘으면 압록강이 가까워질 거라는 생각에 정찬두의 마음은 조금씩 가벼워졌으나, 이틀을 꼬박 걸어서야 비로소 봉화산 초입에 겨우 다다를 수 있었다. 이제 저 아득하게 높이 솟은 봉화산만 넘고 하루 정도 더 걸으면 압록강이었다. 지친 일행은 오늘만큼은 여기서 쉬어 가기로 했다.

막상 마을에 도착해 보니 봉화산 기슭은 온통 아수라장이었다. 이틀 전 출발했던 열차가 봉화산 중턱에서 폭격을 받아 탈선하였고, 비탈을 굴러떨어져 수백 명의 사상자가 속출했다는 비보가 전해졌다. 그것은 정찬두 가족이 표를 구하지 못해 결국 타지 못했던 바로 그 기차였다. 후퇴하는 관동군이 탑승했다는 첩보를 입수한 팔로군 인민유격대가 보복 차원에서 열차를 급습했다고 했다. 마을 입구에서부터 사람들은 오로지 탈선한 열차 이야기뿐이었다.

"아이고, 큰일 났수다! 봉화산 중턱에서 기차가 탈선했답네다!"

"거그서 폭탄이 터져가 열차가 비탈을 굴러떨어져가꼬 수백 명이 죽었다 안카나, 지붕 위에 있던 사람들은 죄다 즉사했다 카더라!"

"맞나? 저래 우야꼬…."

그 참상을 전해 들은 정찬두가 놀라서 발걸음을 멈췄다. 그의 얼굴이 창백하게 질려 있었다. 아내 장흥댁 역시 놀란 눈으로 남편을 바라보며 떨리는 목소리로 말했다.

"워매… 정숙 아부지, 그 기차가 우리가 타려던 바로 그 기차여라? 우리가 타지 않아 목숨을 구한 것이 참말로 천운인가 봐요."

"그러게 말이오, 성님. 차라리 표를 못 구한 것이 복이었구먼요."

뒤따르던 이덕기와 최경신도 고개를 끄덕이며 깊은 안도의 숨을 내쉬었다. 정찬두가 그 순간 가슴을 쓸어내리며 혼잣말처럼 되뇌었다.

"하마터면 우리도 그 열차를 타고 저리될 뻔했구먼. 걸어서 고생은 좀 했어도 목숨을 건졌으니, 이것이야말로 하늘이 내린 복이지."

그는 잠시 눈을 감고 하늘을 올려다보았다. 피로에 전 몸이었지만 그의 가슴에는 깊은 감사가 피어났다. 그러나 그는 곧 다시 현실로 돌아와 걸음을 재촉해야 한다는 사실을 깨달았다. 아직 여정은 끝나지 않았다. 봉화산을 넘어서야 했고, 그 뒤에도 수많은 험난한 길들이 기다리고 있었다.

"자, 오늘은 여기서 쉬었다가 내일 아침 일찍 다시 출발하세. 열차는 못 탔어도 우리 가족이 다 함께 무사히 돌아가는 것이 가장 중요한 일 아니겠소."

정찬두의 말에 가족들이 고개를 끄덕이며 서로를 위로했다. 비록 기차를 타지 못한 탓에 걷는 길은 험했지만, 그 덕에 목숨을 건졌다는 사실에 모두가 감사했다.

정찬두 일행은 봉화산을 왼편으로 멀리 두고 천천히 고개를 오르기 시작했다. 길은 울퉁불퉁하고 가팔랐지만, 그들의 발걸음은 한결 가벼웠다. 봉화산의 정상 너머로 희미하게나마 그리운 조선의 땅이 눈에 들어올 듯했다. 압록강 너머 어딘가에 있을 고향을 떠올리며, 그들은 깊이 숨을 들이마셨다. 그때 누군가 손을 들어 산 위 높은 성문을 가리키며 말했다.

"저 멀리 우뚝 솟은 저 성문이 바로 '호산장성'의 관문이오?"

"그렇다오. 저 관문 위에 서면 조선 땅이 한눈에 펼쳐질게요."

노인이 떨리는 손을 맞잡으며 대답했다. 그의 음성엔 오랜 기다림과 벅찬 감회가 담겨 있었다. 봉화산을 넘어가는 고갯길로 산바람이 불어오자, 우거진 나무들은 속삭이듯 몸을 흔들며 춤을 추었다. 그때, 어디선가 귀에 익숙한 아리랑 노랫소리가 울려 퍼졌다.

"아리랑 아리랑 아라리요~

아리랑 고개로 넘어간다

총칼을 메고서 싸움터 가니

조선의 독립은 멀지 않구나

피 흘려 싸우다 쓰러질지언정

나라의 자유는 찾고야 만다.

아리랑 아리랑 아라리요~

압록강 건너서~ 돌아가리~"

아마도 그것은 만주의 차디찬 벌판에서 항일의 불꽃을 피우던 이들이 조국의 독립을 염원하며 부르던 '독립군 아리랑'인 듯했다. 이어서 멀리서 또 다른 아리랑의 선율이 화답하며 처연하게 울려 퍼졌다.

"아리랑, 아리랑, 아라리요~
아리랑 고개를 언제 넘나
고향에 계신 우리 부모
이 자식 소식은~ 아시는가~"

그것은 강제로 끌려가 꽃다운 청춘을 총칼 아래 바쳐야 했던 학도병들의 서럽고 애끓는 노랫가락이었다. 이어서, 떨리는 듯한 젊은 여인네들의 목소리가 처연히 흘러나왔다.

"아리랑, 아리랑, 아라리요~
아리랑 고개를 내가 넘는다.
압록강 두만강 건너온 이 몸이
언제나 내 고향 다시 밟으리~"

이번엔 어린 나이에 일본군 위안부로 끌려가 지옥 같은 운명에 몸부림 쳤던 여인들의 통한 어린 울부짖음이 담긴 노래였다. 그 슬프디슬픈 절규 끝에 마침내 수많은 이들이 다 함께 목소리를 모아 아리랑을 부르기 시작했다.

환향 아리랑

"아리랑, 아리랑, 아라리요~
아리랑 고개로 넘어간다
나를 버리고 가시는 님은~
십 리도 못 가서~ 발병 난다."

조선 민족의 아리랑 가락에는 차마 말로 다할 수 없는 깊은 사연과, 억겁의 한이 서려 있는 듯했다. 노랫소리에 번져가는 뜨거운 눈물이 사람들의 눈가를 적셨다. 바로 그때였다. 멀리 앞장서 걷던 무리 사이로 마침내 환희의 함성이 터져 나왔다.

"와! 압록강이 보인다! 조선 땅이 보인다!"

정찬두 일행도 서둘러 고개 정상에 올랐다.

"정숙아, 드디어 조선 땅이 보이는구나. 저 멀리 은빛으로 반짝이는 강 보이제? 저 강이 바로 압록강이여. 이제 저 강만 건너면 조선이란다."

정찬두가 짐을 내려놓으며 말했다. 맑은 하늘 아래, 압록강은 햇빛을 받아 아름답게 빛나고 있었고, 강 너머 조선의 산자락이 아련히 펼쳐져 있었다. 멀리 아득한 조선의 땅과 흐르는 압록강을 보고 있노라니, 눈물이 볼을 타고 흘러내렸다.

그때 그들 중 젊은 여인 몇이 주저앉아 오열하기 시작하였다. 그들의 흐느낌은 산바람을 타고 멀리 번져나갔다.

"조선 땅이다… 우리 고향이다…."

한 여인이 흐느끼며 말을 잇다가 결국 울음을 참지 못하고 목이 메었다.

"드디어… 드디어… 흑, 흑…."

다른 여인이 떨리는 목소리로 나지막이 속삭였다.

"엉~ 엉~ 내 왔소, 어무이…."

여인들이 한없이 서럽게 통곡했고, 사람들은 말없이 그들을 바라만 볼 뿐이었다. 그들의 얼굴에는 피로와 슬픔이 겹겹이 쌓였으며, 눈물로 얼룩진 얼굴에는 이루 말할 수 없는 고통이 드러났다. 그때 한 중년 여인이 낮은 목소리로 말했다.

"저 젊은 처자들은 일본 관동군의 정신대에서 돌아온 환향녀들이라오."

사람들은 웅성거렸고, 침통한 분위기 속에 누군가는 주먹을 움켜쥐었으며, 또 누군가는 고개를 돌려 눈물을 훔쳤다. 몸과 마음의 깊은 고통을 겪은 이들이 마침내 고향을 눈앞에 두었으니 얼마나 서러웠을까? 얼마나 그리웠을까? 사람들이 눈물 어린 얼굴로 그들을 위로했다.

장흥댁이 조심스레 다가가 한 젊은 여인의 어깨를 감싸안았다. 여인은 놀라 몸을 움츠렸지만, 이내 흐느낌을 멈추지 못했다.

"인자 거의 다 왔소. 고향에서 엄니가 눈 빠지게 기다리고 계실 테니께, 조금만 더 힘을 냅시다웨."

"아슴찬이구만이라. 아짐씨."

"아슴찬? 그래 처자는 고향이 어디인게라?"

"야~ 지는 전라도 화순이구만요."

"그요? 워짠지… 우리 냄편도 고향이 화순인디. 내는 장흥이구요잉. 근디 이름이 뭐다요?"

"지는 수강이라고 하는디요."

"그요? 반갑수. 우리가 인연이 있으믄, 고향에서 또 만나십시다."

"야~ 고맙구만이라. 흑- 흑-."

장흥댁의 위로에 여인들이 더욱 구슬프게 울었으나, 이번에는 슬픔뿐 아니라 안도와 기쁨이 어우러진 울음이었다. 정찬두가 속으로부터 깊은 탄식을 내쉬었다.

'아, 어찌하여 우리 민족의 역사는 이리도 아프게 되풀이되는가. 병자호란의 참혹한 날들 속에서 청나라로 끌려가 수모와 통한 속에 눈물짓던 여인들이 있었거늘…. 그때나 지금이나 고향 땅을 그리워하며 겨우 돌아온 이들을 기다리는 것은 따뜻한 품이 아니라, 환향녀(還鄕女)라는 잔혹한 낙인이로구나. 세월이 흘러 세상이 달라졌다 한들, 상처받은 영혼들에게 이 땅은 여전히 참혹하고 가혹하구나.'

정찬두가 하늘을 올려다보며 쓰라린 가슴을 쓸어내리는 순간, 멀리서 누군가가 외쳤다.

"조선이여, 우리가 돌아왔소!"

여기저기서 사람들이 하나둘 그 외침을 따라 했다.

"조선이여, 우리가 돌아왔소!"

모두가 기쁨과 서러움 속에 눈물을 흘리며 조선 땅을 향한 감격을 나누었다. 그리고 짐을 다시 챙겨 천천히 발걸음을 옮겼다. 단둥에 도착해 압록강 변에 이르렀을 때는 해가 저물며 붉은 노을이 온 세상을 감싸고 있었다. 강 건너 조선의 산봉우리도 붉게 물들었다. 이제 그들 앞에 남은 것은 오직 조선 땅에 발을 디디는 일이었다. 그들은 마침내, 그렇게 꿈에도 그리던 고향 조선으로 돌아가고 있었다.

선택과 갈림길

　정찬두와 최경신, 이덕기 일행은 마침내 단둥에 도착했다. 블라디보스토크에서 출발하여 무단장(牡丹江)과 옌지를 거쳐 급히 내려온 러시아 제2극동군의 병력이 이미 단둥(丹東)을 점령하였고, 곳곳에 병력을 배치해 놓은 상태였다. 아울러 조·만 철교도 폐쇄하여 귀국 행렬은 걸어서 압록강을 건너야만 했다.
　"어이, 경신이, 덕기! 우덜이 철교를 직접 걸어서 건너야 할 텐디 어쩌겠는가? 정숙이는 경신 아재가 업고, 현기는 덕기 아재가 업어서 건너야 쓰겄네. 동상들이 나 좀 도와주시게."
　"암만, 그래야지라."
　"일 없슴다. 걱정 마시라요. 날래 갑세."
　"정숙아 현기야, 여그서부텀은 느그가 걸어가기 힘든 곳인게, 아재들 등에 업히거라."
　정찬두가 아내 장흥댁의 손을 꼭 잡고, 정숙과 현기를 번갈아 바라보며 말했다.
　단둥과 신의주를 오가는 열차 편은 만주국이 붕괴되자 러시아 점령군이 막아 버린 탓에, 정찬두 일행은 압록강 철교를 걸어서 건널 수밖에 없었다. 철교를 건너자마자 정찬두는 조선의 흙을 두 손 가득 움켜쥐고 얼굴을 파묻듯 냄새를 맡았다. 그 순간 자기도 모르게 입술 사이에서 탄식과도 같은 감격이 새어 나왔다.

"아, 조선 땅이로구나."

다행히 신의주는 만주와 국경이 맞닿아 있는 탓인지, 만주 중앙은행이 발행한 만주 위안화가 간혹 통용되고 있었다. 신의주를 벗어나면 더 이상 쓸 수 없는 만주 위안화를 급히 조선 화폐로 교환하려 했지만, 망해버린 만주국의 화폐를 누구도 쉽사리 바꿔주려 하지 않았다. 어렵사리 만난 한 중국 상인이 십 대 일이라는 턱없는 교환 비율로나마 바꾸어주었기에 그나마 다행이었다.

끝날 것 같지 않은 긴 여정에 지칠 대로 지친 정찬두 일행이 마침내 조선 땅 신의주에 도착하였다. 그런데 신의주에도 소련 군대가 이미 점령하여 치안을 담당하고 있었다. 소련의 태평양 함대가 8월 13일 청진 해방작전을 감행하여 상륙하였고, 일본군과 전투를 한 지 삼 일 만에 청진을 점령하였다.

그런데 그들 일행 앞에, 신의주역에서 뜻밖의 인연이 기다리고 있었다. 먼발치에서 희미하게나마 익숙한 얼굴을 발견한 정찬두의 눈이 크게 떠졌다. 바로 그의 동생 찬우였다.

"찬우야~!"

"성님~!"

형과 동생은 서로를 보자마자 곧장 달려가 한껏 부둥켜안았다. 두 사람의 얼굴에는 뜨거운 눈물이 차올라, 말 한마디 하지 않고서도 서로의 그리움과 걱정을 깊이 느낄 수 있었다. 혼란스러운 시대의 소용돌이 속에서 이뤄진 형제의 재회는 기적처럼 귀하고 소중한 순간이었다.

"동상, 여기서 이렇게 다시 만나게 되다니… 이제는 죽어서 부모님 뵐

면목이 생겼네."

정찬두의 울먹이는 음성에는 그간 견뎌왔던 고통과 서러움, 가족을 향한 절절한 그리움이 담겨 있었다.

"성님… 형수님과 조카들은 모두 무사하셨소? 먼 타향 땅에서 성님 가족을 만나게 되다니, 천지신명께 참으로 감사드리오."

정찬우 역시 목소리가 떨리며 형의 손을 굳게 잡았다. 이 우연처럼 보이는 재회는 운명이 빚어낸 것이었다. 그들은 손을 맞잡고, 비로소 가족이라는 이름 아래 다시 이어진 운명의 끈을 꼭 쥐고 놓지 않았다. 형제는 그렇게 오랜 그리움 속에서 재회의 기쁨을 만끽했다.

조금 떨어진 곳에서 최경신은 형제가 눈물로 재회하는 모습을 보며 깊은 한숨을 내쉬었다. 그의 눈빛에는 부러움과 쓸쓸함이 얽혀 있었다.

"이렇게라도 다시 만날 수 있는 가족이 있다니 참으로 부럽구나."

그의 나지막한 중얼거림 속에는 지울 수 없는 아픔이 서려 있었다. 삼일운동의 여파로 가족이 희생당하고 뿔뿔이 흩어진 이후, 그에게 남은 것은 이제 희미해진 기억의 조각들뿐이었다. 정찬두와 정찬우 형제가 서로 손을 맞잡은 모습을 물끄러미 바라보다, 최경신은 천천히 눈을 감았다.

'나는… 언제나 이렇게 가족을 다시 만날 수 있을까…'

하지만 그는 곧 흔들리는 마음을 다잡듯 다시 눈을 떴다. 그리움조차 허락되지 않는 현실이라도, 그는 살아남아야만 했다. 언젠가 다시 만나야 할 사람들을 위해, 기억의 마지막 조각 하나라도 놓치지 않고 살아가야 한다고 스스로를 다독였다. 최경신은 텅 빈 가슴을 쓸어내리며 천천히 그 자리를 떠났다.

"성님, 나는 친구 창길이랑 여기 남겠소. 고향에 가도 부모님도 안 계시고, 나는 그냥 여기서 살랍니다."

평양에서 열차를 갈아타는 동안 뜻밖에도 정찬우가 갑자기 오창길과 함께 평양에 남겠다고 고집을 피웠다.

"찬우야, 안 된다. 부모님이 안 계셔도 산소에 찾아가 인사라도 드리고, 기다리는 친구들과 친척들도 있는데 어찌 타향에서 홀로 살아갈 생각이냐?"

"성님, 사실은… 신의주에서 열차가 떠날 때, 역에서 홀로 앉아 울고 있던 제 여인, 영란 씨를 본 것 같아서 그럽니다."

이때 오창길이 앞으로 나서며 말했다.

"찬우, 정신 차리라우. 자네가 여기서 나와 지내는 건 내레 좋지만서두, 그때 영란 씨는 진짜 총을 맞고 죽었던 거 아녔슴? 영란 씨는 이제 그만 잊으라우."

"아니여, 진짜 영란 씨가 맞았당께…."

"그려, 동상. 이제 그만 잊고 성이랑 고향으로 돌아가세."

"아니요. 나는 영란 씨를 찾아서 여기 남을 테니께, 성님은 참견 말아 주시오."

정찬두가 부드럽게 동생을 설득하려다 '참견 말라'는 말을 듣자, 자신도 모르게 손을 들어 정찬우의 뺨을 내리쳤다.

찰싹-

"이 못난 놈아! 내가 니 성인디 어찌 참견을 말라고 하냐? 이 난리통에 니가 여기에 남는다고 영란 씨를 찾을 수 있다는 보장이라도 있다냐? 네가 아무리 연을 하늘 높이 날려 보내도, 연은 영란 씨를 찾을 수 있는 디로 너를 데려가 주지를 못한단 말이여. 지금은 동상이 그 끈을 잘라내야 하는 때란 말이시."

순간 정적이 흘렀다. 형제는 서로의 눈에서 흐르는 눈물을 마주 볼 수밖에 없었다.

"알것소, 성님…. 내가 잘못했소. 성님 따라 고향으로 내려갈 터이니 화푸시오."

"나도 미안하네, 동상. 그리고 내 말을 따라줘서 참 고맙구먼. 우리 이제 함께 고향으로 내려가세."

두 형제는 서로의 어깨를 감싸며, 긴 한숨과 함께 다시 여정을 이어갔다.

정찬두와 그의 일행은 신의주에서 우연히 만난 동생 정찬우와의 짧은 실랑이를 뒤로하고, 기차를 갈아타고 경성으로 내려왔다. 경성에 발을 딛는 순간, 정찬두의 가슴은 벅차올랐다. 오래전 떠난 조국의 땅, 그 땅의 공기와 냄새는 오랫동안 억눌러왔던 감정을 일깨웠다.

"아! 이것이 진짜 내 조국, 내 고향의 냄새로구나."

정찬두가 자기도 모르게 중얼거렸다. 그러나 해방의 기쁨을 느끼는 것도 잠시, 경성의 거리는 여전히 혼란스러웠다. 거리를 누비는 전차는 여전히 일본의 흔적을 실어 나르고 있었고, 거리 곳곳에 남은 잔재들은 그에게 과거의 어두운 그림자를 다시금 상기시켰다.

"황성 옛터에 밤이 되니 월색만 고요해~
폐허에 서린 회포를 말하여 주노라
아! 가엾다 이 내 몸은 그 무엇 찾으~려
덧없는 꿈의 거리를 헤매어 있느냐~"

경성역 길가 저편, 축음기(蓄音器)에서는 '고-려 레코드'의 낡은 SP돌판이 78rpm으로 천천히 돌아가고 있었다. 바늘 끝이 가느다란 떨림으로 괴로워하더니 쓸쓸한 노랫소리로 변신하고 있었다. 흘러나오는 가락은 한 서린 바람처럼 거리를 감돌았고, 이애리수의 애잔한 목소리가 저물어가는 황혼 속에서 '황성의 적(跡)' 선율을 타고 지나간 세월을 머금은 채 길모퉁이로 사라져갔다.

고향을 떠난 지 너무나도 오랜 세월이 흐른 탓에, 경성은 정찬두에게 낯설기만 했다. 그곳에는 그가 관동군 시절 알고 지냈던 선후배들이 제법 있었으나, 특히 가까운 사이였던 정인권 선배와 연락이 닿았다. 어렵사리 그를 찾아낸 정찬두는, 해방 후의 혼란 속에서도 정 선배가 이미 자신의 자리를 찾아가고 있음을 느꼈다.

다음날, 정찬두는 광화문을 지나 조선총독부였던 건물을 둘러보았다. 지금은 '케피탈 홀'이라는 이름으로 바뀌어 미군정청에서 사용하고 있었다.

'조선이 이렇게 해방되었음에도 또다시 외세의 영향권 아래 놓여 있다니. 조국의 현실이 참으로 착잡하기만 하구나.'

그는 홀로 되뇌며 깊은 생각에 잠겼다. 해질녘, 만주에서 함께 내려온 후배들과 정인권 선배를 만나 경성역 길 건너 한적한 식당에서 막걸리를 나누었다. 정인권 선배가 먼저 잔을 들어 말문을 열었다.

"임자들, 먼 길을 무사히 내려왔구만. 하지만 알다시피, 지금 경성도 혼란스럽기 짝이 없지 않은가. 우리 같은 군 출신들이 이런 시기에 무엇을 해야 할지 잘 알고 있을 거 아닌가?"

정찬두가 잔을 기울이며 조용히 고개를 끄덕였다.

"잘 알고 있습니다. 하지만 그리 쉬운 일이 아닙니다. 관동군에서의 시절이 자꾸 떠올라 마음이 편치 않네요."

정인권이 그의 말을 듣고 잔을 내려놓으며 진지한 눈빛으로 그를 바라보았다.

"내 그럴 줄 알았네, 찬두. 하지만 자네는 천생 군인이 아닌가? 미군정청에서 곧 국방경비대 간부를 모집한다네. 관동군 경력도 인정해 준다더군. 나도 지원했네. 어쩌면 내 군번이 1번이 될지도 모르지. 우리 같은 사람들이 나서야 나라가 바로 설 것 아닌가? 자네도 늦기 전에 지원하시게."

고향에 내려간들 뾰족한 수가 있겠나? 우리야말로 군복을 입고 살아온 사람들이 아닌가 말일세."

정찬두가 놀란 듯 고개를 들었다.

"국방경비대요? 일본 관동군에 몸담았던 제가 다시 군복을 입고 동포들 앞에 선다는 건 도저히 상상할 수 없습니다."

정인권이 잠시 침묵하더니, 다시 잔을 채우며 말을 이었다.

"자네가 왜 그런 죄책감을 느끼는지 이해하네. 하지만 우리에게 선택이 있었던가? 우리는 그저 살아남기 위해 몸부림쳤을 뿐 아닌가. 자네가 고향으로 내려간다고 해서 무엇이 달라지겠는가? 차라리 이곳에 남아 새로운 군대를 만드는 데 힘을 보태는 것이 더 나은 일이지 않겠나?"

정찬두가 깊은 한숨을 내쉬며 고개를 저었다.

"선배님, 죄송합니다. 저는 해방된 조국 앞에서, 일본 제국의 군복을 입었던 과거가 너무나도 부끄럽습니다. 다시 군복을 입는 것은 동포를 배반하는 일이나 다름없습니다. 저는 제 죄책감을 정면으로 마주 보며 살아가기가 힘이 듭니다."

정인권이 말없이 그를 바라보다가, 천천히 고개를 끄덕였다.

"그래, 자네의 뜻을 이해하겠네. 하지만 기억하시게, 나라가 막 새로 일어나려는 이때, 우리 같은 사람들이 나서지 않는다면 누가 나서겠는가?"

정찬두는 대답 대신 잔을 비웠다. 그리곤 빈 잔을 '탁'하는 소리가 나게 내려놓으며, 굳게 다짐하듯 말했다.

"선배님, 저는 경성에 남아 경비대에 참여할 수 없습니다. 고향 산천으로 돌아가 저 나름의 길을 찾아보겠습니다."

그때 최경신이 말을 보탰다.

"찬두 성님 생각은 잘 알겠지만, 저는 여기에 남겠습네다. 미군정 산하 경찰에 지원할 생각이오. 우리 같은 사람들에게 길이 열려 있다는데, 마다할 이유가 있겠습네까? 나라가 새로 시작하는 이때, 저도 뭔가 보탬이 되어야 하지 않겠소?"

"잘 생각했네, 경신이. 자네가 경찰에 지원한다면, 헌병사령관 시크 준장을 내가 알고 있으니 추천서를 써주겠네."

이들의 대화를 조용히 듣고 있던 이덕기도 고개를 끄덕이며 말했다.

"맞구만요. 저도 국방경비대에 지원할 생각이구만요. 먹고 살 방도도 마땅치 않고, 우리 같은 사람들이야말로 이 혼란스러운 시국에서 제 역할을 맡아야 한다고 생각합네다."

정찬두는 후배들의 결정을 차마 말리지 못했다. 그들의 선택을 존중하면서도, 그는 자신의 길을 가야 한다는 생각이 더욱 굳어졌다. 그들은 각자의 길을 선택했고, 정찬두는 고향으로 돌아가기로 결심했다. 정인권 선배가 마지막으로 그에게 말했다.

"자네의 선택을 존중하겠네. 하지만 이 선택이 훗날 어떤 결과를 가져올지 모른다는 것을 명심하시게."

정찬두가 고개를 숙이며 대답했다.

"알겠습니다, 선배님. 각자의 길이 다를 뿐이겠지요. 누군가는 조국을 위해, 누군가는 가족을 위해, 또 누군가는 주어진 삶을 위해 살아가는 것이겠지요. 저는 사람이란 스스로를 정직하게 마주할 수 있어야 떳떳한 삶을 살 수 있다고 믿습니다. 비록, 과거에 과오가 있다 하더라도, 그것을 참회하고 올바르게 살아가려는 사람은 결국 현명한 삶을 살게 될 것입니다."

결국, 정찬두는 고향 화순으로 낙향하기로 했다. 결정은 깊이 고민할 필요도 없이 쉬웠다. 그저 마음이 이끄는 대로 믿고 따라가기로 했다. 그러나 최경신과 이덕기는 각기 미군정청 산하 경찰과 국방경비대에 지원하기로 했다. 그들이 거리로 나왔을 때는 휘황찬란한 가로등이 하나둘 켜지고 있었다. 정찬두가 그들과 다정하게 어깨를 나란히 하고 걸으며 말했다.

"자네들은 각자의 길을 가시게. 나도 인자 내 방식대로 살아가겠네."

경성의 불빛을 뒤로하고, 그는 홀로 길을 걸었다. 늦여름 밤바람이 옷깃을 스치고 지나갔지만, 그의 결심은 흔들리지 않았다. 고향으로 돌아가면 그는 농사를 짓든, 다른 일을 하든, 이 땅에서 자신의 방식대로 떳떳하게 살아갈 것이다.

어디선가 축음기에서 늘어지는 노랫소리가 다시 들려오고 있었다.

고향으로

 정찬두가 만주에서의 세월을 마치고 조선 땅으로 돌아왔을 때, 마음 한구석에는 늘 고향에 대한 그리움이 아릿하게 남아있었다. 가슴 깊이 간직해 온 고향, 돌아가고 싶은 그곳 이양면 송정리 기운동은 이제 닿기 힘든 아득한 곳처럼 느껴졌다. 고향으로 내려오는 길, 그는 기운동 어귀에서 멈춰 서 어린 시절 뛰어놀던 기억을 떠올리며 깊은 한숨을 내쉬었다.
 정찬두는 마침 친구 조상만의 소개로 급하게 글 쓰는 사람이 필요했던 이양면에서 면서기(面書記)로 일을 시작하게 되었다. 송정리 기운동은 이양면 사무소에서 곰방대 하나 피울 정도 가까운 거리에 있는 곳이다. 마땅히 이양 읍내에 자리를 잡으면 좋겠다는 생각도 있었지만, 차마 쉽게 발걸음을 옮기지 못하는 이유는 기운동 마을 어귀에 버티고 선 황씨 저택 때문이었다. 황씨는 정찬두의 아버지, 정승태와의 노름판에서 전답과 집을 모조리 빼앗아 가고, 이제는 '황 부자댁'이라는 이름으로 그 집에서 유유히 살고 있었다. 어릴 적 그가 뛰어놀던 광대한 저택, 세 칸부터 다섯 칸짜리 집들이 네 채나 모여있던 그 넓고 아름다운 곳은 이제 남의 손에 넘어가 희미한 추억으로만 남아있을 뿐이었다.
 정승태가 조부로부터 물려받은 그 집은 정찬두에게 많은 애틋한 추억을 남겼다. 앞마당 연못에는 개울에서 흘러온 맑은 물이 고여 있었고, 그 안을 팔뚝만 한 잉어들이 한가로이 헤엄쳤다. 석등이 우아하게 서 있던 연못 가운데는 작은 돌다리로 건너갈 수 있는 아담한 인공섬이 있었고, 원도 위에는 정교한 돌조각상들이 자리하고 있었다. 연못 옆의 작은 동산에는 감나무들이 가지마다 열매를 맺어, 동생 찬우와 함께 감을 따 먹으며 뛰놀던 기억이 아련하게 떠올랐다. 뒤편으로 펼쳐진 대나무 숲은 깊고 넓어, 숨바꼭질을 하면 누구도 찾지 못할 만큼 비밀스러운 안식처였다.

그러나 이제는 그 모든 추억의 공간이 황 부자의 손으로 넘어갔고, 정찬두는 이 현실을 도저히 받아들일 수 없었다. 마음의 고향이며 가장 사랑했던 곳이라 해도, 다시 돌아와 그 앞을 지나는 것만으로도 그의 가슴은 무겁게 짓눌렸다. 그 집을 볼 때마다 아버지가 잃어버린 재산과 빼앗긴 가문의 명예가 떠올라 그는 씁쓸함과 분노를 억누르기 어려웠다.

아내 장흥댁이 짐짓 아무것도 모르는 듯 조심스레 물었다.

"정숙이 아부지요, 우리 기운동으로 가야 쓰는 거 아니다요? 거그서 우덜이 신혼살림을 시작한 곳이기도 하구요."

정찬두가 말없이 고개를 저었다.

"아녀, 거긴 이제 우리 집이 아니제. 황씨가 거그서 떵떵거리며 살고 있소. 그 집 앞을 지나가는 것만으로도 내 속이 뒤집히는데, 기운동엔 절대 갈 수 없다니께."

"그렇지만, 당신이 어린 시절을 보낸 그곳에 마음이 남아있을 거 아니요? 핵교도 가까우니, 정숙이가 아부지 고향에서 자란다면 더 좋을 것 같은디요…."

정찬두는 아내의 말이 옳다는 것을 잘 알고 있었다. 하지만 그의 마음이 편히 짐을 풀고 정착할 수 있는 곳은 기운동이 아니었다. 그래서 그는 다른 곳을 찾기 시작했다. 고민 끝에 송정리에서 조금 떨어진 초방리나 계방리, 혹은 멀리 증리의 쌍봉사 인근에 있는 동암을 떠올렸다.

초방리와 계방리는 송정리와 멀지 않은 거리였다. 한편, 증리 동암에는 작은 집 두 채와 아버지가 실의에 빠져 모든 재산을 잃고 난 뒤 이주할 생각으로 사놓은 후 잊고 지냈던 땅 몇 떼기가 있었다. 특히 동암에 자리 잡은 '대사반(射盤)'이라 불리는 집은 옛적 대나무로 만든 죽전각궁(竹箭角弓)을 쏘던 활터 위에 세워진 유서 깊은 곳이었다. 이 대사반은 그의 14대조 정운천 장군이 활을 쏘며 무예를 갈고 닦았던 곳이기도 했다. 기운동과는 이십 리 정도 떨어진 거리여서, 그가 원망과 아픔을 담아 외면하고 싶었던 황씨네 저택과 마주칠 일이 없다는 점에서 정찬두에게는 마음의 평온을 얻을 수 있는 장소였다.

한편, 송정리에서 조금 더 떨어진 계방리에는 정씨 문중 몇 집이 모여 살고 있었다. 작은 개울인 도림천을 건너면 바로 있는 그곳은 고요하고 적막한 마을로, 도림역에서 작은 언덕 하나만 넘어가면 손 뻗으면 닿을 거리였다. 특히 매정리의 이양동소학교(梨陽東小學校)가 가까워 아이들이 걸어다니기에도 편리해 보였다. 그러나 정찬두는 이곳에 정착할지 말지 깊은 고민에 빠졌다. 들녘이 풍요롭고 샘이 깊어 살기에 더없이 좋아 보였지만, 이상하게도 마을 어른들은 한결같이 그곳으로 이주하는 것을 극구 말리며 만류했다.

그러던 어느 날, 정찬두는 도림역 뒤쪽에 있는 초방리 마을로 향했다. 도림역을 지나 계방리에서 나지막한 언덕을 하나 넘으면 나오는 이곳 초방리에는, 이양에서 존경받는 어른 중 한 명인 정진태 어르신이 살고 있었다. 그는 화순 인근에서도 이름난 풍수지관으로, 한학을 공부하였으며 늘 한자 책을 탐독했고, 지팡이를 짚고 다니며 마을 사람들에게 지혜를 나누는 덕망 있는 선비이자 현자였다. 마을 사람들은 크고 작은 일에 그의 의견을 구하며 따르는 것이 관례였다. 정찬두가 계방리에 대해 묻자, 정진태 어르신이 순간 눈썹을 찌푸리며 단호히 고개를 저었다.

"찬두! 그 계방리 말이시, 그쪽으론 절대로 들어가지 말아야 허네. 예로부터, 그곳으로 들어간 남자들은 모두 병을 얻거나 죽어서 나온다는 흉흉한 말들이 있단 말이시. 자네는, 혹시 그 소문을 들어 보았는가?"

정찬두가 의아한 표정으로 되물었다.

"금시초문입니다. 어르신, 그게 무슨 말씀이십니까? 제가 듣기로는 계방리는 땅도 비옥하고 물도 맑아 살기 좋은 곳이라던데요."

정진태가 한동안 침묵을 지키다가 지팡이를 바닥에 툭툭 내리치며 낮은 목소리로 말했다.

"풍수지리는 지모사상(地母思想)을 반영한 것이니, 땅은 곧 여성이고 어머니라네. 그런데 계방리는 지형 자체가 너무 강한 음(陰)의 기운을 품고 있어! 봉화산에서 연화리 방향으로 흘러내리는 산세를 보믄, 마치 머리를 길게 풀어헤친 여인의 형상을 하고 있다네. 산등성이를 따라 길게 뻗은 능선이 풀어 헤친 머리카락 같고, 또 그 아래 두 개의 봉우리는 유방과도 같은 모양을 하고 있지. 그리고 그 아래로 내려가믄…."

어르신이 마른 입에 침을 꼴깍 삼키며 잠시 말을 멈추더니, 이내 조심스레 이어갔다.

"그 아래엔 음기가 흐르는 초장지 둠벙이 있는디, 고것이 머시냐? 자궁, 즉 옥문지(玉門池)란 말이시. 더 아래로 마을 끝 무렵에 애편네 음부(陰部) 맹키로 생긴 깊은 우물이 있제. 그곳 샘물이 얼음물같이 차갑고, 항상 차고도 넘친다니께. 예로부터 이곳을 지나던 나그네가 그 샘물을 함부로 휘저으믄, 마을 여인들이 바람이 난께로, 남정네들이 이를 막기 위해 지켰다는 이야기까지 전해지고 있다네. 또 뭐시냐, 그 샘물 아래짝으로는 여인의 허벅지처럼 양쪽으로 길게 뻗은 언덕이 신작로로 이어진다네. 이 모든 것이 하나의 흐름 속에서 연결되는 셈일세."

정찬두가 정진태 어르신의 말을 듣고 어처구니없다는 듯 고개를 저었다.

"어르신, 아무리 그래도 땅의 형상 때문에 사람이 죽고 병을 얻는다는 게 말이 됩니까? 산은 산이고, 마을은 마을이지 않습니까?"

그러나 정진태가 정찬두의 말을 끊으며 엄숙한 표정으로 단언했다.

"허허이… 자네는 내 말이 시방 농담처럼 들릴지 모르겠지만, 아무튼 계방리는 사람을 잡는 땅이라네. 그 마을에 정착한 남자들은 하나같이 병이 나거나 사고로 목숨을 잃었지. 그래서 예전부터 그곳의 여인들은 남자아이를 낳으면 모두 외지로 보내버렸던 것이야. 다 이유가 있어서 그렇게 한 것이제."

정찬두는 순간 망설였다. 계방리는 산세도 빼어나고 물도 맑기로 유명한 곳이었다. 그런데 정진태 어르신이 이토록 강하게 반대하는 데에는 분명 그만한 이유가 있을 터였다.

"하지만 어르신, 계방리 사람들이 물이 시원하고 땅이 좋아 오래 산다고 하지 않았습니까?"

정진태가 지팡이를 손에 힘주어 쥔 채 미묘한 미소를 지으며 대답했다.

"그거슨 계방리의 여자들 때문이시. 그곳의 샘물은 깊고 사시사철 마르지 않으며, 여름에도 손이 시릴 만큼 차갑지. 하지만 그 물은 여성들에게는 생명수를 주지만, 남자들에게는 독이 된단 말이여. 남자들이 그 물을 오래 마시면 병이 나서 오래 살지 못했다네."

정찬두는 정진태의 말에 순간 아찔한 깨달음을 얻었다. 계방리가 그토록 음습하고, 남자들에게 불길한 땅이라면 아무리 좋아 보여도 피하는 것이 옳을 듯했다. 하지만 정말 믿어도 될 말일까? 그의 고민은 쉽사리 사그라지지 않았다.

"어르신, 그래도 말입니다. 지금 송정리에 자리를 잡는 것도 고려하고 있지만, 계방리 역시 나쁘지 않아 보여 망설이고 있는 참이오. 혹시 그보다 더 나은 이사할 만한 곳이 있을까요?"

정진태가 잠시 생각에 잠기더니 단호한 목소리로 답했다.

"송정리보다 더 좋은 곳이 없을지는 몰라도, 계방리만큼은 절대 안 된다는 것, 그거 하나는 명심하시게. 그곳은 남자들이 오래 살기엔 적합하지 않다네. 음기가 지나치게 강해서, 그것이 몸에 스며들면 오장육부가 망가질 수밖에 없지. 내 말 꼭 새겨듣게나."

그는 이어서 낮은 목소리로 덧붙였다.

"지금도 그 마을에 가보면 남자들은 씨가 말라버리고, 오직 여인네들만 남아서 살고 있지 않은가? 그리고 일본으로 유학을 떠나 끝내 돌아오지 못한 자네의 작은아버지 정일채, 일본에서 권투왕으로 이름을 날린 정연채, 모두 계방리 출신이었지 않은가? 여그 마을에서 태어난 남자들은 하나같이 밖으로 떠도는 운명을 지녔거나, 아니면 제명에 살지 못 산단마시."

정찬두는 깊은 고민에 빠졌다. 정진태 어르신의 말을 듣고 보니, 계방리가 그토록 불길한 땅이라면 그에 대한 해결책이 반드시 있을 터였다. 그는 조심스레 물었다.

"예, 어르신, 잘 알겠습니다. 하지만 지세와 풍수가 정말 그렇다면, 그 음기를 풀어낼 방법도 있지 않겠는게라?"

정진태가 잠시 침묵을 지키더니, 깊은 한숨과 함께 무겁게 입을 열었다.

"흠… 그려. 오래전부터 전해 내려오는 방법이 하나 있긴 했네. 하지만 그 방법이란 것이 마을 앞에 서 있는 당산(堂山)나무를 베어내는 것이어서, 아무도 감히 나서지 못했다네. 누구든지 당산나무를 베어내면 온 집안이 멸문지화를 피하지 못할 것이라는 게, 예로부터 명약관화한 일이었으니 말일세."

정찬두는 그 말을 듣고 순간 멍해졌다. 당산나무를 베어야 한다는 사실도 충격이었지만, 그것이 마을의 운명을 바꿀 유일한 방법이라는 것이

고향으로

쉽게 믿기지 않았다. 그러나 정진태 어르신의 얼굴에는 농담기라고는 전혀 없었고, 오히려 심각한 기색이 역력했다.

"어르신, 그거시 사실이라믄… 도대체 왜 당산나무를 베어야 하는 것입니까?"

정진태가 지팡이로 땅을 몇 번 두드리며 깊은숨을 내쉬었다. 이윽고 그는 천천히 입을 열었다.

"당산나무는 단순한 나무가 아니라네. 마을을 지키는 수호신이 깃든 신목(神木)이라네. 원래라면 음양이 조화를 이루며 마을의 기운을 보호해야 하지만, 계방리의 당산나무는 오래전부터 남성의 기운만을 품고 자라왔네. 본래 나무가 있던 곳은 마을 저 아래쪽이었는데, 오랜 세월 동안 서서히 옥문샘 근처로 옮겨져 왔다 하네. 지금 그 나무가 자리 잡은 곳이 바로 그 샘 바로 앞이니, 남자들이 이 마을에서 오래 살지 못하는 이유도 그 때문이라네. 당산나무가 모든 남정네들의 양기(陽氣)를 빨아들이고 있기 때문이지."

정찬두는 완전히 이해가 가지 않는다는 듯 고개를 갸웃거렸다.

"하지만 나무를 벤다고 해서 문제가 해결될까요? 단순히 나무 하나를 없앤다고 마을의 운명이 바뀌진 않을 것 같은데요."

정진태가 의미심장한 미소를 지으며 고개를 끄덕였다.

"그렇지. 단순히 베어낸다고 끝나는 일은 아닐세. 베어내는 것도 시간이 중요하네. 정월 대보름날, 마을의 무사 안녕과 풍년을 기원하는 당산제를 지내고 난 사흘 후에 마을에 있는 모든 여인들이 합심하여 당산나무를 베어내야 하네. 그리고 그것을 여자들이 직접 다듬어야 하네. 그냥 두면 기운이 흩어지고 마니, 반드시 조각해야 한다네."

"조각이요?"

"그래제. 마을의 모든 여자들이 힘을 합쳐, 또 사흘 안에 그 나무를 거대한 남근(男根)의 형상으로 깎아야 한다네. 지극정성으로 말일세."

하마터면, 정찬두가 어이없어하며 헛웃음을 지을 뻔했다.

"그거야말로 기이한 방법 아닙니까? 나무를 남근처럼 조각한다니… 그게 무슨 의미가 있는지 모르겠습니다."

정진태가 지팡이를 바닥에 세게 내리치며 단호히 말했다.

"허허, 더 들어보시게나. 이것이야말로 마을을 살릴 수 있는 유일한 방법이라네. 여자들이 정성껏 깎아 만든 남근을 마을 앞 옥문샘으로 가져가, 샘 한가운데에 거꾸로 세워 박아야 하네. 그렇게 하면 남성의 양기가 땅에 스며들어, 음기가 더는 강해지지 못할 것이야. 오직 그렇게 해야만 마을의 음양이 조화를 이루고 평온을 되찾을 수 있는 것이네."

정찬두는 놀라움에 말을 잃었다. 그러나 정진태의 말은 아직 끝나지 않았다.

"그리고 가장 중요한 일이 있네. 조각한 남근 나무를 샘에 처박은 뒤, 곧바로 마을의 여자들이 돌과 흙을 가져와 그 샘을 메워야 하네. 그 샘을 완전히 없애야만 더 이상 남자들이 병을 얻거나 일찍 죽어 나가는 일이 사라질 것이야. 그렇게 하면 서서히 마을의 기운이 바뀌고, 남자들도 이곳에서 오래 머물 수 있게 될 걸세."

정찬두는 깊은 생각에 잠겼다. 당산나무를 베어내고, 마을의 모든 여자들이 힘을 모아 조각을 하고, 그것을 샘에 세우고, 다시 샘을 메운다는 과정까지… 이 모든 일이 결코 쉬운 일은 아닐 것이었다. 무엇보다 마을 사람들을 설득하는 것 자체가 난관이었다.

"하지만 어르신, 마을 사람들이 이걸 쉽게 받아들이겠습니까? 특히 당산나무를 베는 것은 가문의 화를 불러온다고들 하는데요."

정진태가 한숨을 내쉬며 무겁게 고개를 끄덕였다.

"그래서 지금껏 누구도, 감히 실행하지 못하고 있는 것일세. 하지만 선택은 마을 사람들에게 달려있네. 이대로 마을을 내버려둘 것인가, 아니면 어렵더라도 지금 변화를 만들어낼 것인가… 이제 그 결정이 필요할 때일세."

정찬두는 깊은 고민에 빠졌다.

정진태 어르신의 말이 사실이라면, 이것은 단순한 풍수의 문제가 아니었다. 마을의 운명을 결정짓는 중대한 일이었다. 하지만 과연, 마을 사람들이 그 해결책을 받아들일 수 있을까? 그저 미신이라 치부하고 무시해 버릴지도 몰랐다.

고심 끝에, 정찬두는 결국 계방리로의 이주 계획을 접기로 결심했다. 송정리에 자리를 잡든 다른 곳을 찾든 어르신의 경고를 가볍게 넘길 수는 없었다. 며칠 후, 아내 순례에게 그 이야기를 들려주자, 그녀가 깊은 한숨을 쉬며 말했다.

"정숙 아부지, 내가 어디서 들었는디, 거그서 살던 남자들 하나같이 이상해졌다고 하더랑께요."

정찬두가 조용히 고개를 끄덕이며 대답했다.

"나도 그런 말 듣고 고민이 많았는디, 진태 어르신께서 그렇게까지 말씀하시니께, 차라리 동암에 있는 대사반으로 가야 쓰겠소."

장흥댁이 남편의 결정을 듣고 안도한 듯 미소 지었다.

"그려요. 아무리 동네가 좋다 한들, 사람 목숨보다 더 중요한 게 어디 있겄소?"

그렇게 정찬두는 계방리를 피하고, 절골 동암마을의 '대사반' 집에서 새로운 삶을 시작하기로 마음을 굳혔다. 만주의 광활한 들판을 떠나 조국으로 돌아온 만큼, 이제는 정착할 곳을 신중히 선택해야 했다. 설령 그 선택이 온전히 만족하지 못할지라도, 가족과 함께 조용하고 평온한 삶을 살아가는 것이 무엇보다 중요했다.

며칠 후, 정찬두는 오랜만에 친구 조상만을 찾아갔다. 조상만은 여전히 기운동 안쪽에 머물며 가족들과 함께 지내고 있었다. 정찬두가 동암으로 이주하기로 했다는 소식을 들은 조상만이 못내 아쉬운 듯 말했다.

"여보게 찬두, 기운동이 아무리 싫어도 그라제. 여그가 우리가 태어나고 자란 곳 아닌가? 너무 멀리 갈 필요는 없지 않겠는가?"

정찬두가 깊은 한숨을 내쉬며 답했다.

"나도 잘 알고 있제. 그래도 나는 그 황씨 얼굴을 다시 볼 자신이 없어서 그려. 그 황부자 집이 우리 재산을 죄다 빼앗아 가고, 우리 아버지를 한스럽게 떠나가시게 만들었는디… 내가 무슨 낯짝으로 그 앞을 지나다닐 수 있겠는가?"

조상만이 알겠다는 듯 더는 아무 말 없이 조용히 고개를 끄덕였다. 해방이 되었고, 세상은 서서히 제자리를 찾아가고 있었다. 그러나 지난 세월의 상처가 하루아침에 씻겨 내려갈 리 없었다. 결국, 정찬두도 새로운 안식처를 찾아 안주하기로 했다.

비록 동암에서의 삶이 기운동만큼 편하지도, 넓은 터를 제공하지도 못할 터이지만, 그곳 동암에는 무엇보다도 가족과 함께할 수 있는 평온한 삶이 기다리고 있었다. 비록, 이양 면사무소까지의 거리는 이십 리가 훌쩍 넘었지만, 다행히 신작로가 일부 놓여 있어 자전거를 타고 출퇴근하는 일도 그리 어려운 일은 아니었다.

애증(愛憎)의 땅, 이양

화순군 이양면 증리는 사동(寺洞), 서원동(書院洞), 증동(甑洞), 사하촌(寺下村), 그리고 사은동(寺恩洞)으로 다섯 개의 마을로 이루어져 있었다. 그러나 사하촌은 6·25 이후에 사라졌고, 지금은 저수지로 수몰되어 네 개의 마을만이 남아있다. 비록 쌍봉사는 증리에 있지만, 쌍봉 마을은 규모가 커서 별도의 '리'로 구분되었다. 그만큼 그 옛날 쌍봉사의 크기가 짐작되는 바이다.

쌍봉마을을 지나 조금 더 오르면, 오른편 골짜기 위쪽으로 '상골'이라 불리는 사은동이 자리하고 있다. 그 명칭은 '절의 은덕을 입은 마을'이라는 의미를 담고 있다. 사은동을 지나 신작로를 따라 계속 오르면, 쌍둥이 소나무가 있는 멧골을 지나 길이 굽이치는 곳에 쌍봉사와 마을이 나온다. 이곳이 절골이라 불리는 사동이며, 마을 동쪽에 암자가 있어 '동암(東巖)'이라 부르기도 한다.

쌍봉사를 지나 오른쪽으로 길을 따라 오르면 서원동이 나타난다. 현재는 '서운태'라 불리는 이곳은, 기묘사화(己卯士禍) 당시 능주로 유배된 조광조(趙光祖)가 사약을 받고 세상을 떠난 후, 제주 양씨 양팽손(梁彭孫)이 그의 시신을 몰래 가묘하여 보존했던 곳이다. 후에 조광조의 시신이 경기도 선영으로 옮겨진 뒤, 그 자리에 사당을 세워 제향을 올렸고, 이것이 죽수서원(竹樹書院)의 모태가 되면서 '서원터'라 불리게 되었다.

중동 마을은 서원동으로 가는 길목, 왼편 높은 산을 한참 오르면 모습을 드러낸다. 이 마을은 깊은 산속 분지 형태로 자리하여, 옛날에는 '시루적굴'이라 불렸으나, 점차 '진동'으로 불리게 되었다. 마을이 시루처럼 생겼다 하여 '증동'이라 명명되었으며, 계당산 중턱에 위치하여 자연 요새와도 같은 지형을 이룬다.

계당산(桂堂山)은 화순군 이양면 증리 뒤편에 우뚝 솟아있으며, 그 능선은 호남정맥을 따라 뻗어 있다. 마치 이 땅을 오랫동안 지켜온 신령처럼 위엄을 자아내는 이 산의 중턱에는 증동 마을이 자리하고 있다. 산이 워낙 깊고 험하여, 마을에서 동시에 밥 짓는 연기가 피어올라도 바깥에서는 전혀 보이지 않는다. 능선의 오른편으로 떨어지는 빗물은 지석강의 발원지(發源地)가 되며, 왼편으로 떨어지는 빗물은 보성강을 따라 섬진강으로 흐른다. 능선을 넘어 용두골 산길이나 쑥고개를 지나 때죽나무골을 따라가면 보성군 복내면으로 갈 수 있으며, 반대로 묵곡과 용반리를 지나 이양면 금능리로 이어지면서 화순읍으로 가는 가장 빠른 길이 된다. 이 험한 길을 따라 빨치산 부대가 수시로 넘나들었던 역사의 흔적도 남아 있다.

계당산 오른쪽 능선을 따라 산길을 굽이굽이 넘어서면 예재를 거쳐 보성군 노동면 명봉을 지나 보성읍으로 가는 길이 펼쳐진다. 바다가 멀었던 증리 증동 마을 사람들은 제사나 대사를 치르기 위해 보성장까지 가서 꼬막이나 생선을 구해야 했으며, 새벽에 길을 나서야 자정 무렵에야 집으로 돌아올 수 있었다. 또한, 마을 앞산을 넘어 쌍봉사를 지나 매정을 지나 십 리를 더 가면 도림 기차역이 나오며, 그다음 역이 이양역이다. 기차를 이용하려면 이 길이 수월했지만, 반대 방향으로 가면 명봉역과 보성역을 거쳐 득량, 조성, 벌교역을 지나 순천으로 향할 수 있었다.

계당산 능선은 마치 오랜 세월을 초월한 듯 중동 마을을 부드럽지만 단단한 팔로 감싸 안고 있다. 계절마다 다른 옷을 갈아입는 이 산은 자연과 함께 숨 쉬는 듯하다. 봄이면 연둣빛 새싹이 산을 물들이고, 수줍은 분홍빛 진달래와 붉은 철쭉이 온 산을 불꽃처럼 덮는다. 여름이면 짙푸른 녹음이 드리워져, 찌는 듯한 더위 속에서도 서늘한 그늘을 제공한다. 가을이 오면 불타는 듯한 단풍이 산을 물들이고, 머루와 다래가 수줍게 숨어 있다. 겨울이 찾아오면 눈이 내려 온 산을 은빛 장막처럼 덮어 신비로운 고요를 자아내지만, 마을 뒤편의 대숲은 푸르름을 잃지 않은 채 묵묵히 겨울을 견딘다. 하얀 눈이 덮인 소나무와 어우러진 이곳의 풍경은 마치 자연이 빚어낸 예술 작품과도 같아, 보는 이로 하여금 깊은 감동을 선사한다.

어린 시절, 정용은 때죽나무골 논에서 농사짓던 아버지를 따라가 하얀 때죽나무 액으로 물고기를 잡은 적이 있었다. 때죽나무를 꺾어 바위 위에 올려놓고 큰 돌로 내리치면 흰 액체가 흘러나왔고, 두 손으로 계곡물을 퍼서 그것을 씻어내리면 잠시 후엔, 기절한 물고기들이 둥둥 떠올랐다.

"정용아, 요거 봐라 요! 이 때죽나무는 겁나게 독한께, 만지고 나서는 손을 깨끗이 씻어야 혀. 절대로 입에 닿아서는 안 돼야. 옛날에 이거시 궁궐에서 사약으로 쓰였다 안 허더냐?"

계당산 아래 자리한 이 땅은 마치 시간이 멈춘 듯, 자연과 인간이 조화를 이루는 성스러운 공간이다. 동학혁명 당시, 이곳은 의병들의 은거처로 쓰였으며, 깊숙한 곳에는 유황 저장고와 화약 제조처였던 유황굴이 남아 있다. 전국에서 모여든 의병의 수가 너무 많아 산속 중동 마을만으로는 감당할 수 없었고, 결국 쌍봉사 앞마당에 큰 솥을 걸고 밥을 지었다. 병자호란 당시 남한산성에서 호국 승병들이 결사항전했던 것처럼, 이곳 쌍봉사 역시 호국승의병(護國僧義兵)의 정신을 지녔을 것이다. 산속에 숨겨진 역사의 흔적들은 저항과 생존의 이야기를 고스란히 품어내고 있다.

계당산에 발을 디디는 순간, 누구나 오랜 세월 동안 쌓인 역사의 깊은 숨결을 느낄 수 있다. 쌍봉사의 종소리가 산과 들을 울릴 때면, 그 소리는 사람들의 가슴 깊은 곳을 흔들어 깨운다.

종소리가 '징-' 하고 울려 퍼질 때마다 그 안에는 구한말 의병들의 결사항전의 외침이 서려 있다. 이는 단순한 금속의 울림이 아니다. 계당산의 웅장한 산세와 쌍봉사의 종소리는 단순한 자연의 아름다움을 넘어서, 과거 의병들이 목숨을 걸고 지켜내고자 했던 신념과 희생의 흔적을 오늘날에도 생생히 전해준다. 계당산과 쌍봉사의 숨결은 사람들의 마음속에 깊이 스며들어 영원히 잊히지 않을 기억으로 자리 잡는다. 이곳은 그 자체로, 시간과 역사를 초월한 기억의 성소(聖所)이기 때문이다.

쌍산의병소(雙山義兵所)

 구한말, 호남은 전국에서 가장 치열한 의병 항쟁지였다. 그중에서도 화순군 이양면 증리, 계당산 자락에 자리한 '쌍산의소(雙山義所)'는 의병들의 중요한 거점이었다. 예로부터 계당산 일대는 '쌍산(雙山)', '쌍봉(雙峰)', 또는 '쌍치(雙峙)'라 불렸으며, 화순 이양 출신 의병장 양회일의 의진이 '쌍산의병소'라 불린 것도 이러한 연유에서 비롯되었다. 화순 의병이 능주, 화순, 너릿재, 도마치 등지에서 일본군과 치열한 전투를 벌일 수 있었던 것은, 이 백여 명의 의병을 모아 훈련시키고 무기를 제작했던 강력한 배후 거점이 존재했기 때문이다. 이곳 쌍산의소는 이후 이백래가 주도한 호남창의소와, 평민 출신 의병장 안규홍이 이끈 의병 부대의 중심 기지가 되었다.
 의병 발의지(發議地)이자 지휘소가 자리한 곳은 바로 이양면 증리의 증동 마을이었다. 첩첩산중에 둘러싸인 증동 마을은 외부의 접근이 쉽지 않은 천혜의 요새였으나, 사방으로 통하는 길이 있어 신속한 이동이 가능했다. 화순뿐만 아니라 보성, 정읍, 남원, 구례 등지에서 의병에 투신하려는 이들이 몰려들면서, 작은 마을 증동만으로는 이들을 모두 수용할 수 없었다. 이에 따라 계당산 골짜기에 본부를 두었고, 아랫마을 쌍봉사에는 막사를 세워 의병들을 수용하였다. 이처럼 의병들의 중심 본부가 자리한 곳, 바로 그곳이 '쌍산의소'였다.

쌍산의소 주변에는 의병들의 훈련장과 막사 터뿐만 아니라, 무기를 제작했던 대장간 터와 유황을 저장해 두었던 유황굴도 존재했다. 오른쪽 능선에 자리한 대장간 터에서는 화승총과 천보총의 탄환이 제작되었으며, 막사 터는 증동 마을 뒷산 너머에 위치해 있었다. 막사 곁으로는 맑은 개울물이 흐르며 의병들은 이 물로 목을 축이고 배를 채우며, 취사용으로도 활용했다. 이 물줄기는 장두골, 노루목골, 때죽나무골을 지나 쌍봉사 앞을 흐르고, 매정에서는 도림천을 이루어 이양을 지나 청풍에서 지석강과 합류한다.

1907년, 화순 이양에서 의병을 일으킨 양회일은 조광조의 시신을 거두어 증리 서원터에 안장했던 학포 양팽손의 후손이었다. 그는 화순 능주에서 태어나, 이후 쌍봉사 초입에 자리한 쌍봉 마을로 이주하였다. 가세가 넉넉했던 그는 젊은 시절 경성을 오가며 과거를 준비했으나, 갑오개혁으로 과거제도가 폐지되자 벼슬길을 접고 농사를 지으며 학동들에게 글을 가르쳤다. 훗날 그는 마을 향약(鄕約)을 운영하는 도약장(都約長)의 직임을 맡았다.

어느 해 춘궁기에 도둑 떼가 횡행하였다. 수십 명의 도둑이 양회일의 집에 들이닥치자 동네 사람들은 모두 달아나 숨었으나, 그는 태연히 이들을 맞이하며 말했다.

"지금 민생이 도탄에 빠져 생계를 의탁할 길이 없으니, 너희들도 결국은 굶주림을 견디지 못해 이 길을 택한 것이겠지. 그러나 어찌 그것이 너희들의 본심이겠는가?"

그는 뜰 앞에 큰 자리를 깔고 밥을 지어 먹이며, 몇 필의 베를 내어주었다. 이에 감격한 도둑들은 스스로 무기를 내려놓고 돌아갔다.

이후, 양회일이 가산을 전당 잡혀 2천여 원을 마련하였고, 이를 바탕으로 자경단을 조직하여 일가와 하인들, 그리고 동지들을 규합한 끝에 쌍봉에서 의병을 일으켰다. 그는 이곳을 '쌍산의소(雙山義所)'라 명명하고, 총무에 양열묵, 참모에 임상영, 선봉에 임창모, 도통장에 이정언, 호군장(犒軍將)에 임노복과 안찬재, 의사에 이백래, 정세현, 임노성 등을 임명하며 진용을 갖추었다.

1907년 1월, 양회일이 자신의 이름으로 격고문을 발표하며 동지들과 합심하여 5적을 섬멸할 것을 선언했다. 쌍봉에서 의병을 일으킨 양회일은 이백래 등을 주축으로 하여, 계당산 꼭대기에 있는 호군장 임노복의 집을 중심으로 한 증동 마을을 본거지로 삼았다. 이곳에는 대장간에서 제작된 무기와 탄약의 원료를 보관한 유황굴이 있었으며, 의병 자신들을 보호하기 위해 쌓은 석성과 막사가 자리하고 있었다.

봄이 무르익을 즈음, 계당산 자락에는 진달래꽃이 불길처럼 피어나 산허리를 붉게 물들이고 있었다. 붉은 꽃잎 사이로 바람이 스쳐 지나가면, 마치 피 흘린 선열들의 넋이 깃드는 듯 의병들의 가슴을 뜨겁게 달구었다. 의병들은 그 진달래꽃을 바라보며 더욱 굳은 의지를 다졌고, 그 속에서 나라를 되찾기 위한 치밀한 작전을 세우며 군세를 다져갔다.

3월 9일, 의병대가 묵곡과 금능을 거쳐 지석천을 건너고, 용두골의 팔각정을 지나 능주로 진격하여 자정 무렵 군청과 헌병 분견소, 세무서를 습격하고 전주를 넘어뜨려 전선을 절단했다. 또한, 서양 총 5정과 군도 3자루, 총탄 700여 발을 노획하고, 건물과 왜인의 거처에 불을 질렀다. 이처럼, 계당산 쌍산의병소는 단순한 의병 기지가 아니라, 의병들의 정신적 구심점이자 치열한 항쟁의 중심지로 자리 잡았다.

1907년 4월 22일, 능주 관아를 기습한 양회일 의병대는 능주 주재소까지 손에 넣었다. 이어서 화순 관아와 우편소, 경무서, 그리고 일본 상가

들을 차례로 공격하며 기세를 올렸다. 그날, 의병들의 다음 목표는 광주였다. 길목인 이십곡을 지나 너릿재의 산 정상에 이르렀을 때, 일본군과 치열한 전투가 벌어졌다. 날이 저물자, 양회일과 의병들은 만연산을 지나 화순과 동복을 잇는 도마치 아래 민가로 몸을 숨기고 밤을 보냈다.

이튿날인 4월 23일, 새벽안개가 희미하게 걷히는 도마치 고개. 의병들은 고된 하루를 보내고 다시 일본군에 맞설 준비를 하고 있었다. 아침을 준비하는 의병들의 얼굴에는 피로가 스며 있었으나, 그 눈빛만큼은 결연했다. 전방의 움직임을 예의주시하던 양회일은 갑작스럽게 바람을 가르는 날카로운 총성을 들었다.

탕! 탕! 탕!

왜군의 기습 공격에 허를 찔린 것이다.

"왜적이다! 방어하라! 산개하라. 산개!"

양회일이 곧바로 주위를 향해 외치자, 의병들은 즉각 무기를 들고 자리를 박차고 나왔다. 사방에서 터지는 총성 속에서 총알이 나무와 바위를 부수며 날아들었다. 의병 서넛이 비명을 지르며 동시에 꼬꾸라졌다. 일본군의 신식 무기 앞에 의병들은 거의 맨몸으로 맞서야 했다. 양회일은 이미 이 싸움의 결과를 직감하고 있었다. 중과부적이었다. 몇 정 안 되는 조총과 화살만으로는 왜병의 총탄을 막을 수 없었다. 비명소리가 여기저기서 들리고 의병들은 총알이 어디서 날아오는지 방향도 못 잡고 쓰러져 갔다. 큰 화력 차이가 너무나도 명확했다.

"장군님! 이대로는 우리 모두가 죽습니다!"

중군장 임창모가 다급하게 외쳤다. 그러나 양회일의 표정은 흔들리지 않았다. 그는 곁에 있던 이백래를 불러 조용히 말했다.

"백래야, 샛길로 해서 복내 쪽으로 빠져나가거라. 후일을 기약해야 한다."

이백래가 당혹스러운 표정으로 양회일을 바라보았다. 눈가에는 이미 눈물이 맺혀 있었다.

"장군님만을 남겨두고 어찌 저만 홀로 떠날 수 있었습니까? 저도 남아 죽기를 각오하고 함께 싸우겠습니다!"

양회일이 묵묵히 그의 어깨를 잡고 깊은 눈빛을 마주했다.

"백래야, 너는 반드시 살아야 한다. 우리가 모두 죽어버리면, 누가 이 나라를 다시 일으키겠느냐? 살아남아 후일을 도모해야 한다. 네가 여기 남아 죽는다고 해서 나라가 구해지는 것은 아니다. 부디 경거망동하지 말거라."

이백래는 더 이상 말을 잇지 못한 채 고개를 숙였다. 그의 뺨을 따라 눈물이 흘러내렸다. 결국, 그는 억지로 눈물을 닦으며 샛길로 사라졌다. 양회일이 그를 잠시 바라보다 다시 고개를 들어 일본군이 있는 방향을 응시했다.

"나를 죽여라! 내가 양회일이다! 다른 사람들은 죽이지 마라!"

그의 외침이 산속에 메아리쳤다. 일본군의 총성이 순간 멎었다. 그들은 이 말을 듣고 잠시 포위를 멈추며 양회일을 주시했다. 그러나 그의 곁에 있던 임창모와 다섯 명의 부장들은 그를 결코 포기할 수 없었다.

"장군님, 우리 함께 싸워야 합니다! 이대로 물러설 수 없습니다!"

임창모가 고함을 질렀지만, 양회일은 고통스러운 미소를 지었다.

"지금은 싸울 때가 아니여. 이 싸움은 이미 끝났어. 내가 다 책임질 테니 걱정 말드라고. 너희들은 이미 최선을 다했다."

그러나 임창모는 물러서지 않았다.

"장군님, 저희도 죽음을 각오했구만요. 장군님 혼자서 책임질 일이 아니오!"

그의 목소리는 떨렸고, 눈에는 결연한 의지가 가득했다. 하지만 양회일은 단호했다.

"임 동지, 우리 모두 여기서 죽어버린다면, 누가 다시 이 싸움을 이어가겠소? 내가 잡히면 나머지는 살릴 수 있소. 살아남아야 한다는 걸 잊지 마시오."

그때, 일본군이 점점 포위를 좁혀왔다. 이미 양회일을 생포하려는 계획을 세운 그들은 총을 쏘지 않은 채 접근하고 있었다. 끝까지 항전하려던 화순 출신 의병 정세현이 끝까지 싸우다 총에 맞고 쓰러졌다. 그의 마지막 비명이 산속을 울렸다. 안찬재, 유태경, 선태환, 김대현 역시 끝까지 저항했으나, 결국 양회일과 남은 부장들은 일본군에 의해 체포되었다.

"하늘이시여! 어찌 우리를 저 야수보다도 못한 왜놈들의 발 아래 짓밟히게 하시나이까?"

양회일은 하늘을 향해 소리치며 울부짖었다.

양회일은 광주지방법원에서 15년 유배형을 선고받았다. 재판정에서, 그는 마지막 연설을 남겼다.

"너희는 승냥이와 이리보다도 악독한 자들이다. 국모를 시해하고, 우리 임금을 협박한 죄를 하늘이 용서하지 않으리라. 너희들은 우리와 한 하늘 아래 살 수 없는 불구대천의 원수로다. 내가 장차 이토 히로부미의 목을 베고, 오적을 토벌하여 이 원수를 갚고자 했으나, 의는 크고 병사는 적어 이 지경에 이르렀다. 하지만, 이 조선 땅에서 지혜와 용기를 갖춘 사람들이 앞으로 계속 나올 것이니, 너희의 패배는 필연적일 것이다."

법정 안은 순간 침묵에 잠겼다. 일본군조차 그의 기개 앞에 고개를 숙였다. 그 후 양회일은 목포 앞바다에 있는 작은 섬, 지도(智島)로 유배되었고, 일본군의 감시 속에서도 끝까지 굴복하지 않았다. 그러나 1908년 5월, 이백래가 주도한 호남 창의소에 가담했다는 이유로 다시 체포되었고, 강진 헌병대를 거쳐 장흥 헌병대로 이송되었다.

장흥 헌병대에서 그는 단 한 톨의 밥도 삼키지 않으며 목숨을 건 항거에 나섰다. 그리고 7일 후, 마지막 말을 남기고 세상을 떠났다.

"너희가 천하의 의사를 다 죽일 수는 없을 것이여. 진정한 의로움은 결코 사라지지 않는다."

목소리는 쇠약해졌으나, 그 신념은 흔들림이 없었다. 1908년 6월 24일, 양회일은 조국의 독립을 보지 못한 채 세상을 떠났다. 그의 무덤은 화순군 이양면 쌍봉 마을 앞산에 자리하고 있다. 묘비석에는 이렇게 새겨져 있다.

〈大韓殉國義士 杏史 梁公之墓(대한순국의사 행사 양공지묘)〉

혼란의 서막

1948년 10월 17일, 전라남도 여수.

제주 4·3 사건 진압 명령이 여수 주둔 국방경비대 제14연대에 하달된 날이었다. 이 명령은 단순한 작전 지시가 아니라, 해방 이후 한반도의 운명을 가르는 분기점이었다.

3중대 소대장 지창수는 어쩐지 일주일 전부터 생전 처음 보는 미제 신형 무기들이 속속 보급되는 것이 의심스러웠다. 당시 제14연대는 1947년 광주에서 창설된 제5연대 4대대를 모체로 하여 여수에서 재편성된 부대였다. 이 부대는 조선국방경비사관학교 출신 장교들이 주축을 이루었다. 그중에는 좌익 성향의 인물도 상당수 포함되어 있었고 만주군 출신이거나 일본군 학도병 출신도 더러 있었다. 그들 중 다수는 박헌영의 남로당 계열로부터 교육과 훈련을 받았고, 1946년 대구폭동, 1947년 광주 반정부 시위 등을 거치며 피신처로 군대를 선택한 것이다. 이것은 박헌영으로부터 지령을 받은 남로당 군사조직 담당 이강국의 지시에서 시작되었다.

밤이 깊어지자, 멀리서 밤 뻐꾸기가 울었다. 여수 14연대 내부에서 1대대 3중대 중대장실에서 은밀히 비밀회의가 열렸다. 지창수 상사, 김지회 중위, 홍순석 중위 등 남로당계 간부들은 '제주 진압 명령'을 단순한 군사

명령이 아닌 '동족 학살 명령'으로 규정했다. 그날밤 그들은 김지회의 방에서 세 가지 방향을 놓고 토의했다.

"일단 제주로 건너가서 항쟁하는 도민들과 합류합시다."

1대대 2, 3중대 두 개의 중대를 지휘하는 김지회 중위가 먼저 입을 열었다. 그러자 1중대 임시 중대장을 맡고 있는 지창수 상사가 천천히 담배를 입에 물며 확신에 찬 목소리로 말했다.

"아니오. 여수에서 즉각 반란을 일으켜 남도 일대를 해방구로 선포해야 합니다. 우리가 제주도로 건너간다면, 우리의 남조선 해방혁명은 더욱 요원해질 겁니다."

"동지들, 이렇게 합시다. 제주로 향하는 도중에 선상 반란을 일으켜 북으로 탈출해서 북조선로동당과 합류하면 어떻겠습니까?"

2대대 1, 2중대 중대장 홍순석 중위가 새로운 제안을 하였지만, 그들은 결국 두 번째 지창수 상사의 제안을 선택했다. 아무래도 남조선로동당 상위 직위에 있는 그의 말이 더 영향력이 있었다. 그리고 그것이 모든 인민이 평등하게 살아가는 '코민테른 공산혁명'의 불씨가 되어 남조선이 해방되어야 한다고 굳게 믿었기 때문이다.

10월 19일 새벽, 제주도로 출동하려던 2천여 명의 14연대 병사들을 앞에 두고 지창수 상사가 연단에 올랐다. 연대장과 각 대대의 지휘관들은 출동하기전 이른 새벽, 식당에서 함께 아침 식사를 하던 중에 김지회 중위와 그의 동지들에 의해 이미 제압당한 후였다.

"우리는 제주도를 장악하라는 상부의 명령을 단호히 거절한다. 동지들이여! 동족을 향해 총을 쏘지 말라! 나를 따르라."

지창수가 손에 든 총을 치켜올리며 크게 외쳤다. 그의 함성은 여수 앞바다의 어둠을 가르며 퍼져 나갔다. 김지회 중위와 홍순석 중위도 큰 소리로 외쳤다.

"지창수 상사의 말이 맞소! 우리 함께 동참합시다."

"동참합시다~."

"와~ 와~."

이미 조직한 세포 병사들이 일반 병사들 사이에서 함성을 지르며 환호하며 호응하였다. 지창수의 선동 연설과 함께 그들은 총부리를 반대로 돌렸다. 그리고 지창수는 즉각 자신이 연대장으로 취임한 후, 경찰서와 우체국, 철도국을 공격하고 차츰 인근 지역을 장악해 나가기 시작했다.

그러나 그들은 급파된 광주 5연대와 인근 경찰대에 의하여 차츰 제압당하기 시작했고, 남은 병력들은 구례 백운산으로 피했다. 이때 북에서 급히 내려온 남부군 유격대 총사령관 이현상이 소집한 덕유산 도당회의 이후 그들은 지리산으로 집결하기 시작했다. 그곳에서 유격대라는 이름으로 재편된 조직이 바로 남조선 인민유격대, 즉 빨치산의 시초였다. 이때부터 박헌영의 지시로 '빨찌산'으로 불리웠다.

불안감을 느낀 이승만 대통령의 긴급 요청을 받은 미군 사령관 윌리엄 벤틀리 장군은 전방에 있던 수도사단과 제8사단을 남하시켰다. 속초에서 배로 출동한 수도사단은 여수로 향했고, 양구에서 지에무시 트럭을 타고 출발한 제8사단은 지리산 북쪽에 있는 남원, 함양 방면으로 육로를 따라 진입했다. 이 작전으로 인해 남로당의 계획대로 38선 일대의 방어선이 일시저으로 비었다. 이는 이후 북한의 남침 준비에 유리한 여건을 제공하게 된다.

전라도 지역은 일시에 혼란에 휩싸였다. 여순 사건과 그 여파로 희생된 인명은 무려 20만 명이 넘는 것으로 추정된다. 당시 빨치산의 항전은 새로운 세상을 갈구하던 이들의 외침이었고 혁명이었다. 동시에 '이념의 폭력'에 대응한 잔인한 토벌작전이기도 하였다. 역사는 여순 사건을 단순한 반란으로 남겼지만, 그 불길은 남도의 산과 강, 그리고 사람들의 가슴속에 오랫동안 꺼지지 않는 기억으로 남았다.

정찬두는 훗날 가족들에게 이렇게 말했다고 한다.

"나는 어느 쪽에도 서지 못했다. 북의 명령도 남의 회유도 믿지 않았다. 다만 내가 본 것은, 핏속에서도 아직 피지 않은 진달래 꽃봉오리였다."

여순 사건은 여수·순천 지역 주민들이 주도한 반란이 아니었다. 조선 정부의 단독 선거를 반대하는 해당 지역에 주둔하던 군 내부 좌익 세력의 거대한 봉기였다. 이 사건은 군 내부에 혼란을 불러일으켰을 뿐만 아니라, 수많은 민간인의 희생을 초래하는 비극으로 이어졌다. 과거 일본 제국의 군복을 입었던 그들은 해방 이후 좌우익의 극렬한 대립 속에서 각기 다른 선택을 하게 되었고, 결국 그 선택은 역사의 격랑 속에서 운명을 갈라놓았다.

정인권, 박찬희, 최경신, 정찬두, 그리고 이덕기와 김달삼. 그들은 한때 같은 시대, 같은 군복을 입고 같은 체제 아래서 복무했던 군인이었으나, 해방 후 걸어간 길은 서로 달랐다. 누군가는 경찰이 되어 완전히 새로운 삶을 개척하며 법과 질서를 수호하는 길을 걸었고, 또 누군가는 고향으로 돌아가 산속으로 숨어들어 빨치산이 되었다. 어떤 이들은 만주에서 귀국한 후 서울에 머물며 국방수비대에 지원하였고, 자유와 국토방위를 위해 싸우는 길을 택한 이들도 있었다. 반면, 또 다른 이들은 새로운 공산주의 이념에 매료되어 혁명을 꿈꾸며 반란의 길로 나아갔다. 역사의 소용돌이 속에서 이들은 각기 다른 신념과 선택 속에 서로의 운명을 가르고, 피할 수 없는 숙명과 마주했다. 한 시대를 함께했으나 각자의 신념이 만든 길은 다시는 교차(交錯)하지 못한 채 엇갈리고 말았다.

경무대

1948년 10월 20일, 경무대(景武臺)에는 긴박한 기류가 감돌고 있었다. 대통령 이승만이 소집한 긴급 국무회의는 연이어 발생한 반란 소식을 접한 직후였다. 회의실에는 이승만 대통령을 비롯하여 부통령 이시영, 국방부 장관 신성모, 농림부 장관 조봉암, 내무부 장관 김영훈 등 국가의 중추를 담당하는 고위 관료들이 모여 있었다. 방 안은 숨 막히는 정적에 휩싸였고, 모두가 사태의 엄중함을 실감하며 무거운 침묵에 잠겨 있었다. 먼저 입을 연 것은 이승만 대통령이었다.

"여러분, 대체 이게 어찌 된 일입니까?"

그의 목소리는 차분했으나, 그 속에는 분노가 서려 있었다.

"제주에서 폭동이 일어나더니, 이제는 여수와 순천까지 반란이 일어났다니… 어떻게 이런 사태가 점점 확산되고 있단 말입니까? 나라가 이토록 혼란스러운 상황에서 도대체 장관들은 무얼 하고 있었소이까?"

이승만의 날카로운 질문과 시선이 장관들을 다그쳤다. 그러나 누구도 쉽게 답을 내놓지 못했다. 눈앞에 놓인 보고서들은 무의미한 글자들로 채워져 있을 뿐, 이 사태의 본질을 설명해 주지 못했다. 대통령의 시선이 부통령 이시영에게 향하자, 그는 깊은 한숨을 내쉬며 조심스럽게 입을 열었다.

"대통령 각하, 지금의 혼란은 남한의 단독 선거와 단독정부를 반대하여 일어났던 무장봉기가 지금까지 이어지고 있는 것입니다. 이는 단순히 경찰의 과잉 진압이나, 군 내부의 문제만이 아닙니다. 국민들 사이에서도 정부에 대한 불만이 점점 쌓여가고 있습니다. 특히 호남과 제주 지역은 오랜 기간 중앙정부와의 원활한 소통이 이루어지지 않았고, 그 틈을 좌익 세력들이 파고들어 세력을 확장해 온 것이 사실입니다."

이승만의 표정은 여전히 굳어 있었고, 그의 눈길은 다시 국무위원들에게로 향했다.

"이시영 부통령, 작금의 사태를 단순한 소통의 문제라고 생각하십니까? 지금 우리 앞에 놓인 것은 그 이상의 아주 심각한 문제입니다. 군 내부에서조차 반란이 일어나고 있지 않습네까! 국방부 장관! 도대체 무얼 하고 있었소? 왜 이런 사태가 발생하기 전에 미리 차단하지 못했단 말입니까?"

회의실의 공기는 더욱 무겁게 가라앉았다. 아무도 쉽게 답을 내놓을 수 없었다. 반란의 불길은 이미 걷잡을 수 없이 번지고 있었고, 그 혼돈의 그림자가 경무대의 창 너머로 서서히 드리우고 있었다. 국방부 장관 신성모가 천천히 자리에서 일어나며 양복 소매를 정리했다. 그의 느린 동작과 얼굴에는 미안함이 잔뜩 서려 있었지만, 그 눈빛만큼은 결연했다.

"대통령 각하, 이번 반란은 단순한 불만이 아닌 김지회와 박헌영을 비롯한 남로당의 치밀한 계획 아래 실행된 것입니다. 제14연대는 원래부터 좌익 성향이 강한 부대였습니다. 그 뿌리는 일제강점기 만주 군관학교 시절부터 시작된 좌우익 간의 갈등에서 비롯되었습니다."

신성모가 잠시 말을 멈추고 과거를 떠올리듯 깊은숨을 들이마셨다.

"그 시절부터 군 내부에서는 좌익 성향을 지닌 인물들과 우익 성향의 장교들 사이에 끊임없는 갈등이 존재해 왔습니다. 해방 이후 우리가 조국으로 돌아왔을 때, 군대 조직을 구성하는 과정에서도 이 좌우익 간의 균형을 고려해야 했습니다. 서울과 중부 지역에는 비교적 우익 성향의 장교들을 배치했지만, 남쪽, 특히 호남 지역에는 좌익 성향의 장교들이 다수 배치되었습니다. 이는 단순한 정치적 고려뿐만 아니라 지역적 특성과 군사적 필요성 또한 반영한 결정이었습니다. 하지만 그들이 결국 남로당과 결탁해 반란을 일으킬 줄은 미처 예측하지 못했습니다."

이승만의 눈썹이 미세하게 꿈틀거렸다. 그의 눈빛에는 여전히 의심과 분노가 서려 있었다.

"좌익 성향이 강한 장교들을 호남과 제주에 배치했다니… 그게 말이 된다고 생각합니까? 왜 그런 인물들을 미리 색출하고 제거하지 않았습니까?"

신성모 국방장관이 말없이 고개를 숙였다. 그의 눈가에는 이미 눈물이 그렁그렁 맺혀 있었다. 그는 한동안 침묵한 채 감정을 다스리려 애쓰다가, 이내 눈물을 훔치고 다시 입을 열었다.

"대통령 각하, 죄송합니다. 당시로서는 미군정청 주관하에 진행된 모병이었고, 좌익이든 우익이든 친일이든 군사적 경험이 풍부한 인재들이 절실히 필요했습니다. 아울러, 건국 초기에 미군정은 군인이 정치 성향을 표방하는 것을 제재하지 않았고, 사상의 자유를 보장하여 주었습니다. 단지 그들이 미군정과 앞으로 수립될 정부에 충성 서약서 선서를 하는 것으로 갈음하였습니다. 그래서 군 내부에서는 크고 작은 갈등이 존재했지만, 그런 이유만으로 이들을 무작정 배제할 수는 없었습니다. 그러나 그들이 은밀히 남로당(南勞黨)의 세포 조직을 구축하고 있었음을 저 역시 너무 늦게 깨달았습니다."

이승만이 답답하다는 듯 손을 휘젓고는 깊은 한숨을 내쉬었다.

"결국, 이들이 남로당의 사주를 받아 정부에 반란을 일으킨 것이란 말이지요? 이제 대책은 무엇입네까? 더 이상 이러한 사태가 반복되지 않도록 할 방안이 있습니까?"

회의실의 공기는 더욱 무겁게 가라앉았다. 모두가 대통령의 마지막 물음에 대한 답을 고민하고 있었지만, 명확한 해법을 내놓을 수 있는 이는 아무도 없었다. 그 순간, 김영훈이 조용히 고개를 들었다. 그의 시선은 결연했고, 목소리에는 깊은 책임감이 서려 있었다.

"대통령 각하, 군 내부의 좌익 문제도 심각하지만, 국민들의 불만 또한 간과할 수 없습니다. 특히 농촌 지역에서는 정부의 토지 개혁에 대한 반발이 거세지고 있습니다. 이번 반란의 배경에는 국민들이 정부의 정책을 충분히 이해하지 못한 채 불만을 품고 있다는 점도 크게 작용하고 있습니다. 정부의 토지 개혁이 많은 농민들에게 부담으로 다가오고 있으며, 이들 중 일부는 좌익 세력의 선동에 쉽게 휩쓸리고 있습니다."

이승만이 눈을 가늘게 뜨며 김영훈을 응시했다.

"국민들이 무지하기 때문이라는 것이오? 그것이 반란의 근본 원인이라 말하는 겁니까?"

김영훈 내무장관이 조심스럽게 고개를 끄덕였다.

"그렇습니다, 각하. 국민들 사이에서는 여전히 정부에 대한 신뢰가 부족합니다. 특히 호남과 제주 지역은 중앙정부로부터 소외되었다는 인식을 가지고 있으며, 그 틈을 좌익 세력이 교묘하게 파고들고 있습니다. 결국 이들은 불만을 혁명의 불씨로 삼고 있습니다. 정부의 정책을 보다 명확히 설명하고, 국민들을 설득할 필요가 있습니다."

이승만이 깊은 한숨을 내쉬며 책상을 힘껏 내려쳤다.

"결국 우리가 국민들과 제대로 소통하지 못한 것이로군요. 그렇다고 하더라도, 반란은 용납될 수 없소이다. 이번 사건을 철저히 수사하여 관련된 자들은 반드시 엄중히 처벌해야 하오. 좌익의 뿌리를 완전히 뽑아버리세요."

회의실은 무거운 정적에 휩싸였다. 장관들은 대통령의 단호한 의지를 실감하며 묵묵히 고개를 끄덕였다. 잠시 침묵이 흐른 후, 이승만은 다시 입을 열었다.

"그렇다면 근본 해결책은 무엇이라 생각합니까? 김영훈 장관, 먼저 의견을 말해 보시오."

김영훈이 잠시 생각에 잠겼다가 침착하게 답했다.

"각하, 우선 북한 노동당이 실행한 토지 개혁이 북한 전역에서 엄청난 지지를 얻고 있으며, 그 여파가 남한에도 퍼지고 있습니다. 이로 인해 일부 남로당 세력과 순진한 농민들까지도 빠르게 영향을 받고 있습니다. 따라서 우리도 조속히 토지개혁 수정안을 마련해야 합니다. 또한, 토벌대 내에 선무대(善撫隊)를 조직하여, 빨치산이 준동하는 지역을 순회하며 그들에게 심리전과 선전 작전을 수행해야 합니다. 일반 국민들에게도 좌익 선동의 실체를 알리고 정부의 입장을 분명히 전달해야 합니다."

김영훈은 국무회의에 갑작스럽게 호출되어 온 터라 명확한 해결책을 제시할 준비가 되어 있지는 않았지만, 그의 뛰어난 임기응변은 여전했다. 이승만이 김영훈의 의견을 들으며 천천히 고개를 끄덕였다. 그의 눈빛은 깊은 사색에 잠긴 듯했다. 그때, 지금까지 침묵을 지키고 있던 조봉암 농림부 장관이 조용히 입을 열었다.

"대통령 각하, 토지 개혁 문제는 더 이상 미룰 수 없는 사안입니다. 북한이 이미 무상몰수, 무상분배 방식으로 토지 개혁을 단행했고, 이에 따라 남한에서도 농지 개혁(農地改革)에 대한 요구가 커지고 있습니다. 우리의 방식은 북한과 다르지만, 농민들에게 희망을 주지 못한다면 그 불만이 계속될 것입니다. 소작농들의 권리를 보장해야 하지만, 동시에 지주들의 반발도 고려해야 합니다."

이승만이 조봉암을 예리한 눈빛으로 바라보았다.

"조 장관, 그렇다면 당신은 우리 정부가 어떤 방식으로 농지 개혁을 추진해야 한다고 생각합니까?"

조봉암이 마치 대통령의 질문을 기다렸다는 듯 침착하게 대답했다.

"우리의 개혁은 점진적으로 이루어져야 합니다. 정부가 주장하는 억지스러운 방식이 아니라 보상과 시장 원리를 반영한 개혁이 필요합니다. 지주들에게도 충분한 보상을 제공하고, 소작농에게 토지를 나눠주되, 정부가 이를 법적으로 규제하여 혼란을 최소화해야 합니다."

이승만이 깊은 한숨을 내쉬며 손가락을 책상 위에서 가볍게 두드렸다.

"토지개혁… 나 역시 그 문제에 대해 깊이 고민하고 있소. 북한 김일성이 단행한 '무상몰수, 무상분배' 방식의 급진적 개혁이 우리 국민들에게 상당한 영향을 미친다는 점은 부인할 수 없소이다. 하지만 우리의 토지 개혁은 그들과는 차별을 두어 달라야 하오. 우리는 공산주의 이념이 아닌, 법과 질서, 그리고 정의와 자본주의를 기반으로 개혁을 추진해야 합니다."

이승만이 다시 한번 조봉암을 향해 시선을 돌렸다.

"지주들을 보호하는 것도 중요하지만, 대다수의 소작농들도 반드시 배려해야 합네다. 따라서 시간을 두고 신중하게 추진해야 합니다. 조봉암 장관, 이 문제를 국회와 면밀히 조율하여 법안이 통과될 수 있도록 자세한 방안을 마련하세요."

조봉암 농림장관이 입술을 굳게 다물며 고개를 끄덕였다.

"예, 각하. 반드시 그렇게 하겠습니다."

회의실은 다시금 무거운 정적에 휩싸였다. 이승만은 굳은 얼굴로 창밖을 바라보았다. 어둠이 짙게 내려앉고 있었지만, 아직 새벽은 멀었다. 그러나 반드시 동이 트리라는 것을 그는 알고 있었다. 이승만이 방 안을 둘러보며 장관들의 눈을 하나하나 바라보았다. 그는 깊은숨을 들이마시더니, 이내 단호한 표정으로 책상을 힘차게 내리쳤다.

"어쨌든! 한 가지는 분명히 해두겠소. 반란에 가담한 자들은 반드시 철저히 처벌해야 하겠지만… 그들의 가족이라 해서 무턱대고 체포하거나 가혹하게 다뤄서는 안 됩니다. 그들도 우리 국민이오. 빨치산의 가족이라 해도, 그들의 생명과 신변은 철저히 보호해야 합니다. 무고한 사람들을 다치게 해서는 절대 안 되오. 내무부와 경찰은 이 점을 깊이 명심하고, 그들의 안전을 책임져야 하오. 국민 한 사람 한 사람을 소중히 여기지 않는다면, 우리가 무엇을 위해 이 나라를 지키고 있는 것이겠소?"

이승만의 목소리는 강인하면서도, 그 안에는 국민을 아끼는 깊은 애정이 배어 있었다. 남로당과 빨치산의 위협을 철저히 경계하면서도, 무고한 사람들을 지켜야 한다는 그의 신념은 흔들리지 않았다.

"우리의 적은 붉은 사상과 그 이념이지, 국민 그 자체가 아니오. 국민을 품지 못한다면, 나라는 존속할 수 없소이다. 설령 그들이 반란군의 가족이라 할지라도, 우리가 보호해야 할 국민임을 잊어서는 안 됩니다."

회의실은 일순 무거운 침묵에 휩싸였다. 김영훈 내무부 장관을 비롯한 장관들은 깊이 고개를 숙이며, 그 말에 동의의 뜻을 표했다.

"예, 각하! 명심하겠습니다."

그들은 지금껏 반란에 대한 강경한 진압만을 고집해 왔지만, 이승만의 지시는 그들에게 더 큰 책임을 일깨워 주었다. 단순히 반란을 진압하는 것이 아니라, 그 과정에서 어떻게 국민의 생명과 안전을 지킬 것인가에 대한 무거운 책무였다. 대통령이 다시 한번 입을 열었다.

"우리는 지금 이념의 전쟁을 치르고 있소이다. 그러나 단 한 명의 무고한 국민이라도 반란군으로 몰아서는 안 되오. 철저한 수사를 통해 반란에 가담한 자들은 처벌하되, 그들의 가족은 보호해야 합네다. 또한, 빨치산 준동 지역에 헬기를 띄워 귀순증을 살포하시오. 타의에 의해, 혹은 어쩔 수 없는 상황에서 활동하는 이들도 있을 것입네다. 귀순증을 가져오는 이들에게는 이유를 묻지 않고 집으로 돌아갈 수 있도록 하시오."

이승만의 말이 끝나자, 방 안은 깊은 침묵에 잠겼다. 장관들은 그의 말을 곱씹으며, 지금 자신들에게 주어진 책무가 얼마나 막중한지 다시금 깨달았다. 잠시 후, 김영훈 내무부 장관이 조심스럽게 입을 열었다.

"각하의 말씀, 깊이 새기겠습니다. 반란 진압뿐만 아니라 국민 보호에도 만전을 기하겠습니다. 빨치산의 가족들 역시 철저히 보호하여, 그들이 반란의 또 다른 피해자가 되지 않도록 하겠습니다."

이승만 대통령이 그 말을 듣고 만족스럽게 고개를 끄덕였다.

"좋소. 이제 우리는 다시 한번 국민에게 다가가야 할 것이오. 국민을 잃으면, 우리는 그 어떤 상황에서도 승리할 수 없소이다. 이념을 떠나, 우리는 모두 같은 나라의 국민임을 잊지 말아야 하오."

그의 마지막 한마디가 방 안을 가득 채웠다. 회의는 그렇게 조용한 결론 속에서 마무리되었다. 이승만이 남긴 말들은 장관들의 가슴속 깊이 각인되었다. 그들은 비록 반란을 진압해야 하는 엄중한 임무를 수행해야 했지만, 그 과정에서 국민을 지키고 포용하는 길을 함께 찾아야 한다는 사명을 깨달았다.

그날 저녁, 경무대의 회의가 끝난 뒤에도 이승만은 창가에 서서 어둠이 내려앉은 하늘을 오래도록 바라보았다. 반란을 진압한다는 것은 단지 병력의 문제가 아니라, 국민을 하나로 묶는 정치의 문제임을 그는 누구보다 잘 알고 있었다.

"우리의 적은 사상이요, 국민이 아니다."

그의 이 말에는 분명한 신념이 담겨 있었다. 반란군은 엄벌에 처하되, 무고한 국민은 반드시 보호해야 한다는 것. 헬기로 귀순증을 살포하고, 빨치산 가족까지 지키라 한 지시에는 그런 뜻이 담겨 있었다.

그러나 역사는 그의 말 뒤에 아이러니를 남겼다. 겉으로는 포용과 소통을 강조했지만, 실제로 그는 사태 초기에 여순 사건을 '남로당의 무장 반란'으로 규정하고 즉시 미군 사령부에 진압을 요청했다. 당시 한국의 작전권은 미국에 넘겨준 상태였다. 아울러 이승만은 미국 측에 탱크 지원을 요청해 화순 탄광 지대를 강경 진압했다. 말과 행동이 엇갈린 그의 이중적인 모습은 신생 정부가 처한 현실이었고, 결국 지도자에 대한 비판을 초래하였다.

여순사건은 그렇게 단순한 반란을 넘어, 국가가 이념과 폭력, 권력과 국민을 어떻게 마주해야 하는가를 묻는 거울이 되었다. 그리고 그 거울 앞에서, 이승만은 깊은 책임감 속에 조용히 서 있었다.

이양면 점령군

한편, 정찬두가 만주에서의 세월을 뒤로하고 조선 땅으로 돌아왔을 때 그의 마음속에는 형언할 수 없는 복잡한 감정들이 뒤섞여 있었다. 해방의 기쁨도 잠시, 그는 곧바로 새로운 이념적 대립 속으로 휘말려 들었다. 좌익과 우익, 공산주의와 자본주의, 두 개의 다른 이념은 서로를 향해 날을 세운 채 대립하고 있었다. 만주에서 봉천 군관학교 시절부터 관동군에서도 좌익과 우익의 갈등은 분명히 존재했었다. 그러나 그것이 이제는 조선 땅, 국방경비대 내부로까지 스며들어 제주 4·3 사건과 여순 사건으로 이어졌다. 정찬두는 고향으로 돌아와서조차 다시금 전쟁의 소용돌이 속으로 내몰리고 있었다.

그러던 어느 날, 그는 여수에서 일어난 반란 소식을 들었다. 제14연대가 경찰과 충돌하며 반란을 일으켰다는 것이었다. 순간, 정찬두는 그 사실을 믿을 수가 없었다. 그곳에는 한때 만주에서 함께 싸웠던 동료들이 있었다. 일본 제국의 군복을 입고 전장을 누비던 그들이, 이제는 조선에서 서로 다른 이념을 따라 총부리를 겨누고 있었다.

정기채 이양면장은 화순군 이양면 송정리에서 태어나고 자랐다. 그는 이양면의 토박이였고, 만주를 다녀온 정찬두와는 5촌 간의 친척 관계였다. 어려서부터 두각을 드러냈던 그는 이양소학교를 우수한 성적으로 졸업한 후, 당시 전라도의 수재들이 모인다는 명문 학교인 광주고등보통학교에 진학했다. 하지만 타향살이의 외로움 속에 결핵을 앓게 되어 결국 꿈꾸던 서울 유학을 접고 고향으로 돌아올 수밖에 없었다. 정기채는 이양면의 구석구석을 누구보다 잘 알고 사랑하는 인물이었다. 그는 고향의 면장으로 부임한 이후 성실과 근면, 강직함으로 마을 주민들의 두터운 신뢰와 존경을 받았다. 언제나 흐트러짐 없는 단정한 옷차림과 온화하면서도 결연한 눈빛이 그의 성품을 고스란히 드러냈다.

어느 날 이른 아침, 정기채는 여느 때처럼 자전거를 타고 이양면사무소로 향하고 있었다. 면사무소로 향하는 신작로 길엔 희뿌연 안개가 내려앉아 있었다. 그러나 그날따라 마을의 공기는 불길하고 무겁기만 했다. 길거리는 텅 비어 있었고 마을 곳곳에는 긴장과 불안이 짙게 감돌고 있었다. 아침 닭 울음소리가 멀리서 희미하게 들려왔지만, 장터로 향하는 사람들의 발걸음은 하나도 보이지 않았다. 집집마다 문이 꼭 닫혀 있었고, 마을 어귀엔 개 짖는 소리만 들려왔다.

"면장님! 이쪽으로, 어서 숨어야 합니다!"

담벼락 뒤에서 손을 흔들며 급히 그를 부른 것은 정찬두 서기였다. 그의 얼굴은 담대해 보였지만, 걱정하는 기색이 역력했다.

"무슨 일인가, 정 서기, 자네 어째서 여기에 있는가? 면사무소는 어찌하고 말이야?"

정기채의 물음에 정찬두가 목소리를 떨며 급히 상황을 전했다.

"면장님, 지금 면사무소가 문제가 아닙니다. 여수와 순천에서 봉기한 14연대가 보성을 거쳐 이양까지 점령했습니다. 공무원들은 죄다 잡아들여 죽일지도 모른다는 소문이 파다합니다요. 어서 피하셔야 합니다!"

그때, 장터 건너편에서 헐떡이며 달려오는 두 사람이 보였다. 호적계의 이창환과 송정리 초등학교 교사 김영숙이었다. 두 사람의 얼굴에는 긴장과 걱정이 뒤섞인 창백한 공포가 서려 있었다.

이창환이 숨을 고르며 말했다.

"면장님, 면사무소는 이미 14연대 반란군 부대원들이 점령했습니다. 절대 가시면 안 됩니다."

그러나 정기채는 고개를 저었다. 그의 눈빛 속에 결연함이 스쳤다.

"걱정들 마시게. 면장이란 사람이 면사무소를 버리고 어디로 도망친단 말인가? 일단 들어가서 무슨 사정인지 알아봐야 하겠네."

두 사람의 만류를 뒤로한 채 정기채는 자전거에서 내려, 두 손을 허리에 얹고 면사무소 쪽으로 걸음을 옮겼다. 청찬두가 그를 따라나섰다.

면사무소 앞마당. 거기엔 군복 차림의 병사들이 서 있었다. 군화는 흙먼지로 얼룩져 있었고, 소총이 번들거렸다. 그들의 얼굴은 젊었지만 눈빛은 살기 서려 있었다. 정기채가 문턱에 들어서자, 한 병사가 앞으로 나서며 총구를 그의 가슴께로 들이댔.

"멈춰라! 누구냐?"

그러나 정기채는 놀란 기색도 없이 당당히 말했다.

"나는 이곳 면장이오. 처리할 일이 있으니 비켜주시오."

그 단호한 목소리에 잠시 웅성거림이 일었다. 그러나 곧 다른 병사가 다가와 그의 팔을 거칠게 잡았다.

"대장 동무께 데려가라."

안으로 들어서자, 방 안 중앙 책상 위에는 지도와 잡동사니가 어지럽게 흩어져 있었다. 군복 차림에 짙은 수염과 날카로운 눈매를 한 남자가 의자에 앉아 있었다. 그는 마치 이양면의 주인이라도 된 듯 거만한 자세였다.

"대장님, 이자가 이양면장 정기채랍니다."

"오~ 면장 동무, 어서 들어오시오. 내가 이곳 책임자 주은섭이오."

키는 작지만 단단한 체격의 그가 의자를 뒤로 젖히며 정기채를 위아래로 훑어보았다.

"모두 도망가 버린 판국에 면장이 제 발로 찾아오다니, 대단한 배짱이구려."

그러나 정기채는 눈길을 피하지 않고 물었다.

"당신들이 14연대 반란군들이란 말이 맞소?"

예상치 못한 면장의 질문에 방 안 공기가 싸늘하게 얼어붙었다. 주은섭 대장의 찢어진 눈빛이 더욱더 날카롭게 번쩍였다.

"이보시오, 면장 동무! 반란군이라니. 그런 말은 집어치우시오. 우리는 정부가 제주 4·3 항쟁을 일으킨 제주도민을 진압하라는 명령을 거부했소. 무고한 동족을 향해 총을 쏠 수 없었단 말이오. 그래서 항명한 결과로 이렇게 쫓기고 흩어져서 이곳까지 오게 된 것이오. 충직하고 열성적인 우리 혁명군대를 폄훼하는 발언으로 군기를 저하시키는 발언을 삼가시오. 아무튼, 오늘부로 이양은 해방구요. 면장 동무가 우리를 도와주었으면 하오."

그 말에 정기채는 잠시 눈을 감았다가 떴다.

"알겠소. 마을 사람들에게 피해가 가지 않도록 한다면, 기꺼이 도와주겠소. 무엇을 원하시오?"

"우선, 호적계에 있는 서류들부터 가져오시오. 청년들 연령대를 파악하여 모병을 시작하여야겠소."

주은섭이 담배를 피워 물며 짧게 말했다. 순간, 정기채는 마음이 복잡해졌다. 그는 빨치산과 국군 사이에서 고향 마을의 안전을 지키기 위해 어쩔 수 없이 빨치산들과의 협력이라는 위험한 길을 걷게 되었다. 그러나 마을 주민들을 외면할 수 없었다. 호적계를 다 넘겨준다면, 청년들을 모병해 갈 것이고 곧이어 마을이 피로 물들 것이 분명했다. 그는 아무렇지 않은 표정을 지으며 고개를 끄덕였지만, 이미 속으로는 다른 생각을 하고 있었다. 그는 정찬두와 이창환의 도움을 받아 위험을 무릅쓰고 마을 사람들을 도왔다. 모병 연령대에 있는 청년들을 화순군 읍내로 몰래 빼돌리기 시작했다.

'청년들을… 반드시 다른 데로 빼돌려야 한다.'

특히 절골 마을 마캐의 가족을 살리기 위해 목숨을 건 보증을 섰고, 덕분에 의경으로 복무 중이던 절골에 살던 마캐의 가족을 살릴 수 있었다. 당시에 수많은 사람들이 빨치산으로 끌려가고, 죽을 수밖에 없었던 상황에서 정기채 면장과 정찬두 서기 덕분에 쌍봉과 증리마을 사람들이 단 한 사람도 다치거나 끌려가지 않은 것은 기적이나 다름없었다. 모두가 정기채의 특별한 노력 덕분이었다는 것을 마을 사람들은 모두 잘 알고 있었으며, 오늘날까지도 칭찬이 자자하게 전해오고 있다.

그러나 며칠 뒤 국군의 토벌작전이 시작되었고, 빨치산들이 급기야 철수하면서 정기채는 부역자로 몰리는 운명에 처했다. 결국 그는 토벌대의 보복을 피해 몇몇 사람들과 함께 깊은 산중으로 도피할 수밖에 없었다. 이러한 그의 희생적인 행동은 마을 사람들의 가슴에 깊은 감명을 남겼으며, 오랜 세월 전설처럼 전해졌다. 정기채는 절망과 혼돈 속에서도 인간애를 버리지 않았고, 자신의 운명을 원망하지 않았다. 그는 역사의 거센 소용돌이 속에서 비극적이지만 아름다운 희생과 용기의 전설로 영원히 기억되었다.

그날 밤, 정찬두는 집으로 돌아와 저녁을 먹은 후, 등잔불 아래에 앉아 담뱃잎을 정리하고 있었다. 그는 무거운 마음을 달래기라도 하듯 곰방대에 담뱃잎을 채우고 부싯돌을 쳤다.

"이놈의 부싯돌은 꼭 세 번을 쳐야 불이 붙는구마… 아무래도 좀 비싸긴 해도, 인자 성냥을 하나 사서 써야 쓰겠구먼."

그는 일부러 순례가 들도록 중얼거렸다. 무거운 공기를 깨려는 듯한 말투였지만, 그의 표정은 어두웠다. 그러나 입을 열기도 전에 순례가 먼저 조심스럽게 물었다.

"정숙 아부지, 저그 여수에서 반란이 일어났다던디요. 옛날에 만주에서… 그 사람들이 다 같이 반란을 일으켰다 하던디요."

그 말에 정찬두가 깊은 한숨을 내쉬었다.

"그려. 자네도 어디서 소식을 들었당가? 다 옛날에 같이 군복 입고 싸우던 사람들이여. 그때는 다들 일본 놈들 밑에서 군복 입고 총을 들었지만, 이제는 서로 총을 겨누게 되어부렸네."

그의 목소리에는 실망과 허탈함이 서려 있었다. 만주에서 함께했던 전우들이 이렇게 갈라진 현실을 그는 도무지 받아들일 수 없었다.

"그때는 중국 놈들이 적이었는디, 이제는 우리가 서로를 적으로 삼아 싸운다니…"

정찬두가 고개를 저었다. 그의 마음은 깊은 회한으로 가득 찼다. 장흥댁이 그런 그를 걱정스럽게 바라보았다.

"그럼… 당신도 그 사람들처럼 될 수도 있었단 말이어요?"

정찬두는 잠시 침묵했다. 그는 오래된 기억 속으로 가라앉았다가, 천천히 고개를 끄덕였다.

"암만, 나도 그럴 수 있었제. 나도 그들과 같은 길을 걸었으니께. 하지만 나는 그 길을 따를 수 없더라고. 공산주의도, 혁명도… 그 모든 것이 다 싫었어."

그리고 그는 아내 장흥댁에게 오늘 낮에 있었던 일을 처음부터 끝까지 들려주었다. 그의 목소리에는 긴장이 묻어있었고, 장흥댁은 한마디도 못한 채 가만히 듣고 있었다.

장흥댁이 꼴딱 침을 삼켰다.

"그럼… 당신은 그 사람들이 시키는 대로 했소?"

정찬두는 고개를 끄덕였다.

"마을을 지키려면 어쩔 수 없었소. 반란군 대장이 호적계 서류를 달라며, 청년들을 모병하겠다기에, 정기채 면장하고 내가 몰래 명부를 빼돌려 청년들을 화순 읍내로 피신시켰지. 절골 마캐네도 내가 보증을 서서 살렸고. 덕분에 쌍봉이랑 증리 청년들은 한 사람도 끌려가지 않았소."

그는 다시 곰방대를 들어 담배 연기를 뿜으며 말을 이었다.

"하지만 며칠 뒤에 국군 토벌대가 들이닥치게 되고, 이 지역이 곧 토벌된다면, 면장이나 내가 부역자로 몰릴 수도 있을 것이오. 그러면 결국, 산으로 숨을 수밖에 없겠지."

장흥댁은 오래도록 남편을 바라보다가, 떨리는 목소리로 말했다.

"정숙 아부지… 그런 일, 그만허시오. 난 그저 우리 식구들이 무사히 살아남길 바랄 뿐이요."

정찬두는 고개를 끄덕이며 그녀의 거친 손을 꼭 잡았다.

"나도 그럴 거요. 더는 이념의 싸움 속으로 들어가지 않겠소."

토벌대가 전력을 정비해 이양을 다시 수복하자, 정기채 면장은 결국 주은섭 부대를 따라 모후산으로 입산하기로 결심했다. 입산 전날, 그는 면사무소 직원들을 불러 모아 마지막 당부를 남겼다.

"토벌대가 들어오면 반드시 누군가에게 책임을 물을 것이오. 그 책임은 내가 지겠소. 그러니 여러분은 모든 것이 내 지시에 따른 일이라고 증언하시오. 어차피 나는 이미 산으로 들어가기로 작정했소. 부디… 면을 잘 부탁하오."

순간 방 안은 무겁고 숙연해졌다. 모두가 말없이 고개를 숙였고, 침묵 끝에 정찬두 서기가 떨리는 목소리로 면장을 향해 마지막 인사를 건넸다.

"면장님… 부디 몸조심하십시오. 저희는 말씀대로 모든 책임을 면장님께로 돌리겠습니다. 하지만, 저희 마음만은 다 압니다. 면민들도 잊지 않을 겁니다. 꼭… 살아서 돌아오십시오."

정기채 면장은 말없이 그를 바라보다 이내 미소 아닌 미소를 지으며 고개를 끄덕였다. 그것이 마지막 작별이었다.

그의 결연한 희생과 면민들의 한결같은 증언 덕분에 정찬두는 처벌을 면할 수 있었다. 그리고 일주일 뒤, 화순군에서 새로운 면장이 부임해 내려왔다.

빨치산으로 합류

 화순 지역에서 빨치산 활동이 본격적으로 움트기 시작한 최초 시발점은 1945년 10월, 화순 탄광에서 벌어진 '광부 탄압 및 저항 사건'이었다. 극심한 노동 강도에 비해 턱없이 낮은 임금과 열악한 처우에 분노한 광부들은 항거에 나섰고, 이에 대한 미군정의 대응은 잔혹하기 이를 데 없었다. 탱크까지 동원한 무자비한 진압으로 현장은 피로 물들었으며, 가까스로 목숨을 건진 이들은 뿔뿔이 흩어졌다.

 그러나 이들은 다시금 탄광으로 돌아왔고, 이곳의 전략적 중요성을 뒤늦게 깨달은 무장 세력과 남로당원들이 하나둘씩 화순 탄광으로 모여들기 시작했다. 탄광은 단순한 생업의 터전을 넘어, 저항과 혁명의 불씨가 피어오르는 거점이 되어갔다. 그 결과, 한국전쟁이 발발했을 때 화순은 좌익 세력의 주요 거점이 되었으며, 이곳에서 빨치산과 군·경 사이의 치열한 전투가 벌어지게 되었다.

 특히 화순 북면의 백아산(白鵝山)은 조선 노동당 전남 도당의 근거지로 자리를 잡았던 곳인데, 무등산과 지리산을 잇는 요충지로 이들이 화순 지역을 거점으로 삼은 데는 화순군의 산세가 험준하여 은신이 용이하고 산자락을 따라 곳곳에 마을이 산재해 있어 현지 보급이 유리하였고, 빈농들이 많아서 빨치산으로 회유, 유인하기에도 쉬웠다.

어느 일요일 아침, 증리 동암마을. 정찬두는 새벽부터 일찍 자리에서 일어났다.

"날씨가 제법 쌀쌀해졌군. 인자 더 늦기 전에 땔나무를 충분히 쌓아둬야겠구먼."

가을의 기운이 완연하던 날씨는 어느새 매미 소리가 사라지면서 쌀쌀하게 변해 있었다. 동암마을에서 겨울을 나기 위해서는 미리부터 땔감을 충분히 준비해야 했다. 그러나 그동안 면사무소에 다니느라 땔감나무를 마련하지 못한 탓에 마음이 바빴다.

정찬두는 옷 꾸러미를 열어 오래된 군복을 꺼내 입었다. 그것은 만주에서 복무하던 시절부터 함께해 온 낡은 관동군 군복이었다. 세월이 흘러 빛이 바래고 곳곳이 헤졌지만, 산에서 일할 때만큼은 그만큼 튼튼하고 유용한 옷도 없었다.

'일본 놈들, 군복 하나만큼은 참 잘 만들었단 말이야.'

그는 쓴웃음을 지으며 혼잣말을 내뱉었다. 하지만, 이 군복이 곧 그의 발목을 잡게 될 것이라고는 전혀 예상하지 못했다.

정찬두는 서둘러 계당산으로 향했다. 산길을 오르자 눈앞에 펼쳐진 풍경이 아침 햇살 속에서 서서히 모습을 드러냈다. 차가운 밤기운에 서리가 내려앉아 나뭇가지마다 흰빛을 머금고 있었고, 싸늘한 바람이 옷깃을 파고들었지만, 그는 그리 큰 추위를 느끼지 않았다. 만주의 혹독한 겨울을 견뎌온 그에게 이 정도의 냉기쯤은 대수롭지 않았다. 톱을 들고 나무를 자르기 시작하자, 문득 오래전 기억이 떠올랐다.

'그때는 정말 열심히 일했었지…'

만주로 떠나기 전, 그는 산판에서 벌목을 하며 생계를 꾸렸었다. 만약 그때 사업이 좀 더 잘 풀렸더라면, 혹은 다른 선택을 했더라면, 지금의 삶은 어떻게 달라졌을까. 그가 한숨 섞인 회상에 잠긴 채 톱질을 이어가던 순간, 산속이 갑자기 고요해졌다. 나무를 자르는 단조로운 소리만이 울려 퍼지는 가운데, 발끝에서부터 이상한 기운이 느껴졌다.

'누군가가 나를 지켜보고 있는가?'

그 순간, 직감적으로 인기척이 느껴졌다. 등 뒤로 서늘한 전율이 스쳤다. 그리고 불현듯, 어두운 수풀 속에서 무장한 남자들이 모습을 드러냈다. 그들은 이미 그를 포위한 상태였다. 손에 든 장총이 서늘한 가을 하늘 아래서 반짝였다. 눈빛은 매서웠고, 움직임은 단호했다. 그중 한 남자가 앞장서서 총구를 겨누며 날카로운 목소리로 외쳤다.

"손들어! 움직이면 콱 쏴불랑께! 머리에 손 올리고 무릎 꿇어!"

정찬두가 속으로 한숨을 내쉬었다. 싸움이 불가피한 상황이었다면 그는 주저하지 않았을 것이다. 하지만 지금은 아니었다. 그는 천천히 손을 들고, 상대를 자극하지 않도록 신중하게 무릎을 꿇었다. 머릿속에서는 오래된 군사 훈련의 기억이 본능적으로 떠올랐다.

'셋 정도라면 어떻게든 처리할 수 있겠지. 하지만⋯ 더 많을 수도 있어.'

그는 주변을 재빨리 살폈다. 포위망이 얼마나 촘촘한지 가늠해 보려 했다. 그러나 지금 상황에서 그런 계산은 무의미한 망상에 불과했다. 그때 빨치산 무리 중 한 명이 재빠르게 다가오더니, 총 개머리판으로 그의 어깨를 치며 물었다.

"니는 뭐여? 누군디 여그서 군복을 입고 나무를 하고 있는 거시여? 겁나 수상하구먼."

이 상황에서 총을 든 그들을 한꺼번에 처치하는 것이 쉽지 않았다. 정찬두가 침착함을 유지하며 대답했다.

"나는 이 동암마을 사람이오. 겨울 준비하려고 낭구하러 왔소이다."

"야~ 그라고 봉께로, 내가 저 사람을 면사무소에서 본 것 같기도…."

그들 중 한 명이 말을 했으나 말이 끝나기도 전에, 빨치산 중 한 명이 비웃으며 동료들을 재촉했다.

"아녀~ 이 자슥, 군복을 입고 있는 걸 보니 영 심상치 않구먼. 일단 끌고 가보세."

"그렇게 하세."

말이 끝나자마자, 거친 손들이 그를 휘어잡았다.

"바닥에 엎드려!"

두 손을 뒤로 묶더니 허리춤까지 단단히 포박했다. 그는 저항하지 않았다. 지금은 때가 아니었다. 정찬두를 발견한 이들은 작전을 마치고 화순에서 복내로 넘어가던 빨치산 무리였다. 그들의 시선에서 보자면, 군복을 입고 홀로 산에서 나무를 하는 남자는 충분히 의심스러운 존재였다. 특히 그 군복이, 관동군의 흔적을 품고 있다는 사실이 그들의 경계를 더욱 부추겼다.

어디론가 끌려가며, 정찬두는 스스로를 다잡으려 애썼다. 불길한 예감이 그의 머릿속을 떠나지 않았다. 최근 들어 자꾸만 불안한 생각이 들었고, 밤마다 뒤숭숭한 꿈에 시달렸다. 그리고 지금, 그 불길한 예감은 현실이 되어 있었다.

'어쩐지 요즘 밤마다 꿈이 뒤숭숭하더라니… 이것이 나에게 닥칠 운명이었단 말인가.'

차가운 바람이 나뭇가지를 스치며 지나갔다. 산속의 적막함 속에서 정찬두는 그렇게 어딘지도 모르는 곳으로 끌려가고 있었다.

빨치산 무리가 포로로 잡은 정찬두를 데리고 깊은 산속으로 향했다. 개울을 건너고 산을 넘고 또 넘은 끝에, 해가 지고서야 그들은 백아산 기슭에 도착했다. 그곳은 단순한 은신처가 아니었다. 잘 정비된 초소와 막사, 움막들이 곳곳에 배치된 모습은 마치 하나의 군부대를 연상케 했다. 정찬두는 한눈에 여기가 단순한 유격대의 거점이 아니라, 빨치산 본부에 가까운 곳임을 직감했다. 그는 주변을 조심스레 살피며 마음을 가다듬었다.

'여수·순천 사건을 일으켰던 그 무리들 중 일부가 여기까지 흘러든 것이겠구나.'

그들의 정체를 눈치챘지만, 정찬두는 결코 이들과 함께할 수 없음을 잘 알고 있었다. 그는 이미 빨치산의 사상을 거부하고 있었고, 그들과 다른 길을 걸어왔다는 사실을 명확히 인식하고 있었다. '죽음' 그 단어가 가장 먼저 떠올랐다. 그는 어쩌면 자신이 결코 이곳에서 살아 나가지 못할지도 모른다는 사실을 본능적으로 느꼈다. 찬바람이 나뭇가지를 스치며 흩날렸다. 그리고, 길고 긴 밤이 시작되고 있었다.

빨치산 무리 중 대장으로 보이는 인물은 구레나룻과 턱수염이 짙게 자란 젊은 남자였다. 날카로운 눈빛과 다부진 체격은 그가 단순한 전사가 아니라, 이 조직의 핵심 인물임을 암시하고 있었다. 그 앞에서 한 대원이 자세를 고쳐 잡으며 보고했다.

"위원장 동지, 저희가 이양 계당산 작전 지역을 지나던 중, 군복을 입고 땔나무를 하던 자를 발견했습니다. 놈이 심상치 않아서 이곳까지 압송해 왔습니다. 직접 확인해 보시겠습니까?"

대장의 시선이 천천히 정찬두에게로 향했다. 근엄한 표정 아래서 그의 눈이 순간 흔들렸다. 그리고, 놀람과 당혹감이 서서히 그의 얼굴 위로 떠올랐다. 한참 동안 말을 잇지 못하던 그는 마침내 경악한 듯 외쳤다.

"워메, 찬두 성님 아니당가요? 이거시 도대체 무슨 일이다요! 겁나게 반갑구만요!"

빨치산 위원장, 그가 바로 이덕기였다. 정찬두의 얼굴을 확인한 순간,

이덕기의 목소리에는 옛 시절 친근함이 묻어났다. 혁명의 구호로 단련된 말투가 아닌, 그 옛날 만주에서 그와 함께했던 젊은 날의 사투리가 자연스럽게 튀어나왔다. 그러나 그의 인상은 예전과 달라져 있었다.

한때 만주군관학교에서 혈기 왕성한 청년이었던 그는 뛰어난 사격 실력과 전략적 감각을 지닌 인물로, 누구보다도 군사적 재능이 뛰어났던 자였다. 그러나 지금의 그는 과거의 패기만으로 설명할 수 없는 분위기를 풍기고 있었다. 그의 마른 얼굴에는 오랜 세월 동안의 고난과 긴장감이 선명하게 새겨져 있었으며, 날카롭게 다문 입술은 쉽게 흔들리지 않는 결연한 의지를 보여주고 있었다. 산속 생활에 단련된 몸은 단단하고 거칠어 보였으며, 무엇보다도 그의 눈빛 속에는 이제 더 이상 젊은 패기가 아닌, 혁명의 신념으로 단단히 굳어진 불꽃이 이글거리고 있었다. 정찬두는 순간 깊은 혼란에 휩싸였다.

"아니, 덕기 동상… 반갑기는 한디, 이게 대체 무슨 상황이당가? 자네들 인민군이여?"

그러나 그의 말을 채 끝내기도 전에, 정찬두를 포박해 끌고 온 대원 중 하나가 날카롭게 반응했다. 덩치가 크고 어깨가 떡 벌어진 젊은 대원이 굵은 목소리로 신경질적으로 말을 끊으며 외쳤다.

"말조심하시오! 여그에 계신 분은 우리 위원장 동지이시니께."

그의 태도는 위압적이었지만, 이덕기가 손을 들어 그를 제지했다.

"아~ 태형 동무, 괜찮소. 이 동무는 내 군시절 선배이었소. 괘념치 마시오."

이덕기의 중재로, 정찬두는 비로소 조금 편하게 말을 꺼낼 수 있었다.

"덕기… 자네, 원래 국방경비대에 지원하지 않았던가?"

이덕기가 잠시 깊은숨을 들이마셨다.

"성님도 아시다시피, 나도 처음엔 국방경비대에서 복무했었소. 나중에 여수로 배치를 받았고… 그러다 여수·순천 사건이 터졌지라. 그리고…"

그가 씁쓸한 미소를 지으며 고개를 끄덕였다.

"결국 이렇게 산으로 들어오게 됐소이다."

정찬두가 착잡한 마음으로 그를 바라보았다. 그들과 함께했던 만주의 기억이 머릿속에서 되살아났다. 그들은 같은 전장에서 싸웠고, 같은 신념으로 일본 제국의 군복을 입었으며, 함께 생사를 넘나들었다. 그러나 지금, 그들은 서로 다른 길 위에 서 있었다. 이덕기가 천천히 정찬두 앞으로 걸어왔다.

"찬두 성님."

그가 진지한 눈빛으로 말을 이었다.

"성님께서는 예전부터 우리 사상에 동조하지 않았던 걸 잘 알고 있소. 그러나 나는 항상 믿고 있었소이다. 언젠가 우리는 다시 만나게 될 것이며, 우리는 같은 길을 가게 될 것이라 말이오. 이것이 우리의 운명이 아니겠소?"

그의 목소리에는 확신이 담겨 있었다.

"이제 성님도 더 이상 고민하지 말고, 조국과 인민 해방을 위해 함께 싸웁시다. 성님 같은 분이 우리와 함께해 주신다면, 우리는 천군만마를 얻은 것이나 다름없소."

정찬두는 그의 말을 듣고 깊은 생각에 빠졌다.

이 길을 함께한다는 것은… 그가 그토록 바라던 해방 후의 삶과는 전혀 다른 길이었다. 그는 일본 제국의 군사훈련을 받았고, 관동군에서 복무하며 수많은 전장을 지나왔다. 그는 피로 얼룩진 전쟁의 현실을 누구보다도 잘 알고 있었다. 그는 조용히 이덕기의 얼굴을 바라보았다. 그의 눈빛은 예전과 같으면서도 달랐다. 젊은 시절의 패기와 혈기가 남아있었지만, 그것은 이제 혁명이라는 이름 아래 신념으로 굳어져 있었다. 그러나 그의 내면에는 여전히 뜨거운 불꽃이 남아 있음을 정찬두는 느낄 수 있었다.

이덕기가 한 걸음 더 다가왔다.

"찬두 성님."

그가 무겁게 입을 열었다.

"이제 다른 선택지는 없소. 우리와 함께하지 않는다면, 우리는 성님을 놔줄 수 없소이다. 본부 위치까지 알아버린 이상, 우리 강령에 따라 성님을 처단해야 하오. 그리고 시방부터는 우리 유격대의 규칙에 따라 동무라고 부르겠소."

이덕기가 결심을 한 듯 권총을 꺼내 들었다. 단호한 표정과 흔들림 없는 손길. 그는 지금, 과거의 전우였던 정찬두를 죽여야 할 수도 있는 순간을 맞이하고 있었다. 정찬두가 참담한 심정으로 그를 바라보았다. 이것이 혁명의 본질인가? 그와 함께했던 시간이 마치 아득한 꿈처럼 느껴졌다. 마지막으로 이덕기를 한 번 더 바라보며, 마침내 그가 입을 열었다.

"자네가 나를 이렇게까지 몰아붙인다 해도, 난 그럴 수 없네. 난 내 길을 가야겠네. 과거 흔적 모두 지우고 성실히 살아가는 사람을 괴롭히지 말고 그냥 놔주면 안 되겠소?"

이덕기의 얼굴에는 실망과 비통함이 스쳤다. 그는 천천히 권총을 들어 올려 정찬두의 관자놀이에 겨눴다. 밤하늘에는 차가운 별빛이 가득했지만, 두 사람 사이의 공기는 더욱 얼어붙고 있었다. 이덕기의 목소리는 낮고 단호했다.

"정 동무! 마지막으로 묻겠소. 우리와 함께할 의사가 정말 없다는 것이요? 이거시 당신의 마지막 기회요. 선택하시오."

정찬두가 깊은 한숨을 내쉬었다. 예전 경성에서 정인권 선배에게 했던 말을 떠올렸다.

'누군가는 조국을 위해, 누군가는 가족을 위해, 누군가는 주어진 삶을 위해 자신을 희생하는 것이다. 내 앞에 펼쳐진 삶을 따라 난 가리라.'

잠시 침묵하던 그는 결국 천천히 고개를 끄덕였다. 다른 선택의 길이 없어 보였다.

"알겠소, 위원장 동무. 나에게는 내 삶에 대한 선택권이 없어 보이는구료. 시작이야 어찌 되얐든, 우리 함께 새로운 혁명의 길을 찾아보십시다."

별빛이 희미하게 반짝이는 밤, 정찬두가 깊은 생각에 잠긴 채 어두운 산길을 걷고 있었다. 그의 발길이 멈춘 곳, 그것은 단순한 길이 아니라 그의 운명이 흔들리는 갈림길이었다. 그가 이곳까지 오게 된 과정은 마치 시야가 확보되지 않은 안개 속에서 헤매는 것 같았다. 어린 시절부터 산판사업과 금광사업, 생사를 넘나들던 만주군을 거쳐 지금까지… 그의 삶은 끊임없는 싸움과 선택의 연속이었다. 이념과 현실 사이에서 갈등하고, 생존과 신념 사이에서 흔들리며 그는 여기에 서 있었다.

그는 길게 자란 머리를 왼쪽으로 쓸어 넘기며 무거운 한숨을 내쉬었다. 하늘에는 차가운 별들이 떠 있었지만, 그의 가슴속에는 여전히 짙은 안개가 자리하고 있었다. 적막한 밤, 긴장감이 감도는 정적이 돌았다. 모닥불 앞에서 이덕기는 깊은 생각에 잠긴 채, 가늘어진 불꽃을 응시하고 있었다. 타들어 가는 장작 속에서 피어오르는 연기가 마치 희미해져 가는 혁명의 불꽃처럼 보였다. 정찬두가 천천히 그에게 다가갔다.

"도당 위원장 동지, 이렇게 가다가는 당신들의 혁명은 실패할 것이오. 내 잠시 옛날로 돌아가서 편하게 말을 놓아도 되겠소?"

"그렇게 하시지요."

말을 놓겠다는 것보다도 실패할 것이라는 단어에 이덕기가 언짢은 기분으로 마지못해 대답했다.

"외양간에 소가 없어진 지가 언제이고, 뒤주에 양식이 떨어진 지가 언제인가? 그런데, 탄창에는 언제부터인가 화약 냄새가 넘치기 시작하였고, 이념과 혁명의 깃발은 점점 더 높아지고 있네. 우리 모두는 이 세상이 내가 생각하는 대로 될 거라고 기대하게 되었고, 나와는 다른 생각을 하는 사람들을 증오하기 시작하였지. 그런 증오는 종말에는 총탄보다 크고 강력한 포탄이 필요하게 되네. 우리 주위를 둘러보게. 얼마나 어두운 세상이 우리를 둘러싸고 있는지… 총과 칼에 의한 세계는 더 이상 의미를 갖지 못하고 패배하고 어둠의 길로 사라지고 말 것이네. 낙원을 추구한다는 공산주의… 그것은 신기루일 뿐이네."

이덕기가 고개를 들어 정찬두를 바라보았다. 그의 눈빛에는 예리한 판단력과 깊은 고뇌가 함께 서려 있었다.

"이 세대에 전 세계 어디를 가도 굶주린 농민과 노동자는 있게 마련이지. 그 모든 노동자들이 혁명을 하고 투쟁을 하여야 한단 말인가? 나는 말일세, 우리가 영원히 변하지 않는 허공을 향하여 총을 쏘는 것같이 두렵네. 자네의 행동이 시간과 생각을 앞서고 있는 듯하여 두렵다네."

그도 알고 있었다. 정찬두의 말이 단순한 비판이 아니라, 현실을 직시한 통찰이라는 것을. 그러나 그것을 인정하는 순간, 자신이 지켜온 혁명의 길이 무너질지도 모른다는 두려움이 그를 짓누르고 있었다. 이덕기가 모닥불 위로 올라오는 연기를 넌지시 바라보았다.

"정 동무, 동무 말대로라면 우리의 혁명은 아직 갈 길이 멀고, 그 길은 험난하오. 하지만 동무도 알다시피, 현재 우리의 혁명은 인민의 투쟁을 넘어 북쪽의 노동당 사상에 기초하고 있소. 그들이 제공하는 무기와 지원 없이는, 우리의 혁명은 살아남을 수 없는 것이 사실이기는 하오."

정찬두가 고개를 저으며 단호하게 반박했다.

"위원장 동지, 문제는 바로 그것이오. 당신들은 남조선 정부를 전복하고 적화를 이루기에는 역부족이오. 당신들의 사상은 고착화되어 있으며, 지금의 남조선 정권과 맞서 싸우기에는 혁명의 내실이 부족하오. 당신들의 투쟁은 변해야 하오."

이덕기가 침묵 속에서 그의 말을 새겨듣고 있었다. 그는 정찬두가 단순한 군사적 지휘관이 아니라, 깊은 사상적 고민을 품고 있는 인물이라는 사실을 누구보다도 잘 알고 있었다.

"찬두 동무, 맞는 말이오. 우리는 사상적 무장 없이 농민 무장 투쟁만을 시도했소. 피와 땀을 흘렸지만, 충분한 사상적 준비 없이 무기만 들고 싸운 것이 사실이오. 그 결과가 지금의 혼란이며, 대원들은 점점 혁명에 대한 확신을 잃어가고 있소."

정찬두가 날카로운 눈빛으로 그를 바라보며 다시 말을 이었다.

"위원장 동지, 지금 남조선 유격대의 대다수는 그저 대한민국 정권에 대한 반발심과 혼란 속에서 움직이고 있을 뿐이오. 당신들의 투쟁은 막연히 북쪽을 추종하면서, 사회적 혼란 속에서 적절한 대상을 찾지 못한 것에 불과합니다. 근본적으로, 새로운 마르크시즘의 방향을 제시하고 재무장해야 하오. 결코 총과 칼만으로는 혁명을 이룰 수 없소이다."

이덕기가 무겁게 침묵했다. 그의 눈빛이 흔들렸다. 그는 처음으로 혁명이라는 거대한 대의를 위해 싸워왔지만, 지금 이 순간 정찬두의 말이 가슴 깊이 스며들고 있었다.

"그래요, 동무 말이 맞소. 우리가 싸우는 것만으로는 부족할지도 모르지요. 우리 대원들에게도 더 깊은 사상적 교육이 필요하오. 그저 싸우기 위해 싸우는 것이 아니라, 진정한 변혁을 위한 투쟁을 해야 할 것이오."

정찬두가 고개를 끄덕이며 덧붙였다.

"위원장 동지, 막시즘은 단순한 경제적 혁명만을 추구하지 않았소. 그것은 인간의 근본 자유와 평등, 그리고 정의를 위한 사상이었소. 그러나 지금 당신들의 투쟁은 현실에 토대가 부족하오. 북쪽의 지원은 언젠가 끊길 것이고, 우리는 결국 우리만의 길을 찾아야 할 것이오. 지금부터라도 사상적으로 재무장해야 하오. 그렇지 않으면, 이 투쟁은 단순한 무의미한 싸움으로 끝나고 말 것이오."

이덕기가 다시금 깊은 침묵 속으로 빠져들었다. 그리고, 그의 눈빛이 이전보다 훨씬 깊어졌다.

"찬두 동무, 동무의 말이 틀리지 않소. 우리는 그동안 너무나도 총과 폭력에만 의존했소. 이제 우리의 혁명을 더욱 깊고, 단단한 사상적 기반 위에서 세워야 하오."

그들의 대화는 끝났지만, 그들의 사상적 고민은 끝나지 않았다. 정찬두는 여전히 자신의 길을 찾기 위해 고군분투하고 있었고, 이덕기는 현실 속에서 그 사상을 어떻게 실현할지 고민하고 있었다. 두 사람은 각자의 방식으로 혁명을 꿈꾸며, 그 혁명의 길을 함께 걸어가고 있었다.

새로운 결심으로 깊어가는 밤, 모닥불은 이제 거의 꺼져가고 있었다. 그들의 혁명도, 어쩌면 그렇게 서서히 희미해지고 있었는지도 몰랐다. 주변의 산새들은 조용히 잠들었고, 밤하늘은 더욱 깊어졌다.

1950년 9월, 맥아더 장군이 이끄는 유엔군이 인천상륙작전에 성공하자, 호남 지역에 남아 있던 북한군은 퇴로를 잃고 지리산과 인근 산악지대로 숨어들었다. 이들은 곧 '빨치산'으로 전환되었고, 사람들은 그들을 '구빨치'라 불렀다. 이들은 한국전쟁의 부산물이자, 남북 분단이 초래한 비극의 상징이 되었다. '구빨치'들이 화순 산악 지역으로 잠입하자, 백아산 전투사령부의 지휘 아래 8사단과 경찰 병력이 투입되어, 세력을 다시 확장해 가던 빨치산을 소탕하기 위한 대규모 작전을 전개했다. 그러나 이 과정에서 무고한 주민들의 희생도 잇따랐다. 어떤 이는 좌익으로 몰려 억울하게 목숨을 잃었고, 또 어떤 이는 경찰 가족이나 우익으로 의심받아 처참한 죽임을 당했다.

남부군 빨치산은 남로당 지도자인 박헌영이 조직한 세력과 북한군 패잔병, 그리고 인근에서 자발적으로 입산한 유격대원들로 구성되어 있었다. 이들은 전쟁이 끝난 뒤에도 북한으로 돌아가지 못한 채, 태백산맥과 지리산의 험준한 산악 지형을 이용해 후방 교란 작전을 펼쳤다.

"조선인민군이 다시 남하할 때를 대비하여 후방에서 유격 활동을 계속하라."

북한의 중앙당으로부터 지시를 받은 그들은 군·경의 포위망을 피해 은신하며 끝까지 저항을 이어갔다. 국군 토벌대는 이러한 빨치산을 제거하기 위해 끊임없는 전투를 벌였고, 많은 희생을 치러야 했다. 빨치산과 군·경 사이의 혈전은 장기화되었고, 그 사이에서 민간인들은 또 한 번 깊은 상처를 입었다.

새로운 동지

해방 후 혼란이 계속되면서 남한에서는 이념 갈등이 극에 도달하고 있었다. 정부와 좌익 세력 간의 대립이 점점 더 격렬해졌고, 남로당을 비롯한 공산주의 세력은 무장 투쟁을 본격화하기 시작했다. 특히 남쪽의 산악 지대에서는 빨치산이 조직되어 정부의 토벌을 피해 은거하며 싸움을 이어가고 있었다.

양재열은 광주 사범학교의 심상과 3학년에 재학 중이던 시절 해방을 맞이했다. 이후 사범학교를 졸업하고, 보성군 복내국민학교에서 교사로 재직하며 복내면 시천리 살치마을에 자리 잡은 만석군 이대순의 집에서 하숙을 하고 있었다.

이대순은 오 학년이 된 아들을 둔 부유한 학부형이었으며, 마을에서 신망이 두터운 인물이었다. 양재열은 그 집에서 그의 아들을 가르치는 조건으로 숙식을 해결하고 있었고, 이대순과 그의 가족들은 그를 친가족처럼 아끼고 보살폈다. 그러나 양재열의 마음속에는 이미 결심이 자리 잡고 있었다. 그날도 저녁을 함께하면서, 그는 차마 말을 꺼내지 못한 채 밥상만 바라보며 멍하니 앉아 있었다.

"양 선생, 얼굴이 어째 근심이 가득하구만. 무슨 일 있소?"

이대순이 수저를 내려놓으며 물었다. 깜짝 놀란 양재열이 이대순을 바라보며, 깊은 한숨을 내쉬었다.

"어르신, 드릴 말씀이 있소."

그의 목소리는 낮고 무거웠다.

이대순이 느긋하게 담배를 피워 물며 고개를 끄덕였다.

"어허, 무슨 말인고. 말해 보시게, 양 선생."

양재열이 잠시 눈을 감았다가, 마침내 결심한 듯 조용히 입을 열었다.

"제가… 산으로… 들어가기로 했습니다."

순간, 방 안이 조용해졌다. 이대순이 담배를 손에 든 채 멍하니 그를 바라보았다.

"뭐라고? 산으로 들어간다니… 아니, 양 선생이 어쩌다가 그런 결심을 하게 된 것이오?"

양재열이 고개를 끄덕이며 덤덤하게 대답했다.

"인민군이 후퇴하고 있는 지금, 제가 자의든 타의든 명색이 복내 인민위원장을 했던 사람인데, 남쪽 정부에서 저를 살려두겠습니까? 저도 동지들과 함께 입산해 싸우기로 작정했습니다."

이대순이 아무 말 없이 그를 바라보았다. 양재열의 눈빛에서 흔들림 없는 결의를 읽은 그는, 깊은 한숨을 내쉬었다. 그러더니 조용히 자리에서 일어나 방 안으로 들어갔다. 양재열은 당황하며 그가 무엇을 하려는지 궁금했다.

잠시 후, 이대순이 묵직한 작은 나무상자를 들고나왔다. 그가 둔탁한 소리를 내며 바닥에 내려놓은 상자를 양재열 앞으로 밀어놓으며 말했다.

"양 선생! 이 돈을 가져가시오."

양재열이 깜짝 놀라며 손사래를 쳤다.

"아니, 어르신! 이게 무슨 돈이랍니까? 저는 돈이 필요 없습니다. 산에서 투쟁 하는디 돈이 무슨 소용 있겠소?"

이대순이 단호하게 고개를 저었다.

"아니요, 양 선생. 이 돈은 언젠가 반드시 필요할 날이 올 것이오. 산에 입산한다고 해서 산사람들이 돈을 안 쓰는 게 아니오. 거기서도 먹고 자고 해야 하지 않겠소? 그리고 언제 무슨 일이 닥칠지 모르는 법이니, 이 돈이 있으면 아주 요긴하게 쓸 수 있을 것이오. 내 말 듣고 가져가시오."

양재열이 끝까지 거절하려 했다.

"어르신, 저는 그저 목숨 걸고 싸우러 가는 길입니다. 돈이 필요 없다니까요."

그러나 이대순이 그의 말을 끊으며, 더욱 단호한 목소리로 말했다.

"양 선생. 내가 그동안 양 선생을 친아들처럼 아끼고 보살폈소. 그러니 이 돈은 단순한 돈이 아니오. 이것은 내가 양 선생에게 건네는 마지막 인사요. 언젠가 꼭 필요한 순간이 올 것이오. 내가 보장하오. 그러니 부디 가져가시오."

양재열은 대순의 눈에서 깊은 진심을 느꼈다. 그는 더 이상 거절할 수 없었다. 고개를 숙이며, 조용히 말했다.

"고맙습니다, 어르신. 이 은혜, 잊지 않겠습니다. 언젠가는 갚는 날이 반드시 올 것입니다."

이대순이 미소를 지으며, 부드럽게 고개를 저었다.

"갚을 생각은 말고, 살아남을 생각이나 하시오. 살아 남아야만 언젠가 이 나라, 이 세상을 바로 세울 수 있지 않겠소?"

양재열은 그의 말을 들으며 마음이 뭉클해졌다. 마지막 말을 마음에 새기며 깊은 한숨을 내쉬었다. 밖으로 나가보니 밤하늘은 더욱 깊고 어두웠다. 그는 멀리 보이는 계당산을 바라보았다. 이제, 그가 가야 할 길은 그곳이었다. 찬란했던 학창 시절도, 따뜻한 보살핌을 받았던 시간도, 모두 뒤로 한 채 새로운 운명은 그를 혁명의 길로 이끌고 있었다.

그날 저녁, 양재열이 무거운 마음을 안고 조용히 복내 하숙집을 떠났다. 그의 손에 쥐어진 묵직한 돈주머니는 마치 이대순의 마지막 당부처럼 느껴졌다. 산으로 올라가는 길에 돈이 무슨 소용이랴 싶었지만, 이대순의 말처럼 언젠가는 반드시 이 돈이 필요할 날이 올지도 모른다는 생각이 들었다. 그렇게 그는 흔들림 없는 결심을 가슴에 품고 모후산을 넘어 혁명의 본거지 백아산 인민유격대 지구 본부에 도착하여 빨치산 대열에 합류했다.

한쪽에서는 몇몇 간부들이 이미 작은 모닥불을 피워놓고 이야기를 나누고 있었다. 불꽃 사이로 도당위원장의 묵직한 목소리가 들려왔다.
"양재열 동무, 이리 와서 인사하시오."
그의 부름에 커다란 체구의 남자가 몸을 움직이며 불가에 다가왔다. 그는 고개를 돌려 정찬두를 보며 말했다.
"저는 쌍봉 마을 출신 양재열이요. 위원장 동무의 선배라 하시니, 인사 올리겠소."
정찬두는 덩치 큰 이가 양재열이라는 자임을 알게 되었다. 그가 이웃 마을 출신임도 곧 알아차렸다.
"정찬두요. 절골 동암 마을에서 왔소. 만주에서 군 복무를 했지만, 같은 고향 사람이라 해도 초면이구려."
양재열이 머리를 끄덕이며 웃었다. 양재열은 정찬두의 모습에서 범접할 수 없는 기가 흐르고 있음을 느꼈다.
"아따, 제가 한참 아랫사람 같은디, 말 편하게 하십시오. 시방은 다 같은 혁명 동지 아니겠습니까?"
이덕기가 두 사람을 번갈아 바라보며 소개를 덧붙였다.

"우리 정찬두 동무는 만주 관동군에 있을 때 나보다도 상급자였소. 그리고 양재열 동무는 양회일 의병장의 후손으로, 복내국민학교에서 교편을 잡다가 입산하였소."

"아~ 어쩐지…."

"예~ 어쩐지…."

둘은 동시에 같은 말을 내뱉으며 고개를 끄덕였다. 두 사내는 마주 보는 순간, 단번에 서로를 알아볼 수 있었다. 정찬두는 양재열이 커다란 체구와 굵은 목소리를 가진 강한 인상 탓에 그저 힘이 센 사내인 줄로만 알았다. 하지만 그가 의병장의 후손이라는 사실을 듣고 나니, 그에 대한 시선이 달라졌다. 게다가 국민학교 교사 출신이라니. 이 사람은 단순한 무력의 사나이가 아니라 학문을 아는 지식인이었다. 양재열 또한 정찬두가 만주에서 활동했다는 이야기를 듣고 경외감을 느꼈다. 단순히 무장 투쟁에 뛰어든 것이 아니라, 깊은 사상과 이론을 바탕으로 혁명을 이끄는 인물이라는 사실이 여러 차례의 토론을 통해 더욱 분명해졌다.

양재열은 키가 크고 단단한 체격의 청년이었다. 넓은 어깨와 큰 손, 굵은 목소리 덕에 멀리서도 눈에 띄었지만, 그의 인상은 의외로 부드럽고 인자한 편이었다. 그의 깊고 검은 눈에는 언제나 사색이 서려 있었으며, 가슴속에는 뜨거운 열정이 꿈틀대고 있었다. 그는 본래 아이들을 가르치는 일에 보람을 느끼던 교사였지만, 세상은 그리 단순하지 않았다. 억압받고 가난에 허덕이는 소작농들을 보며 그는 무언가 더 큰 일을 해야 한다는 사명감을 품게 되었다. 그 생각은 처음엔 막연했지만, 남로당의 활동과 동료들의 권유 속에서 그의 마음은 조금씩 무장 투쟁으로 기울어졌다. 6·25 전쟁이 발발하자, 그는 자연스럽게 복내면 인민위원장으로 추대되었고, 마침내 산으로 들어가 빨치산이 되었다.

그렇게 산속 생활에 익숙해지던 어느 날, 이덕기 위원장이 정찬두와 양재열을 불러들였다. 이덕기가 두 사람을 번갈아 바라보며 신중한 목소리로 입을 열었다.

"지금부터 정찬두 동무를 화순 군당 위원장과 12지대장을 겸임하여 임명하겠소."

순간, 방 안의 공기가 무거워졌다. 이덕기의 시선이 더욱 날카로워졌다.

"12지대는 계당산에 체류하며 화순 서남부 지역을 지원하는 임무를 맡게 될 것이오."

정찬두가 눈빛을 빛내며 고개를 끄덕였다.

"그리고 양재열 동무는 16지대장으로서 이양과 복내책을 겸하여 그 일대를 담당하시오."

양재열도 긴장된 표정으로 자세를 바로잡았다.

"두 동지는 서로 협력하여 우리의 인민해방 혁명을 완수하기 바라오."

그 말이 끝나자, 방 안에는 엄숙한 기운이 감돌았다. 바위 위에는 남조선노동당 입당 서약서가 놓여 있었다. 이덕기의 시선이 그것을 가리켰다. 순간, 정찬두와 양재열이 서약서를 손에 받아 들고 잔뜩 긴장했다. 비장한 결의가 감도는 공간에서, 그들은 혁명의 길로 더욱 깊숙이 들어가고 있었다.

〈남조선노동당 입당 서약서〉

나는 조국과 혁명의 대의를 위하여 남조선노동당의 일원이 됨을 자랑스럽게 여기며, 다음의 사항을 굳게 맹세합니다.

1. 당의 목표와 혁명적 원칙을 철저히 수호하며, 명예와 목숨을 걸고 임무를 완수할 것입니다.

2. 동지들과의 신뢰를 바탕으로 서로 협력하고, 혁명의 최전선에서 굳건히 싸울 것입니다.

3. 어떠한 난관에도 굴하지 않고, 조직과 혁명의 완수를 위하여 끝까지 헌신하며 당에 목숨을 바쳐 충성을 다하겠습니다.
4. 조국의 통일과 민중의 해방을 위하여 필요한 모든 희생을 두려워하지 않을 것입니다.
나는 이 모든 항목을 성실히 지킬 것을 명예와 생명을 걸고 맹세합니다.

두 사람은 한 글자 한 글자에 결의를 담아 서약서를 따라 읽으며, 엄숙히 선서했다.
"이제 두 동지는 당원으로서 우리의 혁명사업을 위해 당과 인민을 위하여 목숨을 다해 완수하시오."
"목숨을 다하여 완수하겠습니다."
두 사람의 목소리가 나직이 울려 퍼졌다. 선서를 마친 후, 그들은 서로의 손을 단단히 맞잡았다. 비록 처음 만난 사이였지만, 이제는 한뜻을 품고 함께 싸워야 할 진정한 동지가 되었다. 그렇게 정찬두는 화순군당 위원장에 임명되었다. 화순은 구례 지리산과 광주, 담양, 곡성, 보성을 잇는 전략적 요충지였다. 그는 다소 빠른 감이 있게 예상치 못한 중요한 직책을 받았지만, 그것이 영광이라기보다는 마치 무거운 짐을 짊어지고 길을 떠나는 듯한 느낌이었다.
모닥불이 서서히 타들어 가고 있었다. 두 사람은 조용히 모닥불을 바라보며 서 있었다. 불꽃은 희미해졌지만, 두 사내의 결의는 더욱 굳세어졌다. 그들은 이제 하나의 길 위에 서 있었다. 혁명의 이름 아래, 새로운 운명이 시작되고 있었다.
'나 같은 유격대 경력이 일천한 자를 군당으로 임명하는 걸 보니, 저들이 참으로 다급하긴 다급했던 모양이구나.'
정찬두가 속으로 생각했다. 이 혁명의 길이 그리 오래 지속되지 않을 것만 같은 불길한 예감이 스쳐 지나갔다.

"군당 위원장 동지, 이제는 우리가 많은 이야기를 나누고, 함께 작전을 세워야 할 때인 것 같소."

양재열이 잔뜩 긴장한 채 웃으며 말했다.

"그럽시다, 재열 동무. 우리 부대는 이제 하나나 다름없으니, 같은 방향을 바라보고 같은 방식으로 싸우려면, 서로 더 많이 이야기하고 이해해야 할 것이오."

두 사람은 다시금 손을 맞잡으며, 혁명의 불꽃을 함께 지펴나갈 동지로서의 다짐을 굳게 새겼다. 밤이 깊어갈수록 모닥불은 점점 사그라들었지만, 그들의 혁명과 사상에 대한 토론은 더욱 뜨겁게 타올랐다. 양재열이 깊은 생각에 잠긴 듯 다소 낮은 목소리로 입을 열었다.

"대장 동지, 우리는 지금 산에서 총을 잡고 싸우고 있지만… 그게 전부는 아니라는 생각이 드는구만요."

그동안 그를 짓누르던 고민들이 서서히 입 밖으로 흘러나왔다. 정찬두가 고개를 끄덕이며 그의 말을 받아주었다.

"맞소, 양 동무, 우리 싸움은 단순히 총을 들고 전장에 나가는 싸움이 아니오. 마르크스가 말했듯이, 혁명이란 단순한 전쟁이 아니라 새로운 세상을 만드는 과정이어야 하오. 우리가 사상적으로 무장하지 않는다면, 그건 혁명이 아니라 일종의 폭력에 지나지 않소."

양재열이 그 말에 깊이 공감하며, 가르쳤던 학생들과 함께했던 날들을 떠올렸다. 그는 이 싸움이 단순한 무력 투쟁으로 끝나서는 안 된다는 걸 알고 있었다. 하지만 현실의 벽은 높고 단단했다.

"위원장 동지 말이 맞소. 그러나 현실은 참으로 녹록지 않소. 지금 대한민국 정권은 우리를 결코 용납하지 않을 것이니, 결국 총을 잡고 싸우는 것은 피할 수 없는 일이 아니겠소?"

정찬두가 깊은 한숨을 내쉬며 대답했다.

"그렇소. 나도 그 사실을 잘 알고 있소. 하지만 총만으로 싸워서는 결국 패배할 것이오. 혁명은 단순한 전쟁이 아니라, 대중의 삶을 바꾸는 것이오. 우리가 인민의 지지를 얻지 못하면, 아무리 총을 많이 가지고 있더라도 혁명은 실패할 수밖에 없소. 마르크스는 역사의 본질이 계급투쟁이라 했소. 우리가 진정한 인민의 편에 서야만 성공할 수 있소."

양재열이 고개를 끄덕이며, 그 말에 깊이 동의했다. 그러나 그는 여전히 현실을 고려한 고민을 떨칠 수 없었다.

"위원장 동지 말이 맞소. 하지만, 우리 대원들이 그 사상을 얼마나 이해할 수 있을 것이오? 대부분이 교육을 제대로 받지 못했는데, 우리가 아무리 사상 교육을 강조한들, 과연 그들이 쉽게 받아들일 수 있겠소?"

정찬두가 조용히 고개를 끄덕였다.

"그래서 우리가 더욱 서둘러야 하오. 사상이란 단순한 이론이 아니라, 우리의 행동을 이끄는 원칙이 되어야 하오. 우리는 단순히 싸우라는 말만 해서는 안 되오. 왜 싸워야 하는지를 알려주어야 하오. 자본주의가 어떻게 노동자를 착취하는지, 우리는 그것을 깨닫게 해야 하오."

양재열이 한숨을 내쉬며 깊이 생각에 잠겼다.

"위원장 동지, 참으로 어려운 일이구만요. 지도 정 동지 말씀대로 우리가 사상적으로 무장해야 한다는 건 맞지만, 지금 우리의 현실은 총을 들고 싸워야 하는 시기가 아니겠소? 총 없이 우리가 어떻게 살아남을 수가 있겠소?"

정찬두가 부드러운 미소를 지으며 그의 눈을 바라보았다.

"그렇소. 지금은 싸워야 할 때라는 걸 나도 잘 알고 있소. 그러나 이 싸움이 끝난 후에도 우리가 살아남기 위해서는, 지금부터 사상적으로 무장해야 하오. 우리의 투쟁은 단순히 남조선 정권을 전복하는 데 있어서는 안 되오. 우리는, 진정한 계급 없는 사회를 만들기 위해 싸우는 것이오. 인민이 주인이 되는 나라, 노동자가 착취당하지 않는 세상, 인간이 인간답게 살아가는 사회를 만들기 위해 싸우는 것이오."

양재열이 동의한다는 듯이 고개를 깊이 끄덕였다. 그는 정찬두의 말에서 혁명의 진정한 목적을 다시금 되새기고 있었다.

"위원장 동지, 결국 우리가 다시 태어나도 살고 싶은 나라를 만들기 위해 싸우는 것이구만요."

"그렇소. 우리가 다시 태어나고 싶은 조국, 우리의 자식들이 가슴을 펴고 꿈을 이룰 수 있는 세상, 그 세상을 위해 우리는 싸우고 있는 것이오."

그의 말이 끝나자, 두 사람 사이에는 묵직한 정적이 흘렀다. 그러나 그 침묵 속에서도, 그들의 가슴 속에서는 혁명의 불꽃이 더욱 타오르고 있었다. 그렇게 밤은 깊어갔다. 모닥불이 잦아들었지만, 그들의 결의와 신념은 더욱 뜨겁게 타올랐다.

둘은 오랫동안 말없이 앉아 있었다. 모닥불은 점차 사그라들며 희미한 잔불만 남아 깜박였다. 밤하늘을 가로지르는 바람이 조용히 흐르며, 차가운 기운이 그들의 어깨를 스쳤다. 그들은 한때 서로 다른 길을 걸어왔지만, 이제 같은 길 위에 서 있었다. 그리고 그 길 위에서, 그들은 서로의 사상을 나누고 있었다. 양재열은 사상의 힘을 믿었고, 정찬두는 현실의 무게를 느끼고 있었다. 이 밤을 함께 보내며, 그들은 각자의 신념을 이야기했고, 그 속에서 서로를 이해하기 시작했다. 모닥불이 거의 꺼져가던 그때, 도당위원장 이덕기가 침묵을 깨며 입을 열었다.

"지금 우리 유격대의 투쟁은 겉으로는 대한민국 정부에 맞서는 것이오. 그러나 실상은 우리 내부에도 사상적으로 허술한 틈이 많소. 대부분의 대원들은 북쪽을 맹목적으로 추종하진 않지만, 단순히 그들과 비슷한 생각을 하기에 함께 싸우고 있을 뿐이오. 하지만 우리는 근본적으로 왜 토지

개혁을 해야 하는지, 왜 지주 계급에 맞서야 하는지를 진정으로 깨달아야 하오."

이덕기의 말이 모닥불처럼 어두운 공간을 서서히 밝혀나갔다. 모두가 조용히 그의 말을 들었다. 정찬두는 천천히 고개를 끄덕였지만, 그의 내면은 여전히 얼어붙어 있었다. 그동안 자신이 믿어온 모든 것이 부정당하는 듯한 기분이 들었다. 그는 다시 한번 스스로에게 물었다.

'정말 이 길이 맞는 것인가? 나는 무엇을 위해 싸우고 있는가?'

밤은 더욱 깊어가고 있었다. 정찬두는 모닥불 옆에서 조용히 생각에 잠겼다. 그는 자신이 돌아갈 수 없는 길을 걷고 있음을 깨달았지만, 정작 무엇을 위해 싸워야 하는지조차 여전히 명확하지 않았다. 사실 정찬두는 혁명의 본질을 말하며 대원들을 독려하면서도, 정작 자신은 더 깊은 회의 속으로 빠져들고 있었다. 그가 알고 있던 공산주의 사상은 이미 사십 년 넘게 농민과 노동자 계급을 유혹하며 이용해 온 낡은 이념이 되어버린 듯했다.

무계급 사회를 주창하는 공산주의는 이제 당원이 우선이 되는 동지주의로 변질이 되어 버렸고, 이념적 순수성은 점차 퇴색하고 있었다. 1946년, 김일성이 무상몰수 무상배급(無償沒收 無償配分) 이론으로 추진한 토지개혁도 처음에는 농민들에게 뜨거운 환호를 받았지만, 전쟁이 시작되면서 협동농장화가 이루어졌고, 모든 토지는 결국 국가의 손아귀에 들어가게 되었다. 결국, 농민들은 경작권(耕作權)만 배분받았을 뿐 매매나 담보 설정조차 할 수 없는 처지에 놓였다. 더욱이, 국가에 수확량의 40%를 세금으로 바치는 현실은 과거의 소작농과 다를 바 없는 처지였다.

북한에서의 토지개혁은 지주 계급의 완전한 몰락을 가져왔지만, 남한에서는 여전히 진행 중인 사안이었고, 그 때문에 빨치산의 투쟁 목적은 여전히 '토지개혁'이라는 명분 아래 이용되고 있었다. 그러나 3차 농지개혁이 마무리되면서, 빨치산 내부에서도 '진정 우리가 누구를 위해, 무엇을 위해 싸우는가?'라는 근본 질문이 떠오르고 있었다. 빨치산들은 국가와 정부에 맞서 싸우고 있었지만, 그 속에서 진정한 혁명의 의미를 찾지 못한 채 방황하고 있었다.

정찬두는 그저 혁명의 대열에 몸을 맡기고 있었지만, 자신이 진정 이 길을 선택한 것인지, 혹은 어쩔 수 없이 떠밀려 온 것인지 알 수 없었다. 그는 이 싸움의 본질이 점점 흐려지고 있다는 사실을 깨닫고 있었다. 공산주의 혁명이란 결국 무엇을 위한 것이었나? 인민을 위한다는 명목 아래 또 다른 권력이 군림하는 것은 아닌가? 진정한 자유와 평등이 실현된 사회란, 과연 존재할 수 있는 것인가? 자신이 걸어온 길은 이제 되돌아갈 수 없는 길이었다. 그러나, 그 길 끝에는 무엇이 기다리고 있을까? 그것만큼은, 아직 알 수 없었다.

두 배로 셈한 소값

양재열은 이양과 복내 책을 기반으로 16지대를 이끌며 복내를 자신의 집 안방처럼 드나들었다. 이양보다 넓은 들판을 품고 있어 곡식이 풍부했던 복내는, 그에겐 물자 조달이 훨씬 용이한 지역이었다. 비록 그의 출신지가 이양 쌍봉 마을이었으나, 입산 전 복내에서 소학교 교사와 복내 당 인민위원장을 지냈기에 그의 명성은 널리 퍼져 있었다. 복내 사람들은 그를 익숙하게 여겼고, 그의 평판 또한 나쁘지 않았다.

양재열은 복내에서 풍족한 양식과 소금, 옹기 등을 마련하여 산으로 운반하곤 했다. 그럴 때마다 정찬두는 눈을 휘둥그레 뜨고 놀라움을 감추지 못했다. 양재열이 조달한 물자는 정찬두가 입산 전 동암 마을에서 자신이 사용하던 것보다 훨씬 풍부했기 때문이다. 그는 노루목 재를 넘어 쑥고개 능선을 타고 쌍봉 마을까지 오가기를 수없이 반복했다. 비록 행정구역상 쌍봉 마을은 이양에 속했으나, 그가 태어나고 자란 고향이었기에 묵곡리, 용반리, 고암리까지 포함하여 그의 작전 지역으로 삼기에 최적이었다. 복내에서 수행한 작전은 대부분 보투(補鬪), 즉 보급물자 확보를 위한 투쟁 작전이었다. 때때로 그는 계당산 대강골을 넘어 계산리나 멀리 진봉리, 용동리, 반석리까지도 내려가곤 했다. 그가 복내에 나타날 때면,

마을 사람들은 오히려 반가운 기색으로 "양 선생님 오셨능게라?" 하며 따뜻하게 맞아주곤 했다.

어느 날, 계산리 계동 마을에서 보투 작전을 수행하던 중, 한 마리의 황소가 눈에 띄었다.

"워메! 대장님, 저것 좀 보시게라. 황소가 한 마리 있는대라!"

누군가 예상치 못한 기습보투에 미처 황소를 감춰두지 못한 것 같았다. 멀리 숨어서 이를 바라보던 황소 주인이 순간 당황하여 어찌할 바를 모르고 발만 동동 구르고 있었다. 양재열은 즉시 옆에 바짝 붙어 있던 김석준에게 명령을 내렸다.

"석준 동무, 황소 주인을 어서 찾아오게."

"야! 얼릉 찾아보겠습니다."

김석준이 황소 주인을 수소문하며 마을을 분주히 돌아다녔다. 한편, 황소 주인은 황망한 마음으로 멀리서 이 광경을 지켜볼 뿐이었다. 복내의 부농 이대순으로부터 열댓 마지기를 빌어 소작하고 있는 그는 어렵게 돈을 모아 농사를 돕기 위해 황소를 장만한 터였다. 그런데 이제 막 손에 넣은 전 재산과도 같은 황소를 잃을 처지에 놓이자 정신이 혼미해졌다.

'차라리 황소를 사지 말 것을… 아니면 대나무 숲 깊숙이 감춰둘 것을…'

후회가 밀려왔으나, 이미 때는 늦었다. 이 상황에서 후회란 죽은 자식 불알 만지는 격이었다. 결국 그는 체념한 듯 마지못해 앞으로 나섰다. 그의 얼굴은 마치 뒷산의 고구마밭처럼 황톳빛으로 물들어 있었다.

"주인 양반, 이 황소를 살 때 얼마를 주었는가?"

양재열이 차분히 물었다. 그러나 황소 주인은 분노를 삼키며 퉁명스럽게 대답했다.

"아따, 그냥 빼앗아 갈 거시면 가져가시오. 괜히 남의 맴 아프게 값은 왜 묻소?"

그의 목소리에는 울화와 체념이 뒤섞여 있었다. 황소 주인은 쓸쓸한 표정으로 고개를 떨구었다. 그는 알면서도 인정하고 싶지 않았다. 전 재산과 같은 황소를 잃는다는 사실이, 어떤 이유에서든 가슴 저미게 아팠기 때문이다. 그러자 양재열이 미소를 머금으며 대답했다.

"우리가 황소를 가져가겠다고 주인을 부른 것이니, 당사자 마음이사 어찌 괴롭지 않겠소? 하지만, 우리는 값에 맞게 지불하고 가져갈 것이오."

주인은 오히려 자신을 위로하면서 황소값을 지불하겠다는 산사람 대장 말에 자신의 귀를 의심했다.

"동무! 이 황소는 우리가 필요해서 가져가긴 가져가겠는디, 꼭 필요해서 가져가는 겡께. 값은 폴 때보다(살 때보다) 두 배는 더 쳐서 드리겠소."

황소 주인은 마다할 이유가 없었다. 애초에 빼앗길 줄만 알고 완전히 자포자기했던 황소가, 예상치 못하게 두 배의 값을 받고 팔리게 되었으니, 이보다 더 큰 횡재가 어디 있으랴. 당장이라도 덩실덩실 춤을 추고 싶을 정도였다.

"그런데, 대장님. 지가 궁금해서 그러는디요. 한 가지 물어봐도 되겠습니까?"

황소 주인이 입가에 웃음을 가득 머금고 양재열을 바라보며 물었.

"그러시오. 무엇이 그리 궁금한 것이오?"

"그 정도의 갑사치믄, 겨울을 날 충분한 한 달 치 양식을 마련할 수 있는 액수인디, 어째서 굳이 황소를 사 가신다요? 겨울에 산속에서 농사를 지으실 계획이라도 있으신게라?"

그러자 양재열이 호탕하게 웃으며 온화한 얼굴로 대답했다.

"아니오. 농사를 지으려는 것이 아니오. 고구마를 먹으면 한 끼를 버틸 수 있고, 보리밥을 먹으면 세 끼를 이어갈 수 있으며, 쌀밥을 먹으면 사흘을 지낼 수도 있소. 하지만 쇠고기를 먹으면 일주일도 거뜬히 버틸 수 있고, 무엇보다 몸을 따뜻하게 유지하며 겨울을 날 수 있소. 작전 중에는 쇠고기만큼 든든한 것이 없소이다."

황소 주인이 두 눈을 깜빡이며 고개를 끄덕였다.

"아~ 그라고만이라."

길을 따라 아지트로 올라가면서 황소의 고삐를 쥔 김석준이 양 볼을 불룩하게 내민 채 불만스러운 표정으로 물었다.

"대장님, 워째 미쳐불지 않은 이상, 황소를 그냥 빼앗아 오는 것도 아니고, 시상에 워째서 두 배나 되는 값을 치르고 사 오신다요?"

양재열이 미소를 머금으며 차분히 대답했다.

"그것 또한 혁명을 위한 대민 작전 중 하나이오. 생각해 보시오. 우리가 늘 돈 한 푼 주지 않고 물건을 빼앗아 가기만 한다면, 그 누가 우리를 반기고 응원하겠소?"

김석준이 양재열 지대장의 말을 곰곰이 되새겼지만, 선뜻 이해하기 어려운 표정을 지었다. 혁명의 길이 단순한 강탈이 아닌, 민심을 얻기 위한 전략이 포함된 것임을 깨닫기까지는 아직 시간이 더 필요했다.

양곡도 마찬가지였다. 양재열은 양식을 조달할 때 언제 어디서 누구를 만나든지 간에, 늘 최대한의 예의를 갖추었으며, 존중하는 태도를 잃지 않았다. 그는 결코 막무가내로 행동하지 않았고, 양식을 가져가더라도 가능하면 그들이 원하는 만큼의 보상을 해주었다. 이러한 태도 덕분에 그의 부대가 나타날 때면, 오히려 마을 사람들이 먼저 양식을 마련해 두고 그를 기다리곤 했다. 토벌대가 빨치산에게 협조하면 가차 없이 처벌하겠다고 협박을 해도, 복내 마을 사람들은 양재열이 오면 보이지 않게 협조적이었다.

그러나 이대순 부자가 보태어준 자금도 한없이 샘솟을 수는 없었다. 마치 마을의 큰 샘에서 끊임없이 솟아나는 듯하던 지원금도 결국 한계가 있었고, 어느덧 자금은 바닥을 드러내기 시작했다.

그로부터 얼마 후, 그는 입산한 지 불과 여섯 달 만에 모호산(慕湖山) 방면에서 지원 작전을 수행하던 중 '모호산 토벌작전'을 전개한 토벌대의 손에 붙잡히고 말았다.

그가 보성경찰서 유치장에 갇혔을 때, 복내의 모든 마을 주민들이 단체로 몰려와 탄원서를 제출하며 경찰서장 면담을 요청했다. 그들은 한목소리로 그의 석방을 간청했다. 몰려든 인파가 얼마나 많았던지, 복내에는 장이 설 만큼 북적였다고 한다.

이러한 주민들의 열렬한 지지 덕분이었는지, 아니면 양재열을 친아들처럼 아끼던 복내의 만석군 거부 이대순이 거액을 쾌척한 덕분이었는지, 결국 그는 복내 담당 구역인 장흥 법원으로 이송되었다가 사흘 만에 석방되었다. 나아가, 훗날에는 학교에도 복귀할 수 있었다. 그의 삶은 혁명가의 길을 걸었지만, 그의 방식은 강압적이지 않았다. 그는 민심을 얻는 법을 알고 있었고, 그래서 그를 지지하는 사람들이 끊이지 않았던 것이다.

반면, 이양 쪽 12지대 빨치산들은 송정리 기운동에 사는 황 부자의 집을 하루가 멀다 하고 드나들며, 그의 재산을 마치 곶감 빼먹듯 빼앗아 가고 있었다. 전날 밤에도 황 부자의 집은 무사하지 못했다. 산사람들이 한두 번 드나드는 것이 아니라, 그의 재산이 끊임없이 수탈당한다는 소문은 이미 마을 내에 퍼져 있었다. 결국, 참다못한 황 부자가 직접 이양지서를 찾아갔다.

"박 순경! 도림역에 있는 파견 지서를 머시냐 고~ 아래짝에 있는 도림봉으로 옮겨주시오. 그 모든 이전 비용은 내가 감당하겠소. 나가 도저히 더 이상은 견딜 수가 없소이다!"

이양지서의 책임자인 박 순경은 황 부자의 간절한 요청을 신중히 들어

주었다. 이양지서는 본래 도림역 인근에 작은 파견지서를 두고 있었으나, 최근 춘양역 인근 용두리에서 발생한 경전선 선로 파괴 사건으로 인해 수많은 사상자가 발생하면서, 선로와 통신선을 보호하는 것이 급선무가 되었다. 더욱이, 그들은 방어에 유리한 지형이 필요했던 터였다.

도림봉(道林峰)은 도림역에서 읍내 방향으로 400여 미터 아랫녘에 자리한, 마치 당나귀 귀처럼 볼록 솟아오른 작은 봉우리였다. 이곳에서는 도림역이 한눈에 내려다보였고, 황 부자의 저택도 도림천 건너편에 있어 방어에 용이한 천혜의 요새였다. 이양지서는 마침 방어에 적합한 지점을 물색하던 중이었기에, 결국 화순경찰서는 도림역 파견지서를 도림봉으로 이전하는 것을 승인해 주었다. 황 부자는 지척에 경찰 병력이 배치된다는 사실에 이제야 한시름을 놓았다. 그날부터 도림봉 정상에는 인근 매정리, 계방리, 초방리, 송정리 어느 마을에서나 볼 수 있는 태극기가 휘날렸다. 이는 경찰과 빨치산이 아침저녁으로 통제권을 다투는 이양에서는 중요한 의미를 갖는 것이었다.

그러나 그러한 방어 조치도 오래지 않아 무의미해지고 말았다. 산사람들에게 황 부자는 여전히 중요한 재원이었고, 어둠이 내리면 그들은 여전히 개의치 않고 그의 집을 찾아갔다. 도림봉 파견지서 병력들은 황 부잣집에서 비명 소리가 크게 들려와도 출동할 수가 없었다. 비록 가까운 거리일지언정, 그들 사이에는 도림천이 가로놓여 있었고 어두운 밤중에 무모하게 나섰다가는 매복이나 협공에 전멸할 위험이 내재되어 있었기 때문이었다. 병사들은 조용히 긴장을 삼킨 채, 새벽이 오기만을 기다릴 수밖에 없었다.

어느 날 밤, 또다시 산사람들이 황 부자의 집을 습격했다. 참다못한 황 부자가 마당으로 뛰쳐나와 분노에 찬 목소리로 외쳤다.

"여보시오! 이번에는 소까지 끌고 가겠다는 거요? 이양지서가 바로 코

앞까지 옮겨왔는데도 두렵지 않단 말이오? 도대체 이 수탈의 끝은 어디란 말이오?"

그러나 그의 절규에도 불구하고, 빨치산 대원들은 태연하게 웃으며 소를 몰고 나가려 했다. 그중 한 대원이 비웃듯 미소를 지으며 말했다.

"악덕 반동 지주, 황 부자! 당신 같은 부르주아는 우덜 인민의 철천지 원수요. 우덜이 소를 갱겨가는 것이 정이 싫다믄, 당신의 대굿박을 가져가야긋소. 애당초 이 자리에서 처단혀야 마땅허지만, 다행히도 위원장 동지의 특별 지시가 있어 살려주는 것잉께, 감사하게 여기시오. 그라고 이 집도 본시 우덜 대장님의 집이었다든디, 자, 으떻게 하시겄소?"

그때 뒤에서 벌벌 떨고 있던 황 부자의 아내가 간절한 목소리로 애원했다.

"지태 아부지… 목심이 중허지, 소가 중허겄소? 소는 냔중에 다시 사믄 된께. 지발 모두 다 내어주시오. 야~?"

황 부자는 더 이상 아무 말도 할 수 없었다. 터져 나올 듯한 한숨이 그의 입술 끝에서 새어 나왔다. 무거운 발걸음을 옮기며 집 안으로 돌아서며, 그는 중얼거렸다.

"엠병할 문둥이 같은 놈들… 저것들은 폭도 잡것들이여. 호랭이는 도대체 저것들을 왜 잡아가지 않는지 모르겠구먼…."

산사람들은 아랑곳하지 않고, 소를 몰고 어둠 속으로 사라졌다. 그날 밤, 도림봉 위, 파견지서의 병사들은 황 부잣집 쪽에서 들려오는 소리에 잔뜩 긴장했지만, 도림천을 건너야 한다는 장애물 앞에서 어찌할 도리가 없었다. 밤의 어둠이 걷히고 동이 틀 때까지, 그들은 오직 기다릴 수밖에 없었다.

정찬우의 철도

정찬우는 경성에 홀로 남아 새로운 삶을 시작했다. 그는 비록 조선총독부 철도종사원양성소를 졸업하지는 못했지만, 만주에서의 기관수 경력 덕분에 서울철도국의 기관사로 취직할 수 있었다. 안정된 직장과 경력을 갖게 된 정찬우는 철도국 동료의 소개로 서울 아가씨 송수희와 곧 결혼하게 되었다. 서울역 뒤쪽 중림동에 있는 철도국 관사에서 단란하고 행복한 신혼살림을 시작했다. 그러나 그 행복도 오래가지 못했다. 6·25 전쟁이라는 커다란 격랑이 모든 것을 휩쓸고 지나가기 시작한 것이다.

6월 27일 자정이 거의 다 되어서야 집으로 돌아온 정찬우는 아내 송수희를 깨우고 싶지 않았다. 잠깐 잠이 들었는가 싶었는데, 누군가 밖에서 급하게 현관문을 두드리는 소리가 들려왔다.

쿵! 쿵! 쿵!

"정 기관사님이요! 문 좀 열어보시소. 비상입니데이. 비상!"

정찬우가 철도국 당직 사환인 김호성의 다급한 목소리에, 잠에서 깨어났다. 정찬우의 아내 송수희도 놀라서 따라 일어났다. 그녀가 정찬우의 팔을 잡으며 모기같이 작은 목소리로 두려워하며 말했다.

"여보, 누가 문을 두드리는 소리가 나는 것 같아요. 이 새벽에 누굴까요?"

"괜찮소. 내가 나가 보리다."

"누구시오?"

"접니더. 호성입니더. 빨리 문 좀 열어보시소."

정찬우가 잠결에 문을 열어주며 호성이를 집안으로 들였다.

"호성 군, 대체 무슨 일이여?"

"정 기관사님, 비상입니다. 지금 바로 출동해야 합니데이. 매우 중요한 임무가 기다리고 있다고 안 합니꺼. 퍼뜩 가보셔야겠습더."

그렇지 않아도 인민군들이 삼팔선을 넘어와서 전쟁을 일으킨 상황에서 계속 비상 출동하다가 모처럼 관사에 와서 쪽잠을 자고 있었으나 다시 비상 상황에 놓인 것이다.

"시방 몇 시인가?"

잠에서 덜 깬 정찬우가 호성에게 눈을 비비며 물었다.

"새벽 1시입니더."

"그려? 이자 막 집에 돌아온 지 한 시간밖에 안 되는디… 비상은 비상인 게로군. 그나저나 얼릉 가보세."

정찬우는 그가 서둘러 기관사 철도복을 챙겨 입고 허둥지둥 집을 나서며 아내에게 말했다.

"여보, 중요한 임무라는구먼. 내가 좀 늦을 수도 있겠네. 걱정하지 말고 기다리고 있으소."

불안해하는 아내 송수희가 그의 손을 붙잡고 애절하게 말했다.

"여보, 무슨 일이든 몸 조심히 잘 다녀오셔요."

정찬우가 아내의 손을 따뜻하게 감싸 쥐고 고개를 끄덕였다.

"걱정 마소. 내 곧 돌아올 팅께."

정찬우가 김호성을 따라 서울역으로 부랴부랴 달려갔다. 아직 어둠이 짙게 깔린 새벽, 서울역 구내에는 이미 군인들이 어른거리고 있었다. 철도국 사무실엔 이종림 서울철도국장이 나와서 정찬우를 기다리고 있었다.

"정 기관사. 시간이 급박한 비상 상황이네. 원래는 최영철 계장에게 임무가 주어졌네만, 자네가 최종 낙점을 받았으니, 각하와 장관님들을 모시고 갈 특별 열차를 조성해서 모처로 다녀와야 하겠네. 출발 시간은 2시 정각이네."

"네, 알겠습니다. 국장님, 즉시 준비하겠습니다."

특별 열차에는 국무총리 서리 겸 국방장관인 신성모와 최순주 재부장관만 서울에 남아 지키게 하고, 객차 한 칸에는 이승만 대통령 부부와 이시영 부통령 및 국무위원 몇몇이 탑승했다. M1 카빈총과 기관단총으로 무장한 경무대의 경비부대 군인들도 부지런히 대오를 정리하며 줄을 서서 열차에 올라탔다.

기관차는 1946년 미국에서 도입한 유니언 퍼시픽 챌린저 증기기관차로 결정했다. 이는 당시에 가장 강력한 신형 기관차로 최고 시속 120km에 평균 시속 100km 이상으로 달릴 수 있었다. 급하게 기관차 한 대가 이끄는 열차가 연결되자 국장이 정찬우에게 말했다.

"정 기관사! 이 열차의 안전은 오롯이 자네에게 달려있네. 절대로 단 한 번의 작은 실수도 발생해서는 안 되네."

정찬우가 결연한 표정으로 대답했다.

"예, 국장님. 반드시 무사히 임무를 완수하겠습니다."

열차는 아직 동이 트지 않은 새벽어둠 속에서 증기기관차의 시동을 걸었다. 정찬우는 심장이 쿵쾅거리는 것을 느끼며 한순간도 긴장을 풀 수 없었다. 거대한 피스톤이 숨을 몰아쉬듯 움직이자, 철로 위 어둠이 울려퍼졌다. 이승만 대통령을 태운 특별열차는 그렇게 새벽어둠을 뚫고 남쪽으로 달려갔다. 서울역을 출발하여 한강을 건너고 난 후 한 번도 쉬지 않고 대구까지 초급행으로 달려서 내려갔다.

아침 녘에 열차가 대구에 간신히 도착하자마자, 이시영 부통령이 안절부절못하며 이승만 대통령에게 말했다.

"각하! 아무래도 전방에서는 전쟁 중인데, 저희가 수도 서울을 떠나 지나치게 멀리 내려온 것 같습니다. 대전까지만 다시 올라가는 것이 어떻겠습니까? 당분간은 대한민국의 임시수도를 대전으로 정하시는 것이 좋겠습니다. 그리고 어차피 이 열차는 한국은행 수송 건으로 서울로 되돌아가야 합니다."

"아무래도 내도 그렇게 생각하고 있었소이다. 그렇게 하십세다."

아침 해가 밝아 오르자, 이승만 대통령이 이시영 부통령과 국무회의의 제안을 받아들였다. 정찬우는 급하게 물과 석탄을 채우고는 대전을 향해서 다시 열차의 머리 방향을 바꾸어 올라갔다. 그날 저녁 10시 이승만 대통령은 대전에서 녹음한 대국민 담화를, 라디오를 통해 세 번에 걸쳐서 발표하였다.

〈친애하는 국민 여러분, 나는 대한민국의 대통령 이승만이올시다. 조선민주주의 인민공화국의 공산 괴뢰도당이 불법적으로 지난, 6월 25일 새벽에 우리 대한민국을 기습적으로 침공하였습니다. 이들은 국제적인 약속을 저버리고, 무력으로 자유 대한민국을 짓밟으려 하고 있습니다. 우리 정부와 군은 자유와 민주주의를 수호하기 위해 총력을 다하고 있습니다. 대한민국 국군은 용감하게 싸우고 있으며, 우리는 결코 적에게 이 나라를 넘겨줄 수 없습니다. 현재 서울이 적의 위협을 받고 있으나, 우리 국군은 전력을 다하여 방어하고 있습니다. 저 이승만은 국민 여러분과 함께 수도 서울을 굳게 지킬 것입니다. 국민 여러분께서는 동요하지 말고, 정부와 군을 신뢰하며 침착하게 지금 그 자리에서 하시는 일을 그대로 계속하시기를 당부합니다.

또한, 우리는 국제연합(UN)과 우방 국가들에게 지원을 요청하였으며, 그들은 대한민국을 돕기 위해 적극적으로 나서고 있습니다. 미국을 비롯한 여러 자유 국가들이 대한민국의 자유를 지키기 위해 지원을 약속하였습니다.

우리 국민 모두가 한마음으로 단결하여 이 위기를 극복합시다. 우리 군과 정부는 끝까지 싸워 대한민국을 지켜낼 것입니다. 국민 여러분은 안심하시고 맡은 바 위치에서 질서를 유지하여, 정부의 지시에 따라 주시길 바랍니다. 대한민국의 자유와 독립은 결코 포기될 수 없으며, 우리의 수도 서울은 곧 수복될 것입니다. 승리는 반드시 우리의 것입니다.

대한민국 대통령 이승만〉

한편, 서울에서는 대포 소리가 점점 더 가까이 다가오고 있었다. 새색시 송수희는 관사에서 불안한 마음으로 남편 정찬우를 기다렸다. 정찬우는 땀으로 젖은 손수건을 목에 걸고, 다시 북쪽을 향해 증기기관차를 몰았다. 이미 한강 이북은 포연으로 뒤덮였고, 서울은 함락 직전의 혼돈에 빠져 있었다. 그러나 정오가 한참 지나서야 서울역에 돌아온 정찬우는 집으로 돌아가지 못했다.

"미안하네, 정 기관사. 자네가 다시 부산으로 내려가야 하겠네. 아직 더 큰 임무가 남아있다네."

다급히 지시하는 이종림 국장의 목소리가 갈라졌다.

당시 최순주 재부장관은 한국은행의 금괴와 원화를 비롯한 미화와 일화를 부산으로 피난시키기 위해 서울에 남아있었다. 한국은행 총재인 김유택과 의논하여, 28일 새벽에 열차 수송 작전을 시작하기로 하였다.

28일 새벽 1시, 플랫폼의 불빛 몇 가닥만 희미하게 비치는 서울역 한켠엔 미군정청이 남겨주고 간 여러 대의 지에무시(GMC) 군용 트럭과 한국은행 트럭들이 은밀하면서도 분주히 움직이고 있었다. 구내는 석탄 가루와 기름 냄새, 사람들의 숨죽인 소리가 섞여 음산한 공기였다. 한국은행 직원들과 군인들이 여기저기 뛰어다니며, 약 260톤에 달하는 금괴 1,400여 상자와 원화를 비롯하여 미국달러, 일본엔 등 지폐 더미를 부리나케 트럭에 실어 나르고 있었다. 밤은 차츰 옅어지고, 포성은 점점 가까이 다가오고 있었다.

모든 준비가 끝나자, 이종림 국장이 정찬우에게 손짓했다. 정찬우가 레버를 잡아당겼다. 서울 하늘이 인민군의 포탄으로 붉게 물들기 시작할 무렵 열차는 드디어 남쪽을 향해 내달렸다. 기관차가 요란한 기적을 울리며 앞으로 힘차게 나아갔다. 육중한 열차의 바퀴가 철로 위를 구르기 시작하자, 금괴 상자들이 덜컹거리며 정찬우의 심장은 더 크게 뛰었다.

그날 새벽 2시 30분에 한강철교에서 큰 폭발음과 함께 하늘에 화염이 일었다. 10분 후에는 한강 인도교 북쪽 두 번째 아치가 폭파되었다. 그러나 경인선 철교 하행선과 경부선 복선철교 하행선은 실수로 폭파되지 않았다. 28일 오전 6시경 수도 서울이 함락되고, 북한 인민군이 한국은행 본점에 들이닥쳤지만 이미 금괴와 화폐들은 빼돌린 뒤였다. 당시 한국은행에는 아직 유통 전 시험 단계 중인 빨간색 천 원짜리 견본권(見本券) 지폐 십만 장을 보관 중이었다. 아직 법정 통화가 아니었기에 회수해 가지 않았던 것이다. 당시 시중에 유통되고 있던 최고 고액권 화폐는 백 원짜리였기에 그 부작용의 파급 효과는 상당히 크게 작용했다. 1946년 5월에 박헌영의 남조선노동당이 소공동의 정판사(精版社)에서 위조지폐를 발행하였던 전력이 있었기에 이 견본권도 역시 피난시켜야만 했었다. 북한 인민군대가 서울을 접수하자마자 그 천 원권 뭉치를 시중에 유통시켜 버렸다. 이로 인해 시장은 일대 대혼란이 야기되었다. 아직 누구도 본 적 없는 붉은 천 원짜리 지폐가 장터와 거리 곳곳에 넘쳐났다.

"아니, 이게 진짜 돈이여, 가짜 돈이여?"

"빨간 천 원이라니, 난생처음 보는구먼!"

시장 상인들은 혼란에 빠졌고, 화폐 가치는 순식간에 무너졌다. 물건값은 들쭉날쭉했고, 돈도 믿을 수 없는 세상이 되어버렸다.

전쟁은 철도 종사원들에게도 많은 것을 요구했다. 7월 2일, 철도 종사원들의 중요성을 인식한 이승만 대통령은 철도 종사원들의 군 징집을 면제하고 '철도 군무원'으로서 임무를 수행할 수 있게 하였고, 비상근무체제로 전환했다. 정찬우도 군인들 못지않은 책임감으로 많은 임무를 수행했다. 9월이 되자 정찬우는 철도 군무원으로서는 몇 안 되게 인천상륙작전에 참여하게 되었다. 그는 인천에서부터 군 병력과 장비를 실은 열차를 수십 차례 서울로 운반했다. 다행히도 관사에서 기다리던 아내를 무사히 만날 수 있었던 것은 아내가 믿는 하나님 덕분이었다. 밤낮없이 운행을 이어가던 그의 몸은 피로로 지쳐갔지만, 마음속의 사명감과 사랑하는 아내가 그를 버티게 했다.

그러던 어느 날, 정찬우는 평의선을 따라 신의주로 북향하는 군수 열차를 운행하고 있었다. 그날 저녁은 날씨도 맑았고 별과 달은 빛났다. 열차는 평양을 지나 박천읍에 이르렀고, 청천강 철교를 건너던 순간이었다. 그러나 북한 인민군의 매복 폭파조가 은밀히 열차를 기다리고 있다는 사실은 아무도 알지 못했다.

열차가 기적을 울리며 철교 중앙에 진입하였고 잠시 후, 갑작스러운 폭발음이 밤하늘을 찢으며 울려 퍼졌다. 격렬한 충격이 열차를 뒤흔들었고, 쇠붙이들이 비명을 지르듯 뒤엉켰다. 한순간 폭발의 충격으로 열차는 차례로 탈선하였고 철교는 무자비하게 무너져 버렸다. 그리고 정찬우는 정신을 잃고 밖으로 튕겨 나왔다. 다행히도 그가 탄 앞쪽 기관차는 강으로 추락하지 않았다. 주변은 그야말로 아비규환이었다. 피투성이가 된 병사들이 쓰러져 신음하는 가운데, 군인들에 의해 가까스로 구조된 정찬우는 의식이 희미한 채 대전 야전병원으로 긴급 후송되었다. 불행 중 다행으로 그는 기적적으로 목숨을 건졌으나, 심각한 부상을 입어 더 이상 기관사로서의 삶을 지속할 수 없게 되었다.

대전 야전병원에서 어느 정도 몸을 회복한 정찬우가 마침내 고향 이양으로 돌아왔다. 먼저 돌아와 그를 기다리던 아내 송수희가 남편의 모습을 보는 순간, 꾹 눌러 담았던 눈물을 쏟아내며 말했다.

"여보, 정말 고생 많았어요. 이렇게라도 살아 돌아와 줘서… 정말 고마워요."

정찬우가 조용히 미소 지으며 아내를 꼭 끌어안았다.

"수희, 이제사 가족 품으로 돌아왔네 그려. 앞으로는 내가 늘 임자 곁을 지켜줄 테니, 더는 걱정하지 말드라고."

비록 기관사로 사는 삶은 끝났지만, 가족과 함께하는 새로운 삶을 향해 마음을 굳게 다잡았다. 죽음을 넘나들던 전장의 기억은 멀어져 가고, 이제 그의 앞에는 소박하지만 소중한 일상이 다시 펼쳐지고 있었다.

정찬우가 퇴원 후 인사차 서울철도국으로 이종림 국장을 찾아갔다. 이종림 국장은 그를 반갑게 맞으며 손을 내밀었다.

"정 기관사, 건강이 회복되었다니 정말 다행일세. 병원에서 많이 힘들었을 텐데 말이야."

정찬우가 고개를 숙이며 인사했다.

"국장님, 저를 그토록 걱정해 주시고 병문안까지 와주셔서 정말 감사드립니다. 덕분에 이렇게 완전히 회복할 수 있었습니다."

이 국장이 따뜻한 미소를 지으며 정찬우를 바라보았다.

"하지만, 자네가 기관사 일을 계속할 수 없다고 들었네. 기관사는 수백 명의 생명을 책임지는 중요한 직책인지라, 건강이 온전히 따라주지 않으면 어렵지 않겠나?"

정찬우가 잠시 망설이다 고개를 끄덕였다.

"예, 저도 그 점은 잘 알고 있습니다. 그래서 이제는 새롭게 할 수 있는 다른 일을 찾아보려고 합니다."

이 국장이 잠시 생각에 잠기더니 말했다.

"정 기관사, 내가 자네의 성실함을 알고 있지 않나. 철도 군무원으로서 훌륭하게 일했던 경력도 있고 하니, 자네가 원한다면 고향의 작은 역에 역장 자리 정도는 내가 추천해 줄 수 있네. 자네는 충분히 잘할 수 있을걸세."

정찬우가 국장의 제안에 놀라면서도 기쁨이 가득 찬 목소리로 대답했다.

"정말입니까, 국장님? 저 같은 사람을 그렇게까지 도와주신다면, 참말로 백골난망으로 열심히 일하겠습니다."

이 국장이 미소를 지으며 손을 내밀었다.

"그렇다면 그렇게 하시게. 자네라면 그 역할을 훌륭히 해낼 수 있을 거라 믿네."

한 달 후, 정찬우는 이 국장의 추천으로 도림역의 역장으로 취임하게 되었다. 작지만 소중한 역은 고향 사람들에게 없어서는 안 될 중요한 교통의 중심지였다. 정찬우는 그곳에서 새로운 역할을 맡아 최선으로 고향 사람들과 철도를 이어가기로 결심했다. 이종림 국장은 가끔씩 정찬우에게 연락해 그가 잘 지내는지 확인했다.

"정 역장, 도림역에서의 생활은 어떤가?"

"국장님 덕분에 잘 지내고 있습니다. 도림역은 작지만 정이 넘치는 곳입니다. 여기서 고향 사람들과 함께 지내며 많은 것을 배우고 있습니다."

이종림 국장이 흐뭇한 웃음을 지으며 말했다.

"그거면 됐네. 앞으로도 지역 사람들에게 좋은 역장이 되어주게."

산속의 전술

정찬두는 어두운 산속에서 대원들을 바라보며 깊은 한숨을 내쉬었다. 양재열과 16지대 대원동지들을 모호산 전투에서 한꺼번에 모두 잃은 후에는 혁명과 무장투쟁에 대한 회의감이 파도처럼 몰려오기 시작했다.

정찬두가 한 손을 주머니에 넣고 천천히 걸음을 옮겼다. 산속의 깊어가는 어둠은 그를 둘러싼 대원들의 얼굴을 더욱 침울하게 만들고 있었다. 그들 모두 피곤함에 지친 모습이었지만, 그들은 정찬두의 명령을 기다리고 있었다. 멀리서 이름 모를 산새 울음소리가 들려왔다.

쪽촉- 쪽촉촉 쪽촉-

오늘따라 산새 소리가 더 슬프게 들려왔다. 마구리 동무가 손으로 가슴을 부여잡으며 말했다.

"워메~ 환장해 불겄네. 저노무 새가 워처코롬 저렇게 슬프게 울어 제낀다요?"

"대장님! 저 새 울음소리는 뭔 새다요?"

정찬두가 고개를 갸우뚱하면서 자신이 없는 말투로 대답하였다.

"저거시 두견새 울음 같은디? 두견새는 고향에 돌아가고 싶어서 저러코롬 간절하게 슬피 운다고 하더라고~."

"아따 저 새가 꼭 내 맴맹크로 애처롭게 쳐 울고 있소잉~."

마구리의 말에 동의하는지 모두들 지그시 눈을 감고 고개를 끄덕였다. 이 모습을 본 정찬두는 분위기를 바꿔야겠다고 생각하고 한마디 하면서 웃었다.

"동무들 혁명 투쟁의 길에서 요러케 감성이 많아서 새 울음소리를 듣고 고향 생각이나 하고 있으면, 혁명정신이 너무 떨어진 거시 아니요? 앞으로 정치학습을 더 많이 해야겠구먼. 마구리 동무! 자아비판 준비하시오."

마구리가 자아비판이라는 소리를 듣고 바짝 긴장하고 정신이 번쩍 들었지만, 정찬두 대장의 웃음기 있는 얼굴을 보고는 다소 안심을 하였다. 정찬두가 그들의 모습을 바라보며 말했다.

"자, 자~ 동무들. 내일부터 전술훈련을 시작하려면 오늘은 일찍 눈을 붙이도록 하시오."

정찬두의 목소리는 부드럽지만 단호했다. 하루 종일 이어진 행군으로 대원들의 어깨와 무릎은 이미 축 늘어져 있었으나, 정찬두의 말 속에는 묘하게 위안이 배어 있었다.

"야~ 대장동지도 수고하셨구만이라."

다음날 행군은 계속되었고, 아침부터 보성 쪽에서 몰려온 먹구름이 골짜기를 덮더니, 갑자기 후드득후드득 비가 내리기 시작했다. 골짜기의 등갈나무잎에 떨어지는 빗방울이 점점 더 두꺼워지기 시작했다. 대원들이 당황스레 얼굴을 들고 하늘을 올려다보았다. 허술한 신발은 순식간에 젖어 발가락 사이로 물이 스며들었고, 젖은 바짓자락은 허벅지에 달라붙었다. 추위가 서서히 뼛속으로 스며드는 듯했다.

"젠장, 속옷까지 다 젖겠구먼."

누군가 투덜거리며 몸을 웅크렸다. 지쳐 있던 눈빛이 불안으로 흔들렸지만, 누구도 감히 크게 불평하지는 않았다.

그때였다. 정찬두의 시야에 멀리 커다란 바위 하나가 눈에 들어왔다. 그는 곧장 손을 내저으며 소리쳤다.

"동무들, 싸게 저리로 가세!"

빗속에서 대원들의 발걸음은 무거웠지만 비바우 아래로 모여드는 순간, 마치 오래된 전설 속 품에 안긴 듯한 안도감이 몰려왔다. 십여 명이 함께 들어가도 남을 듯한 거대한 바위, 세월의 풍상 속에서도 묵묵히 자리를 지켜온 비바우였다. 이 바위가 예로부터 '비바우'로 불린 이유를 이제야 알 것 같았다. 비는 여전히 세차게 내리며 대지를 흠뻑 적셨다.

정찬두는 대원들의 얼굴을 하나하나 훑어보았다. 어떤 이는 젖은 머리칼을 손으로 훑으며 숨을 고르고, 또 어떤 이는 눈을 감은 채 이를 악물고 어깨를 떨고 있었다. 뺨에 빗물이 흘러내리는지, 눈물이 뒤섞인 것인지 알 수 없을 만큼 모두가 지쳐 있었다.

그는 잠시 침묵하다가, 낮게 그러나 또렷하게 말을 꺼냈다.

"동무들, 다 모였소? 이 산중에서는 총을 쥐고 싸우는 것도 중요하지만, 그보다 더 중요한 게 있소. 바로 살아남는 거요. 살아남아야 내일이 있고, 내일이 있어야 다시 싸울 수 있는 법 아니겠소."

대원들 사이에서 낮게 흘러나오는 한숨 소리가 들렸다. 그중에서도 제일 나이가 어린 정수가 눈을 동그랗게 뜨고 정찬두를 바라보았다.

"대장님, 말씸은 좋은디요. 워째 싸움도, 혁명도 끝날 거 같지는 않구만요. 그라고 계속 도망만 다녀야 하는 기분이여서 참말로 맥이 빠집니다잉."

정찬두가 정수를 바라보며 미소를 지었다. 그 마음을 충분히 이해하고 있었다. 그도 처음에는 이런 생활이 답답하고 끝이 없는 전쟁처럼 느껴졌었다.

"정수 동무, 동무 말도 맞소. 근디 말이여, 우덜이 이 싸움에서 이기려면 그냥 총질만 함서 지서를 습격하고 또 도망치는 걸로는 안 된다 말이

산속의 전술

여. 시방부터는 참말로 살아남는 법을 배워야 항께. 이 산이 우덜의 터가 되고, 안방이 되고, 우덜의 무기가 돼야 하는 거시여."

그러자 옆에서 듣고 있던 중년의 김석준 동무가 나섰다.

"대장 동지, 그럼 머슬 하란 거시여요? 그냥 총만 잘 쏘면 되는 거시 아니었당가요?"

막새로 삐져나오는 흰머리가 가렵다며 구시렁대던 그가 귀밑머리를 긁으며 말했다. 정찬두가 이내 고개를 저었다.

"아니제. 그거시 다가 아니제. 산에서는 그냥 총 잘 쏘는 거 갖고는 모자란 거여. 동무들이 한 번 생각해 보시오. 우덜 싸움이 얼마나 오래갈지 모르는디, 묵을 거슨 한정이 되아 있고, 적들은 우릴 찾으려고 골짝마다 구석구석 뒤지고 다니니께. 싸울 줄만 알아서는 될 게 아니란 말이시. 살아남는 법과 움직이는 법을 다 배워야 하는 거시제."

정찬두가 그동안 관동군에서 배운 전술들을 머릿속에서 정리해 나갔다. 그들은 이제 산 전체를 자신들의 거처로 삼아야 하고, 산의 지형을 이용해 적을 물리쳐야 했다. 산을 잘 아는 자가 이기는 법이다.

"첫째로, 산에서 길을 잃지 않는 방법부터 알려줄랑께, 다들 잘 들으소. 낮에는 해와 나무를 보고 방향을 잡는 법을 익혀야 하네. 밤에는 북극성을 보고 방향을 잡는 방법을 익혀야 하고, 또 사계절마다 바람의 방향도 다르니께 그거슬 잘 알아둬야 하겠제."

대원들이 정찬두의 설명을 들으며 고개를 끄덕였다. 산에서의 생존은 총을 잘 쏘는 것만으로 해결되지 않았다. 그들은 매복, 은거, 체류, 생존, 침투, 도피, 탈출, 소통과 이동에 대한 모든 것을 정찬두로부터 배워야 했다. 정찬두가 계속해서 말을 이어갔다.

"우덜이 산에서 살아남으려면 은거할 때 숨는 거시 제일 중요하단 말이시. 숨기 쉽다고 산죽나무 숲에는 절대로 숨지 말드라고. 숨기는 쉽지만 토벌대한티 표적이 되기는 더 쉬운께. 그라믄 땅을 파고 들어가야 하는디 이거슬 비트라고 하는 거시여, 동무들, 지형을 이용혀서 땅굴을 파는 법을 제대로 배워두면 토벌대가 와도 우린 그 자리에서 귀신이 사라지는 것처럼 감쪽같이 땅속으로 숨을 수 있단 말이여."

장돌이 손을 들고 물었다.

"대장님, 그러면 땅은 어떻게 파는 거시 좋겠습니까? 적들이 우리 위로 지나가믄 금세 알아차리지 않겠소?"

정찬두가 나뭇가지로 땅에 그림을 그리며 설명했다.

"그라니께, 땅을 팔 때는 흙을 최대한 깔끔하게 정리해야 혀. 너무 가차이 베리믄 흔적이 남으니께 흙을 되도록이면 멀리 쬐깐씩 흩부려야 하는겨. 흐르는 시냇물에 슬금슬금 풀어서 버리든지, 은근슬쩍 주변 나무나 풀이 있는 곳에 덮어야 혀. 적들이 다니는 길과 가까울수록 더 신중히 해야 허고, 우덜 짝 흔적을 남기면 절대로 안 돼야. 그리고 헐거 비트 위에 덮는 낭구는 반드시 참나무를 잘라서 써야 혀. 그래야 위로 사람이 지나댕겨도 표시도 안 나고 무너지지도 않제잉"

"자 그리고 작전 중에는 절대로 담배를 피우는 대원이 있어서는 안 된다고 수십 번을 말했을 텐디. 저그 마구리 동무 왜 그란지 한번 말해 보소."

"예 대장님. 첫째로는 담배 피울 때 키는 불빛이 십 리를 더 간다고 안혀요. 그리고 둘째는 담배 피우는 냄시도 오리를 간다고 허드만요잉."

마구리는 지난번 전술 학습 때 잘 배웠는지 줄줄 잘도 외우고 있었다.

"암만 그라제~ 마구리 동무. 잘 알고 있네그랴. 그런디 우리는 반대로 그걸로 다가, 적의 동태를 알아차려야 하는 거시여. 특별히 바람이 우리 쪽으로 불어올 때 담배 냄시, 비누 냄시나 치약 냄시가 나면, 토벌대가 가까이 오고 있다는 징후인께 정신 바짝 채리고 바람이 불어오는 쪽을 잘 응시하고, 나한티 언능 알려야 쓰네. 모두들 잘 알 것능가?"

"야~!"

모두들 소곤소곤 그러나 힘차게 대답했다.

"그라고 밥해 묵을 땐, 싸리나무 가지로 불을 때야 혀. 그래야 불 냄시도 안 나고, 연기도 안 낭께."

"대장님, 그 머시냐~ 봄에, 싸리나무에 물기가 올라올 때는 냉갈이 날 턴디요, 그때는 머스로 불을 땐다요?"

마구리는 자신은 잘 알고 있으면서도 다른 동무들이 들으라고 일부러 물어보는 것 같았다.

"하모. 그랄 땐, 마른 소나무 잔가지, 강솔들을 주워다가 불을 때야제. 강솔은 송진 기름이 있으니께, 비가 올 때도 불이 잘 붙는 것인께."

정찬두가 무릎을 꿇고 땅바닥에서 나뭇가지를 다시 집어 들었다.

"또 이거시 중요한 거닝께 잘 들더라구? 낮에도 밤에도, 사계절을 다 통틀어서 말이여, 우덜은 방향을 제대로 알아야 헌다 이 말이시. 겨울엔 해가 짧아지니께 낮에 방향 잡는 게 더 어려워진단 말이여. 근디 밤에 방향을 잃으면 그야말로 산에 갇혀버리는 꼴이 되는 거시여."

그가 나뭇가지로 바닥에 해의 위치를 그리고, 별자리들을 그려나갔다.

"낮에는 해를 보고 또 그림자를 보고, 북쪽을 잡아야겠지. 근디 해가 구름에 가리거나 나무가 빽빽할 때는 나무 이파리의 잎맥을 보드라고. 북쪽은 더 촘촘하고 짧으니께. 그라구 잘린 나무를 보면 나이테가 촘촘한 쪽이 북쪽, 넓은 쪽이 남쪽이니께, 이거 안 외우면 큰일 난다, 알겠능가?"

동무 중 하나인 마구리가 손을 들었다.

"대장님, 그거시야 쬐끔은 알것지만요, 겨울에는 나무에 잎이 없지라?"

정찬두가 그 말을 듣고 고개를 끄덕였다.

"마구리 동무 말이 맞구먼. 겨울엔 나뭇잎이 없응께, 그라믄 눈으로 찾는 방법을 갈쳐줄 텡께 들어보드라고. 눈이 내릴 때는 북쪽 바람이 더 강하게 븐께, 눈이 쌓이는 모양을 보면 북쪽 방향을 대충 짐작할 수 있을거시. 또, 겨울철에 물이 얼어있을 때는 얼음이 두꺼운 쪽이 북쪽일 가능성이 크단 말이여. 그라구 또 봄에는 잔설이 남아있는 언덕 쪽이 북쪽이구 진달래가 많이 피어있는 쪽이 남쪽이여, 알갔제? 여그 계당산도 보드라고 봄이면 증리 쪽 남쪽으로는 진달래가 지천이여. 왼통 빨강 아니드라고?"

대원들 사이에서 술렁거림이 일었다. 이런 세세한 정보는 그들 대부분이 알지 못하던 것들이었다. 정찬두가 이어서 말했다.

"그리고, 이동할 때는 절대 능선 위로 올라가면 안 된다잉. 능선 밑으로, 딱 9부 능선을 이용하는 게 제일 안전한 길이여. 거기로 다녀야 우리가 적의 눈에 띄지 않고, 빠르게 움직일 수 있는 거여. 특히 시야가 열려있는 겨울에는 더 그렇께."

그때, 뒤에 있던 길순이 목소리를 냈다.

"대장님, 왜 9부 능선이 좋은 게라?"

정찬두가 그녀를 보며 대답했다.

"능선 위는 탁 트여서 적의 표적이 되기 쉽고, 아래짝으로 가믄 지형상 우리가 불리해진께. 9부 능선은 가장 안전한 윗선이여. 여그선 우덜이 계곡 안으로 빠르게 숨어들 수도 있고, 능선을 넘어 빠르게 도피할 수도 있제. 그라고 깊은 산속에서 9부 능선에 머물면 우덜은 적을 다 볼 수 있지만, 적은 우리를 볼 수 없응께. 우덜이 절대적으로다가 유리하고 안전하제."

이번에는 김석준이 눈을 크게 뜨며 물었다.

"그라믄 우덜이 워딜 이동할 때마다 꼭 9부 능선만 따라댕겨야 한단 말이여라?"

"아니제. 그거슨 산을 넘어갈 때 야그고, 산을 길게 올라가고, 내려갈 때는 계곡을 따라 올라가야 빠르고 쉽게 산을 타제. 그라믄, 이번엔 묵는 거 얘기할 팅께 잘 들으소잉."

정찬두의 산중 전술 강의가 농익어 가고, 밤이 깊어지면서 졸음에 고개를 연신 고갯방아를 찧던 장돌 대원이 갑자기 눈을 크게 뜨면서 눈동자를 되록되록 굴리며 한마디 거들었다.

"대장님 지는 묵는 거 야그하는 거시 젤로 좋아라우."

장돌 대원이 벌써 배가 고픈지 입을 헤 벌리면서 말하자 모두 눈치를 주면서도 좋아했다.

"거시기, 깨구락지는 통째로 씹어 묵어도 되는디, 무당개구리는 독이 쫴까 있응께 되도록이면 묵지 말고잉."

마구리가 갑자기 손을 들고 물었다.

"근디 대장님! 지는 무당개구리 묵고 배 아픈 적이 한 번두 없었는디요? 그라고 지년 보통 깨구락지는 미끌미끌혀서 좀 그라고요잉, 차라리 오도독 터지는 무당깨구락지가 톡 쏘는 맛이 더 조튼디요."

"음마 마구리 동무! 동무 배는 강단해서 도야지 똥을 묵어도 암시랑 않제잉~ 징혀."

장돌이 마구리를 바라보며 마구리의 순진한 질문에 피식 웃더니 곧바로 농담을 던졌다.

"그거슨 동무도 마찬가지 아녀?"

그 말에 모두들 한바탕 웃음이 터졌다. 마구리가 조금 당황한 표정으로 웃음을 참아보려 했지만, 이내 그도 따라 웃었다. 모두들 키득키득 따라서 웃기 시작하더니 정찬두가 함께 웃으니, 배를 잡고 따라 웃었다. 산속에서 정말 오랜만에 마음껏 웃어보는 것 같았다. 산속에서 조용히 지내다 보니, 이렇게 모두가 함께 웃는 순간이 더없이 소중하고 그리웠던 것이다.

정찬두는 속으로 생각했다.

'이렇게라도 웃지 않으면 차라리 슬플 것 같구나…'

웃음이 잦아들 무렵, 정찬두가 다시 진지한 표정으로 이야기를 이어갔다.

"그라고, 개골창에 가재하고 봄에 따는 고사리는 되도록이면 익혀서 묵드라고, 생으로 묵다가는 배탈 나기 쉽당께. 그리고 큰 바위로 바위를 내려쳐서 떠들어 보면 아래짝에 물괴기가 기절해 있을 텐께, 또 허연 때죽나무 액을 물에 뿌리면 물괴기들이 기절해 있을 팅께, 그거 건져서 묵으면 될 것이여. 그라고 배암은 대가리를 탁하고 짤라불고 껍질을 거그부터 한번에 팍 벗겨부러야 허는 거시여. 가을 배암은 영양가가 많아서 닭 한 마리보담 좋응께. 보신에는 배암보다 좋은 거시 없제잉~. 암만."

정찬두가 계속해서 숲에서 구할 수 있는 여러 가지 식물과 동물에 대해 설명했다.

"두릅허고 송이허고 돼지감자하고 도토리는 그냥 묵어도 되제. 아카시아꽃, 진달래, 머루와 다래, 두릅과 칡도 그라고… 워낙에 산속에서는 자주 보는 것들이잖여. 근디 싸리버섯, 이거 조심혀야 한당께. 묵으면 즉시로 설사인께. 그거슨 잘 알고 있쟈, 동무들? 그리고 산에는 독버섯도 많응께 잘 모르것으면 마두리 동무에게 항시 물어보드라고."

대원들이 고개를 끄덕이며 정찬두의 말을 받아들였다. 산에서의 생활은 간단하지 않았다. 먹을 것 하나하나가 목숨과 직결될 수 있었고, 무엇을 어떻게 먹느냐에 따라 그날의 운명이 달라지기도 했다. 정찬두가 마지막으로 말했다.

"워쨌두 묵는 것들은 인자 다들 잘 알아들었제? 그러니께 시방부터는 각자들 배운 대로 알아서 잘 묵드라고."

산속의 찬바람이 그들의 얼굴을 스쳐 갔지만, 그날 저녁은 이들의 마음속에 따뜻한 웃음과 전우애가 있었다. 산속에서의 삶이 고되고 외로울지라도, 그들은 이렇게 서로에게서 위로와 웃음을 찾으며 하루하루를 살아가고 있었다. 그런데 그때, 옆에 앉아 있던 조석재가 씁쓸한 표정으로 말했다.

"대장님, 이거 다 배우고 나면 우덜이 이긴다고 그라든디… 우린 언제까지 이렇게 산속에 숨어 살아야 한답니까?"

정찬두가 그 말을 듣고 잠시 눈을 감았다. 그들도 모두 힘들었다는 걸 알고 있었다. 전쟁이 길어지면서 그들 역시 지쳐갔다. 하지만 그는 이 싸움을 포기할 수 없었다. 천천히 눈을 뜬 정찬두가 단호한 목소리로 대답했다.

"조석재 동무, 우덜은 살아남기 위해 싸우고 있는 것이제, 여그서 숨어 사는 게 아니여. 싸워야 우덜이 살아남을 수 있단 말이여. 살아남아야 언젠가 우덜에게도 기회도 올 거시고. 비록 지금은 숨어서 투쟁해야 하지만, 이 전술들로 이겨낼 수 있다면 그땐 우덜이 세상을 바꾸는 날이 올 거시여. 그렇지 않응가?"

대원들이 정찬두의 말에 다시금 결의를 다졌다. 아울러 그동안의 고된 싸움과 끊임없는 도주 속에서 이제는 전투의 방식이 달라져야 한다는 것을 느끼고 있었다. 토벌대나 경찰들이 쫓아오든, 어디에서 새롭게 다가오는 적들이 있든 간에, 살아남기 위해서는 그들의 방식으로 싸우는 것이 아니라 이 산에서 그들만의 방식으로 싸워야 한다고 결심했다.

그들은 정찬두의 전술을 믿었고, 또 서로를 믿었다. 산속에서의 삶이 결코 쉽지는 않았지만 그들은 서로의 생명을 지키기 위해, 그리고 언젠가 올 날을 위해 열심히 훈련했다.

"대장님, 그라믄 말이 나온 김에 내일 때죽나무골에 내려가서 가제도 잡고 멱도 감고 하믄 안 될께라? 오랜만에 영양 보충도 해감서 몸에 때도 벗기고 이거시 바로 일석이조 아닌 게라?"

장돌 동무가 가제를 잡아먹고 싶은 건지, 멱을 감고 싶은 건지 정찬두를 살짝 흘겨보며 입을 다셨다.

"그려! 까짓거 동무들 그렇게 하세. 그렇케 안 하믄 나가 나쁜 사람이 되어뿔제잉."

의외로 정찬두 대장이 흔쾌히 허락했다.

다음 날은 정말 오랜만에 때죽나무골 개울에 나가 가재를 잡으며 멱을 감았다. 몸에서는 까맣게 묵은 때가 실타래처럼 술술 벗겨져 나왔지만, 누구 하나 부끄러워하지 않았다. 전투로 얼룩진 상처들이 그러하듯이, 그들에게는 이마저 당으로부터 받은 훈장처럼 자랑스러운 명예였기 때문이다. 시냇물은 작은 바위를 지나면서 졸졸졸 흐르다 소를 만나고는 다시 '쏴아' 하는 큰 소리를 내면서 흘러내렸다. 정찬두는 '옛날 쌍산의병들도 이 계곡 시냇물에서 멱을 감았겠지'라는 생각을 하며 하늘을 올려보았다.

저녁 무렵에는 잡아 온 다슬기와 가재를 커다란 솥에 넣고 된장을 조금 풀어 푹 삶아 먹었다. 붉게 익은 가재는 껍질째 아작아작 씹어 삼켜버릴 정도로 고소했고, 어느 것 하나도 버릴 것이 없었다. 다슬기를 쪽쪽 빨아먹는 맛 또한 일품이었다. 깊어가는 밤, 산사람들은 그렇게 계당산이 내어준 소박한 별미로 영양을 보충하며 내일의 결전을 준비하고 있었다.

한 달 남짓 이어진 깊은 산중의 전술훈련이 마침내 끝나갈 때쯤, 정찬두의 화순 군당 산하 12지대와 16지대는 인근의 다른 부대들 사이에서도 가장 날렵하게 치고 빠지며 적에게 치명적인 공격을 하고 상대적으로 피해는 덜 입게 되었고, 정찬두의 별명을 붙여 '만주 호랭이 부대'라는 명성을 얻게 되었다.

정찬두가 자신이 가르친 전술을 하나둘씩 몸에 익히며 강인한 전사로 성장하는 대원들의 모습을 바라보며 말없이 흐뭇한 미소를 지었다. 그들은 이제 더 이상 단순히 숨고 도망치는 무리들이 아니었다. 살아남는 법을 터득한 그들에게는 싸울 준비가 완전히 갖춰져 있었다.

그러나, 정찬두의 가슴 한편에서는 여전히 지워지지 않는 복잡한 감정이 소용돌이치고 있었다. 뜻하지 않은 운명에 휘말려 빨치산으로 강제 전

향해야 했던 그의 얼어붙은 마음은, 동무들 앞에서 조국과 민족을 위해 싸우자고 열변을 토했던 그의 행동과는 달리 스스로 진정 무엇을 위해 싸워야 하는지 끊임없이 혼란스러웠다. 이미 자신의 인생이 더 이상 본래의 자리로는 결코 돌아갈 수 없음을 그는 본능적으로 느끼고 있었다. 하지만 이제 그는 더 이상 외롭지 않았다. 생사를 함께할 동지들이 바로 옆에서 그의 곁을 지키고 있었기 때문이다.

아버지와 숨바꼭질

온 세상이 숨을 죽인 듯 고요했다. 풀벌레 소리도, 새소리도 들리지 않았다. 자연마저 깊은 밤의 비밀을 함께 숨겨주는 듯했다. 정숙은 깊게 숨을 들이마셨다가 내뱉었다.

정숙이 작은 포대기에 음식을 단단히 싸 들고 조심스레 발걸음을 옮겼다. 대사반 집 뒤편, 장독대 옆으로 난 작은 싸리문을 살며시 열고 대나무밭 숲길을 따라 어둠 속으로 들어갔다. 정숙은 숨을 죽여 대나무밭으로 들어가며 주위를 살폈다. 대나무들이 바람에 스치는 소리조차 들리지 않는 깊숙한 곳. 그곳엔 아버지가 숨어 지내는 작은 동굴이 대나무 숲으로 둘러싸여 있어 바깥에서는 좀처럼 찾을 수 없는 은신처였다. 어둠 속에서 더욱 예민해진 마음으로 귀를 쫑긋 세우고 주변을 살피고 또 살폈다.

"아부지! 아부지…"

그녀는 동굴 앞에 조심스레 서서 낮은 목소리로 한 번 더 아버지를 불렀다. 잠시, 아주 긴 정적이 흐른 뒤 안쪽에서 익숙한 목소리가 들려왔다.

"아이고~ 우리 정숙이 왔구나. 어여 들어오너라."

등잔불이 흔들리는 희미한 불빛 속에서 아버지가 모습을 드러냈다. 거친 얼굴, 피곤에 젖은 눈빛. 하지만 정숙을 바라보는 시선만큼은 언제나 따뜻했다.

"이거 좀 드셔보셔요. 홍시도 챙겨왔어라."

그녀는 손에 든 음식을 내밀며 아버지의 얼굴을 가만히 살폈다. 바깥세상은 여전히 숨죽인 차가운 밤이었지만, 이 작은 동굴 안에서만큼은 온기가 있었다.

"우리 정숙이가 그사이에 많이 컸구먼. 인자 시집갈 나이가 다 됐지야?"

"…"

정숙이 그 말에 미소를 지었지만, 마음 한편으론 아버지의 고단한 삶이 마음에 걸렸다.

"우리 정숙이는 금메라두 아부지 없이 시집을 가게 되믄, 참말로 좋은 사람 만나서 가야 한다잉?"

아버지는 자신의 미래를 아는 듯 자신을 걱정하고 있었다.

그믐달이 사라지고 밤이 완전히 어둠 속으로 잠기면, 정숙은 아버지가 집으로 몰래 숨어 들어오는 그 순간을 은근히 기다렸다. 아버지는 한 달에 한 번쯤 이렇게 조용히 찾아와 가족의 얼굴을 확인하고 사라지곤 했다. 정숙은 아버지를 위해 따뜻한 보리밥과 짠지, 계절마다 맛볼 수 있는 옥수수, 감자, 고구마, 그리고 추운 겨울이면 꼭 챙기는 홍시를 준비했다. 아버지는 특히 홍시를 무척 좋아하셨다. 정찬두는 전쟁과 산속 생활로 지친 몸을 이끌고 매번 이렇게 찾아와 딸을 보곤 했다. 그는 늘 말없이 그녀의 손을 꼭 잡고 한숨을 내쉬곤 했다. 그 한숨 속에는 피할 수 없는 운명에 대한 체념과 가족을 지켜야 한다는 책임감이 담겨 있었다.

장마가 며칠째 추적추적 이어지던 여름, 증동 마을에 비가 퍼붓고 있었다. 하늘은 땅끝까지 먹구름으로 덮여 있었고, 사람들은 늘 그렇듯이 짙은 어둠 속에서 묵묵히 하루하루를 버티고 있었다.

"아따~, 인자 더는 우덜이 먹을 보리도 없구, 감자도 없는디 우짤라고 그런디야…."

마을 한복판에서 노인 하나가 문 앞을 쓸어가며 투덜거렸다. 그의 말에 다른 이들도 묵묵히 고개를 숙였다. 양식이 부족한 건 어제오늘 일이 아니었다. 그러나 그날은 상황이 심상치 않았다. 오늘도 산속으로부터 스산한 소리가 들려왔다.

"큰일이다. 산사람들이 또 내려온다~."

증동 사람들은 빨치산 그들을 '산사람들'이라고 불렀다. 마을 뒤쪽 어귀에 있던 고흥댁이 급히 내려오면서 소리를 질렀다. 그녀의 얼굴엔 불안과 두려움이 서려 있었다. 빨치산 부대는 마을에서 더 이상 마주하기 싫은 껄끄러운 대상이 된 걸 모두가 알고 있었다.

"동무들 다들 논두렁으로 모이라 했능가 안 했능가?"

마을 구장이 서둘러 사람들을 불러 모았다. 이미 그 말에 군소리 하나 없이 다들 따라나섰다. 그들은 몸에 남은 옷을 꽁꽁 여미며 밖으로 나갔다. 논두렁엔 벌써 빨치산 대원들이 무장을 한 채 서 있었다. 몇 명은 칼과 죽창을 들고, 다른 이들은 소총을 꽉 쥔 채 서성거렸다. 그 눈빛은 굶주린 짐승처럼 날카로웠다.

"우덜 양석이 다 떨어져 부렀소. 긍께 임자들이 숨겨놓은 거 다 아니께 이짝 앞으로 끄집어내 놓으시요!"

빨치산 대원이 앞에 서서 소리쳤다. 그의 얼굴은 몹시 수척해 있었고, 그 목소리는 더 이상 농민들과 함께 투쟁하며 혁명을 이뤄내려는 모습이 아니었다. 그는 더 이상 설득할 생각이 없어 보였다. 주민들은 고개를 떨구며 서로 눈치를 보았다.

"우린 먹을 거시 없어두 맨날 양식을 다 내줬는디, 워떠케 더 내놓으라는 말이다요?"

차씨 노인이 두 손을 벌리며 절망적으로 말했다. 그러나 그의 말에 대원들은 미동도 하지 않았다.

"닥치시오. 만약에 우덜이 직접 찾아서 나오면 경을 칠 것잉께. 그라고 여그 증동 마을에서 어느 잡것이 토벌대랑 내통한다는 정보가 있소. 그것도 어즈께, 마을 사람들 입에서 나온 말인디?"

새로 발령을 받아서 내려온 16지대장 고명식의 눈빛이 마을 사람들을 한 명 한 명 스치듯 지나갔다. 공기가 싸늘하게 얼어붙는 듯했다. 사람들은 서로의 눈을 피하며 움찔거렸다. 그때 한 빨치산 고정 프락치가 무엇인가 찾아냈다는 듯이 쫓아왔다.

"저그 거시기, 저놈이어라! 야~ 이 썩어 디질 늠아! 니가 토벌대한테 밀고했지? 이놈들이 우덜 뒤통수를 치려 했다니께! 이 호랭이가 물어 갈 노무새키."

그의 손가락이 가리킨 쪽엔 젊은 남자 구상천이 어깨를 잔뜩 웅크린 채 서 있었다. 마을에서 젊은 축에 속했던 그는 순간 당황한 표정으로 손사래를 쳤다.

"아니요, 아니여라! 나 그런 짓 안 했어라!"

그러나 그의 말은 누구에게도 들리지 않았다. 새로 임명된 16지대장 고명식이 상천을 향해 천천히 다가갔다. 고명식의 눈이 날카롭게 그를 꿰뚫었다.

"여기서 토벌대 놈들에게 밀고하거나 우리를 배신하는 놈은 다 죽는다, 알제?"

순간, 공포에 휩싸인 마을 사람들은 숨을 죽였다. 아무도 입을 열지 않았다. 마을에 찬 바람이 불었다. 그렇게 구상천이 끌려 나갔고, 논두렁에 폴싹 쓰러졌다. 총성이 울리기 전, 그가 마지막으로 내뱉은 말은 아무도 듣지 못했다. 마을 전체에 충격이 번지며 모두가 침묵 속에서 고개를 숙일 뿐이었다.

　그날 이후로, 마을 사람들은 더 이상 저항하지 않았고 보리쌀 몇 톨이라도 양식을 자진해서 내놓기 시작했다. 빨치산들이 요구하는 것은 무엇이든지 다 들어주었다. 그 잔인한 공포가 그들의 심장을 움켜쥐고 있었기 때문이었다.

　"내일 저녁에 또 올 거싱께, 양석 숨기지 말고 알아서 다 내놓시요잉?"

　그들은 마지막으로 경고를 남기며 산으로 올라갔다. 마을 사람들은 아무 말도 없이 그들이 사라지는 모습을 지켜보았다. 그 와중에 반항했던 몇몇 이들은 산으로 끌려갔다.

　빨치산들이 빠지고 나간 뒤에 밝은 낮이 찾아오면, 이번엔 여지없이 군경연합토벌대가 증리로 쳐들어와서 누가 무엇을 주었는지, 누가 어떤 협조를 하였는지 물으며 주민들을 족치기 시작하였다. 그런데 오늘은 분위기가 평소와는 조금 다르게 토벌대원들도 긴장하고 경직된 모습이 역력했다.

　"구장! 마을에 있는 주민들은 모두 다 마을 앞으로 모이라고 하시오. 특히 젊은 남자들은 한 명도 빠짐없이 집결시키시오. 그리고 전 대원들은 집에 숨어서 나오지 않는 불순분자들을 모두 찾아서 데리고 나와라!"

　대장으로 보이는 이가 구장과 대원들에게 서슬 퍼렇게 명령하였다. 마을에 모든 남자들이 마을 앞쪽에 있는 고흥 양반집 마당 앞으로 모였다. 그런데 이상한 분위기를 감지한 마을 청년들과 남자아이들 몇몇은 나오지 않고 숨어버렸다.

　그중에는 밤실 양반과 서상필이 아들 병옥을 데리고 순례 집으로 찾아와서 숨겨 달라고 애원을 했다. 장흥댁은 잠시 고민했지만, 결국 그들을 받아들이기로 했다.

　"장흥댁, 제발 우리 좀 숨겨주소. 여그서 안 숨겨주면 우덜은 다 죽어부러라~."

"작은 마님! 병옥이하고 지 좀 살려주씨요."

상필이 다급한 마음으로 대나무 숲 어디쯤엔가에 숨을 곳이 있다는 소문이 있는 순례 집으로 뛰어들어 숨을 곳을 간청하고 있었다.

"워메 금메 그람든 나는 인자 어쩌라고 근다요. 워 짜 쓰까나~. 마땅한 곳은 없지만, 대나무 숲에 숨겨 줄 수밖에 없겠구만이라."

장흥댁은 고민 끝에 그들을 정찬두가 숨던 대나무 숲으로 데리고 갔다. 이것은 위험한 선택이었다. 나중에 정찬두가 숨어있을 때 토벌대가 들이닥친다면 은신처는 금세 들통날 것이 뻔했기 때문이다. 하지만 순례에게는 다른 선택이 없었다. 정찬두는 나중에 그들이 자신의 은신처에 숨었었다는 사실을 알게 되었지만, 순례를 다그치지 않았다. 정찬두가 그들에게 생명의 은인이 된 셈이었다.

한편, 어린 정현기는 다음 달이 분만인 만삭의 밤실댁 집 사랑방에 숨게 되었다. 밤실댁이 정현기를 그녀의 치마 밑으로 숨겨주었고, 임석기는 고구마 뒤주 밑에 숨겨주었다. 정현기는 나이가 어렸고 덩치가 작아 쉽게 숨길 수 있었지만, 임석기는 소년이었음에도 그나마 정현기처럼 키가 작아서 간신히 고구마 뒤주 밑에 몸을 숨길 수 있었.

"아짐, 여그서 언제까지 숨어있어야 될랑가요?"

"쉿! 말허지 말고 조금만 더 참어야."

임석기는 차마 눈을 뜰 수가 없었다. 눈을 꼭 감고는 고구마 냄새가 폴폴 나는 어두운 공간에서 숨죽이며 기다렸다. 그들의 숨소리마저 조심스러웠다. 장흥댁은 밖에서 토벌대의 움직임을 예의주시하며 신경을 곤두세웠다. 다행히도 부대원들은 방문만 활짝 열어보고는 만삭인 채 배를 감싸고 있는 밤실댁을 보고는 집 안까지 들어오지는 않고, 잘 구워진 고구마만 몇 개를 챙기고는 지나가 버렸다.

잠시 후, 숨어있다가 붙잡혀 나오고, 도망치다 다시 잡힌 마을 사람 넷

이 논두렁으로 끌려 나왔다. 그들 중에는 이만원도 있었다. 마을 사람들은 두려움에 몸을 떨며 차마 고개를 들지 못했다. 이만원이 저지른 일이라곤 빨치산의 강요에 못 이겨 그들의 짐을 지고 산속으로 부역을 다녀온 것뿐이었다. 그러나 그것이 화근이 될까 두려워 숨어있다 결국 붙잡히고 말았다.

"워메, 워쩐디야… 평호 아부지는 아닌디, 진짜 아닌디…"

임 구장이 안타까움에 입술을 깨물었지만, 자신의 목숨조차 위태로운 상황에서 감히 나설 엄두를 내지 못했다. 가족들 또한 공포에 휩싸여 눈물만 삼킬 뿐 감히 앞으로 나서지 못했다.

"이놈들은 빨치산과 한통속이 틀림없다! 당장 사살하라!"

토벌대는 총알조차 아깝다는 듯, 두 사람을 나란히 세우고 한 번에 두 명씩 머리에 총을 겨눴다.

"탕! 탕!"

총성이 들판 위로 메아리쳤다.

"앞으로 누구든지 빨치산에게 양식을 내어주거나 그들에게 협조하는 자는 모두 빨치산으로 간주하겠다! 이곳에 사는 모든 주민들은 빨치산과 무관하다면, 즉시 쌍봉마을로 내려가라!"

그 순간, 정찬두의 둘째 딸, 어린 정자는 마을 사람들과 함께 논두렁에 서 있다가 그 참혹한 광경을 목격하고 말았다. 공포가 덮쳐왔다. 두 귀를 틀어막고 몸을 떨던 그날의 모습은 팔순이 다된 지금까지도 악몽처럼 되살아나 그녀를 옥죄곤 했다.

밖에서 또다시 총성이 울렸다. 임석기와 정현기가 숨을 죽이며 몸을 더욱 웅크렸다. 두려움에 온몸이 굳어졌다가, 한참이 지나서야 겨우 숨을 돌릴 수 있었다.

"아짐, 다 갔당가요?"

"그런 것 같응께, 이제 나와도 되야."

임석기와 정현기가 밤실댁 치마 밑과 고구마 뒤주에서 조심스럽게 기어 나왔다. 공포에 질린 얼굴로 서로를 바라보며, 그제야 깊이 숨을 들이마실 수 있었다. 그 순간의 두려움은 결코 잊을 수 없는 것이었다. 하지만 그들은 목숨을 건졌다. 토벌대가 휩쓸고 지나간 마을에는 곡소리가 끊이지 않았다.

"아이고, 평호 아부지… 우덜은 이제 어찌 살라고 이렇게 허망하게 가버렸소… 흑, 흑, 흑…."

스물여덟의 청상과부가 된 남원댁이 남편 이만원의 싸늘한 시신을 부여잡고 오열했다. 이제 막 가정을 꾸려 아이 둘을 낳고 행복하게 살아갈 줄만 알았건만, 운명은 너무나 가혹했다. 이만원은 병옥의 외삼촌이자, 딸만 일곱이 있는 집안의 유일한 아들이었다. 그는 이제 겨우 일곱 살인 평호와 세 살배기 재성을 남겨둔 채, 이렇게 허망하게 세상을 떠나고 말았다.

쌍봉사 아래 마을, 사하촌에 살던 그의 아버지는 비보를 듣고 허겁지겁 달려왔다. 하지만 마주한 현실은 그가 감당하기엔 너무나 가혹했다. 아들의 모습은 차마 눈 뜨고는 볼 수가 없었다.

"만원아…!"

그의 처절한 울부짖음이 하늘을 찌를 듯 울려 퍼졌다.

쌍봉사 주지스님

　화순군 이양면과 보성군 복내면을 경계로 함께 아우르는 계당산은 품 아랫자락에 쌍봉사(雙峰寺)를 품고 있다. 신라 시대 창건된 이 사찰은 수많은 세월의 흐름 속에서도 변함없이 그 자리를 지켜왔다. 전라남도 3대 사찰 중 하나로 손꼽히지만, 국보를 간직한 유일한 사찰임에도 불구하고 깊은 산속 오지에 자리하여 널리 알려지지 않았다. 쌍봉사는 신라 말기, 구산선문(九山禪門) 중 사자산문의 기틀을 마련한 철감선사(澈鑑禪師)가 중국에서 귀국하여 이곳에 이르렀을 때, 산수가 빼어나고 풍수지리가 뛰어나다는 이유로 창건한 사찰이다. 그의 법력과 덕망이 널리 알려지자 신라 경문왕이 궁중으로 불러 스승으로 삼았으며, 한편으로는 창건주 철감선사의 도호(道號)가 '쌍봉'이어서 사찰의 명칭이 유래했다고도 전해졌다.

　산등성이를 따라 낮게 드리워진 사찰의 지붕은 고요한 산중 풍경과 어우러져 한 폭의 수려한 동양화를 연상케 했다. 마치 자연이 사찰을 감싸 안은 듯, 혹은 사찰이 자연 속에 녹아든 듯, 쌍봉사는 산과 함께 호흡하며 세월을 견디고 있었다. 국보 제57호로 지정된 화순 쌍봉사의 철감선사 승탑은 팔각원당형(八角圓堂形)으로, 받침대 아랫돌에는 꿈틀거리는 구름 문양 속에서 용이 솟아오르며, 그 위에는 여덟 마리의 사자가 다양한 모습으로 앉아 있다. 멀리서도 그 웅장함이 느껴지지만, 가까이 다가서면 오히려 부드럽고 따뜻한 기운이 감도는 신비로운 분위기를 자아냈다.

쑥고개에 자리한 비자림에서 불어오는 바람은 부드러운 향기를 실어 나르며 속삭이듯 귓가를 스친다. 새벽이면 안개가 산허리를 감싸며 비밀스러운 분위기를 더하고, 계당산 아래 장두골(장수골)과 때죽나무골 계곡을 따라 흐르는 물소리는 마치 산중의 심장을 두드리는 듯, 끊임없이 생명의 리듬을 노래한다. 이 계곡의 물은 쌍봉사 앞을 지나 도림천으로 흘러가며, 지석강을 따라 이양과 춘양, 능주를 거쳐 남평에서 영산강과 합류한다.

쌍봉사 인근 계당산 일대에는 옛날 중국에서 건너온 차(茶) 씨앗이 넘어와 심어졌다고 전해진다. 당시 이곳의 계당산 일대는 기후와 토양이 차나무 재배에 알맞아 차밭이 널리 조성되었다. 오랫동안 사람들의 손길 속에 가꾸어지던 이 차밭은 세월이 흐르면서 관리가 끊기자, 재배종이 스스로 야생화되어 산기슭과 골짜기에 뿌리내렸다. 이로써 계당산 주변은 자연 속에서 스스로 자라난 야생차의 고장이 되었다. 이후, 이양의 차나무는 인근 지역으로 일부 번져나갔고, 특히 해안과 접한 보성 방면으로 옮겨심기면서 더욱 크게 번성하였다. 보성은 해양성 기후와 안개가 잦은 환경 덕분에 차나무 생육에 매우 적합하여, 한국의 대표적인 녹차 산지로 자리 잡게 되었다. 그러므로 쌍봉사와 계당산 일대의 차 씨앗 전래는 보성 녹차의 뿌리의 일부라 할 수 있으며, 이는 중국과 한반도 간의 교류, 그리고 남녘의 자연환경이 함께 빚어낸 귀한 유산이라 할 수 있다.

빨간 고추잠자리가 짝을 지어 날아갔다. 뭉게구름이 앞산 위로 떼를 지어 지나더니 갑자기 소나기가 후드득 쏟아지기 시작했다. 가을비가 대지를 흠뻑 적신 뒤로 계당산은 부쩍 더 추워지기 시작했다. 어느새 겨울이 다가오고 있었다. 아침저녁으로 불어오는 찬 바람에 나뭇잎은 떨어져 쌓이기 시작하였고, 산길에는 이미 낙엽이 밟히기 시작했다. 단풍잎이 지고 잎이 떨어지면, 빨치산에게는 작전하기에 상당히 더 불리해지게 되는 것이다. 계당산 중턱 위에 사는 증동 사람들은 산사람들에게 야금야금 양식을 내어주면서 부족한 양식으로 그들과 공존해서 살아 나갈 방법이 없었다.

빨치산 시대에 증리 마을 사람들의 삶은 한마디로 극심한 고난과 궁핍 그 자체였다. 매일 밤이면 산사람들이 마을로 내려와 진을 치고, 필요한 물자를 닥치는 대로 빼앗아 갔다. 일제시대에는 제사에 쓰는 놋그릇은 물론이고 소나무에서 얻는 솔청까지 빼앗아가긴 했지만, 최소한 기본 생계는 유지할 수 있었다. 그러나 산사람들 치하에서는 그조차도 허락되지 않았다. 그들은 집에서 기르던 소와 돼지, 심지어 닭마저도 남김없이 끌고 갔다. 마을 사람들은 날마다 하나둘씩 빼앗기며 점점 더 깊은 곤궁으로 내몰렸다.

어느새 마을에서는 제사에 필요한 최소한의 보리쌀조차 구하기 어려운 상황에 처했다. 놋그릇 같은 귀중한 물건들은 눈에 띄지 않는 깊숙한 곳에 숨겨두었다가 꼭 필요한 순간에만 꺼내 사용했다. 평소에는 보이지 않던 보리쌀도 제사에는 몇 톨을 어렵게 꺼내 올리고, 마을 사람들끼리 놋그릇을 돌려가며 사용했다. 일제시대에는 일본인들이 놋그릇을 빼앗아 간 것과는 달리 산사람들은 놋그릇을 그냥 두는 경우가 많았는데, 놋그릇이 제사에 꼭 필요하다는 사실을 그들도 알고 있었기 때문이다. 산사람들의 바랑에는 달그락거리는 소리가 나는 놋그릇 대신 절에서 빼앗아 왔거나 나무를 깎아서 만든 조악한 숟가락과 그릇들이 들어있었다. 산사람들은 필요한 물자를 가져가기 위해 어떤 수단도 가리지 않았고, 마을 사람들에게는 남아나는 것이 없을 정도로 모든 것을 쓸어갔다. 증리 마을의 삶은 말 그대로 생존을 위한 끊임없는 싸움이었다.

마을 사람들과 의논 끝에 할 수 없이 마을 구장 임씨가 나섰다. 석기 아버지 임씨는 계당산 의병 항쟁 당시 양회일 장군을 도와 의병 활동을 함께하였던 임노복의 후손이었다.

"증동 사람들아! 우리네 논짝이사 손바닥만 허고, 밭떼기사 마누라 엉덩짝만 헌디 거그서 곡석이 나와봐야 얼마나 나오겠능게라. 그려도 우덜은 소작농은 아닌께, 간신히 아새끼들이랑 입에 풀칠은 하고 살았는디, 산사람덜이 시도 때도 없이 내려와서 곡식을 빼서감스롱 같이 농가묵고 살자고 허는디, 이거시 당췌 말이 되는게라? 시방은 우덜도 살림이 뻔항께 어떻하든 뭔 수를 찾아봐야제 이대로는 더 이상은 안 되겄단 말이지라."

"참말로 못 살겄서라. 징글징글하당께요."

"그라믄, 차라리 증동 마실을 산사람들한티 통채로 내어주고 우리는 마실을 떠나붑시다. 인자, 다가올 긴 겨울을 초근목피로 함께 보낼 수는 없당께요. 그리고 어차피 언젠가는 토벌대도 몰려올 거시고, 그라믄 우리 증동 마실은 저들이 불질러 불고, 우덜은 다 몰살당할 것이구만요. 몰살!"

임 구장이 유난히 '몰살'이라는 단어에 힘을 주면서 강조하였다.

"그렇다고 우덜이 집도 양석도 다 내어주고 내려가믄, 토벌대가 우덜을 그냥 놔둘 것 같겄소?"

"그랑께 시방 우리가 대글빡을 모아서 생각을 해보자는 거시 아녀요?"

"그래야 우리가 살 수가 있당께요. 글잔으믄, 토벌대가 마실에 들이닥쳐서 집이랑도 모두 태워불 것이오. 우리가 마실을 떠남서야, 구지 암것도 없는 마실을 찾아와서 마실을 태우것소?"

"임 구장 말이 맞구먼."

마을 사람들이 여기저기서 맞장구를 쳤다.

"그라지라."

"우리가 쌍봉사로 내려가 있으믄, 토벌대 놈들이 감히 간이 콩알만 해져서 증동으로 올라올 엄두도 못 낼 거시네. 요기~ 증동이 워떤 곳인가? 요새여 요새. 지들이 여그 올라오기만 함서 몰살당할 것을 각오해야 항께…."

"쌍봉 양반! 그라믄, 우덜은 워디로 피난을 가야 할께라? 우덜이 한두 명도 아닌디요."

그러나 임 구장도 마땅한 대안이 있어서 그러한 의견을 내놓은 것은 아니었다. 단 한 가지 방법을 선택할 수밖에 없는 고육지책이었다.

"그라믄 우덜이 쌍봉사로 내려가서 주지 시님을 한번 만나보십시다."

"그랍시다."

마을 사람들이 당장에 쌍봉사로 우르르 몰려 내려와서 주지 스님을 만났다.

"시님! 우덜 마실 사람들이 모두 산사람들을 피해서 여그 쌍봉사로 내려왔으면 하는디, 시님 생각은 어떠하신게라?"

임 구장이 마을 사람들을 대표해서 주지 스님에게 의견을 물었다.

이야기를 듣던 공적 스님은 염불을 외우며, 쉽게 대답하지 못하고 생각이 깊어졌다. 그는 인자한 얼굴에 깡마른 몸을 지닌 노승이었다. 바람이 불면 휘청일 듯한 몸이었으나, 자세는 늘 단정했고, 그의 눈빛에서는 깊은 지혜와 평온한 기운이 깃들어 있었다. 회색 법복은 오래되어 색이 바랬지만, 언제나 단정하게 정돈되어 있었고, 손에 든 염주는 한참을 굴려온 듯 반질반질하게 빛났다.

"마을 사람들 모두를 우리 쌍봉사로 소개(疏開)할 계획이란 말이요?"

"예. 시님. 시방으로서는 그 방법밖에 없겠구만요."

"나무아미타불 관세음보살."

공적 스님은 증동 사람들이 쌍봉사로 자진하여 소개하는 계획을 근본적으로는 찬성했다. 그러나 그 많은 사람들을 어떻게 먹여 살릴 것이며,

토벌대에게 어떻게 의심받지 않게 설명할 것인가를 고심하고 있었다.

"알겠소. 내가 따로 빨치산 대장을 만나보고 답을 드리도록 하겠소."

다음날, 정찬두와 고명식이 쌍봉사 대웅전 앞에서 공적 스님을 만나고 있었다. 정찬두가 조심스럽게 입을 열었다.

"저… 스님. 마을 사람들을 쌍봉사로 소개를 한다 해도 토벌대는 저들을 의심할 겁니다. 토벌대에게 의심을 받지 않으려면, 한 가지 방도밖에 없는데라. 주지 스님께서 희생을 감내하셔야 할 것 같습니다."

공적 주지 스님과 고명식이 토끼 눈처럼 커진 눈을 껌벅거리며 쳐다보고 있었다.

"그것이 시방 먼 소리다요?"

"그라믄 시방, 시님께서 모든 걸 다 뒤집어쓰고 감옥에 들어가시든지, 다치셔야 한다는 말씀인게라?"

깜짝 놀란 고명식의 목소리가 '고것은 절대로 안 되지라' 하는 억양으로 되물었다. 정찬두가 손사래를 치며 설명하였다.

"사실은 가장 좋은 방법이 시님의 손에 살짝 총상을 입으시는 건디… 강요는 아니고라…."

정찬두는 참으로 곤란해서 말을 다 마치지를 못하였다. 그러나 공적 스님은 무슨 뜻인지 알았다는 듯 온화하고 평온한 얼굴로 대답했다.

"내 팔 하나를 기꺼이 내어주고 수십 명의 목숨을 구할 수가 있다면, 내 그라믄사 부처님의 뜻이라믄, 기꺼이 그리하지요. 이것도 깊은 수행과 성찰 중의 하나입니다. 나무 관세음보살!"

그는 말끝마다 불경을 되뇌며, 모든 것을 초연하게 받아들이는 태도를 보였다. 그런 모습에 정찬두는 순간 감탄하지 않을 수 없었다. 스님은 마치 돌부처처럼 자신에게 닥쳐올 고통을 두려워하지 않고, 오히려 그것을 수행으로 받아들이고 있었다.

수행이 깊은 주지 스님은 자신의 육신을 기꺼이 내놓겠다고 웃으며 말하지만, 이 모든 것이 그들이 고민하는 대로 쉽사리 흘러갈지는 의문이었다.

"…."

'부처님의 뜻은 진정 어디에 있을까?'

정찬우의 고민이 깊어졌다.

"나무아미타불 관세음보살."

정찬두는 눈을 감고 합장하는 스님의 모습이 어디선가 본 듯한 석조여래보살 마애불과도 닮았다고 생각하였다. 정찬두는 대웅전 법당과 주지 스님을 향해 각각 합장을 한 뒤, 적당한 거리로 물러나서는 스님의 팔에 권총을 겨누고 방아쇠를 당겼다.

탕—!

"으윽!"

뜨거웠다. 한여름의 불타는 태양이 뜨겁게 살을 뚫고 들어왔다. 총알은 찰나(刹那)보다 짧을 것 같은 순간에 살을 파고 들었지만, 견딜 수 없는 고통은 영겁(永劫)으로 지속될 것 같았다. 총알이 스치며 피가 튀었다. 공적 스님이 급하게 손을 감싸 쥐었지만, 이미 잿빛 승복이 피에 젖었다. 그렇게 증동 마을은 빨치산의 몇 되지 않는 산사람들의 완전한 해방구가 되었다. 토벌대가 중대급 이상 정도라면 쌍봉 마을을 지나 쌍봉사까지는 어떻게 어렵사리 들어올 수 있을지는 몰라도, 증동 마을로 올라가려면 쌍봉사에서 동암을 지나 올라가든지, 서원터로 돌아서 올라가든지 모두 큰 산을 하나 더 넘어야 하는, 위험하고도 험하여 절대로 넘기 힘든 길이다. 증동 마을은 요새 중의 요새였다.

아니나 다를까, 며칠 후 군 토벌대가 세대의 지에무시(GMC) 트럭에 병력을 싣고 갑자기 들이닥쳤다. 트럭에는 운전병 머리 위로는 기관단총도 한 대씩 거치되어 있었다. 매정리에서 연기가 높게 피어올랐고, 뒤이어 쌍봉마을 뒷산에서도 연기가 피어올랐다. 이제는 쌍봉사에서도 연기를 급하게 피워 올렸다.

"대장님, 쌍봉사에서도 연기가 올라갑니다."

그사이 산위 증리 빨치산 대대본부에서는 이를 재빨리 알아차리고 방어 준비에 들어갔다.

"적이닷. 적이 온다."

정찬두가 급하게 양재열을 찾았다.

"양 대장! 복내쪽은 일부 대원만 냄기고, 동암 방향 고지를 사수하시오."

"예, 알겠습니다."

양재열은 대답을 마치기도 전에 이미 육중한 몸을 날리고 있었다.

일제시대에 신작로(新作路)를 쌍봉 마을까지만 건설했기에 지에무시 트럭은 쌍봉 마을까지만 들어올 수 있었다. 이양 사람들은 신작로를 여기까지 만드는 것만 해도 지긋지긋했다. 거의 삼 년을 넘는 동안 날마다 모든 집에서 가구당 한 명씩 울력을 나갔다. 농번기에도 예외는 없었다. 농번기에는 자기 집 농사가 바빠서 강아지도 농사일을 도와야 하는 판에 울력(鬱力)은 어쩔 수 없이 소학교에 다니는 어린아이들이 학교도 빼먹고 나가서 일을 하고는 손도장을 찍고 난 다음에야 집에 올 수가 있었다. 쌍봉 마을에서 쌍봉사까지는 날랜 군인들 행군으로도 삼십 분은 더 걸었다. 정찬두 부대는 도중에 두 군데, 매정과 쌍봉마을에서 총을 쏘면서 그들을 지연시켰어야 했으나 순식간에 일어난 일이라 조치를 취하지 못했고, 그사이 토벌대가 지금까지 가장 많은 병력을 데리고 쌍봉사까지 순식간에 밀고 들어온 것이다. 대신 봉화로 연기를 올려보내서 본부에서는 미리 방어 준비를 할 수 있었다.

이런 일은 처음이었다. 필시 토벌대에 화순 담당 사령관이 새로 내려왔거나, 새로운 병력이 보충되었을 확률이 컸다. 쌍봉사에 있는 모든 사람들이 대웅전 앞마당에 모였다. 그런데 사람들이 의외로 너무나 많았다. 칠십여 명은 족히 넘는 것 같았다. 봉화 연기를 올렸다는 것은 토벌대가 들어오는 것을 빨치산들이 미리 몰랐을 테고 준비 또한 되어 있지 않음을 간파한 것이다. 그런데 쌍봉사에서도 연기가 올라가는 것을 보았기에 분명 쌍봉사도 빨치산들과 연관되어 있을 것이다.

"최대한 빠르게 이동하라!"

쌍봉사에 도착한 군인들이 근처 논두렁에 사주경계를 하며 전방을 향해 재빨리 총을 겨누며 엎드렸다. 전투헬멧을 쓰고 왼손에 지휘봉을 든 토벌대장 김호영 중위가 앞으로 나섰다. 오른손은 여전히 허리춤에 있는 권총 윗머리에 올려놓고 있었다.

"지금 당장 쌍봉사에 있는 모든 사람들을 단 한 명도 빠짐없이 이곳에 모두 모이게 하라!"

"옛! 이곳에 다 모이게 하겠습니다."

김호용 중위가 특무상사에게 명령을 하자 가슴에 갈매기 계급장이 그려진 특무상사는 복창과 경례를 하고 돌아섰다.

"여기 주지가 누군가?"

새로 온 토벌대장 김호용 중위가 대뜸 존댓말도 아니고 주지 스님도 아닌 주지라는 말로 큰 소리를 질렀다. 그는 오면서 이미 세 번의 연기가 솟아오르는 것을 보았고, 긴장한 마음으로 속도를 최대한으로 높여서 들어오면서 이미 신경이 날카로워져 있었던 것이다.

"제가 주지 공적올시다."

공적 스님이 한 걸음 앞으로 나서며 대답했다.

"조금 전에 봉화 연기를 올린 놈이 누구인가? 지금 당장 찾아서 내게 데려오시오."

"봉화를 올린 자가 누구인지는 모르겠지만, 저희 사찰에 있는 사람은 아닙니다. 산으로 진즉에 도망을 갔을 겁니다."

쌍봉사 뒷산에서 봉화를 올린 것은 마구리였다. 그는 봉화 연기가 위로 올라가는 것을 확인하자마자 재빨리 쌍봉사를 우회하여 빠져나와서는 동암 마을 뒤 대나무숲으로 사라져 버렸다.

김호용 중위의 서슬 퍼런 명령에 겁에 질린 공적 스님이 나서서 변명을 하였지만, 김호영 중위를 더욱더 화나게 할 뿐이었다. 이때, 김호영 중위의 눈꼬리가 올라가면서, 주지 스님의 팔에 핏자국 흔적이 있는 무명천으로 상처를 감싼 것이 눈에 띄었다.

"스님, 그 손에 상처는 무엇이오? 그리고 사찰에 왜 이리도 사람들이 많은 것이요?"

"이 사람들은 모두 저 산 위에 있는 증동 마을에 사는 사람들인데, 어제 소개를 해서 내려왔습니다. 그 과정에서 제가 손에 총상을 입었구만요."

"그래요?"

김호용 중위는 이미 작전지도를 보고 왔기에, 이번에는 증동 마을까지 공격할 계획은 처음부터 없었다. '이제 이곳까지는 우리의 작전 지역이다'라는 것을 보여주고 선포하는 일종의 경고인 셈이었다. 그러려면 쌍봉사 주지에게도 경고가 필요해 보였다. 그러나 이미 빨치산과 한패거리일 거라는 의심을 받고 있는 증동 마을을 머지않아 완전히 없애버릴 계획을 세우고 있었던 김호영 중위는 내심 당황하였다.

"소개는 누가 했다는 것이며, 손에 총상은 왜 입게 되었소?"

"여그 증동 마을 주민들이 빨치산에게 양식을 다 빼앗기고 살아갈 방법이 막막해서 제가 이곳으로 데리고 나올려고 했는디, 그놈들이 가로막고 못 가게 하다가 실랑이가 있었지요. 그러다가 대장이라는 자가 내 손에 권총을 쏘았습니다."

"그래요? 그 손에 감싼 천을 한번 풀어보시오. 한번 봅시다. 그리고 왜 못 나가게 막았다는 거지요? 어차피 겨울엔 양식이 부족할 텐데요?"

 김호영 중위가 여전히 의심의 표정을 걷지 않고 있었다. 공적 스님이 손에 상처를 감싼 무명천을 천천히 풀면서 말을 이었다.

 "어차피 그들은 저 중동 마을 사람들을 인질로 삼아 방어 수단으로 삼으려 했을 것이오. 곧 토벌대가 공격해 온다는 소식을 들은 것 같소이다. 그래서 무고한 인명 피해를 막고자 내가 억지로 저들을 데리고 산을 내려온 것입니다."

 "아~ 그렇군요."

 건성으로 대답한 김호영 중위는 별 의심을 하는 것 같지는 않았고, 감싸고 있던 천을 풀어 헤친 공적 스님의 상처를 보고는 얼굴을 잔뜩 찡그렸다. 총에 맞은 상처는 이미 시커멓게 부어오르고 있었고, 그곳에 바른 된장도, 갑오징어 뼛가루도 색깔이 이미 검게 변해 있었다. 그러나 상처는 상처일 뿐, 김호영 중위는 마저 해야 할 일이 남아있었다.

 "나는 오늘 전남지역 계엄사령관 명을 받고 온 중대장으로서, 이곳 쌍봉사를 불태우고 이곳에 있는 모든 사람들을 저 아랫마을 쌍봉 마을로 소개하려고 왔소. 그러나 주지 스님과 마을 사람들이 자진하여 이곳으로 소개하여 내려온 것을 보니, 이곳까지는 소개하지 않아도 될 것 같소. 그러나 일단 명령을 받았으니, 이곳 대웅전을 불태우고 가야겠소이다."

 김호영 중위가 대웅전을 불태우겠다는 의지를 가볍고도 차갑게 내뱉고 있었다.

 "나무아미타불 관세음보살!"

 이에 화들짝 놀란 공적 스님이 염불을 외며, 한 발짝 더 앞으로 나서며 울먹였다.

 "이거 보시오. 대장님. 어째 이라시요. 우리 모두 죽는 꼴을 꼭 보셔야겠소? 이 사찰은 통일신라 시대부터 내려오는 보물이 있는 전통 보물 사찰이요. 어찌 이런 보물 사찰을 태워 없애겠다는 거요? 나중에 당신도 이 책임에 자유롭지는 못할 것이외다. 제발 한 번만 더 재고해 주시오."

"끙! 저도 어쩔 수 없습니다. 허허 이런 낭패가 있나."

김호영 중위도 예상치 못한 난관에 부딪히고 말았다. 불은 태워야겠고, 나중에 자신은 어떠한 결정에도 책임을 지기는 싫었다. 더군다나 자기 손으로 부처님을 모시는 대웅전을 불태운다면, 부처님으로부터 무슨 화를 금방이라도 당할 것 같아서 더욱 두려워졌다.

"그럼, 이렇게 하십시다. 대웅전은 놔두고 요사채(寮舍寨) 하나만 태웁시다. 그러나, 주지 스님이 직접 태워야 합니다."

김호영 중위는 본인의 생각이지만 기가 막힌 고육책이라고 스스로 감탄하고 있었다. 이제 마지막 판단과 결정은 공적 스님에게로 다시 돌아왔다. 그는 쉽게 결정을 내리지 못하고 염불만 외우고 있었다.

"나무아미타불 관세음보살, 나무아미타불 관세음보살…"

"스님. 빨리 결정하시지요."

김호영 중위는 부드럽지만 은근히 재촉하고 있었다. 공적 스님에게는 요사채를 불 지르는 것 외에는 다른 선택이 없었다. 요사채 네 채 모두를 내준다 하여도 대웅전 하나를 지켜야 하는 것이 주지의 책무였다.

"끙~ 알겠습니다. 대장님 말씀에 따르지요."

공적 스님이 어쩔 수 없이 본인의 손으로 요사채에 불을 놓았다. 그의 입에서는 염불이 끊이지 않았다. 이미 해는 중천에 떠올랐지만, 요사채의 불길은 멀리 산 위에 있는 증동 마을에서도 훤히 볼 수 있었다.

"나무 관세음보살!"

정찬두가 산 위에서 불에 타는 쌍봉사를 바라보며 염불을 외웠다. 김호영 중위는 자신들이 적은 인원으로 너무 깊숙이 들어와 있다는 것을 갑자기 느끼기 시작했다. 그는 절에 불이 훨훨 타는 것을 보고는, 빨치산의 반격이 두려웠는지 이내 곧 철수하기로 작정했다.

"자~ 이제 돌아가자."

김호영 중위가 오른손을 들어 지휘봉을 빙글빙글 돌리며 큰 소리로 외쳤다.

"임무 완수 후 전원 복귀하겠음."

칙- 칙- 소리와 함께 무전병이 본대에 부대 복귀 보고를 하였다.

"전원 부대 복귀!"

김호영 중위의 명령이 떨어지기가 무섭게 모든 부대원들이 재빨리 이열종대로 줄을 맞춰 움직이기 시작했다.

"행군 간에 군가 한다. 군가는 '전우여 잘 자라'. 군가 시작 하나둘~ 셋~ 넷."

"전우의 시체를 넘고 넘어 앞으로 앞으로~

낙동강아 흘러가라 우리는 전진한다

원한이야 피에 맺힌 적구(赤狗)를 무찌르고서

꽃잎처럼 떨어져 간 전우야 잘 자라~."

최전선에서부터 유행하기 시작한 이 군가는 어느덧 남녘 땅끝까지 내려왔다. 병사들이 구령에 따라 군가를 부르며 쌍봉 마을을 향하여 이동했다.

옆에서 부들부들 떨며 염불을 외우던 증리 사람들은 토벌대가 멀리 떠나가기도 전에 우르르 사찰 앞에 있는 웅덩이로 몰려가서 물을 퍼 날랐다.

"불을 꺼라. 불을…."

"아~ 물을 빨리 퍼 나르랑께요."

"이짝에도 물을 좀 뿌리시요."

마을 사람들의 수가 많았을 뿐만 아니라, 모두가 한마음으로 혼신을 다하여 물을 퍼 나른 덕분에 다행히 요사채는 반 정도만 탔을 때 꺼졌다. 그래도 이렇게 작은 희생으로 마무리할 수 있었던 것은 증리 사람들과 공적 스님의 용기와 지혜가 있었기에 가능했다.

이 사건을 계기로 정찬두는 대원들을 동원해서 쌍봉 마을로 들어가는 개울에 있는 작은 다리를 작파하였다. 이제부터는 아무리 저 토벌대가 트럭을 타고 질주를 한다 해도 쌍봉 마을까지는 들어오지도 못할뿐더러 그곳으로부터 도보나 구보로 이동을 하여도 삼십 분은 족히 넘게 걸릴 것이다. 지형상 절골 아래 진달래 고개, 멧골 근처에서 적은 숫자의 대원으로도 충분히 저항할 수 있게 되었다. 정찬두는 진작에 이렇게 해놓을 걸 하는 아쉬운 후회를 했다.

그렇게 정찬두는 증동은 물론 쌍봉사까지 해방구(解放區)로 확보하고, 겨울을 편히 보낼 수 있는 월동 준비까지 마쳤다. 그러나 겨울을 나는 동안 그 많은 사람들을 어떻게 먹여 살려야 할지 공적 스님의 상심은 점점 깊어졌다. 공적 스님이 고민 끝에 평소 어려울 때 시주를 많이 해주던 이양 술도가집 문 사장을 찾아 나섰다.

하늘 아래 두 세상

"아재. 이제 그 등잔불 잠 돌려주씨요 야~?"
"하~ 호랭이가 물어갈 노무새끼. 아야! 인자 더 따라오지 말고, 그만 가란 말이여!"

어느 날 빨치산들이 차병준네 집에 들이닥쳐 닥치는 대로 물건들을 쓸어 담기 시작했다. 가진 것이라고 해봐야 변변치 않았지만, 그래도 그들에게는 모든 것이 요긴한 물품이었다. 그러다 마지막으로 손에 집은 것이 하얀 사기로 만든 작은 뚜껑 달린 등잔불이었다. 마침 그날은 그믐날쯤이라 바깥은 칠흑처럼 어두웠고, 등잔불을 밝혀 은신처로 돌아가려는 듯했다.

"아재~. 인자 그 등잔불 잠 돌려주씨요, 예? 우덜도 그거시 없으면 밤에는 깜깜해서 암것도 못 해라."

어린 차병준은 그것만은 빼앗기고 싶지 않아서 그들을 따라나섰다. 차병준이 계속 따라가고 있었고, 빨치산 대원들은 귀찮다는 듯이 발로 차면서 그를 쫓아내었지만, 차병준의 고집도 보통이 아니었다.

"아재. 내가 들음시롱, 아재들은 시방 인민들을 위해서 핵명투쟁을 한다믄서 왜 우덜 물건들을 암시랑도 안케 막 뺏어간당가요? 그래 갓고 제대로 핵맹을 하겠소?"

어른들이 몰래 수군거리던 이야기를 그대로 내뱉은 차병준의 말에 빨치산 대원들의 얼굴이 일그러졌다.

"머시야~ 이 어린 노무새키가 오냐오냐 항께, 뚫린 입이라고 막말을 해부러씨야. 너 이리 와봐라! 이눔."

젊은 행구 동무가 달려들어 어린 차병준의 뺨을 후려쳤다. 얼마나 화가 났는지, 후려지는 손이 번쩍 들리는 순간, 차병준은 힘없이 멀리 나가떨어져 언덕 아래로 데굴데굴 굴러 내려갔다. 그날 밤에 차병준은 등잔불도 돌려받지 못하고 귀싸대기에 번갯불만 맞고 돌아와서는 밤이 늦도록 울면서 잠이 들었다.

"병준이 저노무 자슥. 고집두 보통이 아녀. 그렇게두 따라가지 말라고 말렸는디두, 빨갱이 놈들이 얼마나 무서운 줄도 모르고 쯧쯧쯧."

차병준의 어머니는 그래도 아이가 산으로 끌려가지 않은 것만으로도, 크게 다치지 않은 것만으로도 다행이라 여겼다. 그녀는 밤늦도록 두 손 모아 간절히 기도했다.

이후로 차병준의 왼쪽 귀는 차츰 들리지 않게 되었고, 부아가 날 대로 난 차병준은 행구만 보면, 손으로 감자를 먹이고는 잽싸게 달아나곤 했다. 감자를 받은 행구도 화가 나긴 마찬가지였지만, 어린 꼬마를 향해 총을 겨눌 수도 없는 노릇이었다. 그저 씁쓸한 한숨을 내쉴 뿐이었다.

빨치산의 횡포는 증리가 더하면 더했지 덜하지는 않았다. 그들의 존속에 있어 가장 중요한 것은 무기나 군량이 아니라, 지역 주민들의 지지와 협력이었다. 주민들로부터 정보를 얻고 은신처를 제공받으며, 식량과 인적 자원을 확보해야만 외부의 군사적 지원 없이도 생존을 이어갈 수 있었기 때문이다. 그러나 조선인민유격대는 민심 확보에 실패하면서 스스로 몰락의 길을 걷게 되었다.

빨치산들의 주요 활동 무대였던 태백산맥 인근 지역에서 계급투쟁의 개념은 주민들에게 생소한 것이었다. 이곳 주민들은 대개 빈농이거나 화전민으로, 그들을 가장 힘들게 만든 것은 반동지주나 외세가 아닌 척박한 자연환경이었다. 따라서 이념적 선동은 이들에게 아무런 감동을 주지 못했다. 빨치산들은 민가를 돌아다니며 자신들의 정당성을 알리고 젊은 남성들에게 입산을 권유했지만, 주민들의 반응은 시종일관 냉담했다.

군경의 압박이 거세질수록 빨치산들의 태도도 점차 강경해졌다. 처음에는 스스로 식량을 나눠주던 주민들도 결국은 감당하기 어려운 요구에 등을 돌렸다. 식량 제공을 거부하는 일이 잦아지자, 빨치산들은 강제약탈로 태도를 바꾸었고, 심지어 젊은 장정들을 납치하다시피 끌고 가 입산을 강요하기에 이르렀다. 군경의 추격이 거세질수록 빨치산들은 점점 더 무자비한 수단을 동원했고, 주민들과 마주칠 경우 목격자를 남기지 않기 위해 살인을 서슴지 않았다. 시간이 흐를수록 빨치산에 대한 민심은 완전히 돌아섰다. 특히 전남도당은 잔혹함이 극에 달했다. 군경 포로를 살해하는 것은 물론, 군경의 가족이나 협조한 주민들까지 가차 없이 처단했다. '인민재판'이라는 명목 아래 주민들 앞에서 공개적으로 칼과 죽창으로 난자하는 일이 빈번했으며, 그 대상은 남녀노소를 가리지 않았다. 이러한 잔혹 행위는 주민들에게 극도의 공포와 혐오를 불러일으켰고, 결국 빨치산들은 스스로 민심을 걷어차는 결과를 초래했다.

이러한 상황이 지속되면서 남자들은 강제 입산을 피하기 위해 광주나 화순읍으로 나가는 경우가 많아졌다. 결국 강제 입산의 대상은 여성과 어린아이들에게까지 확대되었고, 빨치산들은 더 이상 선택지가 없어진 듯이 마을 사람들을 무차별적으로 동원하려 했다. 그러나 이러한 강압하는 방식은 오히려 빨치산에 대한 증오를 키웠고, 그들의 몰락을 더욱 앞당기는 계기가 되었다.

이런 상황에서 쌍봉 마을의 양대근은 오히려 여인을 데리고 산으로 들어간 사내였다. 사람들은 그를 양대물이라 불렀는데, 그 이름에는 세간의 수군거림과 호기심이 담겨 있었다. 사람들은 그가 지나가면 눈길을 슬쩍 아래로 내리곤 했다. 누군가는 그의 물건이 범상치 않게 크다고 수군댔고, 또 다른 이는 이름 때문에 자연스레 붙은 별명이라 주장했다. 그러나 무엇보다 그의 거침없는 행실 때문에 그 별명은 더욱 굳어졌다. 가끔 양대근이 나타날 때면, 산자락 너머에서 들려오는 여인의 웃음소리와 속삭임이 바람을 타고 마을에 흘러나왔다. 사람들은 역시 양대근이란 이름값을 한다며 혀를 찼다.

그런 여인네 중에 매정리에, 남편이 경찰에게 살해당한 아낙네 무안댁이 있었다. 과부가 된 무안댁은 세 아이와 시아버지와 함께 어렵게 살아가고 있었다. 어느 날 밤, 양대근이 밤에 시아버지와 아이들도 있는 그 집에 월담을 하여 들어갔다. 조용히 문을 열고 들어가서, 무안댁을 강제로 겁탈하고 말았다. 그녀는 저항과 체념 사이에서 갈등했다. 그 순간 소리를 내어 양대근을 쫓아내야 할지, 아니면 모든 것을 참고 견뎌야 할지는 오롯이 그녀의 선택이었다. 그런데 과부가 된 무안댁은 그나마 남정네의 발정된 뜨거운 몸이 좋았는지 시아버지와 아이들에게 들키고 싶지 않아서였는지, 끝내 단 한 번의 신음 소리도 내지 않은 채 이를 악물었다. 그것이 살아남기 위한 최선이라 믿었을까, 혹은 시아버지와 아이들에게 들키지 않으려는 절박함이었을까. 그녀는 눈을 감고 온몸을 그에게 내맡겼다. 그리고는 침을 꼴딱 삼켰다. 움직이는 그의 손길에 점차 민감하게 반응했다. 들썩이는 그의 어깨에 얼굴을 묻고는 터져 나오는 신음을 참을 수가 없었다. 양대근의 숨결도 차츰 거칠어졌다. 그날 밤을 기점으로 양대근의 발걸음은 더욱 잦아졌고, 또다시 담을 넘고 있었다.

어느 날 밤, 또다시 양대근이 집 안으로 들어온 낌새를 눈치챈 시아버지가 물었다.

"아가, 누가 왔느냐? 왜 집이 이리 어수선하냐?"

무안댁이 숨을 고르며 대답했다.

"아버님, 암것도 아니여라. 그냥 바람 소리가 요란한 것 가튼디요."

하지만 시아버지는 이상한 낌새를 눈치채고, 양대근의 출입을 막기 위해 가시가 많은 탱자나무 가지를 잔뜩 꺾어다가 담장 위와 집 안팎 여기저기에 막아놓기도 하였으나 허사였다. 양대근은 그런 장애물에도 굴하지 않고 계속해서 무안댁을 찾아왔다. 그의 반복되는 방문에 결국 무안댁의 아이들이 참지 못하고 이불과 옷가지를 싸서 엄마를 양대근에게 내보내고야 말았다.

"엄니, 인자 우덜도 참말로 힘들당께요. 차라리 엄니가 그 사람을 따라서 산으로 입산하는 거시 낫지 않겠어라?"

무안댁이 눈물을 삼키며 아이들과 시아버지를 바라보았다. 그렇게 양대근은 그 길로 무안댁을 데리고 입산했다. 산으로 들어간 양대근과 무안댁은 산사람으로서의 새로운 삶을 갖게 되었다. 그들은 부부 빨치산이 되어 계당산에서 활동하며 세월을 보냈다. 그러나 시간이 흘러 빨치산이 토벌되고 난 뒤에도 그들은 증동 마을에 남았다.

양대근은 '무안 양반'으로 변신해 평범한 주민으로 살았다. 마을 사람들은 그를 그저 증동 시골 촌부로 여겼고, 심지어 토벌대조차도 그가 과거 빨치산이었다는 사실을 알아채지 못했다. 그렇게 세월이 흘렀고 전쟁과 고난 속에서도 양대근과 무안댁의 이야기는 마을 사람들 사이에서 조용히 잊혀졌다.

계당산 빨치산의 돈줄이 마르기 시작하자 더 이상 돈을 주고 필요한 여러 물건들을 장터에서 사올 수가 없었던 대원들은 양식 모으기 '보투'에 혈안이 되었다. 복내 쪽으로는 양재열이 수시로 드나들면서 간섭을 해대니 이양면으로 나대기 시작했다. 가까운 증리는 물론이고 쌍봉리, 매정리, 송정리, 초방리, 강성리, 묵곡리, 용반리, 금능리, 심지어는 품평리까지 가지 않는 곳이 없었다. 아예 하루에 한 마을씩 휩쓸고 다녔다. 해가 어스름하게 떨어지는 시간이면 어김없이 나타나서는 옷이며 숟가락, 신발이며 이불까지 심지어는 닭, 돼지, 소까지 끌고 갔다. 아무리 감추어도 소용이 없었다. 땅 밑에 파묻어 놓아도 날카로운 대창으로 탐침봉을 삼아 바닥을 쑤셔서 찾아내었고, 낮이면 산속에서 망원경으로 감추는 것까지 다 봐두었다가 밤에는 귀신같이 찾아서 가져갔다. 나중에는 호박잎과 부뚜막에 감추어둔 식은 보리밥까지 싹 다 쓸어갔다.

어느 날, 정찬우가 송정리 마을 어귀 친구 오영철의 집으로 발걸음을 옮겼다. 집에 들어서자 오영철의 아내 장성댁이 놀란 얼굴로 맞아들였다.
"역장님, 어쩐 일인 게라?"
오영철의 아내 장성댁이 조심스럽게 물었다.
"영철이 있당가요? 요즘 모습이 이상하다길래 한 번 와봤소."
정찬우가 안으로 들어가며 두리번거렸다.
방 안에는 오영철이 누워 있었다. 얼굴에는 멍이 가득했고, 몸 여기저기엔 된장을 바른 무명천이 감겨 있었다. 정찬우는 순간 가슴이 철렁 내려앉았다. 그에게 아무 말도 들은 바 없었기에 오영철이 무슨 일을 겪었는지 궁금증과 걱정이 밀려왔다.
"어이 영철이, 당최 뭔 일이 있었던 거여?"
정찬우가 충격에 떨리는 목소리로 물었다. 오영철은 잔뜩 부어 있는 눈을 겨우 떴다. 고개를 돌리며 애써 웃으려 했지만, 표정은 고통스러워 보였다.
"암시렁 안혀, 찬우…."
오영철이 힘겹게 말을 꺼냈지만, 일부러 정찬우의 눈길을 피하는 듯 보였다.

"이게 괜찮아 보이능가? 대체 어떤 호랭이가 물어갈 노무새키가 자네를 이렇게 만든 거시여?"

정찬우가 다그치자, 옆에서 오영철의 아내 장성댁이 눈물을 흘리며 조용히 말을 이어갔다.

"거시기… 찬우 씨, 사실 며칠 전에 갱찰들이 왔었어라. 며칠 전 냄편이 찬두 형님한티 올벼쌀 한 되를 슬쩍 내민 적이 있었는디요. 그날 밤 산사람덜이 다녀간 걸 신고한 사람이 있었는게비어라. 아 그래서 글씨 냄편을 붙잡아 가서 저 지경을 맹글어 놨당께요."

정찬우는 가슴이 철렁 내려앉았다. 그러고 보니 친구가 큰맘 먹고 형에게 양식을 준 것을 누가 신고한 것이었다.

"워메 어짜쓰까잉~! 결국은 울 성 때문에… 영철이 자네가 이 지경이 된 거시구먼…."

정찬우가 미안한 마음에 어쩔 줄 몰라 하며 고개를 떨구었다. 오영철이 그의 말을 듣고 고개를 흔들었다.

"아녀~ 찬우! 내가 알아서 한 일이여. 그깟 쌀 한 되 준 것 때문에 이렇게 된 건 맞지만, 자네가 미안해할 일은 아니시. 다 같이 힘든 때잉께 나도 할 수 있는 대로 한 것뿐이제."

오영철이 억지로 미소를 지으며 말을 마쳤다. 정찬우는 아무런 말도 하지 못한 채 그저 자리에 앉아 있을 뿐이었다. 그동안 마을에서 들려오던 소문들이 머릿속을 맴돌았다. 서로를 믿지 못하게 만드는 상황, 작은 일로도 신고가 들어가고, 그로 인해 가족과 친구들마저도 위험에 처하는 이 현실이 너무나도 참담했다.

정찬우는 무거운 마음을 안고 집으로 돌아왔다. 아내 서울댁이 안절부절못하며 그를 맞았다.

"여보, 왕기 아버지. 무슨 일이 있었나요? 어째 얼굴이 어두워 보이네요?"

서울댁이 남편의 손을 잡고 다정하게 물었다. 정찬우는 숨을 고르며 그동안 있었던 일과 오영철의 상황을 털어놓았다. 그의 이야기를 들은 남평댁이 이내 눈물을 흘렸다.

"저런 이를 어쩌면 좋아요? 영철 씨도, 그 장성댁도 얼마나 많이 힘들었을까…."

남평댁이 눈물을 닦으며 안쓰럽게 말을 이었다.

"지금은 마을 사람들이 모두 너무 힘들어하고 있어요. 서로들 믿고 의지해야 하는데, 이제는 그것조차 안 되니…."

정찬우가 무겁게 고개를 끄덕였다. 그저 친구 형에게 쌀 한 되를 나눈 것뿐인데, 그 일이 이렇게까지 확대되고, 소중한 친구가 큰 고통을 겪게 될 줄은 아무도 알지 못했다.

그날 밤, 정찬우는 깊은 잠에 들지 못했다. 이제는 부부지간에도 부자지간에도 서로의 속마음을 다 말할 수 없었다. 큰집도 작은집도 서로 사상이 다를 수 있으니 어느 누가 조용히 신고를 하면, 서로가 죽고 죽이는 것이 일상사가 되어버렸다. 서로가 살아 남기 위해서는 가족도 소용없었다. 그놈의 공산당 빨갱이 사상이 뭔지는 몰라도, 이리도 사람들을 쉽게 갈라치기 할 수 있는지 미처 몰랐다.

가슴 아린 일남이 소식

　정찬우가 살고 있는 기운동에서 이양장으로 향하려면 기찻길 철교 아래로 난 신작로를 지나 정미소 앞에서 이양소학교 방향으로 놓인 섶다리를 건너야 했다. 섶다리는 이양 사람들이 일 년에 한 번씩 도림천이 얼어붙는 겨울에 울력으로 다 함께 모여서 보수를 하였다. 이양읍 인근 각 마을에서 집집마다 두 손아귀로 쥘 수 있을 정도의 두께와 다섯 척 정도 길이의 튼튼한 참나무를 여섯 개씩 미리 준비를 해 가야 했다. 그래야 일 년 내내 안전하게 도림천을 건너서 이양 읍내로 다닐 수가 있었다.
　장터는 도림천 둑방 아래로 길게 뻗은 흙길을 따라 형성되어 있었다. 좌우로 늘어선 초라한 천막과 나무로 엮은 허름한 점포들은 오랜 세월 비바람과 함께 세상의 풍상을 견뎌낸 듯 거칠고 낡아 있었다. 그러나 이른 새벽부터 장터에는 활기가 넘쳐흘렀다. 추수도 끝났겠다, 추석 준비도 할 겸 사람들이 장터로 꾸역꾸역 모여들기 시작했다. 일찍부터 자리를 잡은 장돌뱅이들도 오랜만에 큰 대목을 보려 물건을 펼치며 옹기종기 모여 손님들을 기다리고 있었다. 어우렁더우렁 모여든 사람들의 웅성거림과 우시장에서 울리는 소 울음소리가 뒤섞여, 이양장은 살아서 퍼덕퍼덕 튀어 오르는 생선 같이 생동감으로 가득했다.

그런 이양장 사이로 정찬우가 밀짚모자를 깊숙이 눌러쓰고 천천히 발걸음을 옮겼다. 도림역 역장인 그가 장에 드나드는 것이야 흔한 일이었지만, 최근 들어 마을 사람들의 시선이 자신을 집요하게 따라붙는 듯했다. 그럴 수밖에 없었다. 늘 같은 물건을 샀기 때문이다. 미제 지포 라이터, 라이터 돌, 백반, 성냥, 옷가지와 신발 등 산속 사람들에게 전할 물자들이었다.

갓 지은 두부 위로 피어오르는 하얀 김이 아침 햇살 속에 아련하게 흔들렸고, 갓 잡아 온 물고기들은 바구니 속에서 생명을 잃지 않고 펄떡거렸다. 담양에서 온 장돌뱅이는 윤기가 흐르는 대나무 소쿠리를 정성스레 펼쳐 놓았고, 보성 미력에서 온 옹기장수는 크고 작은 옹기 항아리들을 가지런히 진열했다. 어물전에는 비린 생선들이 넘쳐났다. 이양 사람들은 무엇보다도 벌교에서 온 꼬막과 나주에서 올라온 홍어를 무척이나 좋아했다. 아무리 그들네 살림살이가 팍팍하고, 보리쌀 한 되 살 능력이 안 되어도, 제사상이나 잔칫상에는 꼬막과 홍어가 빠지는 법이 없었다. 장터 곳곳에는 먼 지방에서 찾아온 장사꾼들이 형형색색의 천을 늘어뜨리고는 손님을 불렀으며, 특히 고무신 가게에서는 '기차표'와 '말표' 상표의 흰색과 검은색 고무신이 쉴 새 없이 팔려나갔다. 아낙들은 수다스럽게 웃고 떠들며 신발을 고르고 있었다.

정찬우에게 이양 장날 아침은 이제 익숙한 일이었다. 쌍봉 마을 산사람 양씨가 부탁한 물품을 사다 주는 임무가 그의 일상이 되어버렸지만, 한순간 방심하면 어렵게 얻은 도림역장 자리뿐 아니라 목숨까지도 위태로워질 수 있음을 그는 잘 알고 있었다. 주변을 신중하게 살피며 장터 안으로 들어섰다. 장터엔 엿장수의 가위질 소리에 맞춰 아이들이 웃으며 뛰어다니고, 노인들은 막걸리에 벌써 취기가 올라 있었다. 이곳 이양장은 사람들의 소박한 생기로 가득하였다.

건너편에서 동동구루무 장수 문형식이 곁눈질하며 슬그머니 이쪽을 바라보고 있었다. 정찬우가 천천히 다가가 작은 목소리로 물었다.

"백반 좀 있소?"

"요즘 백반값이 솔찬히 올랐는디요? 도림에서도 소식은 들었겄지요? 백반을 폴아서는 도통 이문이 남지 않는당께요."

"알고 있지라. 그래도 조금 깎아주면 고맙겄소."

빨치산 프락치인 문형식이 눈짓하며 백반을 담아 건넸다. 정찬우가 가벼운 감사 인사를 던지고 자연스럽게 옆 가게로 걸음을 향했다. 이제 라이터 돌을 구할 차례였다. 그는 일부러 서너 걸음 떨어진 채 가게 주인을 조용히 불렀다. 주인은 한눈에 그를 알아보고 낮은 목소리로 속삭였다.

"오늘도 거시기 사러 오셨능게라? 근디 많이는 못 드리구요 잉. 쪼께만 드릴께라. 요즘 토벌대가 하도 성가시게 굴어서라."

정찬우가 작게 고개를 끄덕이며 동전 몇 닢을 건넸다. 주인은 서랍을 열어 작은 상자에 든 라이터 돌 몇 개를 건넸다. 그는 재빨리 그것을 주머니에 넣고 발길을 돌렸다. 그 순간, 등 뒤에서 서늘한 시선이 날카롭게 꽂히는 것을 느꼈다. 조금 떨어진 곳에서 토벌대에서 이양 지서로 파견된 병사 하나가 눈을 가늘게 뜨고 총을 둘러멘 채 의심스러운 눈빛으로 그를 지켜보고 있었다. 정찬우가 아무 내색도 하지 않고 천천히 걸음을 옮겨 다음 가게로 향했다. 그는 지난 장날 은밀히 주문해 둔 꼬질대를 찾기 위해 반드시 대장간에 들러야 했다. 최근 총기 손질이 제대로 이루어지지 않아 격발 사고가 빈번히 일어난다며 산사람들이 특별히 부탁한 물건이었다. 하지만 꼬질대의 존재가 발각되는 날엔 모든 것이 끝장날 터였다. 그럼에도 정찬우는 마음을 굳게 다잡고 대장간 문턱을 넘었다. 만일 들통이 나더라도 기차 엔진의 부속을 청소하는 도구라 둘러댈 생각이었다. 그는 심장의 박동을 억누른 채 태연함을 가장하며 발걸음을 이어갔다.

장터는 여전히 떠들썩했지만, 그의 가슴은 쿵쿵 뛰었다. 이제 나머지 물건들을 사서 서둘러 떠나야 했다. 신발과 옷가지를 사고 마지막으로 성냥을 샀다. 물건을 가방에 담고 나서도 바로 떠나지 않고 한참을 서성였다. 조금 전 그 병사가 여전히 자신을 주시하는 것 같았다. 그는 일부러 포목점 앞에서 발길을 멈추고 천을 만지작거렸다. 한동안 천을 고르는 척하며 두리번거렸다. 병사는 어느새 다른 곳으로 시선을 돌렸다. 정찬우는 조용히 안도의 숨을 내쉬었다. 그는 시장을 빠져나와 삽다리를 건너 곧장 마을로 향했다. 하지만 안심하기는 이르다. 이 모든 것이 무사히 전달되어야 했고, 마을 사람들에게도 들키지 않아야 했다. 그가 길을 돌아 마을로 들어서려는 순간, 누군가가 그의 어깨를 툭 쳤다. 정찬우는 흠칫 놀라 돌아봤다.

"쉿! 동상, 날세."

변장을 한 그의 형, 정찬두였다. 긴장감이 다시 온몸을 감쌌다. 이 만남이 결코 좋은 징조가 아닐 수도 있었다.

"워메 성님. 몰라봤구만요. 위험할 틴디 어쩌자고 성님이 직접 여그까지 다 내려오셨다요?"

"주위를 둘러보지 말고, 자연스럽게 같이 걸어가세."

"장에서 뭘 그렇게 조심스럽게 사는가? 요즘 대원들이 부탁하는 게 많아서, 나도 자네가 고생 많다는 거 잘 아네만…"

정찬우가 형의 손짓에 따라 한적한 곳으로 자리를 옮겼다.

"성, 나도 이제 정말 어렵네. 매번 산에서 내려오는 사람들 신바람을 반복하는 것도 성가시고, 마을 사람들도 나를 점점 이상하게 보는 눈치여."

정찬두가 그 말을 들으며 깊이 한숨을 내쉬었다.

"동상. 내가 다 미안하게 됐네. 허지만 자네가 아니면 우리가 어디서 물자를 조달하겠능가? 그리고 자네는 도림역장으로서 확고한 직책이 있으니께, 이곳을 꼭 지키고 있어야 하네."

그러나 정찬우의 마음은 무거웠다. 사람들의 눈초리를 견디는 것도 한계에 다다르고 있었다. 설상가상으로 주민들은 날이 밝으면 더 곤란을 겪었다. 낮에는 토벌대가 찾아와서 누가 왔었느냐 무엇을 주었냐 족치기 일쑤였다. 나중에는 이웃도 형제도 믿을 수가 없었다. 말실수를 해서 신고라도 하게 되면 잡아가서 족치다가 입을 열지 않으면 병신이 되든지 죽여버리는 수도 많았다.

한편, 전쟁 초기 조선인민군 하전사 오창수는 방호산 사단장이 지휘하는 인민군 제6사단에 배속되어 호남 쪽으로 파죽지세로 진격하며 남하하였다. 제6사단은 6·25 전쟁 초기부터 부대 구성원 대부분이 팔로군 출신의 중국 인민군이었던 조선족들로 이루어 졌고, 함경도 출신들이 보충된 인민군 위장 사단이었다. 그후에 그는 담양군 인민위원회에 파견되어 복무하게 되었다. 그러나 그해 9월, 그토록 기세등등했던 인민군의 전세는 완전히 뒤바뀌었다. 유엔군 사령관 맥아더 장군이 유엔군을 이끌고 갑작스럽게 인천에 상륙하여 조선 인민군의 후방을 차단해 버린 것이다. 대부분의 전력을 대전 이남과 낙동강 전투에 집중하였던 인민군은 서울이 함락되고 후방이 끊기자 고립무원이 되었다. 전후 협공을 받은 인민군은 전사자가 수만 명에 육박했고 생존자 중에서도 수만 명이 포로가 되었다. 전세가 급변하자 그의 파견대에도 퇴각 명령이 떨어졌다. 그의 부대는 광주를 거쳐 대전으로 이동할 예정이었다. 그러나 너무 늦게 출발한 그의 파견대가 광주에 도착하기도 전에 그의 상부 부대는 철수한 후였고, 모든 길이 차단된 상태였다.

결국 그의 파견대도 본대와 합류하지 못하고 낯선 산야를 헤매게 되었다. 어렵게 연결된 당에서는 전세가 일시적으로 밀린 것일 뿐, 조선인민군이 곧 다시 남하할 것이니 그때까지 지리산으로 입산하여 남조선 인민유격대에 합류하여 인민해방 투쟁을 가열차게 계속하라는 지령을 받았다. 오창수는 몇몇 남은 패잔병과 함께 지리산 유격대를 찾아 입산하였다. 그러나 시간이 지나면서 전세는 오히려 북쪽으로 밀려났다. 오창수는 계속되는 유격대 투쟁 속에서 고향으로 돌아가지 못할 수도 있다는 두려움을 느끼기 시작했다. 그러나 무엇보다도 그의 마음을 짓누르는 것은, 전쟁이 시작되기 전 월남하여 행방이 끊긴 형, 오창길의 행적이었다. 마음속에는 항상 형 오창길의 행방에 대한 갈증이 자리 잡고 있었다. 화순군 이양면이면 지척이었다. 오창수는 어렵사리 화순 군당을 순시한다는 구실로 상부의 허락으로 형의 항일투쟁 동지였던 정찬우를 찾아 나섰다.

"그래 정찬우 동지를 만나면, 형님의 소식을 들을 수 있을지도 몰라. 어쩌면 형님이 살아 계신다면 내가 꼭 찾아야 해."

그렇게 도착한 곳이 정찬우의 집이었다. 그는 정보에 따라 낮에 숲속에 숨어서 정찬우의 집을 보아두었고 해가 떨어지자마자 단숨에 골목을 지나 사립문에 다다랐다. 마침 툇마루에 나와 앉아 있는 이가 정찬우가 분명해 보였다. 드디어 오랜 세월을 함께했던 형의 동지를 마주하게 되었다. 정찬우는 저녁상을 물러놓고 마루에 나와 붉은 태양이 서산 너머로 넘어가는 모습을 바라보고 있었다. 그는 막 퇴원하여 고향으로 내려왔지만, 아직 부상에서 완전히 회복된 것은 아니었다.

멀리서 개가 짖더니 대문 너머로 날쌘 그림자 하나가 갑자기 들어섰다.

"뉘시오?"

정찬우가 잔뜩 긴장된 마음으로 불쑥 들어선 낯선 이를 살펴보았다. 낡은 인민군복 차림에 피곤이 깃든 얼굴, 그러나 눈빛만은 살아있었다.

"혹시… 정찬우 동지 맞습네까?"

자신의 이름을 알고 있는 사내의 눈빛에서 어딘가 익숙한 모습이 느껴졌다.

"그렇소."

"내는 오창수라고 합네다. 우리 형님께서 정찬우 동지와 함께 만주에서 항일투쟁을 하셨다고 들었습네다. 형님, 오창길의 동생입네다."

정찬우의 눈이 크게 열렸다. 그 이름은 만주의 산과 들판을 함께 헤치며 동지애를 나누었던 친구 오창길의 이름이었다. 정찬우는 오창길이란 이름만으로도 가슴이 갑자기 뜨거워졌다.

"오~, 자네가 정말 오창길이 동생 오창수라구? 어서… 어서 들어오게나!"

그는 주위를 재빨리 둘러보고는, 오창수를 붙들고 안으로 들이며 정답게 어깨를 두드렸다. 방 안으로 들어선 오창수가 조심스레 두리번거리며 자리에 앉았다. 정찬우가 기다란 산죽으로 만든 곰방대에 담뱃잎을 채우고는 오창수에게 권하며 불을 붙여주었다. 거친 나날을 살아온 흔적이 오창수의 얼굴에서 읽혔다.

"그래, 형님은 잘 지내시는가?"

담배연기를 길게 내뱉으며 정찬우가 물었다.

"해방 후에 월남하셨드랬는데, 그만 소식이 끊기게 됐습네다. 혹시라도 찬우 형님은 우리 창길이 형님 소식을 아실까 해서 어렵게 부대장 동지의 허락을 받아 찬우 동지를 찾아왔습네다."

"그러시구먼, 창길이 친구는 아직 연락이 없네만, 내 한번 찾아봄세."

"네, 찬우 형님."

서울댁이 서둘러 부엌에서 밥상을 들고나와 오창수 앞에 정성스레 내려놓았다. 김장 항아리에서 꺼낸 묵은지와 된장에 푹 담갔다가 꺼낸 오이 장아찌도 꺼냈다.

"찬은 없지만서두 한 숟가락 드시지요."

소반 위에는 달랑 묵은지와 짠지를 곁들인 꽁보리밥뿐이었지만, 인심을 넘어 고봉으로 수북이 담겨 있었다. 그녀의 살림살이도 넉넉할 리 없었다. 양식이 바닥을 드러낸 지 오래되었고, 두 아들 왕기와 정기가 헛헛한 배를 부여잡지 않도록 하루하루를 간신히 이어가는 형편이었다. 그럼에도 오늘만큼은 마음을 다해 밥을 지었다. 그 밥그릇에 담긴 것은 궁핍을 무릅쓴 환대, 사라지지 않은 의리, 그리고 먼 세월을 건너 다시 마주한 사람에 대한 깊은 경의가 수북이 쌓여 있었다. 눈앞의 이 사내는 단순한 손님이 아니었다. 오랜 세월 소식 끊겼던 남편의 옛 동지, 그 의리와 사연을 함께 품은 오창길의 친동생인 것이다.

"고맙슴다, 아즈마이."

오창수가 밥을 한 숟가락 크게 떠 넣었다. 순간, 코끝이 찡하며 눈물이 났다. 참으로 얼마나 오랜만에 먹어보는 가정밥이던가? 갑자기 입대할 때 고향의 형수가 싸주었던 주먹밥 한 덩이가 그리워졌다.

"그런데 형님! 우리 창길이 형님은 어쩌면, 찬우 형님을 만나는 걸 피하려고 할 수도 있을 거외다."

"아닐세. 그럴 리가 있겠나? 우리는 만주에서 목숨을 걸고 함께 항일운동을 하던 형제 같은 동지이자 전우였네."

식사를 마친 후, 오창수가 불안한 듯 주뼛주뼛 일어났다.

"찬우 형님, 이젠 다시 부대로 복귀해야 합네다."

그러나 정찬우가 오창수의 손을 꼭 잡으며 간곡히 말했다.

"아닐세, 창수 동상. 이라고 우리 집에 힘들게 왔으니 하루만 더 머물다 가시게. 먼 길을 왔으니 하룻밤이라도 푹 쉬고 떠나는 게 좋지 않겠나."

오창수는 처음에는 사양했지만, 정찬우의 거듭된 권유에 마침내 하루를 묵어가기로 했다.

그날 밤, 정찬우는 오창수의 형, 창길과 함께했던 만주의 산과 들, 항일의 기억을 나누었다. 등잔대 위에 놓인 등잔불의 희미한 불빛이 만주의 기억과 함께 벽을 타고 흔들거리며 타올랐다.

"저~ 그런데… 혹시 김영란 씨 소식은 들어 보셨소와?"

오창수가 서울댁 눈치를 보면서 몹시 곤란해하는 표정을 지으며 물었다.

"김영란 씨? 자네가 영란 씨를 어떻게 아는가? 혹시 영란 씨가 살아있다는 말인 겐가?"

"그러하우다."

김영란이 살아있다는 소식에 너무 놀란 정찬우의 호흡이 가빠졌다.

"그래~? 자네가 직접 만나는 보았는가?"

"예… 어데 만나만 보았갔습네까?"

"그라믄?"

조급해진 정찬우가 아내 송수희의 눈치를 보면서 조심스럽게 계속해서 물었다.

김영란! 그녀를 어떻게 잊을 수 있단 말인가? 정찬우는 아내에게 그녀에 대하여 단 한 번 말한 적이 있었다.

'만주에서 사랑하던 여인이 있었노라고… 그런데, 그녀가 자신을 대신해 목숨을 바쳐 죽었노라고…'

옆에서 잠자코 둘의 대화를 듣고 있던 서울댁 송수희가 눈을 크게 뜨면서 불안한 마음으로 정찬우의 눈치를 살폈다. 오창수도 둘의 눈치를 살피면서 말을 계속해야 하나, 그만두어야 하나 고민하는 기색이 역력했으나, 정찬우가 고개를 끄덕이며 계속하라는 눈길을 주었다.

"우리 창길 형님이 해방 후에 신의주역에서 영란 씨를 만났더랬시요. 영란 씨는 그때까지도 신의주 기차 덩거당에서 찬우 형님을 기다리고 있었드랬디요. 기리니끼니, 창길이 형님은 찬우 형님이래 영란 씨를 신의주역에서 보았다는 말을 듣고는 그 후로 그곳 인근을 계속해서 싸그리 뒤졌답네다. 기런데 사실은, 창길 형님이 처음부터 영란 씨를 많이 좋아했더랬디요. 두

분이 먼저 좋아 지내는 것을 보고는, 차마 표현을 못 하구시리 그냥 지켜만 보고 있었더랍네다. 기래서 영란 씨한테는 끝까지 찬우 형님의 소식은 전해주지 않구서리, 피양에서 그다음 해에 둘이서 결혼을 했더랬시요."

정찬우가 마음이 싸르르 떨리는 것을 느끼며 눈을 감았다.

"그랬군. 그래도 영란 씨가 살아있다니 참으로 다행일세."

그랬다. 신의주에서 평양으로 내려올 때 열차에서 우연히 차창 밖으로 바라보았던, 울고 앉아 있던 그녀가 영란 씨가 맞았다. 그래도 평생 마음 한켠에서 마음의 빚을 지고 살아가야 하는 정찬우로서는 차라리 잘되었다 싶었다. 다른 사람도 아닌 오창길을 만나 결혼을 했다니, 참으로 다행이다 싶었다. 오창길은 듬직하고 참으로 성실한 청년이었다. 그러나 정찬우는 여전히 마음이 복잡했다.

정찬우가 입술을 지그시 깨물었다.

"그런데 형님, 저희 집안이 토지개혁으로 가지고 있던 모든 땅을 인민위원회에 빼앗기게 되었시요. 저희 아바이도 그때 돌아가셨디요. 기래서 낙담한 창길 형님이 갑자기 월남을 했디요. 냔중에 서울에서 자리를 잡게 되믄설랑 형수님을 데리러 온다고 했드랬는데, 그만 전쟁이 나버렸지 뭐야요."

"아! 그랬구만."

서울댁과 오창수가 탄식하는 정찬우를 바라보았다.

오창길은 그렇게 서울로 떠났고, 김영란은 홀로 평양에 남겨졌다고 했다. 정찬우의 머릿속이 복잡해졌다.

'그녀는 여전히 그곳에서 오창길을 기다리고 있을까? 아니, 어쩌면 이미 잊고 새로운 삶을 살고 있을지도 모르겠다.'

"그라믄, 자네 형수는… 지금 어디에 계시는가?"

정찬우가 낮게 읊조렸다. 그의 목소리에는 말로 다 하지 못할 복잡한 감정이 실려 있었다.

오창수가 잠시 머뭇거리더니 조심스레 말했다.

"저희 형수는 시방도 피양에 있다고 했디요. 나중에, 창길이 형님이 떠난 후에도 그곳을 떠나지 않고서리 아이를 혼자 키우며 살고 있다고 들었디요."

"아이라고…?"

정찬우의 심장이 덜컥 내려앉았다.

"예… 창길 형님의 아이 말이우다."

순간, 정찬우는 혹시나… 하는 생각을 하다가 가슴을 쓸어내렸다. 가슴 한켠에 거대한 파도가 밀려왔다 싸하게 휩쓸고 지나갔다.

"그래, 자네 조카아이 이름은 뭐라고 하던가?"

정찬우가 무심코 물었다.

"일남이라 불렀드래요. 형수래 아새끼들을 한 열 명은 낳고 싶다고 말했디요."

머릿속에 번개가 스치고 지나갔다.

'아! 일남이는….'

정찬우는 애써 부인하려 했던 자신의 예감이 적중하는 것 같았다. 그가 김영란과의 사이에 아이가 있다는 사실은 전혀 예상하지 못한 일이었다. 기쁨과 안도감, 그리고 알 수 없는 씁쓸함과 슬픔이 뒤섞여 그를 휘몰아쳤다. 서울댁이 여전히 불안한 얼굴로 정찬우를 바라보았다. 남편 정찬우의 마음속에 여전히 사라지지 않은 불씨가 남아있다는 것을 그녀는 이미 알고 있었다.

서울댁이 그런 그를 바라보며 조용히 말했다.

"그것 참 다행이네요. 그래도 이제는… 다 지나간 일인걸요."

그러나 정찬우는 대답하지 않았다.

"거모사니 뭐시냐… 그때 부대 안에서 총을 맞고 쓰러진 형수님을 의무대로 보내서 살려낸 분이 바로 그 관동군 장교이셨던, 찬우 형님의 형님이었다고 하더웨다. 형수님이 그분에 대하여 수없이 감사하다며 말씀하셨더랬시요."

"아…."

그는 눈을 감고 긴 한숨을 내쉬었다. 차가운 밤바람이 창밖에서 불어왔다. 가슴 한쪽이 싸늘하게 식어가는 것을 느꼈다.

'찬두 성님은 왜 내게 끝까지 말을 하지 않고 함구하셨을까?'

그러나 정찬우는 이내 형님의 깊은 뜻을 느낄 수 있었다. 그리고 가슴 깊은 곳에서 묵직하게 자리 잡고 있는 그 기억은 쉽게 사라지지 않으리라는 것과 어떤 사랑은 기억 속에서만 존재해야 한다는 것을….

정찬우가 조용히 방문을 열고 툇마루로 나와 걸터앉고는 주섬주섬 곰방대에 불을 붙였다. 그리고는 북쪽 산을 바라보았다. 어딘가, 아주 멀리서 희미한 달빛이 김영란과 일남이의 얼굴을 그리면서 그를 비추고 있었다.

이튿날 아침, 오창수는 남들의 눈을 피해서 아직은 컴컴한 이른 새벽에 길을 떠났다.

산사람들

　스스로의 결심으로 입산했든, 타의에 의해 떠밀려 오게 되었든, 혹은 퇴로가 끊겨 어쩔 수 없이 합류를 하였든 간에, 산사람들의 삶이란 그저 하루하루를 버텨내는 연속의 나날일 뿐이었다. 이른바 '트'라고 불리는 그들의 아지트는 사람이 장기적으로 살 수 있는 곳이 아니라 작전 중 임시로 지어진 허술한 움막이나 어두운 토굴집에 불과했다. 바닥은 늘 축축하고 눅눅한 냄새가 진동하는 흙바닥이었으며, 좁고 습한 공간 속에서 웅크린 채 새우잠을 자고 나면 온몸이 견딜 수 없이 가려웠다. 씻거나 옷을 갈아입는 일은 엄두조차 낼 수 없는 형편이었기에, 손가락으로 가려운 곳을 더듬으면 쌀알만 한 이가 두세 마리씩 잡혀 나오곤 했다. 그럴 때면 백반(白礬)을 약간 넣은 물에 옷을 삶아 입으며 견디어냈다.

　백반은 흔히 양잿물이라 불렸는데, 빨치산 부대원들은 여름철엔 하얀 무명옷을 입을 수 없었다. 하얀 옷은 곧 토벌대의 표적이 되기에 풀물을 들인 위장색 옷을 입어야 했던 것이다. 풀물을 들일 때는 매염제 역할을 하는 잿물을 써야 했는데, 잿물이란 볏짚이나 메밀대, 콩깍지, 동백나무 등을 태운 재에 뜨거운 물을 붓고 우려낸 후 여과해 만든 액체였다. 그러나 이 잿물은 오래 보존할 수 없어 그때그때 만들어 써야 하는 번거로움이 있었다. 산속에서 어렵게 잿물을 만들지 못할 때면 손쉽게 비상용으로 쓰였던 것이 백반이었다. 소귀나무나 칡, 참억새 등을 우려낸 물에 옷과 백반을 넣고 천천히 온도를 올려가며 풀빛으로 옷감을 물들이곤 했다.

빨치산들에게 백반은 단지 염색하는 재료만은 아니었다. 구내염이나 피부질환 같은 고통을 견디게 해주는 귀한 약재이기도 했다. 아울러 그들은 정찬우에게 갑오징어 뼈를 특별히 많이 부탁했는데, 산사람들은 갑오징어 뼈를 말려 곱게 갈아 상처에 바르면 탁월한 효능이 있다고 전해지는 자신들만의 민간요법을 애용했다. 이렇게 산중 생활은 척박하고 혹독했지만, 자연의 것들을 이용한 소박한 지혜가 고난을 버텨낼 작은 힘이 되어주고 있었다.

장둣골 깊숙한 곳, 희미한 모닥불만이 아지트의 어둠을 겨우 밝히고 있었다. 16지대 소속의 조석재가 오랜만에 담배를 피우려 아껴둔 미제 지포 라이터를 찾았다. 하지만 아무리 깊숙이 감춰둔 짐을 뒤져도 보이지 않자 급기야 그의 가슴 속엔 분노가 솟구쳐 올랐다. 조석재가 주먹을 단단히 움켜쥐며 주위를 둘러보고는 큰 목소리로 소리쳤다.

"어느 잡노무 호로새끼가 내 짐에 손을 댓다냐? 내가 이눔 쉬키를 잡기만 함사 손목을 콱 뿐질라 버릴팅께 언능 나와라잉? 누구 짓이여?"

그의 격앙된 음성이 산속 깊숙이 메아리쳐 주위를 싸늘한 긴장으로 몰아넣었다. 조석재에게 그 라이터는 결코 평범한 물건이 아니었다. 아내가 장에서 어렵게 돼지 새끼를 팔아 마련한 돈으로 구해 보내준 소중한 물건이었다. 그런 보물이 갑자기 사라졌다는 사실은 조석재에게 깊은 상실감과 분노를 안겼다.

"누구여~ 누가 내 라이타를 쌔비간 거시여? 제발 부탁인게 잠 돌려주더라고잉~."

그는 처음엔 위협하다가 이내 욕설을 퍼부었고, 결국 절박한 애원을 섞어가며 범인의 자수를 기다렸지만, 아지트 안은 침묵만이 흐를 뿐이었다. 대원들은 모두 다 고개를 숙인 채 그의 시선을 피했다.

수강은 스물다섯 살 꽃다운 처녀였으나 그녀의 얼굴에는 늘 스산한 그늘이 드리워져 있었다. 살짝 움푹 팬 볼과 가녀린 몸, 가무잡잡한 피부는 그녀가 견뎌온 고단한 삶을 말없이 보여주었다. 수강의 부드러운 듯한 눈매에는 이루 말할 수 없는 깊은 슬픔이 숨겨져 있었고, 묶어 올린 머리칼은 늘 흐트러져 얼굴을 덮곤 했다. 그러나 그녀가 가끔씩 환하게 웃어 보일 때면 마치 모든 근심을 덮으려는 듯했기에, 대원들은 그녀를 향해 연민과 의구심이 뒤섞인 복잡한 마음을 품었다.

하지만 그런 그녀에게는 이미 오래전부터 무엇이든 손에 잡히는 대로 훔친다는 뜻의 '돌라강'이라는 달갑지 않은 별명이 늘상 따라다녔다. 한 번 그녀의 손에 들어간 물건은 다시 나오지 않는다는 것이었다. 때문에 늘 사건의 중심에는 수강이 있었다. 대원들은 그런 그녀를 경계하면서도 가엾어했으나 이번만큼은 정찬두 역시 묵과할 수 없었다.

대원들 사이에 흐르는 묘한 침묵을 가만히 지켜보던 정찬두가 드디어 결단을 내렸다. 수강의 잘못된 버릇이 계속된다면 부대의 신뢰는 물론, 기강마저 무너질 것이 분명했다. 그가 수강을 조용히 불러 엄히 꾸짖었다.

"수강 동무, 사실대로 털어놓는다면 이번엔 문제 삼지 않고 넘어가겠소. 하지만 끝까지 입을 열지 않는다면, 저기 소나무에 꽁꽁 묶어놓고 말겠소."

정찬두가 일부러 더욱 엄숙한 표정으로 수강을 다그쳤다. 비록 확실한 증거는 없었지만, 그녀가 지닌 그간의 전적이 모든 것을 말해 주고 있었다. 이번만큼은 그녀의 악습을 꼭 바로잡고자 하는 그의 의지가 결연히 드러난 순간이었다. 정찬두의 목소리는 단호하고 냉철했다. 그의 엄중한 표정 앞에 수강은 어깨를 움츠렸지만, 결국 정찬두의 결연한 기세에 못 이겨 조심스럽게 입을 열었다.

"대장님, 지송합니다… 지가 그랬구만요."

정찬두가 비로소 답을 얻었다는 듯 고개를 끄덕이고는 다시 한번 날카롭게 물었다.

"왜 그랬는가? 수강 동무는 담배도 피우지 않으니, 라이타가 필요하지 않았을 텐데? 어째서 가져갔는지 사실대로 말해 보시오. 이유가 정당하다면 자아비판으로 마무리 짓겠소."

수강이 얼굴이 붉어져 머뭇거리며 말을 잇지 못하다가 마침내 힘겹게 털어놓았다.

"대장님, 사실은 지가… 태식이 동무한테 주려고 그랬구만요."

수강의 고백이 정찬두를 잠시 당혹스럽게 했다.

"태식이 동무한테 왜 주려고 했다는 말이오? 태식이 동무가 시킨 것이오?"

"아녀요, 절대 그런 거 아니구만요. 그냥… 지가 태식이 동무를 좋아해서 그랬어라…."

정찬두가 자신도 모르게 쓴웃음을 지었다. 수강의 나이가 이미 혼기를 넘긴 처녀였기에 아무리 깊은 산중이라 해도 남녀 간의 마음까지 막기는 어려웠다. 그러나 군대와 다름없는 이곳에서 자칫 개인의 감정이 얽혀 기강이 흔들릴 가능성을 생각하면, 결코 가볍게 넘어갈 일은 아니었다. 그는 머리를 짧게 쓸어 넘기며 대원들의 혁명정신을 재정비할 정치학습의 필요성을 절감했다.

그날 이후로도 수강의 손버릇은 좀처럼 나아지지 않았고, 그녀는 틈만 나면 눈에 띄는 남성 대원들에게 서슴없이 다가가 부대의 기강을 흐트러뜨리곤 했다. 어둠이 짙게 내린 밤, 대원들이 서로를 살피며 조용히 식사를 하고 있었지만, 유독 수강에 향한 시선이 날카롭고 무거웠다. 그녀의 과거를 알고 있는 대원들 사이에서는 무성한 소문이 돌았으나 누구도 함부로 그녀를 대하지는 않았다. 오히려 그녀를 향한 경계심과 연민이 복잡하게 얽혀 조심스러운 분위기가 감돌 뿐이었다.

해방 후, 중국 선양에서 온갖 고초를 견디고 가까스로 고향집에 돌아온 수강을 맞은 것은 아버지의 차디찬 눈빛이었다. 어머니는 애써 눈물을 참으며 말없이 그녀를 바라보기만 했다. 수강은 간절히 아버지 앞에 무릎을 꿇고 매달렸다.
"아부지, 지예요. 수강이여라. 지가 집으로 돌아왔어라."
하지만 아버지의 목소리는 얼음처럼 냉랭했다.
"네가 우덜 집안의 명예를 더럽히고도 어찌 감히 집으로 돌아온 것이여? 마을 사람들이 뭐라고 할 것이냐? 차라리 어디 나가 죽어버려라! 우리 집안에 너 같은 년은 읎다!"
수강이 아버지의 발치에 더욱 매달리며 절규했다.
"아부지, 지 잘못이 아녀라! 지는… 지는 억울하요. 아부지도 잘 아시잖으요? 제발, 지를 받아주씨요…. 예?"
그러나 아버지는 냉정하게 그녀를 떼어냈고, 어머니는 아버지 눈치만 보며 겁에 질려 떨고 있었다. 결국, 쌀쌀한 밤공기 속에서 안방 문이 무정하게 닫혀버렸다. 더 이상 그녀를 위한 가족은 없었다. 그래도 어머니가 달빛이 흐르는 어스름 속에서 동구 밖 당산나무 아래까지 수강을 따라나와서 흰 무명 보자기에 싼 작은 보따리를 그녀에게 건넸다. 어머니는 눈물을 흘리며 떨리는 손으로 수강의 손을 꼭 잡았다.
"수강아… 미안하구나. 네가 얼마나 힘들었을지 잘 안다. 엄니가 해줄 수 있는 게 아무것도 없구먼. 제발 몸이라도 잘 챙기거라와~."

수강이 흐르는 눈물을 닦으며 어머니의 손을 애처롭게 꼭 잡았다.

"엄니, 지가 다시 집으로 돌아올 수 있을랑가요?"

어머니가 잠시 망설이다 애써 미소를 지었다.

"내 딸 수강아, 살아있어야 한다. 어떻게든 살아남아라와. 그래야 우리가 다시 만날 수 있을랑께."

수강은 그렇게 옷 보퉁이 하나를 안고 집을 떠나야만 했고, 결국 그녀는 산으로 발걸음을 돌렸다. 그녀의 미소는 늘 부드럽고 온화했지만, 깊은 눈빛 속에는 지울 수 없는 그림자가 드리워져 있었다. 열네 살에 정신대로 끌려가 모진 세월을 견디고 겨우 살아 돌아왔건만, 가족과 마을 사람들의 차가운 외면과 비난 속에 그녀는 끝내 고향을 떠나야 했다. 사람들은 그녀를 화냥년이라 손가락질했고, 그 잔혹한 비난을 견디지 못한 채 산으로 들어설 수밖에 없었던 것이다. 수강의 마음 깊은 곳에는 그날의 상처가 오래도록 지워지지 않고 아픔과 외로움으로 남아있었다.

그러던 어느 날 결국, 사건은 연이어 터지고 말았다. 정찬두는 16 지대장 고명식 동무로부터 보고를 받았다.

"대장님, 수강 동무가 오창수 동무하고 사귀다 아이까지 가졌다 하던디라?"

몹시 놀란 듯 눈을 크게 뜬 정찬두가 잠시 침묵하다가 무거운 목소리로 물었다.

"참말이당가? 워메 어짜스까~ 같은 부대 안에서 그런 일이 생기믄 큰일인디…"

보고를 올린 고명식 동무가 고개를 끄덕이며 대답했다.

"예, 대장님. 그랑 거 같습니다. 대원들 사이엔 이미 소문이 파다하게 퍼졌구만요. 이번 사건은 규율 위반이라 강력한 조치가 필요할 것 같습니다요."

정찬두는 깊은 한숨을 내쉬며 자리에서 일어섰다. 그는 수강과 오창수를 불러 엄중히 따져 묻기로 결심했다.

오창길의 동생 오창수는 북조선 인민군으로 내려왔다가 삼팔선이 막히는 바람에 돌아가지 못하고 '잔민대'의 신분으로 정찬두의 화순 군당 계당산 지구로 배속된 지 얼마 되지 않은 소위 '구빨치'였다. 수강과 오창수는 이제서야 자신들의 과오가 심각한 것을 알게 됐는지, 정찬두 앞에 두 손을 앞으로 모으고 공손하게 나란히 섰다. 정찬두가 두 사람을 번갈아 보며 단호하고도 차가운 목소리로 말했다.

"동무들, 혁명투쟁의 전장은 피와 의지로만 지켜내야 하는 성역이오. 그 속에서 사사로운 애정과 그리움은 곧 우리의 또 다른 적이 되오. 그러기에 우리 인민유격대에는 이성 교제를 엄격히 금하는 규율이 세워져 있는 것이라오. 규율을 어기면 부대 전체가 위험에 빠지게 되는 것이오. 근디 두 사람이 교제를 넘어 아이까지 가졌단 말이 사실이오?"

정찬두가 둘을 향해 엄하게 꾸짖었다. 그러자 수강이 고개를 숙이고 울먹이며 말했다.

"대장님, 잘못했습니다요. 허지만 우덜은 서로를 참말로 좋아했습니다요. 이 아이는 우덜 사랑의 과실입니다요."

정찬두는 그녀의 '사랑의 과실'이라는 말에 잠시 생각에 빠져들었다. 과실이 열매라는 뜻일까 아니면 자신의 과오라는 뜻일까?

그때 오창수가 한 발 앞으로 나서며 말했다.

"대장 동지, 모든 책임은 제가 지갔습네다. 수강 동무만은 제발 처벌하지 말아주시라요. 제가 다른 부대로 전출을 가도 좋으니까니, 수강 동무와 아이를 꼭 지켜주십시오."

정찬두는 유격대의 엄격한 규율과 연민 사이에서 마음의 갈등이 깊어졌다. 담배 한 대 피우는 시간보다 긴 침묵이 흐르고 난 후, 이윽고 그가 결단을 내렸다.

"좋소, 오창수 동무는 구례의 지리산 지구로 전출을 가시오. 그리고 수강 동무는 하산하여 마을로 내려가시오."

수강이 정찬두의 단호한 결정에 힘없이 고개를 떨구었다. 그녀는 눈물을 훔치며 아무 말 없이 부대의 지휘 막사를 떠났다. 그녀의 마음엔 슬픔과 좌절이 복잡하게 얽혀 있었다.

그날 저녁, 밤이 깊어지자 수강이 목과 임신한 배, 그리고 아랫도리를 밧줄로 칭칭 감고는 용두골로 넘어가는 당산재의 당산나무 위로 올라갔다.

"아따, 차라리 내가 죽어부렀으면 죽었지 이러케는 못 살겄소…."

그녀가 울부짖듯 외쳤다. 보고를 받고 다급히 달려온 정찬두가 그녀를 향해 소리쳤다.

"수강 동무! 당장 내려오소! 이거시 시방 뭔 짓이당가!"

"어서 내려오라요, 수강 동무!"

오창수가 발을 구르며 애타게 외쳤다. 수강이 울먹이며 말을 이었다.

"대장님, 이라고 사느니 차라리 죽는 게 낫당께요. 지가 잘못한 건 잘 아는디요, 오창수 동무하고 지를 이렇게 갈라놓는 건 너무 거시기 하구만요."

정찬두가 그녀를 올려다보며 낮고 부드러운 목소리로 말했다.

"수강 동무, 동무 맴이 얼메나 아픈지 나도 알겄소. 허지만 죽어서 해결될 일은 아무것도 없소. 동무가 살아야 아이도 사는 거시여."

정찬두가 나무 위로 올라가 그녀를 안아 내려오며 다시금 힘주어 말했다.

"살아서 아이를 키우고, 동무 자신을 지키시오. 그게 진짜 투쟁이오."

수강이 정찬두의 품에서 흐느끼며 울었다.

'살 것이다. 살아야 한다. 이렇게라도 살아야 한다. 어머니의 원대로 나는 살 것이다. 살아서 집으로 돌아갈 것이다.'

그녀는 죽음을 포기하고 다시 살아갈 결심을 했다.

다음 날 아침, 정찬두가 두 사람을 다시 불렀다.

"수강 동무, 오창수 동무. 동무들 둘은 보름간 하루에 한 시간씩 정치학습 시간을 더 갖도록 하시오. 그리고 오늘 이후엔 각기 다른 대대에서 복무토록 조치하겠소. 앞으로 더 이상의 논란은 용납하지 않겠소. 이것이 당정치위원도 동의한, 내가 내릴 수 있는 최선의 결정이오."

"감사합네다, 대장 동지."

"아슴찬, 아슴찬입니다요, 대장님."

수강의 극한 자살 소동 덕분에 둘은 완전히 헤어지지 않게 되었지만, 각각 12지대와 고명식이 지휘하는 16지대로 갈라져 복무해야만 했다. 대원들은 수강의 자살 시도를 두고 보급투쟁의 줄임말인 '보투'에 빗대어 열렬한 '보지투쟁', 즉 '보투'라고 빈정거리며 수군거렸다.

이후, 수강은 증동 마을로 내려가 아들을 낳아 키우며 살아갔고, 그녀의 아이는 대원들 사이에서 '북손'이라 불렸다. 북에서 온 사람의 자식이라는 뜻이었다. 시간이 흐르자 그 이름은 마을 사람들 사이에서도 큰 화제가 되었고, 결국 나중엔 호적에도 오북손(吳北孫)이라 이름을 올리게 되었다.

수강은 이 시대의 위안부 출신 마지막 빨치산으로, 오창수의 둘째 아들 오점칠과 함께 지금도 증동 마을에서 살아가고 있다.

빨치산의 노래

계당산 자락에는 이른 서리가 내려앉아 있었다. 가을의 끝자락, 하늘은 높고 바람은 싸늘했으며, 붉게 물든 단풍잎은 서리 빛 달빛 아래에서 바스락거렸다. 밤이 깊어지면 안개가 산비탈을 자욱이 감싸안고, 나뭇가지 끝에서 스며드는 차가운 공기 속에 피 냄새와 젖은 흙의 냄새가 뒤섞였다.

1950년 10월 19일. 화순 동면 묘치 일대가 총성과 함성, 그리고 죽음의 비명으로 흔들리던 날이었다.

"동무들, 우리가 기다리던 날이 왔다. 자 출발하세."

정찬두가 낮지만 굵은 목소리로 말했다. 그는 만주에서 일본군과 싸우던 시절부터 '만주 호랭이'라 불려온 이다. 눈빛에는 여전히 그 시절의 결기와 군인의 기백이 서려 있었다.

동면 끝자락, 묘치에 도착하여 매복 위치를 선정한 후 경찰 토벌대를 기다리며 매복을 선 지 1시간여가 지났다. 바스락거리는 발소리와 사람들의 소리가 들려왔다.

그의 손이 들리자, 계곡 위에 매복해 있던 유격대원들의 숨소리가 멎었다. 산길을 따라 올라오는 경찰 토벌대 30여 명은 자신들이 이미 포위망 속으로 걸어들어온 사실조차 알지 못했다.

"지금이다!"

짧은 명령과 함께 총성이 터졌다. 포연이 자욱한 계곡은 곧 아수라장으로 변했고, 돌격조는 산등성이를 넘어 들이쳤으며 후속 대원들이 빠르게 후미를 차단했다.

치열한 한 시간의 전투 끝에 토벌대는 전멸했다. 가까스로 몇 명은 총을 쏘면서 능선 너머로 달아났지만, 굳이 끝까지 뒤쫓지 않았다. 무기와 탄약, 통신장비 모두가 유격대의 손에 들어왔으니 노획물을 챙겨서 빨리 빠지는 것이 더 중요했다.

정찬두는 피 냄새가 짙게 배어 있는 계곡을 내려다보았다. 얼굴에는 승리의 환희도, 기쁨도 없었다. 오히려 눈빛은 더욱 깊어지고 차가워졌다.

"우리가 이긴 게 아니다. 참 세상이 아직 오지 않았으니까. 하지만 오늘 이 한 걸음은 반드시 조국해방과 국토완정으로 이어질 것이다."

그 말에 대원들은 숨을 들이쉬며 외쳤다. 그들도 알고 있었다. 이 승리가 단지 전투의 승리가 아니라, 인민해방을 향한 처절한 싸움의 한 조각이라는 것을.

해가 기울자 계당산 능선 위로 긴 밤이 내려앉았다. 서리가 내린 숲속 깊은 곳, 제12지대 유격대 본부의 낡은 막사 앞에 잔잔한 모닥불이 흐늘거렸다. 거친 모포를 두른 대원들이 둘러앉은 가운데, 문이 열리며 정찬두가 들어섰다. 그의 발걸음이 멈추자 숨소리마저 고요히 멎었다.

"대장님, 오셨는게라?"

속삭임과 함께 모두가 일어섰다.

"오늘 동면 묘치에서 까망개 스물두 놈을 황천길로 보내버렸지만, 우리도 네 명을 잃었다. 이름을 부르자. 그들의 이름을 부르고, 절대로 잊지 말자."

정찬두의 눈빛은 칼날처럼 차가웠지만, 말투는 조용하고 목소리는 낮고 깊었다. 하나씩 전우들의 이름이 불릴 때마다 막사 안은 무거운 침묵으로 메워졌다. 내일도, 모레도 이 전투는 끝나지 않을 것이라는 걸 모두가 알고 있었다.

잠시의 침묵 끝에, 정찬두는 산 아래로 시선을 돌렸다. 차가운 달빛 아래 하얗게 내려앉은 서리가 보였다.

"동무들… 싸움이란 목숨을 건 기다림이다. 우리가 피를 흘려도 참세상은 아직 오지 않았다. 그러나 반드시 올 것이다. 우리가 보지 못하더라도, 그날은 반드시 오고야 말 테다."

그 말이 끝나자 한 젊은 대원이 입술을 깨물며 노래를 흥얼거렸다. 피와 눈물 속에서 수없이 불려 온 〈빨치산의노래〉였다.

"눈보라 몰아치는 저 산하에
떨리는 비명소리
누구의 원한이던가
죽음의 저 산, 내 사랑아
피 끓는 청춘을 묻고 간 자리
못다 부른 참세상
누구의 한인가…"

낮은 음성은 이내 막사 안을 가득 채웠다. 슬픔과 분노, 그리고 희미한 희망이 뒤섞인 목소리가 별빛처럼 흔들렸다. 정찬두는 눈을 감았다.

"이 산이 우리를 기억할 것이다. 우리가 흘린 피와 이름, 이 모든 것이 언젠가 참세상을 불러올 것이다."

그날 밤, 계당산의 하늘 아래서 울려 퍼진 그들의 노래는 오래도록 메아리쳤다. 피 냄새가 가시지 않은 숲속에서 그들은 결코 지지 않을 싸움을 다짐했고, 이름을 불러주는 그 순간만큼은 동무를 잊지 않았다.

"오늘 묘치에서 쓰러진 저들의 총이 이제 우리 손안에 있다."

정찬두는 마지막으로 조용히 말했다.

"언젠가 이 총이 우리가 꿈꾸던 세상을 향해 불을 밝힐 것이다."

계당산의 밤하늘은 고요했지만, 그 고요 속에는 이미 불붙은 혁명의 숨결이 깃들어 있었다.

대토벌작전

아침저녁으로 날씨가 갑자기 쌀쌀해지기 시작했다. 계당산엔 차츰 단풍이 진하게 물들어가며 가을이 깊어갔다. 산등성이 너머로 희미하게 가려진 보름달빛은 흐릿했고, 어둠이 숲속을 찾아오며 그들을 더욱 고립시키는 듯했다. 계당산 군당본부엔 매미울음 소리가 잦아지고, 귀뚜라미와 찌르레기 소리가 짙어지기 시작했다. 정찬두는 깊은 한숨을 내쉬며 밤하늘을 우러렀다. 머지않아 산속의 잎새들에 단풍이 들고 눈 내리는 겨울이 닥치면 여름 내내 산을 감싸던 짙푸른 녹음은 사라져, 시야는 마치 열 배나 넓어진 듯 훤히 트일 것이다. 그러나 그 탁 트인 시야는 산사람들에게 축복이 아니라 저주였다. 눈 덮인 산길에 남는 발자국은 숨은 은거지를 향한 화살표나 다름없어, 토벌대가 뒤를 쫓기엔 더없이 쉬운 길잡이가 될 터였다. 계절의 변방에서, 머지않아 산은 그들의 편이 아닐 것이다.

지리산 남조선인민유격대 본부는 이번 겨울, 국방부 토벌대가 '동계 대토벌작전'을 계획 중이라는 첩보를 입수했다. 이에 맞서기 위해 각 도당과 군당에 명령을 내려 산하 지역의 경찰서 및 지소를 습격하여 무기를 탈취하라는 작전을 지시했다. 특히 겨울철의 혹한 속에서 생존을 위해서는 누비옷과 덧버선, 손목을 보호하는 토시, 방한모자인 풍차 등 필수 물자가 절실했다. 이제 이들에게 혁명은 사치였고, 오직 생존이 가장 중요한 과제가 되었다. 보급 투쟁, 즉 '보투'는 선택이 아니라 필수 작전으로 자리 잡았다.

　최근 각 지역 대대의 대원들이 추석을 맞아 제사를 지내는 주민들의 가옥을 습격해 떡과 음식, 심지어 제사에 쓰이는 제주(祭酒)까지 탈취하는 사건이 연이어 발생했다. 그는 대원들의 무절제한 행위를 통제하지 못하는 현실 앞에 허탈감을 느꼈다. 이후에도 대원들은 마치 귀신처럼 제사를 지내는 집들을 찾아내어 음식들을 탈취하는 일이 반복되었고, 그로 인해 능주와 이양 일대에서는 제사를 밤늦은 자정이 아닌 초저녁에 앞당겨 지내는 풍습이 지금까지도 남아있게 되었다.

　추석이 지나고 며칠 되지 않은 어느 날, '백아산 연대 사령부'로부터 갑자기 연락원 도솔이를 통하여 능주 지서를 공격하라는 명령이 급하게 내려왔다.

　"화순 군당 산하 12지대와 16지대는 능주 지서를 습격하여 보관 중인 중화기와 개인화기 및 탄약을 탈취하라. 이를 통해 군당 부대가 화순까지 공격을 감행할 수 있다는 것을 행동으로 보여주어야 한다."

　정찬두는 이 명령의 무게를 되새기며 머릿속으로 끊임없이 전황을 정리하려 했지만, 마음은 점점 무거워져만 갔다. 능주 지서는 결코 만만한 목표가 아니었다. 더군다나 최근 들어 지서의 방어 태세가 한층 강화되었다는 소문까지 돌고 있었다.

　이번 작전은 벌교, 보성, 조성, 동복, 이서 등 전 지역에 걸쳐 동시다발적으로 진행될 가능성이 높아 보였다. 비무장 대원이 많은 상황에서 전투가 불리하게 전개되자, 고육지책으로 무기를 탈취하고, 동시에 토벌대의 대토벌작전을 교란하려는 의도가 분명했다. 하지만 칠십여 명의 대원으로 능주를 공략하는 것은 결코 쉬운 일이 아니었다. 그렇다고 해서 위원장의 명령을 거스를 수도 없었다. 사전에 충분한 시간이 주어졌다면, 금릉리 출신 방물장수 문형식 동무를 이양 인근의 능주, 춘양 오일장에 미리 파견하여 정보를 수집할 수도 있었을 것이다. 그러나 이번 작전은 너무 촉박하게 결정되었고, 사전 정찰조차 제대로 이루어지지 못한 것이 못내 아쉬웠다.

정찬두는 갑자기 하달받은 이번 작전 명령에 막연한 불안감을 느꼈다. 어쩌면 이번 작전에서 가장 중요한 것은 공격이 아니라, 철수할 퇴로를 확보하는 일일지도 모른다. 혹시라도 작전이 잘못 전개된다면, 청풍 방면에서 장흥읍으로 넘어가는 화학산의 곰치고개, 복내 방면으로 향하는 쑥고개, 그리고 보성읍으로 이어지는 예재고개 등 퇴로가 모두 막힐 가능성이 있었다. 그럼에도 불구하고 작전을 감행하지 않을 수는 없었다. 만약 능주 지서 공격이 실패한다면, 뒤따라오는 토벌대와 경찰대의 협공을 막아야 했다. 능주의 지형적 특성상 시간이 지체되면, 동면에서 출동한 11사단 토벌대가 화순에서 지원군을 보내 금방 도착할 것이고, 설령 공격 후 빠져나오더라도 춘양에서는 지석강을 넘어 측면 공격이 가해질 터였다. 아무리 신속히 철수한다 해도, 이양 지서에서 금능 삼거리 퇴로를 장악해 버리면 정찬두 부대는 그야말로 독 안에 든 쥐 신세가 되고 말 것이다.

지난번 능주, 춘양, 이양, 청풍 각 마을 거점 조직 대원들과 주력 부대인 12지대, 그리고 복내책 양재열이 이끄는 16지대가 합심하여 춘양의 경전선 철교를 파괴하는 작전을 감행했을 때도, 비록 열차를 전복시키는 데에는 성공했으나 능주와 춘양 지역에서 작전 자금을 확보하는 데는 실패했다. 그 결과 여섯 명의 대원을 잃었고, 세 명이 포로로 잡히는 손실을 입었다. 다행히 이양에서는 강성리 출신, 이양 인민위원장인 양회영의 몸을 사리지 않은 투쟁 덕분에 자금을 충분히 확보할 수 있었고, 희생도 최소화할 수 있었다. 특히 그가 송정리 기운동의 황부자 황지태의 집을 급습하여 현금 오만 원과 금덩이를 찾아내 보내준 것은 대원들에게 큰 힘이 되었다. 그러나 이번 작전은 달랐다.

그가 마지막으로 은거지에서 대원들에게 퇴각 시 피해야 할 위험한 경로와 우회로, 그리고 최후의 접선 장소를 강조했다.

"여기서 가장 중요한 건 퇴로다. 만약 공격이 실패하면 11사단 20연대 토벌대가 화순 방향에서 만수리를 거쳐 밀고 들어올 것이고, 이양 지서 역시 금능에서 퇴로를 차단할 가능성이 크다. 그렇게 되면 한천 쪽으로 돌아가야만 살길이 열릴 것이여."

대원들은 오랜 전투로 지쳐 있었지만, 여전히 정찬두를 믿고 있었다. 그가 대원들의 결연한 눈빛을 바라보며 다시금 당부했다.

"동무들, 지서 놈들이 쉽게 물러설 거라 기대하지 말라. 이번 전투는 쉽지 않을 것이여. 반드시 능주 지서에 돌입하여 중화기를 확보한 즉시, 신속히 이탈해야 한다. 동무들! 그동안 열심히 갈고닦은 실력을 보여 주세나. 알겠능가?"

"예, 대장 동지! 잘 알겠습니다."

대원들이 큰소리로 대답하며 곧 출발할 작전의 승리 의지를 다졌다.

달이 떴다. 달의 크기로 봐서는 음력 9월 9일 중양절은 지난 듯싶었다. 비록 보름달은 아닐지라도 달이 뜰 때, 작전을 나가는 것은 아주 이례적이다. 아직 겨울은 아니었지만, 밤공기는 매섭게 차가웠다. 정찬두는 대원들과 함께 조용히 산비탈을 타고 내려갔다. 묵곡과 금릉을 거쳐 지석천을 건너고 용두골 팔각정을 지나 능주로 향했다. 이 길은 옛 양회일 의병장이 이끄는 의병대가 큰 뜻을 품고, 능주 지서를 공격할 때 진군했던 길이었다.

능주 지서 습격은 자정에 개시되었다. 좌우를 경계하며 기차 건널목을 우회하여 두 개의 골목을 빠르게 지나 지서로 접근했다. 논밭달이 뜬 날에는 추수 전 세워둔 볏단이 곳곳에 쌓여있어 은폐하기에 더없이 좋은 조건이었다. 능주 읍내는 불이 켜진 집 하나 없이 적막했다. 개 짖는 소리조차 들리지 않고 너무나도 조용했다. 그 정적 속에서 대원들의 긴장감은 극에 달했다. 어둠은 그들의 발소리를 삼켜주었지만, 그것이 오히려 불길한 징조처럼 느껴졌다.

멀리서 바라본 능주 지서는 평소처럼 서너 명이 교대로 근무하는 목조 건물이었다. 언뜻 보기에는 방어 병력이 많아 보이지 않았다. 하지만 장터를 지나 지서에 가까워지는 순간, 예상치 못한 강한 저항에 부딪히고 말았다. 능주 지서는 습격받을 것을 미리 예견이라도 한 듯 방비를 철저히 하고 있었고, 면사무소 왼편에 위치한 '능주청년단 사무소'에서도 열 명이 넘는 청년단원들이 기습적으로 총격을 가해왔다.

탕! 탕! 탕!

어두운 밤하늘을 가르는 총성이 울려 퍼졌다. 정찬두는 순간 아찔했다. 청년단의 숫자도, 지원 병력이 얼마나 올지도 미처 고려하지 못했던 것이다. 총성이 터지자마자, 지서 방향과 남평·화순으로 갈라지는 사거리에서도 응사하는 소리가 들려왔다. 혹시라도 건널목에도 무장 경찰이 배치되어 있다면, 이미 총성을 듣고 움직였을 터였다. 퇴로가 막힐 가능성이 커지면서 상황은 급격히 악화되었다.

"대장님! 놈들의 저항이 예상보다 거센데요. 이대로 밀어붙이긴 어렵겠는디요."

"하지만 여기서 물러서면 더 큰 화를 부를 것이야. 놈들의 왼쪽이 약할 테니께, 그짝으로 계속 밀어부치도록 하세!"

전투는 예상보다 훨씬 치열하게 전개되었다.

다행히 철도 건널목 쪽 방어선은 비무장이든지 도망을 간 것 같았다.

그들은 삼십 분 넘게 치열한 전투를 벌였지만, 능주 지서의 저항은 생각보다 강력했다. 지서는 퇴로를 확보하면서도 후퇴하지 않고 끝까지 방어선을 유지했다. 전투가 길어지며 정찬두의 부대는 점점 불리해지면서 지쳐 갔다. 결국, 정찬두는 후퇴를 명령했다.

"안 되겠네, 동무들. 후퇴하라! 지금 이 상태로 계속 가면 놈들한테 다 당할 거시여. 계속 총을 쏨시롱 한 명씩 번갈아 가믄서 뒤로 빠져라."

그는 대원들에게 한천으로 빠지는 경로를 지시하며 은거지로 돌아갈 계획을 세웠다. 하지만 퇴각로도 쉽지 않았다. 그들이 한천 쪽으로 우회하자, 이번에는 춘양 지서 지원군이 측면에서 공격을 가해 오기 시작했다.

"대장님! 춘양 지서 놈들이 벌써 여그 가까치에 들어왔스라! 지석천을 넘어서 협공을 시작했구만요. 우리가 퇴각할 틈이 없겄소."

16지대장 고명식으로부터 보고가 들어왔다.

"뭐시라고? 이런 낭패가 있나, 그라믄 할 수 없지. 다들 국도를 따라 용두리를 거쳐 금능 쪽으로 후퇴하라! 놈들이 저그서 측면 공격을 허는디, 이짝으로 더 가면 그래도 퇴로는 확보할 수 있응께~!"

하지만 그들의 움직임은 토벌대에게 이미 예상된 듯 보였다. 이양 지서는 금능 삼거리까지 진출하여 이미 퇴로를 확보한 상태였다. 그들은 전화 내선으로 서로 소통하면서, 빨치산들의 퇴각을 방해하려는 작전은 정찬두의 예상을 훨씬 뛰어넘었다. 정찬두는 마침내 한천면 쪽으로 퇴각을 명령하며 다시 돌아서야 했다. 작전을 시작하기 전에 철로를 따라 연결된 저들의 전화선을 절단하지 못한 것이 너무나 후회되었다. 그야말로 진퇴양면이 난관에 봉착하게 되었다.

바로 그때 능주 지서 쪽에서 큰 폭발음이 들렸다. 그것은 정찬두의 부대가 공격한 것은 아니었다.

"이거슨 분명 토벌대의 박격포탄인 것 같은디…? 뭐여? 워째서 우덜 짝이 아니구 능주 지서 짝에서 폭발이 일어난 거시여?"

"대장님, 혹시, 백아산이나 모후산 지구에서 여그까지 우덜 지원을 나왔을께라?"

"아니어~ 딱 한 발만 터진 거으로 봐서는 아닌 거 가튼디…"

짐작건대 만수리 쪽 토벌대가 박격포를 잘못 다루어 폭발이 일어난 것 같았다. 능주목으로 보이는 건물에 불길이 붙어 훨훨 타오르고 있었다. 나중에 화순경찰서에서 조서를 작성 중에 알게 되었지만, 토벌대의 실수로 박격포탄이 잘못 떨어져서 폭발하였고 이어서 옛 능주목(能州牧) 건물에 불이 났는데, 언론에는 자기들의 실수를 덮으려고 빨치산이 공격하여 불이 났다고 발표하였던 것이다. 그나마 다행히 오발탄 이후로는 토벌대로부터 박격포 공격은 더 이상 없었다.

"한천 짝으로 우회허자! 한천으로 가자."

한천 쪽이 마지막 선택이었고 마지막이어야 했다. 정찬두는 대원들을 돌아보며 명령을 전달하고 있었다. 분명히 한천 지서 놈들은 소규모일 것이다. 아니, 그래야만 한다. 정면으로 그쪽을 돌파한다면 그리 어렵지는 않을 것이다. 아울러 한천은 능주 쪽에서 들어가는 길은 한 길이지만 안으로 들어갈수록 빠져나가는 길은 동복, 이서, 복내, 이양 네 방향으로 흩어져서 나갈 수 있는 지형이니 참으로 다행이다 싶었다. 그의 목소리에는 불안함이 스며있었지만, 대원들은 그를 따라 급속 구보로 이동했다. 속도를 내자 모두들 숨이 목까지 차기 시작하고 헐떡이고 있었다. 그 사이 정찬두는 마구리 동무를 급히 불렀다.

"마구리 동무, 16지대에 가서 대대장을 빨리 불러오시오."

"예, 대장 동지. 싸게 댕겨 오겠습니다."

마구리가 뒤따라오는 16지대를 향해 달려 나갔다. 흡사 날랜 시라소니 같았다.

"부르셨능게라? 대장 동지."

"고명식 동무. 혹시라도 앞에서 우리가 매복에 걸려 전투가 벌어지게 되믄, 고명식 동무 대대는 총을 쏘지 말고 은밀히 기다리시오. 적의 규모가 작으면, 우덜이 처리할 거시고, 제압할 수 없을 정도로 규모가 너무 크면, 옆으로 빠져 은거지로 가서 훗날을 도모하시오."

"대장 동지 그래도 어떻게…."

"명령이오. 우리 계당산 지구가 완전히 와해되서는 안 되오. 꼭 내 말을 명심하시오."

"잘 알겠습니다. 대장 동지."

대답을 하는 고명식은 어쩌면 이것이 정찬두 대장과 함께하는 마지막 전투가 될 것 같다는 생각을 하였다.

그들이 한천으로 간신히 접어들었을 때는 이미 동녘이 어슴푸레 밝아 오기 시작했다. 그때 갑자기 전방 능선 나무 뒤에서 총알이 날아들었다.

피웅- 피웅-.

"매복이다. 엎드려!"

그 순간, 정찬두는 선발 지대가 이미 매복에 걸렸음을 직감했다.

"대장님! 토벌대 놈들이 벌써 와서 매복을 서고 있소! 우리 정보가 틀렸소. 개놈들이 벌써 여그까지 와서 매복을 하고 있었구만요."

앞서가던 대원들이 소리를 질러댔다. 머리가 띵하게 울려왔다.

"뭐시라고? 그럴 리가 없을 틴디…."

최초 정보에 의하면, 동면에서 물러나서 화순에서 휴식을 취하고 있을 국방부 11사단 토벌대가 화순읍으로 빠지지 않았고, 동면에서 대기하고 있다가 무전으로 연락을 받고 한천면으로 곧바로 들어와 이미 매복을 서고 기다리고 있었던 것이다.

"아뿔싸! 우리의 작전이 다 읽혀버린 완전한 작전 실패다."

정찬두는 토벌대 대장이 누구인지 궁금했다. 이 정도의 고단위 전술을 펼칠 정도면, 분명히 전방 전쟁터에서 충분한 전투 경험이 있는 지휘관이겠구나 싶었다. 토벌대는 충분히 가지고 있는 총알을 자랑이라도 하듯이 계속 갈겨댔다. 아울러 수류탄을 던져댔고, 기관총도 불을 뿜었다. 박격포탄도 여기저기서 터지기 시작했다. 정찬두의 12지대가 혼란에 빠진 틈을 타서 군경합동토벌대는 정찬두의 부대를 위에서부터 아래로 조이며 공격해 들어왔다. 너무나도 차이가 나는 전투였다. 정찬두가 넋이 빠진 대원들을 다독이며 마지막 항전을 격려했다. 그사이 다행히 16지대는 총을 쏘지 않고 미명을 틈타 조용히 용두리 쪽으로 지석강변을 따라가다 3부능선으로 올라타서 금능리로 빠져나갔다.

정찬두는 이런 상황에서 백아산 연대본부에서 시간에 맞추어 지원 병력이라도 보내주었으면 하는 아쉬움이 컸지만, 그들도 여러모로 비슷한 상황에 처해 있을 것이 뻔했다. 그렇다고 거리상으로 불가능한 것은 아니었다. 어찌 보면 이런 상황을 미처 예측하지 못한 백아산 본부와 군당인 자신의 불찰이 컸다.

그러나 정작, 만연산과 안양산 사이 수만리에 근거하는 백아산 본부 산하 인민유격대 7대대와 9대대는, 양구에서 온 토벌대 8사단 17연대가 정찬두의 부대를 매복 습격하는 사이에 화순경찰서를 공격하여 성공적으로 화기들을 탈취하고 있었다. 어찌 보면 정찬두의 계당산 지구 부대는 토벌대의 주력 부대를 한천면 쪽으로 불러내어 백아산 본부의 성공을 위한 덫의 역할을 수행하고 있는지도 몰랐다.

"다들 흩어져라! 최후의 순간까지 살아남아야 한다. 우리가 여기서 다 죽을 수는 없제! 총알 아끼지 말고, 마지막 한 발까지 다 쏘아대드라고."

'내가 죽드라도, 내가 잡히드라도 부대원들은 단 한 명이라도 더 살려내야 한다. 그것이 지휘관의 가장 중요한 책임이고 덕목인께로.'

정찬두가 스스로에게 주문을 외우듯이 수없이 외쳐댔다. 하지만 이미 많은 대원들이 총에 맞아 쓰러졌다. 남은 이들도 대피로를 찾으며 필사적으로 도망치려 했으나, 토벌대의 공격은 거세었다. 정찬두는 끝까지 남아 대원들을 보호하려고 약간은 과장된 동작으로 총을 쏘아댔다.

"그래 이짝이여, 내가 있는 이짝으로 사격을 집중하드라고…."

그의 눈앞에서 대원들이 하나둘 쓰러지는 모습을 보며, 그는 절망감에 사로잡혔다. 차라리 여기서 부하들과 함께 죽는 것도 나쁘지 않을 것 같다고 잠깐 생각했다.

"아~악."

총에 맞은 마구리가 악을 쓰며 외쳐댔다.

"대장님~ 더는 못 버티겠소. 우린 여그서 끝인갑소. 우덜이 여그서 이라구 죽어가믄, 이담에는 꼭 좋은 시상이 오것지라?"

"마구리 동무! 그럴거시네. 그래도 끝이 아니여. 아직 살아남은 동지들이 있소. 그들만이라도 포위망을 뚫고 탈출하게 해야지."

하지만 그는 이미 포위된 상태였다. 정찬두는 그곳에서 많은 대원들을 잃었고, 나머지 대원들이라도 살리고자 자신이 끝까지 남아서 항전하였으나 가지고 있던 총알마저 모두 떨어졌다. 너무 억울했다. 그의 대원 중 극소수만이 살아남아 간신히 탈출에 성공했지만, 대부분은 이후 전투 현장에서 숨을 거두고 말았다.

정찬두는 결국 포로가 되고 말았다. 전투의 끝에서 포승줄에 묶인 채 끌려가며 그는 하늘을 올려다보았다. 이토록 허무하고 비통한 하늘은 처음이었다. 만주 관동군 시절부터 수많은 전투를 치러왔지만, 자신의 작전은 적에게 완전히 간파당하고 적의 의도는 조금도 읽지 못한 이 수치스러운 전투가 그의 마음을 짓눌렀다. 그의 잘못된 판단은 수많은 대원들의 생명을 앗아갔고, 결국 그 자신마저도 포로의 신세로 전락시켰다. 그가 선택한 길과 그를 따랐던 산사람들, 함께 꿈꾸었던 이상과 냉혹한 현실이 한데 뒤엉켜 있었다. 이제 그는 피할 수 없는 비정한 현실에 갇혀 버렸다.

정찬두가 체포된 후, 전라남도와 경상남도 전역에서는 대대적인 빨치산 토벌작전이 전개되었고, 대한민국 군경의 철저한 진압으로 인해 빨치산 조직들은 연이어 무너져 내렸다. 고명식의 화순 계당산 지구 16지대 또한 그 대토벌작전의 희생양이 되었다.

화순 지역에 처음 파견되었던 백골부태 11사단은 그곳에 주둔한 빨치산 잔존 세력을 섬멸하기 위해 청산작전, 청풍작전, 백야작전 등 이른바 견벽청야(堅壁淸野) 작전을 펼쳤다. 이는 빨치산이 이용할 수 있는 모든 인적·물적 자원을 철저히 제거하는 방식이었고, 그 여파는 힘없는 민간인들에게 고스란히 돌아갔다. 원래 견벽청야(堅壁淸野) 작전은 일제 강점기 관동군이 만주에서 항일 공산당을 토벌하기 위해 사용했던 전술이었으나, 이제는 같은 땅에서 같은 민족이 서로를 향해 겨누는 비극적 현실로 되풀이되고 있었다.

당시 11사단은 최덕신 소장이 지휘하였는데, 그는 거창에서 '청풍작전'을 전개하면서 무고한 양민들을 무려 700여 명이나 학살하고 나서 화순, 구례, 곡성, 보성 일대로 작전 구역을 옮겨왔다. 그는 이제 '토벌'이라는 이름 아래 남부군의 마지막 숨통을 끊어놓을 작정이었다. 특히 그가 지휘한 작전 중에 '백야작전'은 '밤에도 하얗게 밝힌다'는 뜻으로 야간에도 포위 작전을 수행하므로 심리전을 강화하여 낮에는 수색 및 주민들을 심문하였고, 밤에는 군·경 연합으로 매복과 추격 잔전을 병행하여 특공경찰대와 헌병까지 동원하였다. 남부군 빨치산의 저항은 이미 한계에 다다르고 있었다. 이 작전으로 빨치산의 야간 이동과 보급선이 무너지기 시작했고 이 작전 말기에 최영찬 등 주요 간부급 인물들이 체포. 사살 되거나 투항 함으로써 남부군 조직은 차츰 지휘 체계를 상실하기에 이르렀다.

'조선인민유격대'로부터도 외면당한 남부군 총사령관 이현상도 지리산을 헤매다 군토벌대 수색대의 매복에 걸려 허무하게 생을 마감했다. 군경의 토벌 종료 선언과 함께 입산 금지령이 해제된 후에도 몇몇 살아남은 이들은 '망실공비'라는 이름으로 산속을 떠돌다 소리 없이 사라졌다. 제주 4·3 사건과 여순 사건의 비극 속에서 시작된 빨치산들의 혁명 무장투쟁은 이현상의 죽음으로 쓸쓸히 그 끝을 맞았다.

화순경찰서 유치장

"제수씨! 제수씨 계신게라?"
송정리에 사는 남편 친구 조상만이 새벽부터 다급하게 증리를 찾아왔다.
"오메, 조성 양반이 요로코롬 일찍이 먼일이다요?"
"아 글씨, 정숙이 아배 소식 못 들었는게라?"
"아니요. 밤새 먼일이라도 생겼다요?"
"거시기…."
조상만이 차마 말을 못 하고 더듬거리며 애꿎은 귀만 만지고 있었다.
"아따. 나가 복창 터져불 것소. 괜찮응께 싸게 말씀해 봇시요."
조상만이 말을 하지 않아도 장흥댁은 가슴이 쿵쾅거리며 대충 짚이는 데가 있었다.
"정숙 아배가 한천에서 토벌대한티 잡혔다드마요."
"오메, 뭐… 머시라구요?"
장흥댁이 가슴이 철렁 내려앉으며, 그 자리에 주저앉고 말았다. 그동안 사 년을 하루 같이 조마조마하게 마음을 졸이며 살아왔는데, 드디어 올 것이 오고야 만 것이다.
장흥댁은 밤새 한숨도 못 자고 뒤척였다. 조상만이 전해준 그 말 한마디가 가슴을 마구 짓눌렀다. 뜬눈으로 밤을 지새운 장흥댁은 새벽녘에 일어나 이른 준비를 마치고는 부랴부랴 먼 길을 나섰다. 새벽안개가 짙게 깔린 산길과 신작로를 장흥댁은 걷고 또 걸었다. 길은 멀고 두 발은 점점 무거워졌지만, 오직 남편을 만나야 한다는 생각에 그녀는 포기할 수 없었다.

장흥댁은 정오가 되어서야 간신히 화순경찰서에 도착할 수 있었다. 경찰서가 있는 화순읍과 향청리에 가까워질수록 사람들의 수군대는 소리가 더 크게 들려왔다.

"오~메, 글씨 산사람 만주 호랭이가 잡혔다는구먼."

"참말이여? 그 날쎄다는 만주 호랭이가 워쳐케 잡혔당가?"

"아따, 그러게 말이여. 호랭이가 심이 빠져부렸능갑제."

장흥댁이 서둘러 경찰서 정문으로 달려갔다. 허나 정문 앞에 총검을 찬 병사들이 단단히 지키고 서 있었다. 장흥댁은 마음은 조급했지만, 손발이 떨렸다.

정문 앞에 서 있던 경찰이 총구를 내려 잡으며 그녀를 막아섰다.

"누구를 찾으러 왔소?"

"정찬두… 정…찬두요. 지 남편이 여그로 잡혀 왔단 말을 듣고 왔는디요. 좀 만나게 해주씨오."

순례의 목소리는 간절했지만, 경찰은 냉랭한 눈으로 내려다보며 고개를 저었다.

"반란군으로 잡혀 온 사람을 그냥 만나게 해줄 것 같소? 조사도 많이 해야 하고 지금은 못 만날 거요."

그러나 장흥댁이 눈물까지 보이며 다시 애원했다.

"나가 남편을 좀 만나 봐야 쓰것어요. 뭔 일이 있었는지 야그를 좀 들어 봐야 쓰지 않겠소?"

위병소 경찰이 고개를 홱 돌리며 무뚝뚝하게 대답했다.

"어허~ 빨치산으로 잡혀 온 사람은 면회가 금지되어 있다니까요."
"그라믄, 어떻게 하든 만날 수 있당가요? 제발 좀 갤쳐 주소. 한 번맨이라도 조응께요 야?"
"아 글쎄 안 된다니까요. 저 위에서 별도로 허락을 받아야 할 겁니다."
경찰이 손가락을 위로 가리키며 고개를 흔들었다.
단호하게 거절하는 경찰의 대답에, 장흥댁이 그 자리에 그만 풀썩 주저앉아 흐느끼기 시작했다. 남편을 만나야 한다는 간절한 마음뿐이었지만, 도무지 방도가 없었다. 그때, 읍내에서 종친 어르신으로 통하는 정 노인이 떠올랐다.
"그 어르신이 경찰서장하고 잘 안다던디…"
장흥댁은 서둘러 읍내의 정 노인에게 달려갔다. 정 노인이 순례를 보자마자 깊은 한숨을 내쉬었다.
"아이구, 현기 어멈! 정찬두가 화순경찰서에 잡혀갔다드만. 그래서 자네가 이렇게 뛰어왔는가?"
장흥댁이 숨을 헐떡이며 대답했다.
"아재, 제발 좀 도와주시오. 찬두 씨가 잡혀가서 아무 소리도 못 들어보고 그냥 돌아가면 안 될 것 같소. 한 번만 면회를 허게 도와주시오."
정 노인이 순례를 한참 동안 바라보다가 힘없이 말했다.
"내 경찰서장하고 좀 아는 사이라 혔어도, 그거시 쉬운 일이 아니여. 요새 토벌대가 하도 시끄럽게 돌아가서, 잡혀간 사람은 아무나 면회도 못헌 다는디…"
장흥댁이 눈물을 참으며 다시 한번 더 간청했다.
"그래도, 제발요 어르신. 냄편이 어찌 될지 알아야 쓰것소. 나가 이렇게 멀리까지 왔는디 그냥 돌아가라고 허면 내 어쩌겼소?"
정 노인이 다시 한숨을 쉬며 머리를 긁적였다.

"알겠네. 현기 어멈, 내가 한번 말은 넣어볼 텡께. 잠시 기대려 보소. 근디 장담은 못 하네."

장흥댁은 그 말에 절박한 희망을 걸었다. 정 노인이 느릿느릿 경찰서로 걸어가서 몇 마디 이야기를 나누고 돌아왔다. 하지만 그의 표정은 어두웠다.

"미안허네, 현기 어멈. 지금은 찬두를 만날 수 있는 상황이 아니라고 허네. 워낙 중요한 인물이 잡혔다고 해서 면회도 금지라고 하더구먼."

정 노인은 자기가 도와줄 수 있는 방법이 전혀 없는 것 같아서 순례에게 너무 미안해했다. 장흥댁이 그 자리에서 주저앉아 버렸다. 그동안 참고 참았던 눈물이 그녀의 두 볼을 타고 흘러내렸다.

'이게 다 워쩐 일이다냐? 다 예견은 하고 있었지만서두, 결국은 잡혀가서 이렇게 사달이 날 줄 진작에 알았당께….'

그녀는 그 답답한 마음을 풀 수가 없었다.

정 노인이 잠시 망설이다가 순례의 어깨를 다독였다.

"현기 어멈, 조금만 더 기다려보세. 이대로 한두 번 더 계속 밀고 나가면 혹시 만나게 해줄 수도 있제."

장흥댁이 눈물을 훔치며 고개를 끄덕였다. 하지만 그녀의 마음은 여전히 착잡하고 혼란스러웠다. 그녀는 그 자리를 떠나지 못하고 경찰서 앞을 서성이며 하루 종일 남편을 기다렸다. 그러나 그녀는 결국 남편 정찬두를 만나지 못한 채, 무거운 발걸음으로, 밥도 쫄쫄 굶고 기다리고 있을 아이들이 있는 집으로 돌아가야 했다.

얼마 후 정찬두는 화순경찰서 유치장의 차가운 바닥에서 정신이 들었다. 그는 한 줌도 안 되는 창문으로 들어오는 희미한 빛을 바라보며 깊은 한숨을 내쉬었다. 바닥에 내리쬐는 한 줄기 햇살조차도 그의 몸을 따뜻하게 해주지는 못했다. 며칠째 이어지는 고문으로 정찬두의 몸은 이미 망가질 대로 망가졌고, 기력이 점점 빠져나가고 있었다. 갈비뼈는 나무 막대처럼 앙상해지고, 피부는 칙칙하게 말라붙은 가죽처럼 굳어갔다. 몸을 조금만 움직여도 통증이 몰려왔다. 특히 등을 두들겨 맞은 후에는 누울 수도 없을 만큼 아팠다. 잇몸이 내려앉고, 치아가 하나둘 빠지기 시작하여 음식을 먹을 수도 없었다. 무엇보다도 몇 번의 고문이 반복된 후에는 혈압이 계속 올라가는지 손과 발, 온몸이 차츰 퉁퉁 붓기 시작했다. 특히 얼굴과 눈 주위가 부어오르면서 보는 것도 잘 볼 수 없게 되었고, 공기가 찬 밤에는 숨을 쉬기가 차츰 힘들어졌다.

그런 가운데, 순례가 면회를 왔다가 허락받지 못하고 그냥 돌아갔다는 소식을 들었다. 마음이 저 아래부터 찌르르 아려왔다. 그 말을 전해 준 것은 최 순경이었다. 마치 일부러 정찬두를 더 괴롭히려는 듯 최 순경이 피식 웃으며 말했다.

"아따, 니 마누라가 왔다가 그냥 갔다는디. 면회 허락이 안 난다고 펑펑 울면서 돌아갔다더구만잉."

그 말을 듣는 순간, 정찬두의 가슴은 찢어질 듯 아팠다. 순례가 무거운 발걸음으로 경찰서를 떠나는 모습이 눈앞에 훤히 그려졌다. 울고 있는 아내의 모습에 마음이 저렸다. 그동안 아내에게 얼마나 미안했던가. 자신이 이런 길을 선택한 후로 장흥댁은 자신을 대신해 고생만 해왔고, 아이들까지 돌보며 집안을 이끌어야 했다. 그리고 자신이 이렇게 붙잡혀 고문을 당하고 있는 지금, 아내와 아이들은 어떻게 살고 있을지 걱정이 가득했다.

'지금까지 내가 헛된 것을 위하여 투쟁해 왔던 것은 아니었을까?'

그는 스스로에게 묻고 또 물었다. 좌익의 길에 발을 들인 것은 타의에 의한 민족 해방과 투쟁을 위해서였다고 생각하지만, 그 선택이 가족에게, 특히 어린아이들… 정숙, 현기, 경자, 경애에게 얼마나 큰 고통을 주고 있는지 이제서야 실감했다. 그의 머릿속에는 마지막으로 봤던 딸 정숙의 얼굴이 떠올랐다. 정숙의 맑은 눈동자, 그 눈에는 아버지에 대한 존경과 사랑이 가득했었다.

"우리 아그들은 지금 어떻게 지내고 있을꼬… 아부지 몬 본 지도 오래됐는디, 많이 컸겠제? 나 없이도 잘 크고 있을라나…"

자식들을 떠올리면 그저 눈물이 났다. 그 아이들의 곁에 자신이 없다는 사실, 그리고 아버지로서 아무것도 해줄 수 없다는 무력함에 정찬두는 속이 타들어 갔다.

정찬두는 경찰관이 가져온 물 한 모금을 겨우 넘기며, 가슴속에서 소용돌이치는 후회와 미안함을 잠재우려 했다. 몸이 망가져 갈수록 정신은 흐릿해지고 있었지만, 가족에 대한 미련만은 놓을 수 없었다. 그는 할아버지 정참봉과 동경에서 독립운동을 하다 돌아가신 숙부 정일채, 그리고 아버지 정승태를 떠올렸다. 독립을 위해 생을 바쳤던 그들처럼 자신도 나라를 위해 무언가 큰일을 할 수 있을 거라고 생각했었다. 하지만 지금, 그는 좁고 어두운 감방에서 끝없는 후회 속에 갇혀 있었다.

"나도 늦게나마 그때 작은 아부지처럼 독립운동 같은 명분을 위해 싸운다고 믿었었는디, 내가 선택한 이 길이 과연 옳은 길이었는가? 우리 가족은 이제 우찌 되겠는가…"

정찬두가 괴로워하며 벽에 기대어 앉았다. 그런 그의 모습에서 이전의 호랑이같이 당당했던 혁명전사의 모습은 찾아볼 수가 없었다. 경찰서에서의 인간이기를 거부하는 그들의 고문은 점점 더 잔인해졌고, 정찬두는 매일 반복되는 질문에 더 이상 대답할 힘조차 없었다.

"정찬두! 네가 활동하던 부대는?"

"화순군당 산하 12지대요"

"그짝이 군당 위원장이라던디? 거그 조직과 간부들 이름을 모두 불어라!"

"위원장이사 내가 원해서 한 것도 아니고, 간부들 이름이사 밤톨이, 개 똥이, 황소, 삼식이 이런 가명들만 쓰고 있으니 나도 본명은 잘 모르겠소. 그런 이름들을 나열해 봐야 무슨 의미가 있겠소?"

토벌대의 수사관들은 쉼 없이 그를 몰아붙였으나 정찬두는 끝까지 전사한 대원들의 이름조차 말하지 않았다. 진행되는 수사에 뚜렷한 결과나 진도가 없자 이번에는 지구 계엄 사령관 김호용이 직접 나섰다. 김호용은 감정이 앞서는 사람이 아니었다. 빨치산과 내통하는 사람들이 아니라면, 그들의 가족이라 하여도 이유 없이 해치지는 않았고 정확히 조사하여 무고한 양민들의 피해가 없도록 세심한 조치를 취해왔었다. 그러나 정찬두에게만은 유독 단호하게 대처했다.

'저놈이 만주 호랭이 새끼여? 오냐 너 오늘 잘 만났다. 어디 네가 호랭이 새끼인지 고양이 새끼인지 한번 두고 보자.'

화순 지역 계엄사령관 겸, 토벌대 대장 김호용 중위는 정찬두에 대하여 익히 들어왔다. 그의 신출귀몰한 빨치산 작전으로 토벌대의 피해가 이만저만이 아니었고, 실패를 거듭하는 토벌작전에 상부를 볼 낯이 없었다. 만일 이번에도 정찬두를 생포하지 못했다면, 전보 조치 당했을 것이 뻔했다.

"정찬두! 당신의 이력을 보니 우리는 네가 큰 거물이라는 걸 잘 알고 있다. 너희들의 화순 은거지를 대라!"

"우리덜 은신처는 전라도 땅, 화순 땅 전부이니, 이곳이 다 우리 은거지요."

"어허 아직 뜨거운 맛을 제대로 못 보았다는 거구나? 어디 한번 해보자 이거야?"

그러나 매서운 김호영 중위의 고문도 정찬두의 고집을 이겨내지는 못했다.

"그렇다 치자. 그러면 도당, 군당, 지휘부와 위치를 전부 불으란 말이야!"

"나야 군당도 도당에도 가본 적도 없고 지시만 받았는디, 그마저도 위로나 아래로나 모두 점조직이어서 서로가 서로를 아무도 모르지요."

그것은 혁명전사들이 받은 가장 기본 교육인, 고문받으며 조직도를 발설하라는 질문에 대처하는 방식이었다. 정찬두는 그렇게 쉽게 조직의 분포를 발설하는 부류가 아니었다. 그것은 자기 자신에 대한 고집이기도 했다. 그들은 모두 가명을 사용했고, 점조직으로 운영되어 있었기에 자신의 대대 대원들 외에는 아는 바가 없다고 주장했다. 이는 고문을 더욱 가혹하게 만들었지만, 그가 할 수 있는 유일한 저항이었다.

"아 아—악!"

정찬두는 온몸이 터져서 아스러질 것만 같은 고통으로 말미암아, '아~ 내가 숨이 끊어지고 있구나'라는 생각을 잠깐 하다가 깜박 정신을 잃었었다. 그러다가 옆방에서 고통으로 몸부림치며 죽어가는 마구리의 외마디 비명에 잃었던 정신을 다시 차렸다. 그는 죽음은 마음으로 준비한다고 단련이 되는 게 아니라는 것을 새삼 깨달았다. 그러기를 반복하면서 이제는 차츰 고문이 두렵지 않게 되었다. 그러면서도 부처님께 빌었다.

"나무 관세음보살, 부처님! 제가 죽을 때는 나도 모르게 잠자다가 한순간에 죽게 해주소서…."

"칵 퉤! 정말 지독한 놈이군… 저놈이 진짜 만주 호랭이가 맞긴 맞는 모양일세."

김호영 중위가 유치장을 나서면서 가래침을 퉤 내뱉었다.

특경대장 최경신

경찰서가 빨치산 토벌작전으로 바삐 돌아가던 어느 날, 화순경찰서로 급박한 전화 한 통이 걸려 왔다. 전남경찰국에서 온 전화였다.

"나 전남경찰국 특경대장인데, 거기 화순경찰서인가?"

"기요."

"화순경찰서 맞나?"

"기다마요 기."

"뭐라고? 거기가 화순경찰서가 맞느냐 말이다."

"아따. 기당께요."

"이 새끼 대체 뭐라는 거야? 아무튼 빨리 서장 바꿔!"

전화를 받은 김 주임은 말귀를 못 알아듣는 저쪽이 영특 못마땅했다. 그렇다고 저쪽은 일반 민원인도 아니고 전남경찰국 특경대장이라는데 그냥 참지 싶어 소리를 길게 빼며 서장을 불렀다.

"서장~니임. 전남 경찰국이랍니다."

"네, 전화 바꾸었씁니다. 서장, 안경철입니다~."

안 서장이 제법 목을 내리깔고 점잖게 대답했으나, 수화기 너머에서는 차갑고도 간단하게 물어왔다.

"거기에 정찬두라는 사람이 유치장에 있는가?"

안 서장은 순간 당황했지만 차분하게 대답했다.

"예, 예. 있습니다."

안 서장이 '무슨 일이십니까?' 하고 물어보려다 아차 싶어서 '예, 예'하고 서둘러 대답하는데, 저쪽에서는 이미 전화를 끊어버렸다. 최경신이 전화를 내려놓자마자, 그가 이끄는 제3관구 경찰 특공토벌대는 지엠시(GMC) 육공 트럭에 몸을 싣고 화순경찰서를 향해 거침없이 내달렸다. 전화기를 내려놓은 안 서장은 알 수 없는 불안에 손을 덜덜 떨며 담배를 꺼내 입에 물었다. 전화가 끊어진 지 채 삼십 분도 지나지 않아 화순경찰서 앞마당에 육중한 엔진 소리와 함께 육공 트럭이 멈춰 섰다.

트럭에서 가장 먼저 내린 인물은 경찰특공토벌대의 대장, 최경신이었다. 뒤이어 내린 대원들은 하나같이 키가 크고 체격이 건장했으며, 국방색이 아닌 검은색 제복과 금빛 부대 표식이 달린 베레모를 쓰고 있었다. 그들의 눈빛은 매섭게 서늘했고, 움직임은 묵직하면서도 위압적이었다. 경찰서 내부는 삽시간에 싸늘하게 얼어붙었으며, 그 누구도 감히 '누구냐', '어디서 왔느냐' 같은 질문을 입 밖에 낼 수도 없었다. 대통령으로부터 저항하는 자를 그 자리에서 즉결 처분할 수 있는 권한을 위임받은 최경신의 권위와 위엄은 실로 압도적이었다.

최경신이 서장실 문을 열고 들어서자 안 서장은 잔뜩 긴장한 채 입술을 깨물었다. 곧바로 경직된 채 거수경례를 했다.

"특경대장님, 화순경찰서장 안경철입니다. 근디 무슨 일인디 요로코롬 급히 내려오셨당가요?"

떨리는 목소리로 안 서장이 물었지만, 최경신은 그의 경례를 받는 둥 마는 둥 곧바로 용건을 말했다.

"정찬두는 어데 있나?"

최경신의 목소리엔 불필요한 설명이나 망설임조차 허용치 않는 단호함이 서려 있었다. 안 서장은 두려움에 떨며 황급히 손을 들어 정찬두가 수감된 방을 가리켰다.

"아, 예… 쩌그, 저짝 방이구만요."

최경신이 눈 하나 깜짝하지 않고 곧바로 안 서장의 안내를 받아 수감실로 걸음을 옮겼다. 유치장 문이 열리고 빛이 안으로 들어왔다. 최경신의 눈앞에는 유치장 구석에 초라하게 웅크려 앉아 있는 정찬두의 모습이 드러났다. 순간 최경신의 눈엔 뜨거운 것이 솟구쳤다. 오랜 구금과 모진 고초에 시달린 듯 정찬두의 얼굴은 만신창이가 되었고, 몸은 붓고 상처투성이였다. 그럼에도 정찬두는 한때 자신이 지녔던 위엄과 자존심을 놓지 않으려는 듯 힘겹게 버티고 있었다.

최경신이 정찬두를 보자마자 가슴이 저며와 그의 손을 잡고 울먹였다.

"아이고, 찬두 성님…."

정찬두는 귀에 익숙한 목소리가 자신의 이름을 부르자, 간신히 눈을 뜨고 경신을 바라보았다.

"경신이가 왔구먼!"

"예, 형님 접네다. 저를 알아보시겠습네까?"

정찬두가 최경신을 보고 애써 미소를 지으려 했으나, 고개를 끄덕이는 그의 얼굴에는 괴로움과 고통의 그림자가 짙게 드리워져 있었다.

"이놈의 세상 참. 그래 살다 보니 내가 여기까지 왔네 그려…."

최경신이 쉽게 말을 잇지 못하고 깊은 아쉬운 한숨만 내쉬었다. 잠시 동안 두 사람 사이에 무거운 침묵이 흘렀다. 정찬두는 한때 자신을 따르던 최경신이 특경대장으로서 자신 앞에 서 있다는 사실이 믿기 어렵고 서글펐다.

"성님, 나가 알아봤수다."

최경신이 고개를 숙이며 어렵게 입을 열었다.

"성님을 돕고픈 마음이야 간절하지만, 상황이 영 좋지 않습네다. 찬두 성님에 대한 보고가 도경까지 이미 올라갔고, 국군 김호영 중위는 물론이고 계엄사령관까지 모두가 알고 있습네다."

정찬두가 담담히 고개를 끄덕였다.

"그려… 내도 이미 알제. 살다 보니 일들이 내 맴대로 안 풀리더구먼. 이젠 살고자픈 욕심도 없다네."

그의 목소리는 담담했지만, 그 속엔 뼛속 깊은 체념이 고여 있었다.

최경신이 자신의 무력감에 분을 삼키듯 입술을 깨물었다. 최경신은 눈앞 정찬두의 초라한 모습과 그런 형님을 구할 수 없는 자기 무력함이 겹쳐 눈시울이 뜨거웠지만, 차마 눈물을 보이지는 않았다. 그가 이윽고 참아왔던 감정을 억누르지 못하고, 목소리를 높였다.

"형님… 도대체 왜 그러셨습네까? 그때 국방경비대나 경찰에 들어가셨더라면, 나라의 편에 서셨더라면… 이리케까지 되진 않았을 겁네다! 형님이 어떤 분이신지 내가 잘 압네다. 형님은 누구보다 강한 분이었잖습네까? 그런데, 진짜 강한 건 부러지지 않고 휘어질 수도 있어야 하디요. 형님은 휘어져야 했디요. 그러지 못해서 지금 부러지는 거야요. 가족들을 위해 살고, 진… 현실이란 게 있잖습네까! 왜 그 험한 길을… 굳이 돌고 돌아서 가셨습네까… 왜 우리 모두를… 이렇게 힘들게 만든 겁네까…."

최경신이 지금까지 차마 말하고 싶어도 하지 못했던 말들을 단번에 쏟아내었다. 그의 목소리는 떨렸다. 존경, 분노, 슬픔이 뒤섞인 항변이자 고백이었다. 정찬두가 조용히 그를 바라보다가 이윽고 입을 열었다.

"경신이, 내가 자네한텐 미안하게 되었네. 나도 그때를… 그리고 지금도 후회막급하고 있다네. 어둠은 빛을 이기지 못한다는 것을 알았네. 나는 죽음을 앞에 두고서 이제야 세상이 조금씩 보이기 시작하는군. 우리는 이 짧고 좁은 세상을 살아가면서 아직도 눈을 뜨지 못한 채 살고 있나

보네. 삶이란 건, 그 끝을 바라볼 수 있어야 진정한 의미를 아는 것일 게야. 이 시대의 사상전쟁은… 이미 끝이 난 것 같구먼. 그리고 언젠가는 진정한 우리의 시대가 올 것이네. 십 년 안에는 이 모든 것의 끝이 오게 되고, 새로운 세상이 활짝 피게 될 것이네. 그 새로운 미래를… 자네에게 부탁하네."

정찬두의 목소리는 고요했지만, 최경신의 마음은 폭풍처럼 흔들렸다. 그는 갑자기 눈앞이 흐려지고, 심장이 조이는 듯했다. 무너져 가는 한 사내의 마지막 언어가 그의 가슴 깊은 곳을 후벼팠다. 그토록 무모해 보였던 형님의 길이, 어쩌면 가장 인간적인 길이었는지도 모른다는 생각이 들었다. 하지만 그럼에도 불구하고, 그는 그 길을 따라갈 수 없는 시대의 사람임을 그 자신도 알고 있었다. 진실과 충정 사이에서 그는 여전히 허우적대고 있었다.

"성님… 잠시 밖에 다녀 오갔습네다."

최경신이 속이 뒤집힌 듯 자리에서 벌떡 일어났다. 씩씩거리며 바깥으로 나가 서장을 불렀다.

"안 서장! 안 서장 오라고 해!"

안 서장이 최경신의 고함 소리를 듣고 어찌할 바를 모르며 황급히 들어왔다.

"누구야?"

"네? 누구라니요, 대장님?"

"종간나이 새끼! 정찬두를 저 지경으로 만들어놓은 놈이 누구냐고! 형사부장이야? 그놈을 당장 이리로 끌고 오라고!"

"저, 거시기 그거시… 지역 계엄사령관 김호용 중윕니다."

"뭐라고? 이 지역 계엄사령관이 직접?"

"야… 그러탕께요…"

최경신은 상대가 지역 계엄사령관 김호용 중위라는 사실에 맥없이 말을 잃고 급히 담배를 꺼내 물었다. 안 서장이 재빨리 라이터를 꺼내 두 손으로 불을 붙여주었다.

자신이 아무리 특경대장이라 해도, 계엄령 아래서 군부의 권력은 쉽게 다룰 수 없는 막강한 존재였다.

"끙… 이런 제기럴… 쯧쯧… 기래도 김호영 중위한테 내레 특별히 잘 부탁한다고 전해주시오. 저분이 잠시 사정이 있어서 잘못 휘말렸을 뿐, 본래 그러실 분이 아니니 잘 좀 부탁한다고 말이오. 그리고 나와는 각별한 인연이 있는 분이라고 전해주시오."

"예, 알겠습니다요, 대장님."

안 서장이 속으로 쾌재를 불렀다.

'그라믄 그라지, 지가 감히 계엄사령관한테 어찌할 거시여? 특경대장이 빨갱이를 챙겨줘 봐야 지한티 좋을 것이 하나도 없을 틴디… 그래도 저 양반이 만주 호랭이하고 참말로 특별한 연이 있긴 있는 모양이시…'

"그리고 건강 상태를 보니 살날도 얼마 안 남은 것 같으오. 앞으로는 고문 같은 것은 절대로 하지 말고 가족 면회도 특별히 허용해 주시오. 부탁하오."

안경철 서장은 부탁을 하는 특경대장의 말투가 많이 부드러워졌음을 느꼈다.

"예, 알겠습니다요. 걱정 마십시오."

안 서장의 확답을 듣고 나서 최경신이 다시 정찬두에게 돌아왔다. 정찬두는 피곤한 듯 눈을 감고 있었다.

"찬두 성님! 성님을 위해 내가 부탁해서 고문은 막아놨수다. 그리고 앞으로 광주로 이송되고 나면 가족들을 못 만나 볼 수도 있으니, 면회라도 한번 하시라요."

정찬두가 잠시 고개를 숙이고는 힘없는 미소를 지었다.

"…."

최경신은 눈을 꼭 감았다. 한때 자신이 따랐던 형님이, 사상의 소용돌이에 휘말려 처참한 모습으로 있는 것을 보는 현실이 너무도 가혹했다.

"성님, 내가 더 도울 수 없어서 미안합네다. 가족들도 찾아뵙고 싶은디, 제가 '10분 대기조'라 개인 시간도 못 내겄습네다."

정찬두가 다시 씁쓸하게 웃었다.

"괜찮소, 경신 대장. 자네가 이 정도만 해줘도 고맙제. 나보다 더 고생하는 사람들도 많은데, 이 정도면 나는 다행이제."

최경신이 더 이상 말을 잇지 못했다. 정찬두의 고요한 체념이 그의 가슴을 깊이 후벼팠다. 최경신이 마지막으로 정찬두의 손을 꼭 쥐었다.

"형님, 제가 끝까지 알아보고 최선을 다하겠수다. 나중에 형님이 풀려나시면 그때 다시 보십시다."

정찬두가 조용히 고개를 끄덕였다.

"그려, 경신이. 나도 그러기를 바라겠네. 고맙네. 잘 가소."

최경신은 수감실을 나서며 끝내 뒤를 돌아보지 못했다. 단 한 번이라도 뒤돌아본다면, 자신이 그대로 무너져 내릴 것을 알았기 때문이었다. 정찬두는 머나먼 만주 땅에서 부모 형제 하나 없이 방황하던 그에게 친형과도 같은 따뜻한 위로였고 든든한 버팀목이었다. 그 기억을 떠올리자, 이 이별이 더욱 참담히 가슴 아프게 느껴졌다.

최경신이 애끓는 작별의 말을 가슴 깊숙이 삼킨 채 경찰서 문턱을 넘었다. 하지만 그날의 쓸쓸한 인사는 끝내 두 사람에게 마지막이 되고 말았다. 얼마 지나지 않아 최경신은 경남 경찰국장으로 전보되어 부산으로 떠나야만 했다.

마지막 이별

"어짜 쓰까… 어짜 쓰까이…."

화순읍 향청리에 자리한 경찰서 앞에서 장흥댁이 애타는 가슴을 부여잡고 발을 동동 구르고 있었다. 처음 면회를 왔을 때는 아무 소득 없이 발길을 돌려야 했지만, 이번에는 각오를 단단히 하고 다시 왔다. 그녀는 이번에도 면회가 거절된다면 경찰서 앞에 아예 드러누울 결심이었다. 그런데 뜻밖에도 경찰서 안으로 들어가 면회를 신청하자 이번에는 쉽게 허락이 떨어졌다.

"정찬두 면회!"

"아슴찬이요. 참말로 아슴찬이요."

장흥댁이 뜻밖의 허락에 어리둥절한 채 감사 인사를 언서푸 하며 면회실로 들어섰다. 남편을 기다리는 동안 그녀의 가슴은 말할 수 없는 불안과 초조함으로 요동쳤다. 몇 주째 수감되었다는 소식만 듣고 지냈으니, 남편의 모습이 어떻게 변해 있을지 차마 상상조차 하기 두려웠다.

면회실 문이 열리고 정찬두가 천천히 모습을 드러냈다. 장흥댁은 하마터면 그를 알아보지 못할 뻔했다. 그러나 그의 눈, 그 선하고 따뜻한 눈빛만큼은 변하지 않았다. 그 눈빛은 여전히 순례의 남편, 그녀가 기억하는 정찬두였다.

"아이고 정숙 아부지, 울 서방님이 어쩌다가 이리 되얏소? 참말로 갱찰서 놈들이 너무 징허구마잉. 콩밥이 아니라 풀대죽도 제대로 안 묵였나 보오. 못 묵고 맞아서 부황든 사람처럼 온몸이 누렇게 부어서 말이 아니구만요. 으짜쓰께라…."

장흥댁의 목소리가 격정으로 떨렸고 분노가 가슴 깊은 곳에서 끓어올랐다. 결국 참았던 눈물이 쏟아지고 말았다. 그동안 눌러두었던 온갖 슬픔과 설움이 한꺼번에 밀려와 그녀를 무너뜨렸다.

"정숙 어매, 괜찮어. 나는 괜찮응께 울지 마소."

"정숙 아부지! 이거시 도대체 무슨 꼴이요. 어쩌자고 여그서 이라고 고생을 하고 있다요?"

"하마트면, 임자를 못 만나보고 저세상으로 가는 줄 알았소. 이제 만나서 다행인께. 우지 마소."

찬두는 오히려 웃으면서 장흥댁을 위로했다. 장흥댁이 흐느끼며 남편의 손을 꼭 붙잡았다. 정찬두도 아무 말 없이 장흥댁의 손을 더욱 힘주어 쥐었다. 둘 사이엔 말이 필요 없었다. 눈빛으로, 손길로 충분히 모든 마음이 전해졌기 때문이었다.

정찬두는 수많은 고문과 참기 힘든 심문을 견뎌냈지만, 가족을 떠올릴 때마다 마음은 더욱 깊이 찢어졌다. 자신이 견디는 고통보다 가족들이 겪고 있을 아픔이 훨씬 더 클 것이라는 생각에 그는 늘 마음이 무거웠다. 그의 몸은 이미 쇠약해졌고, 정신은 점점 흐려졌다. 그럼에도 가족들의 안전과 행복만을 간절히 빌었다.

"정숙 어매… 미안허이. 나 땜시… 우덜 식구들이 얼마나 힘들었는지 내가 다 알고 있소…."

정찬두가 간신히 말을 꺼내자 장흥댁이 그 목소리에 더욱 서럽게 울음을 터뜨렸다.

"아니요, 아니여라. 그래도 당신 만나 호강도 허고, 만주도 댕겨오고… 고생은 무슨 고생이여라…."

장흥댁이 소매 끝으로 눈물을 훔치며 억지로 미소를 지었다.

정찬두는 문득 자신이 걸어온 길이 옳았는지 의심스러웠다. 자신이 지킨 신념이 과연 무엇을 위한 것이었는지, 한때 조국과 민족에 엄청난 배반을 하였으니, 자신이 벌을 받는 것은 어쩌면 당연한 것이라고 현실을 담담히 받아들였다. 자신의 그 신념 때문에 가족들이 이토록 큰 고통을 받아야만 했는지 끊임없이 되물었다. 하지만 장흥댁은 지금까지 단 한 번도 남편에게 불평하거나 원망한 적이 없었다. 그녀는 마음속으로 수없이 '이놈의 뽈갱이 세상이 뭐라고 총도 다 던져버리고 그냥 자수하고 내려오라'며 울부짖고 싶었지만, 그것이 남정네의 길이니 그저 묵묵히 기다리고 참아왔던 것이었다. 이렇게 유치장에서 부부의 인연을 끝맺게 될 줄은 상상조차 못 했다.

면회 시간이 끝나갈수록 장흥댁의 마음은 무너져 내렸다. 무슨 말을 해야 할지 입안은 모래를 씹은 듯 까끌거렸고 목구멍은 타들어 가는 듯했다.

"여보 서방님… 이거시 우리의 마지막인가 보요. 정숙 아부지, 우리 이생에서 부부의 연은 여기까지인가 보요… 저 생에서는 제발 경찰도 뽈갱이도 없는 디서 편히 삽드라고요… 정숙 아부지… 흑… 흑흑…."

정찬두의 가슴은 더할 나위 없이 갈기갈기 찢어지는 듯했다.

"미안허이, 참으로 미안허요… 임자."

그가 애써 미소 지으며 말을 이었다.

"임자, 당신 참 이쁘오. 무심한 것 같으면서도 속 깊고, 차가운 듯하믄서도 따뜻하고, 여린 듯해도 강하고 씩씩허고… 정숙 어매, 내가 너무 미안허서 저 생에서 다시 만나자고는 못 허겄소. 그래도 심들어도 새끼들 잘 부탁허요. 인자는 내가 저 하늘의 별이 되어 우리 식구들을 지켜 주겠소. 참말로 고맙소, 임자."

평소답지 않은 정찬두의 진심 어린 말에 장흥댁은 낯설기도 했지만, 그의 마음을 충분히 느낄 수 있었다.

'이 무심한 양반아, 진작에 그리 따뜻한 말 한마디 더 허고, 식구들 좀 더 살뜰히 챙기고 살았으면 좋았을 것을…'

그녀가 속으로 생각하며 고개를 떨구었다. 장흥댁은 마지막으로 남편의 얼굴을 다시 한번 눈에 담고 싶었지만, 눈물이 앞을 가려 제대로 볼 자신이 없었다. 그렇게 마지막 인사를 하고 돌아설 때 그녀의 마음은 천 갈래, 만 갈래로 찢겨 나갔다. 눈물을 닦으며 마음을 추스르려 했지만, 경찰서를 나서는 발걸음은 천근만근 무거웠고, 집으로 향하는 길은 천리만리처럼 멀게만 느껴졌다. 경찰서 정문 앞에서 장흥댁은 멈춰서서 한참을 움직일 수가 없었다.

"이러면 안 되지… 집에 있는 새끼들을 생각해서라도 정신줄을 팍 땡겨서 채려야 허지…"

그녀가 다시금 마음을 굳게 다잡으며 힘겹게 발을 내디뎠다. 순간, 갑자기 한 여인네가 나타나서 악다구니를 하며 순례의 머리채를 잡아챘다.

"오냐~ 이년아! 니가 그 만주 호랭이 새낀가 하는 그놈 빨갱이 마누라제? 오늘 내가 니 모가지를 꽉 분질러 뿌러야 쓰겄다!"

장흥댁이 너무 놀라서 피하려 했지만, 이미 머리채를 잡혀서 꼼짝할 수가 없었다.

"워메, 아짐씨! 이것이 갑자기 먼 행패당가요? 나는 그짝하고 전혀 상관이 없는 사람이다 말이요! 금메 워째 그란다요?"

장흥댁이 필사적으로 버티며 항변했지만, 사평댁의 분노는 쉽게 가라앉지 않았다.

"이년아, 니가 시방 '워째 그란다요'라고 했냐? 저짝 너릿재 넘어가는 이십곡리(二十谷里)에 가봐라! 이년아. 거그에 빨갱이들헌티 죽은 경찰 원혼들이 얼매나 많이 묻혀 있는지 알기나 알고 그런 귀신 씻나락 까먹는 소리를 하고 자빠지는 거시여?"

사평댁은 경찰이었던 자신의 남편이 정찬두네 부대 빨치산에게 살해당했다고 통곡하며 절규했다.

"워메, 사람들아 저년 좀 보소! 야 이년아, 니 냄편이 동면 묘치에서 우리 냄편하고 스무 명이 넘는 갱찰들을 몰살해서 죽였시야! 살려내라, 이년아! 우리 냄편 목심을 살려내라고!"

장흥댁은 아무 말도 할 수 없었다. 대답할 기력조차 없었고, 사평댁의 통곡에 가슴이 무너져 내렸다. 그저 그녀와 함께 통곡할 수밖에 없었다.

"아짐씨… 정말 미안허요… 내가 거그에 가서 머리 풀고 빌고 또 빌고, 통곡이라도 해야 쓰것소. 나 잠 거그에 델다 주소 야?"

결국 두 여인은 서로를 부둥켜안고 목 놓아 울었다. 이념과 전쟁이 남긴 깊고도 처참한 상처 앞에, 두 여인의 눈물은 서로의 아픔을 인정하고 위로하는 유일한 언어였다.

실제로 장흥댁이 오늘 면회 올 것을 알고 있었던 화순 애국청년단이 그녀를 린치하려 했으나, 백주대낮에 경찰서 앞에서 해코지할 수는 없었다. 대신 사평댁을 내세워 화풀이하게 한 것이었다. 화순 애국청년단은 빨치산 토벌 중에 희생된 경찰 가족들을 중심으로 구성된 단체로, 읍내 자경단 역할까지 수행하며 경찰 다음으로 막강한 권력을 휘두르고 있었다.

밤이 깊고 어둠이 창문 너머로 스며들 무렵, 정찬두가 스스로를 향해 마음을 깊이 다지고 있었다.

"이 고통은 나 혼자 감당해야지. 내가 끝까지 버티면 우리 가족은 안전할 테니… 정숙이, 현기, 경자, 그리고 막내 경애까지… 다 내가 감당할 거시여."

하지만 그의 몸은 이미 한계를 넘어선 지 오래였다. 몇 번이고 의식을 잃어갈 듯한 극심한 고통 속에서도 정찬두가 붙든 마지막 희망은 오직 가족이었다. 흐릿한 눈길로 창틈으로 들어오는 빛 한 줄기를 바라보며 그는 마지막으로 딸 정숙의 얼굴을 떠올렸다.

'정숙아… 아부지가 잘못했다. 니들 지켜주지 못해서 미안허다…'

정찬두는 그렇게 차가운 화순 감옥에서 외롭게 눈을 감았다.

1954년 1월, 무거운 눈발이 화순을 하얗게 덮었다. 매서운 칼바람이 몰아치던 그날 아침, 장흥댁은 남편 정찬두가 화순경찰서에서 사망했다는 비보를 접했다. 그는 오랜 고혈압과 혹독한 감옥 생활의 끝에서 더 이상 견디지 못했다. 소식을 듣는 순간 장흥댁의 세상은 통째로 무너져 내렸다.

"아이고… 정숙 아부지… 이리 허망하게 가버리면 나보고 어쩌란 말이오…"

장흥댁은 방 안에서 홀로 무너져 내리며 한참을 울고 또 울었다. 그러나 슬픔에 빠져 있을 시간조차 없었다. 남편이 세상을 떠났다면 하루빨리 시신이라도 집으로 모셔 와 장례를 치러야 했다.

다음 날 새벽, 장흥댁이 차가운 겨울바람을 뚫고 얼어붙은 손을 주머니 깊숙이 넣은 채 도림역에서 기차를 타고 화순경찰서로 향했다. 몇 번이고 미끄러운 눈길에 넘어질 뻔했지만, 그녀의 발걸음은 멈추지 않았다. 남편을 마지막에 제대로 보내지 못한다면 평생 한으로 남을 것 같았다. 향청리 화순경찰서 앞에 도착한 장흥댁은 차디찬 바람 속에서 한참을 망설이고 있었다. 무등산 자락에서 불어오는 칼바람이 그녀의 손발뿐 아니라 마음까지 얼어붙게 했다. 한참을 떨며 기다리고 있을 때, 최 순경이 무뚝뚝한 표정으로 다가왔다.

"머시요? 여긴 워째 왔당가요?"

장흥댁이 떨리는 목소리로 간신히 입을 열었다.

"나… 나가 정찬두 안사람이어라. 남편이 옥사했다 해서… 시신을 모시러 왔는디라…."

최 순경이 그녀를 위아래로 훑으며 냉소 섞인 미소를 지었다.

"아~ 당신이 그 만주 호랭인가 뭔가 하는 그 빨갱이 마누래요?"

그는 비웃으며 고개를 갸웃거렸다.

"근디, 시신을 찾아가는 게 그리 쉬운 줄 아는가? 여그는 규칙이 있단 말이제."

장흥댁이 혼란스러운 눈빛으로 간신히 말했다.

"그게 무슨 말이당가요? 남편이 죽었으면 시신을 집으로 모셔가는 거시 당연하지 않소?"

최 순경이 콧방귀를 뀌며 차갑게 말했다.

"당연한 게 어딨다요? 시신을 찾으려면 돈을 내야제."

장흥댁은 그 말에 어안이 벙벙했다.

"돈이요? 오메… 시상에 시신을 찾는데 돈을 내라는 말이오?"

"삼만 원을 준비해 오면 시신을 내줄 것이고, 아니면 절대 못 주제."

장흥댁은 순간 하늘이 무너지는 듯했다. 만원은 그녀로서는 평생 만져 보지도 못할 큰돈이었다. 그녀는 떨리는 손을 부여잡고 다급히 말했다.

"우리 같은 사람이 그런 큰돈이 워디 있다요? 제발 좀 도와주소… 야?"

그러나 최 순경은 냉담히 웃으며 대꾸했다.

"아따, 말귀를 못 알아듣는구마. 돈이 없으면 시신을 못 준다고 분명히 말했제?"

장흥댁이 그 자리에 털썩 주저앉아 손을 모으고 울부짖으며 애원했다.

"제발… 남편이 이렇게 고생만 하다 죽었는디, 시신이라도 집에 모시게 해주소. 돈은 정말 없소. 어떻게든 나중에라도 갚겄소."

하지만 최 순경은 냉정했다. 이미 내부적으로 서로 입을 맞춘 듯했다. 그 광경을 바라보던 황 경사가 씁쓸하게 고개를 돌리며 자리를 피했다. 최 순경이 곧장 안 서장에게 상황을 보고하러 갔다.

"저그 서장님, 그 만주 호랭이 정찬두 마누래가 시신을 찾아가겠다고 왔는디요. 그란디 돈이 없다고 애걸복걸 중인디 어쩔께라?"

안 서장이 어찌할 바를 몰라서 잠시 고민하다가, 김호영 중위에게 전화를 걸어 상황을 전했다.

"김 대장님, 정찬두 안사람이 찾아와서 돈이 없다며 울고불고하는디, 어찌할까요?"

전화 너머로 잠시 침묵이 흘렀다. 그러나 김호용은 요지부동이었다. 그가 담배를 꺼내 물으며 싸늘한 목소리로 대답했다.

"안 서장님, 우리 처음에 결정한 대로 합시다. 돈이 없으면 시신 못 준다고 강경하게 말하시오. 그놈 때문에 우리가 얼마나 고생했는지 모르시오? 그 일 만원을 준비 못 한다면 절대로 내주지 마시오."

"근디 대장님, 정찬두가 특경대장하고 지인이랍니다. 괜찮을랑가요?"

"일단 일주일만 더 밀어붙여 봅시다."

전화를 끊고 안 서장이 최 순경에게 다시 말했다.

"최 순경, 돈이 없으면 절대로 시신을 못 내주겠다고 전해."

"예, 알겠습니다요."

잠시 후에 돌아온 최 순경이 장흥댁에게 냉정하게 통보했다.

"돈이 없으면 그냥 돌아가쇼. 그라고 다시 올 때는 돈을 꼭 준비해 오고…"

장흥댁이 절망 속에서 그대로 주저앉아 울음을 터뜨렸다. 남편의 죽음도 견디기 힘든데 손이 발이 되도록 빌어도, 시신조차 가져가지 못한다는 현실은 너무도 잔혹했다. 원래 경찰서에서 사람이 죽으면, 가족들을 불러서 대충 설명하고 종이에 지장 몇 개 받아 내고서는 부랴부랴 서둘러서 시신을 내주는 것이 일반적인데, 정찬두의 경우는 달라도 너무나도 달랐다.

사실 김호용은 정찬두의 빨치산 활동 당시 숱한 토벌작전에서 큰 피해를 봤기에 정찬두에게 깊은 원한이 있었다. 만주에서 잔뼈가 굵은 베테랑 전사인 정찬두는 토벌대가 치를 떠는 대상이었고, 그의 저승길조차 괴롭게 하고 싶었던 것이다. 그리하여 그는 정찬두 집안 형편상 불가능한 만원이라는 금액을 요구한 것이었다.

장흥댁이 깊은 절망에 빠져 하염없이 흐느끼고 있었다. 차가운 겨울, 그녀의 가슴에 맺힌 눈물은 얼어붙어 녹을 줄 몰랐다.

복 있는 며느릿감

　일만 원이라는 거금을 빌릴 수 있는 곳은 어디에도 없었다. 막내 정애를 포대기에 둘러업은 장흥댁이 시댁 쪽에 모든 친척들을 찾아다니며 읍소를 하였으나, 그 누구도 한번 기울기 시작한 정찬두네 식구들 도와주기를 외면하였다. 아니, 도와주고는 싶어도 연좌제로 엮일까 두려워하여 만나는 것조차도 회피하기 시작했다. 그 와중에 막내 정애는 감기에 걸렸는지 계속 기침을 하며 콧물을 흘리고 있었다. 장흥댁이 일만 원이 필요하다는 것은 이미 온 읍내가 다 알고 있었다.
　한편, 정찬두네 정씨 가문의 마름이었던 서상필이 먼 산을 바라보며 깊은 생각에 잠겼다. 십여 년 동안 정씨 집안에서 마름으로 일하면서 모아둔 새경이 제법 쌓였다. 그 돈을 가지고 작은 땅이라도 사면 독립할 수 있겠다 싶었지만, 요즘 그의 마음은 다른 곳에 있었다. 정찬두 도련님이 빨치산으로 있을 때 자신과 아들 병옥의 생명을 구해준 은혜가 떠오를 때마다 가슴 한편이 무거웠다. 아울러 다른 욕심이 더 자주 그의 마음을 흔들고 있었다. 정숙 아씨. 그녀의 맑은 이마와 옥처럼 반짝이는 턱선까지 그 고운 아씨가 머릿속에서 떠나지 않았다.
　"정숙 아씨가 우리 집안에 며느리로 들어오믄사, 우리 집안도 인자 잘 풀리지 않겠는가?"

　서상필이 사랑방에 홀로 앉아 있었다. 빈 나뭇가지 사이로 스며드는 겨울바람이 문풍지를 살짝살짝 흔들었다. 그때마다 그의 생각도 따라 흔들리듯 깊어졌다. 눈을 감으면 문득 떠오르는 얼굴이 있었다. 며칠 전, 신작로에서 마주친 정숙 아씨였다. 그녀가 걸어가던 모습, 그 고운 자태와 단정한 눈빛은 오래도록 그의 기억에 남아 있었다.

　서상필은 어느 순간부터인가 그 정숙 아씨가 서씨 집안의 며느리로 들어오면 참으로 잘 어울리겠다는 생각을 지울 수 없게 되었다. 단지 정씨 가문의 귀한 규수쯤으로만 알았던 예전과는 달랐다. 그녀는 겉모습만이 아니라, 마음속 어딘가 복된 운명을 지닌 듯한 사람이었다. 그럴 때마다 그는 돌아가신 아버지 산소에서 들었던 지관의 말을 떠올렸다. 그때 지관이 산등성이에 우뚝 선 채로, 묫자리를 내려다보며 단호하고도 흥분된 목소리로 말했었다.

　"예로부터 계당산 자락, 이 쌍봉사 일대는 왕계포란(王鷄抱卵)의 명당이라 전해져 내려왔네. 특히 이 자리는 더욱이 보기 드문 황계포란형(黃鷄抱卵形)의 터일세. 정남향으로 터를 잡고, 배산은 계당산이요, 임수는 도림과 지석천이라. 좌청룡과 우백호가 계당산 줄기를 타고 유려하게 흐르고 있지 않소. 좌측엔 대산이, 우측엔 육봉이 끝자락에 포진되어 있고, 전방은 탁 트여 빼어 리 시야가 얼리니, 이런 지세는 대대로 가문의 번영을 이끄는 상지 중의 상지일세. 십여 리에 걸친 계당산 자락 중에서도 이보다 너 나은 터는 없을 것이네. 그만큼 자네 집안은 덕을 많이 쌓은 집안이오."

　그 말에 서상필이 조심스럽게 예를 갖추었다.

　"이토록 귀한 말씀, 몸 둘 바를 모르겠습니다. 감사합니다. 지관 어르신."

　지관이 손을 내저으며 웃음을 머금고 말을 이었다.

　"허허, 상필이 자네. 이 명당으로 말미암아 자네 집안은 앞으로 고생이 끊기고 반드시 큰 인물이 날 걸세. 그리고 머지않아 자네 가문에 꽤 많은 돈이 들어갈 일이 생기겠지만, 그럴수록 고민하지 말고 복을 사도록 하시게. 이 집안은 세대가 거듭될수록 뛰어난 며느리들이 들어와 씨종자를 새롭게 바꿔 놓을 것이네. 이어지는 다음 세대의 며느리들이 저마다 복을 짊어지고 들어오겠지만, 특히 자네 손자는 외가의 복마저 모두 끊어내고, 온전히 그 복을 독차지할 팔자일세. 당장 다음 세대부터 발복이 시작될 거시네. 부럽구먼, 부러워!"

그날 지관이 입에 침이 마르도록 칭찬을 아끼지 않았던 그 말들이, 서상필의 머릿속에 깊이 각인되어 있었다. 비록 지금의 삶은 이 모양과 이 꼴이지만, 가문을 다시 일으켜 세우려면, 좋은 밭이 있어야 한다는 것을 그는 알았다. 그러나 상필은 정숙 아씨가 서씨 집안이 씨앗을 내려야 할 옥토라고 확신했지만, 정숙 아씨가 살아가는 내내 짊어지게 될 마음의 상처와 슬픔은 미처 생각하지 못했다.

율촌댁이 고구마 서너 개를 화로에 굽고 있었다. 옅은 연기와 함께 고소한 고구마 익는 냄새가 방 안에 퍼졌다. 새끼를 꼬던 서상필이 잠시 손길을 멈추고 입을 열었다.

"여보 임자, 나가 말을 안 허려고 했는디, 오늘은 말을 혀야 쓰겄네."

율촌댁이 남편의 목소리에 고개를 들었다. 그가 이렇게 신중한 목소리를 낼 때는 대개 중요한 이야기를 꺼낼 때였다.

"아따, 먼일이다요? 무슨 큰일이라도 생겼당가요?"

"그 정숙 아씨 있쟈능가. 찬두 도련님댁 큰따님, 그 정숙 아씨 말이여. 내 생각에, 우리 병옥이한테 그 아씨가 딱 어울릴 것 같다고 생각했는디."

율촌댁이 갑작스런 남편의 말에 눈을 크게 뜨고 바라보았다.

"아이고, 그라믄사 우리 병옥이한테야 좋겠지만, 그 아씨가 뭣이가 아쉬워서 우덜 집안에 시집을 오겄소? 그 집안이 지금은 저려도 뼈대 있는 가문 아닌감요? 언감생심이제. 하모."

서상필이 웃으며 고개를 저었다.

"그거시 중요한 게 아녀 시방. 그 정숙 아씨가 복이 겁나게 많은 관상을 가졌당께로. 우덜 집안에 그런 며느리가 들어오믄, 우덜 집안도 그라고 병옥이도 복이 터질 거시란 말이시."

율촌댁은 남편의 말이 무척이나 의아하게 들렸다. 그는 평소에 관상이나 점 같은 걸 크게 믿지 않는 사람이었는데, 오늘은 무슨 이유로 이리도 확신을 가지는지 궁금했다.

서상필이 잠시 생각에 잠기더니, 차분하게 설명하기 시작했다.

"내가 정숙 아씨 얼굴을 유심히 봤는디, 첫째로 눈썹이 진하고 고르더라고. 사람 얼굴에서 눈썹이 진하고 고른 건 맴이 바르다는 거시여. 그런 사람은 집안을 잘 다스리고, 매사에 조용하고 정직하당께."

율촌댁이 남편의 말을 듣고 살짝 고개를 끄덕였다. 그가 말하는 것이 꽤 설득력이 있었다.

"또, 그 아씨 눈빛이 가실 하늘맹키로 맑드라고~. 눈빛이 맑은 사람은 맴에 탐욕이 읎고 가정에 충실하다는 증거여. 그런 여자가 들어와야 우리 집안도 복이 넘치고 항시 팽안할 거시구먼."

"허! 그라믄, 영감은 눈만 보구서 금메, 다 알아부렀다는 거시여?"

"그거만 있는 게 아니제. 들이보드라고잉? 그 아씨 얼굴이 둥그라코, 턱선이 부드럽게 흘러가드라고. 그런 턱은 복이 많고 남편을 잘 도와주는 관상이여. 게다가 입술이 두툼해서 말도 곱게 하고, 식구들끼리 싸움도 없을 거시여. 젤로 중요한 거시 그 아씨의 코 말이여. 코가 적당히 오똑하고 콧대가 단정한디, 이거슨 큰 복을 담은 사람의 상이라 말이시. 그런 사람은 재물도 따르고, 또 그 집안 피가 있응께 자식들도 똑똑한 놈들로 낳을 거시고, 그래야 우리 집안도 번성할 거란 말이시."

율촌댁이 이제야 남편의 말을 조금씩 이해하기 시작했다.

"그란디 정숙 아씨 심성은 우리가 지대로 모르지라."

"그러기는 허제. 자고로 사람은 수상(手相)보다는 관상(觀相)이 낫고, 관상보다는 심상(心相)이 훨씬 더 낫다고 했응께…"

그가 본 것은 단지 외모가 아니라, 그 외모에서 드러나는 성품과 복의 징후였다. 율촌댁은 여전히 걱정되는 것들이 많아져서 심경이 복잡해졌다.

"하기사, 우리 병옥이가 그런 사람을 만날 수만 있다믄 좋긴 좋겠지만서두, 어디 사지 멀쩡한 처녀가 우리 병옥이한테 시집올 사람이 있을랑가 모르겠스라."

그날 밤, 서상필은 다시 한번 정숙 아씨의 얼굴을 떠올리며 잠자리에 들었다. 서상필의 마음속에는 복 많은 며느리가 들어와 집안을 번성하게 할 그날이 그려지고 있었다. 병옥이를 위해서라도 그 복 많은 관상이 자신의 집에 들어오길 바라는 마음이 간절했다. 그러나 율촌댁은 그저 남편의 꿈이 이루어지기를 바라며, 마을에 소문을 슬쩍 내보내는 것 외에는 별다른 기대를 하지 않았다. 그녀도 속으론 정숙 아씨 같은 사람이 병옥의 색싯감이 되어 주면 좋겠다고 생각하면서도, 그 인연은 하늘의 뜻에 달려있음을 알고 있었다.

그의 머릿속에는 지난 화폐개혁 때 은밀히 바꾸어온 백 원짜리 뭉치를 세어보고 있었다. 안방 천장 대들보를 한 번 쳐다보고, 다시 밖으로 나가 뒤쪽 대나무 숲을 슬쩍 둘러보았다. 서까래 위에 숨겨둔 백 원짜리 뭉치, 그리고 땅속에 묻은 항아리 속 돈이 그의 머릿속에서 끊임없이 떠올랐다. 항아리 안에는 뭉칫돈을 꼭꼭 싸서 넣고 또 그 위에는 까만 숯을 겹겹이 쌓아서 밀봉해 넣었다. 그 모습은 생각만 해도 마음 그득히 함함했다. 머릿속으로 돈을 세면서 한숨을 내쉬었다. 그 돈은 자그마치 만 원이 족히 넘었다. 이 돈들은 서상필의 아버지 서호순이 백양사 입구, 장성 북하면

방앗간 집에서 십 년 동안 일하고 받은 새경과 장성 큰댁에서 이양으로 분가할 때 떼어 상속받은 돈 일부와 합친 돈이었고, 나머지는 서상필이 자신이 지난 십 년간 정씨 집안 마름으로 살면서 받은 새경이었다. 빨치산 부대가 집 안팎을 여러 번 뒤졌지만, 그의 집이 워낙 가난해 보였고 별 신경을 쓰지 않고 그냥 지나쳤기에 그렇게 간신히 돈을 지킬 수 있었다.

그는 아버지 서호순이 왜 그 먼 장성에서 화순 이양까지 이주해 왔는지 종종 떠올리곤 했다. 서호순은 장성 북하면의 방앗간에서 방감으로 일하면서 방앗간 집 주인 허씨의 심부름으로 해마다 많은 양의 쌀을 달구지에 싣고 시주하러 백양사로 심부름을 다니곤 했었다.

어느 날 백양사의 무심 주지스님이 서호순을 따로 불렀다.

"허 거사(居士)님은 안녕하신지요? 해마다 매번 이렇게 많은 공양미를 보내주시니 감사하다고 전해 주십시오."

"예, 스님. 직접 오실라고 혔는디, 맴이 바빠서 저를 먼저 보내시고, 다음 주에 오실 거구먼요."

"아 그러시군요. 그런데, 호순 처사는 언제쯤 장가를 갈 생각이시오? 짝은 있더이까?"

서호순은 그때 결혼 적령기를 훨씬 넘어 내후년이면 사십 줄에 들어서는 나이였다. 결혼하고 싶은 생각이야 굴뚝 같았지만, 혼자서 어찌 살다 보니 혼기를 놓쳐버리고 말았다.

"내가 지난주에 화순에 있는 쌍봉사에 다녀왔더이다."

"아~ 그러셨습니까, 스님."

"그곳에서 스님들 공양을 준비하던 어여쁜 처자 보살님을 보았는데, 순간 호순 처사(處士)가 딱 떠오르지, 뭐요."

무심 스님은 서호순의 반응을 천천히 살피며 말을 이었다.

"그 처자 보살(菩薩)이 참하고 인물이 좋더이다. 내가 웬만해서는 중매를 서지 않는디, 아무래도 부처님께서 짝을 지어주시는 것 같다는 생각이 드는군요."

"…."

"쌍봉사에 한번 가보지 않겠소?"

무심 스님이 뒷짐을 지고는 뒷산 암자를 향해 올라가시면서 툭 하고 한마디를 던지시더니 빙그레 웃으셨다. 호순은 무심 스님의 다 닳은 헌 짚신을 바라보면서 중얼거렸다.

'다음에 올 땐 짚신이라도 한 켤레 사다 드려야겠는걸…'

장성 북하면의 방앗간에선 구수한 쌀 냄새가 가득했다. 아침 햇살이 가득한 허씨네 방앗간 안에서 호순은 쌀자루를 나르고 있었다. 언제나 그랬듯이 그는 묵묵히 일을 하며 하루를 보냈다. 그날도 별일 없이 지나가는 듯했지만, 그날따라 머릿속에는 무심 스님이 '장가는 언제 갈 거냐'라고 하셨던 말씀이 자꾸 맴돌았다.

방앗간 일을 마치고 저녁 무렵, 서호순은 그 말을 떠올리며 혼잣말을 했다.

"스님이 말한 그 처녀, 참하고 인물이 좋다고 하셨제?"

그동안 서호순은 미처 결혼 생각을 해본 적이 없었다. 그의 삶은 그저 방앗간 일과 심부름으로 가득 찼을 뿐이었다. 그런데 스님의 중매 이야기를 듣고 난 뒤로는 그의 머릿속에서 떠나질 않았다.

마침내 그는 다음날 무심 스님과 방앗간 주인의 허락을 받고 화순 쌍봉사로 향하기로 마음먹었다. 허씨가 다정한 말투로 그를 격려하며 노잣돈을 두둑이 쥐여주었다.

"어이, 호순이. 선 잘 봐야혀잉. 가서 인사 똑바로 허고, 상대방 맴을 존중허고, 편하게 진심으로 대하는 거시 중요헌 것이여."

서호순은 허씨의 말을 가슴에 새기며 이른 새벽부터 짚신을 챙겨 신었다. 화순까지의 길은 그리 가깝지는 않았다. 광주를 거쳐서 너릿재를 넘어가는 길 대신에, 담양 소쇄원을 지나 무등산을 동쪽으로 돌아 이서를 거쳐 화순으로 가면 높은 산을 넘지 않아도 쌍봉사에 훨씬 더 가깝게 갈 수 있다는 무심 스님 말씀을 따라서 걸었다. 산길을 걷는 줄곧 그는 어떤 처녀를 만나게 될지 생각하며 마음이 설렜다.

쌍봉사에 도착했을 때, 합장을 하며 인사를 공손히 하는 서호순을 현봉 주지 스님이 반갑게 맞아주었다.

"안녕하신게라 시님. 처음 뵙겄습니다. 서호순이여라."

"아이고, 처사님! 먼 길 오느라 고생 많았네요잉. 어여 들어오시오, 배고플 텐디 먼저 공양부터 하시지요."

현봉 스님은 그를 보며 고개를 끄덕이며 미소 지었다. 공양이 끝난 후, 주지 스님은 동자 스님을 불러 무언가를 지시하더니, 잠시 후 한 처자가 모습을 나타냈다. 서호순은 그녀를 처음 본 순간, 숨이 가빠지면서 가슴이 설레었다. 그녀는 실바람에 복사꽃이 살랑살랑 흔들리며 떨어지듯 조용히 걸어오며 수줍게 고개를 숙이고 있었다. 그 모습은 참으로 순하고, 어딘가 모르게 귀한 느낌이 들었다. 농사를 짓지 않아서 그런지 얼굴은 뽀얗고, 마치 갓 피어나는 봄날의 복사꽃처럼 화사했고 막 올라오는 새싹처럼 청순해 보였다.

현봉 스님은 두 사람을 자리에 앉혔다.

"둘 다, 다 큰 어른들이니께, 서로 인사들 하드라고."

서호순은 그저 마음을 진정시키려 애쓰며 말을 꺼냈다.

"지는 장성 북하면에서 왔어라. 대구 서가에 호순이라고 하지라. 방앗간에서 일을 보고 사는디, 이참에 시님이 중매를 서주신다고 해서 오게 되았소."

서호순이 부끄러워서 어찌할 바를 몰라 했지만, 방앗간 허씨 아재 말대로 진심으로 상대를 이해하려고 노력하면서 자기를 소개했다.

그녀는 조용히 고개를 끄덕였다. 그녀는 말하지 않았지만, 눈가에 수줍은 미소가 살짝 번졌다. 그 미소가 호순의 마음을 두근거리게 했다. 그녀는 서호순이 나이가 많은 것이 마음에 걸렸지만, 사람은 착실하고 부지런해 보였다.

"예… 들었어라. 지는 해남 윤가 춘화라고 그라요."

짧은 대답이었지만, 그녀의 목소리는 부드럽고 정갈했다. 서호순은 속으로 '오메 이쁜 거 그래서 봄꽃, 춘화라고 이름을 지었는갑네잉~'라며 속으로 중얼거렸다. 춘화는 그날 결혼을 전제로 한 남정네를 처음으로 만나본 것이었다. 그녀 또한 수줍고 떨리는 마음에 고개를 들지 못하고, 가슴이 쿵쾅거렸다.

서호순은 그녀의 수줍은 모습에 더 마음이 끌렸고, 춘화는 그가 듬직하고 성실해 보인다고 생각했다. 현봉 스님은 두 사람을 바라보며 흐뭇한 미소를 지었다.

"두 사람, 인연이 된 것 같구먼. 그라믄, 내일 새벽 예불 때 맞절하고 정식으로 부부가 되는 걸로 하십시다. 혼례식은 못 올리지만, 부처님께 예불 드리는 것으로 충분하지 않겠소? 혼인 발복 예불은 내가 따로 드릴 텡께."

서호순과 윤춘화는 이튿날 새벽 예불을 드린 후, 정화수를 떠 놓고 맞절을 올렸다. 서로 부끄러운 듯 고개를 숙였지만, 그 순간 두 사람의 마음은 하나가 되었다. 그날 이후로 그들은 쌍봉사가 있는 절골 바로 윗동네 동암 마을에 정착했다. 차 씨 집의 작은 방 한 칸을 빌려, 두 사람은 서로의 손을 맞잡고 행복한 신혼 생활을 시작했다.

그렇게 시작된 두 사람의 삶은 평온하고도 아름다웠다. 서호순은 쌍봉 마을 양씨댁 전답을 소작하기로 하였다. 농사일로 바빴지만, 늘 춘화를 생각하며 일했고, 춘화는 여전히 쌍봉사에서 공양을 도우며 소박하게 남편을 바라보며 살아갔다. 그들의 첫 만남은 비록 수줍음 가득한 것이었지만, 시간이 지나면서 서로에게 의지하며 깊은 사랑을 키워나갔다.

"상필아, 돈은 절대 흥청망청 쓰지 말고 잘 감춰 두거라. 땅도 사지 말고 열심히 일해서 먹고살아야 한다. 낸중에 큰돈 쓸 일이 올 거시다. 그때를 기다려라. 부디 니 아들을 위해서 그 돈을 쓰그라."

서상필은 아버지 서호순의 말을 귀담아들었다. 아버지가 남긴 귀한 돈으로 그는 단 한 번도 큰 지출을 한 적이 없었다. 주위에서 농지개혁을 하고 난 후 많은 전답들이 싸게 매물로 나왔을 때도 꾹 참고 돈을 건들지 않았다. 화폐개혁(貨幣改革)을 했을 때 남들 몰래 새 돈으로 바꾸어 오면서 딱 한 번 그 돈을 만졌었다.

한편, 아버지 서호순은 죽기 전에 인근에 땅을 사서, 직접 미리 자신의 묫자리와 가묘까지 지어놨다. 땅 주인인 송정리 정참봉 어르신이 땅을 팔려 하지 않아 일 년을 꼬박 걸려 기다렸다가 그 땅을 샀다. 정참봉은 이 땅을 팔고 싶지는 않았지만, 일본에 유학 가 있는 작은 아들에게 급히 돈을 부쳐야만 해서 할 수 없이 판다고 하였다. 서호순이 아들 상필에게 봉분까지 다 만들어 놓은 가묘를 보여 주면서 신신당부하였다.

"상필아! 내가 죽으믄, 나를 이곳에 묻거라. 산소 밑에 널을 넣을 자리까지 미리 파서 마련해 놨응께, 굳이 일 크게 벌이지 말고 산소 앞을 밑으로 파믄, 안쪽으로 밀어 넣을 공간이 나올 거시다. 그렇게 간단히 묻어다오."

서호순의 말대로, 서상필은 아버지의 뜻을 따랐다. 하지만 마음 한구석에 불안함이 있었다. 아버지의 묫자리가 진짜 좋은 자리인지, 방향이 맞는지 확신이 서지 않았다. 그래서 화순에서 유명하다는 지관을 모셔 와 확인을 받고 싶었다.

다음 날 해가 중천에 떴을 때, 서상필은 화순 지역에서 유명하다는 풍수 지관을 모시고 아버지의 못자리로 향했다. 지관은 묘 앞에서 땅을 쓸어보며 한참 동안 앞산을 바라보며 조용히 서 있었다. 서상필은 불안한 마음에 물었다.

"지관 어르신, 이 자리가 어때 보입니까요?"

지관이 고개를 끄덕이고는 입맛을 쩝쩝 다시며 대답했다.

"하모 하모, 이 터 자리가 참 좋은 자릴세. 자네 선친께서 진작에 다른 지관을 불러서 미리 알아보신 모양일세그려. 배산임수에 좌청룡 우백호일세. 산이 사람을 감싸주고, 물길이 돌아서 흘러가니 이 집안이 대대로 흥할 자리여. 이 화순 일대에서는 이렇게 좋은 터는 더 이상 없을 것이네."

지관이 입에 침이 마르게 칭찬했다. 서상필은 그 말을 듣고서야 비로소 마음을 놓았다. 아버지가 돌아가시기 전, 모든 걸 미리 계획해 두신 것에 다시 한번 감사함을 느꼈다.

"허긴, 아부지는 다 계획이 있었겠지. 나한텐 늘 말씀하시면서 돈을 함부로 쓰지 말라고 하셨제."

그가 집으로 돌아와서 다시 한번 안방 천장을 쳐다보았다. 그 돈은 단순히 돈이 아니었다. 아버지의 땀과 노력이자, 그의 유산이었다. 언제 큰 돈을 써야 할 일이 생길지 모르겠지만, 서상필은 아버지의 말을 가슴 깊이 새겼다. 그는 이 돈을 쉽게 쓰지 않기로 다짐했다. 그때 옆방에서 아내 율촌댁가 나와 말을 걸었다.

"여보, 아버님 못자리가 어땠디야? 풍수 양반께서는 뭐라 혔는감?"

"잘됐다능구마잉. 아부지가 미리 다 알아서 해놓으신 거니께 걱정할 거 없제."

"아따, 아버님도 대단하시구먼. 우리야 그저 아버님 뜻대로 살아야제. 그래도 인자 그 돈은 어쩔랑가? 난 맨날 그 돈을 보고 있으면 불안혀서 못 살겠구마잉. 혹시라도 누가 알면 어쩔란가 몰러."

서상필이 고개를 저으며 말했다.

"아따, 괜찮여. 서까래 위에 있는 돈이랑 대나무 숲에 묻은 돈은 아무도 모른당께. 빨치산도 못 찾았응께 씨잘데없이 신경 쓰지 말고 지내드라고. 아부지 말씀대로 그 돈은 함부로 쓰지 말고, 우리 병옥이 장개갈 때나 나중에 큰일 날 때 써야 혀."

"그 말도 맞긴 허지만, 난 그래도 맨날 마음이 불편혀싸요. 그 돈이 있으면 좀 어뜨케 써보면 안 될까라? 무안떡 야그 들어본께로 토지개혁인가 뭐 시당가 해서 이양 근방에 논들이 겁나 싸게 나온 것들이 많다고 허던디라."

"허어 시방 말을 으디 귓등으로만 듣는당가? 절대루 안 된당께 그라네 그려. 돌아가신 아부지 말씀이 그 돈은 절대로 함부로 쓰는 게 아니라고 말씀하셨쟈녀. 다 때가 있는 법이제."

율촌댁은 더 이상 말하지 않았다. 서상필의 결심은 단단했다. 그녀도 그 사실을 알고 있었다. 그래서 잔소리도 안 하고 그의 곁에서 묵묵히 있었다. 그렇게 서상필은 아버지 서호순이 남긴 유산을 지키며, 언젠가 올 큰일을 기다렸다. 그 돈은 단순한 재산이 아니었다. 그것은 아버지가 남긴 인생의 지혜와 가르침이었다.

몇 년이 지난 지금 마침내 서상필은 아내 소례에게 결심을 전했다. 흔들리는 등잔불 밑에서 다 떨어진 남편의 저고리를 덧대어 꿰매고 있던 율촌댁은 남편의 말을 듣고 놀란 표정으로 돌아보았다.

"아니, 병옥 아부지요. 시방 뭐시라고 했데요? 정숙 아씨를 우리 병옥이 색시로 들인다니 그거시 무슨 가당찮은 말이당가요?"

율촌댁이 도무지 말도 안 된다며 반문했지만, 서상필이 조용히 그러나 확신에 찬 목소리로 말했다.

"그 집안이 워낙 잘난 집안인 건 알제? 근디 내가 그동안 새경으로 모은 돈이 있잖은가. 그걸로 인자 땅도 조금 사고, 정숙 아씨를 우리 며느리로 삼으면 우리 집안이 흥하게 될 것이라는 것이제."

그러나 율촌댁이 걱정스러운 얼굴로 남편을 바라보았다.

"정숙 아씨가 워낙 인물이 곱고, 그 집안도 아무리 망했다 해도 뼈대 있는 부잣집 아닌 게라우? 우리가 어떻게 중매를 서서 그런 대단한 아씨를 데려온다는 거시여?"

서상필이 고개를 저으며 말을 이었다.

"돈이사 조금 많이 들겠지. 근디 돈이 많이 들어도 괜찮여. 우리 병옥이도 착하고 성실한 놈이니께 잘 어울릴 거시여."

율촌댁은 여전히 마음에 걸리는 게 있었고 고개를 흔들면서 말했다.

"허지만 정숙 아씨가 그리 쉽게 넘어올까라? 그라고 마님이 허락을 할랑가 모르겄소."

서상필이 단호하게 대답했다.

"아니여, 반드시 허락할 것이구먼. 어차피 그 집도 요즘 정찬두 도련님 시신 찾아서 모셔 오는 일 때문에 돈이 많이 들고 있다고 그러지 안튼가. 내가 그 돈을 보태면, 거래는 쉽게 끝나는 것인께."

율촌댁이 그제야 남편의 계획을 이해한 듯 고개를 끄덕였다. 그녀는 남편의 확신에 찬 결정에 어쩔 수 없이 따르기로 했다.

"알것소. 그라시요, 당신 말대로 해보시구랴."

꽃상여와 심청이 정숙

"워메, 어쩌끄나. 어디서 그 큰돈을 구한단 말이여… 으디 가서 나를 폴 수도 없는 노릇이고… 이거 미쳐불겄네."

정숙이네 '대사반' 초가집에는 아직 여명의 기운조차 스며들지 않은 어두운 밤이 가까스로 지나고 있었다. 밤새 끙끙 앓으며, 밤을 지새운 장흥댁이 눈물에 지친 얼굴을 천천히 문지르며 간신히 아침을 맞이했다.

그 시간, 서상필은 이미 정찬두의 집으로 향하고 있었다. 그는 미리 준비해 둔 장흥댁 작은 마님에게 건넬 얼마간의 곡식을 손에 들고, 전하고 싶은 말들을 머릿속으로 되새기며 걱정과 근심 어린 발걸음으로 조심스레 길을 걸었다. 마당에 이르니 장흥댁이 얼굴이 퉁퉁 부은 채 천천히 문밖으로 나오고 있었다. 서상필이 공손히 고개를 숙이며 인사를 건넸다.

"작은 마님, 밤새 잘 주무셨습니까요?"

"아이고, 병옥 아범이… 먼일이길래 아침부터 이렇게 서둘러 왔당가?"

장흥댁이 붉게 부은 눈을 애써 감추며 차분한 목소리로 서상필을 맞았다.

"지가 드릴 말씀이 쪼까 있어서, 이러케 아침 일찍 찾아왔습니다요."

"그런가? 말해 보시게."

서상필이 잠시 숨을 고르고 조심스레 입을 열었다.

"작은 마님, 찬두 도련님 시신 모셔 오는 일 땜시 고생이 많으시다는 야그를 들었는디라. 어찌 그리 혼자 고생을 많이 하시는지… 지두 참 속상허구만요."

장흥댁은 돌아볼 사람 하나 없는 상황에서 아침 일찍 찾아와 걱정해 주는 서상필을 보니 순간 울컥했다. 누구에게도 의지할 수 없는 외로움과 절망이 그제야 조금은 녹아 내리는 듯했다. 그녀는 눈물 젖은 얼굴로 한숨을 쉬며 답했다.

"나가 어찌 고생을 안 하고 살겄는가. 냄편 잃고 나서, 앞이 캄캄해서… 이렇게 되부렀제."

그녀의 목소리는 떨렸고, 삼만 원이라는 큰돈을 구할 길이 없다는 절망감에 다시 한숨을 길게 내쉬었다. 그 말에 서상필이 무겁게 토방에 앉으며, 장죽 곰방대에 담배를 담아 부싯돌을 꺼내 불을 붙였다. 서상필은 차마 말을 꺼내기 어려워 불편한 듯 머뭇거리다가, 어렵게 입을 열었다.

"마님, 찬두 도련님 시신 찾아오시느라 참말로 맴 고생하시는 거, 지가 잘 압니다요. 그랴서 마님께서 필요한 돈 삼만 원을 지가 드릴려구 합니다요."

장흥댁이 그 말을 듣고 깜짝 놀라 서상필을 쳐다보았다.

"아따, 그 말이 참말이당가? 자네가… 어찌 그리 큰돈을… 정말로 내게 융통해 줄 수 있다는 거시당가?"

서상필이 고개를 끄덕이며 말을 이었다.

"예, 마님. 근디 말이요잉… 지도 땅을 사려고 모아 놓은 돈인게로, 꽁으로 그 돈을 드릴 수는 없지라."

"하모 그라겄지. 그라믄…?"

장흥댁은 병옥 아범이 그런 큰돈이 있다는 것을 믿을 수도 없을뿐더러, 무슨 조건을 내세울지 가슴이 철렁 내려앉는 것을 느끼며 눈을 크게 떴다. 서상필이 잠시 말을 멈추고, 조심스레 말을 꺼냈다. 그리고 마침내 그가 준비한 제안을 내놓았다.

"대신에, 조건이 하나 있습니다요. 작은 마님! 정숙 아씨가 인자 혼기도 찼잖소? 정숙 아씨를 우리 병옥이 색시로 보내주시믄, 제가 그 일만 원을 기꺼이 드리겠습니다."

"아! 그건…"

장흥댁은 순간 말문이 막혀 아무 말도 할 수 없었다. 정숙은 아직 열일곱 살밖에 되지 않았고, 어린아이처럼 여렸다. 이제 막 첫 생리를 하고 머리에 빨간 댕기를 달아준 것이 불과 몇 달 전이었다. 밭일이나 집안일도 제대로 배우지 못했고, 세상을 아는 것이라고는 거의 없는 앳된 아이였다. 병옥이는 정숙이보다 두 살 위였지만, 지 엄마 율촌댁을 닮아서 키도 작고 못생긴…, 무엇보다도 마름 집, 서 서방의 아들이 아니던가? 장흥댁은 고개를 숙이고 한참 동안 말을 잇지 못했다.

"병옥 아범, 정말 고맙네. 그려도… 내가 아무리 돈이 필요하고 힘들다고 혀도, 정숙이를 그러코롬 시집을 보내는 건 아닌 것 가트네. 그거슨 정숙이를 심청이처럼 파는 거시랑 뭐가 다르것능가…"

그러나 실망한 서상필이 길게 한숨을 내쉬며 덧붙였다.

"마님, 우리 집이 어디 인당수겄소? 지도 모두를 생각해서 드리는 말씀이지라. 병옥이도 인자 장가를 가야 하고, 마님도 이 상황을 어떠케든 해결해야 하시 잃겄소? 이럴 때 서도 도와야 쓰지 않겄소잉?"

장흥댁이 고개를 떨구며 속으로 깊은 생각에 빠졌다. 정숙을 어린 나이에 더욱이 서씨 집안에는 시집보내고 싶지 않았으나, 눈앞에 놓인 현실은 그녀를 한없이 고통스럽고 작아지게 만들었다. 남편의 시신을 찾기 위해 돈이 절실히 필요했고, 그 돈이 없으면 남편의 마지막 길조차 함께해 주지 못하는 상황이 되고 말 것이다. 그러나 남편을 그렇게 보내게 된다면, 죽을 때까지 두고두고 후회할 것 같았다.

서상필이 실망스러운 분위기를 느끼며 다시 한번 장흥댁을 설득했다.

"마님, 한번 잘 생각해 보시랑께요. 지들 집안도 사실 알구 보믄, 뼈대 있는 집안이구만요. 지가 대구서씨 사가공파 24세대손입니다요. 시방은 쪼까 거시기해도, 정숙 아씨에게도 나쁘지 않은 선택일 것이구만요. 아씨가 우리 집에 시집을 오기만 한담사 고생은 쪼까 하겠지만서두, 병옥이가 성실하고 착한 놈인께 잘 맞을 거라 생각허구만요. 우덜도 인자는 땅도 조금 있고요, 아씨 데려가면 장사라도 열심히 해서 부족한 거 없이 살게 할 팅게 걱정은 마시시요."

아무리 그래도 장흥댁은 말문이 막혀 아무 대답도 하지 못했고, 속이 새까맣게 타들어 갔다. 정숙의 앞날을 생각하니 가슴이 미어졌다. 마음이 천근 같았지만, 남편의 시신을 찾는 일이 막막해지고 있었고 그 절박함이 그녀를 압박했다. 그녀는 깊은 생각에 잠겼다. 판단과 결정은 빠를수록 좋다고 생각했다. 돈이 많이 필요한 상황이었기에 서상필의 제안은 뿌리치기 어려운 '상산 도깨비'의 유혹 같았다. 장흥댁은 심히 고민스러웠지만, 결국 서상필을 향해 조용히 고개를 끄덕이며 마침내 입을 열었다.

"내 알겠네, 병옥 아범. 정숙이를 병옥이한테 시집 보내기로 허겠네. 그려도 어디까지나 대사에는 순서가 있는 법이니, 이삼일 내로 사주단자(四柱單子)를 보내주시게. 보내믄서 돈도 함께 마련해 주시게나."

장흥댁은 정숙에게 미리 물어보지도 않고 텁석 대답을 하고야 말았다. 마침내 서상필이 흡족한 얼굴로 고개를 끄덕이며 자리에서 일어섰다.

"작은 마님, 아슴찬이요. 지가 낼모레, 아침 일찍에 바로 사주단자와 돈을 마련해 갖고 오겠습니다."

서상필은 작은 마님의 말에 감사 인사를 남기고 집으로 돌아왔다. 그의 마음은 이미 한결 가벼워졌다. 이제 모든 것이 제자리를 찾아가는 듯했다. 아버지 산소 터에서 들었던 지관의 말도 다시금 떠오르며, 그의 마음속에는 어쩌면 오랫동안 품어온 기대와 희망이 어느새 자리 잡고 있었다. 오늘은 오랜만에 아버지 산소에 들러 술이라도 한잔 올려드려야 하겠다는 뿌듯한 마음이 들었다.

장흥댁은 남편을 제대로 떠나보내기 위해 서상필의 제안을 받아들였지만, 그 순간 그녀는 또 다른 고통스러운 회한에 빠져야만 했다. 딸의 미래를 생각하면 가슴이 무거웠고, 딸을 팔 듯이 내주는 것 같아 마음이 찢어졌지만 마땅히 다른 방도가 없었다.

장흥댁이 힘없이 방으로 돌아와 주저앉았다. 곧 정숙에게 이 소식을 전해야 한다는 생각에 가슴이 저릿했다. 창밖으로 차가운 겨울바람이 산 아래 쌍봉사에서 불러와 싸늘하게 집 안으로 스며들고 있었다.

그날 밤, 어머니 장흥댁이 정숙을 불러 화롯불 앞에 앉혔다. 장흥댁의 얼굴이 빠알간 화롯불에 비추어져 붉게 물들었다.

"정숙아, 내가 니한티 할 말이 쪼께 있다. 일로 와서 앉아보거라."

정숙은 순례의 근심 어린 표정을 보고 마음이 철렁 내려앉았다.

"엄니, 무슨 일이당가요?"

장흥댁이 잠시 망설이다가 조용히 말했다.

"병옥 아범이 너를 며느리로 들이고 싶어 하더구나. 그 대신 니 아부지 모셔 오는 디 필요한 돈을 대준다고 하드라."

정숙은 가슴이 철렁했다. 순간 등잔 불빛이 벽을 타고 잠깐 흔들렸다. 그녀는 어머니의 말을 듣고 한동안 아무 말도 하지 못했다. 너무나도 큰 충격이었다. 어머니를 바라보았다. 눈물이 그렁그렁한 어머니의 눈도 등잔불에 따라 흔들렸다. 정숙은 아버지의 시신을 찾아오는 일이 중요하다는 것은 잘 알고 있었지만, 그래도 자신의 미래가 이렇게 장터에서 물건으로 거래되는 것처럼 결정되는 것에 마음이 아팠다. 전혀 마음에도 없는 사람에게, 아니 너무너무 싫은 사람에게 돈 만 원에 팔려 간다는 것이 슬프고 괴로웠다. 아버지를 살리기 위해 팔려 가는 심청이도 아니고, 돌아가신 아버지의 시신을 모셔 오기 위해 자신이 팔려 간다는 것이 너무도 처량했다. 그러나 어머니 순례의 눈에 서린 걱정을 보며 그녀는 차마 거절할 수는 없었다.

"엄니, 지는 어떻게 해야 쓸랑가 잘 모르겠스라."

장흥댁이 정숙의 손을 꼭 잡으며 말했다.

"정숙아 내도 니 마음이 젤 중요하다는 건 알구먼. 근디 시방 우리 사정이 이 꼴 저 꼴 볼 상황이 아니쟈녀? 아무튼지 니가 잘 생각해 줬으면 좋겠구먼."

정숙이 대답 대신 묵묵히 고개를 끄덕였다. 그녀의 마음속에는 복잡한 감정이 소용돌이치고 있었다. 정말이지 아버지 일만 아니라면, 콱 죽어버리고 싶었다. 그날 밤, 정숙은 잠을 들지 못했다.

장흥댁은 병옥 아범에게서 삼만 원과 사주단자를 일단 먼저 받았다. 택일단자(擇日單子)는 정찬두의 장례식 이후에 보내주기로 약조하였다.

그해 진달래꽃 피는 춘삼월, 서상필에게 받은 삼만 원과 인근 마을 사람들이 십시일반 모은 돈과 그리고 부족한 몫은 매정에 사는 정찬두 친구인 조상만이 메꾸어서 간신히 정찬두의 시신을 인수하여 장례식을 치르게 되었다. 다행히 지혜로운 정찬두 덕분에 빨치산과 토벌대로부터 생명을 구할 수 있었던 인근 각지 마을에 수많은 사람들이 발 벗고 나서서 장례식을 잘 치렀을 뿐만 아니라 빌린 돈도 일부는 갚을 수 있었다.

장례식날, 장흥댁과 정숙이는 넋이 나간 사람 모양으로 무엇을 어찌해야 할지 모르고 멍해 있었다. 장흥댁은 울지 않았다. 울 기운도 없었지만, 자식들 앞에서 울어서는 안 될 것 같아서였다. 정숙은 고개를 돌리고 눈물을 찍어내고 있었다. 상주 현기가 눈치껏 국밥 두 그릇을 말아 내놓았다.

"엄니, 누님, 쬐까 드셔봇시요. 어른들이 그럽디다. 그래도 산 사람은 살아야 한다고…"

상여는 마을 상포계에서 경비 없이 빌려주었고, 정숙이 마을 사람들과 함께 상여에 종이꽃을 정성스럽게 만들어 달았다. 조상만이 열두 상두꾼의 맨 앞에서 요령꾼으로 나서서 창포를 맡았다. 상여 채에 올라선 조상만은 송정 마을에서 요령꾼을 많이 해보았는지 능숙한 앞소리로 상여꾼들을 잘 이끌었다. 어린 상주 현기는 굴건 없는 거친 삼베 상복만을 차려 입고, 대신 동생 정찬우가 굴건제복을 입고 상여 앞에 섰다.

    북망산천 머다더니 저 건너 앞산이 북망이로세
    어널이~어널– 아~~ 안~모사
    가네 가네 나는 가네 북망산천으로 나는 가네
    어~널 어~널– 어날~이 넘짜 어널
    연결 종천하고 보니 다시 올길 무난하네
    어~널 어~널– 어날~이 넘짜 어널
    인자 가믄 언제 오나 오실 날짜를 알려주소
    어널이~ 어널 어~널– 어날~이 넘짜 어널
    저승길이 멀다더니 저 문전이 저승이로세
    어~널 어~널– 어날~이 넘짜 어널

    인자 가믄 언제 오나 쉬어~가세 쉬어 가세
    어널~야 저~야– 어날~이 넘짜 가~맘
    어찌할꼬 어찌할꼬 내 신세를 어찌할꼬
    어~야 저~야– 어날~이 넘짜 어~널

어이할꼬 어이할꼬 억울해서 못 가겠네

어야 디어~야- 어널이~어널- 아~~ 안~모사

잘 있으오 잘 사시오- 여보 여보 나는 가오

어~야 저~야- 어날~이 넘짜 너화님

우리 새끼 내 새끼들~ 잘 있거라 잘 살어라

어~널 어~널- 어날~이 넘짜 어널

잘 있으소 나는 가오 잘 계시소 나는 가오

어~야 저~야 어날~이 넘짜 어널…

상여 내는 요령꾼 조상만의 '공포' 소리는 끝이 없이 이어졌다.

초경은 슬펐고,

이경은 억울했고,

삼경은 원통했다.

정숙은 구불구불 이어진 산길로 아버지의 꽃상여 뒤를 천천히 따라 걸었다. 가족들이 애써 집에 남으라 말렸지만, 정숙은 아버지를 그리 쉽게 떠나보낼 수 없었다. 바람이 지날 때마다 꽃상여에 매달린 오색 비단이 애잔하게 하늘거렸다. 살아생전 아버지는 단 한 번도 저리 고운 빛깔 속에서 살아보지 못하셨다. 언제나 거센 바람 속에서 모진 세월을 견디며, 이념과 투쟁의 굽이진 길 위를 헤매셨다. 만주의 거친 군 생활, 계당산의 참혹했던 전투, 끝없는 싸움과 떠돎의 나날들. 아버지에게 평탄하고 고운 길은 허락되지 않았다.

하지만 지금 아버지는 꽃상여 위에 누워 고요한 숲길을 지나고 계셨다. 아버지를 배웅하듯 산새들이 애절히 울었다. 새들의 울음소리는 정숙의 가슴을 가늘게 저며놓았다. 그녀는 아버지가 저세상에선 부디 꽃상여의 비단처럼 곱고 평온한 세상에서 쉬시기를, 간절히 하늘에 빌었다. 혁명도,

이념도, 투쟁도 없는 곳에서 따사로운 햇살과 온화한 바람 속에 그저 고이 머물 수 있기를 염원했다.

　몇 개 되지 않는 만장들이 아스라이 스쳐가는 진달래 꽃바람에 처연히 흔들렸다. 객사한 탓에 정찬두의 상여는 끝내 동암골 대사반의 마당 한 번 밟아보지 못한 채, 애타는 마음으로 집 앞을 맴돌다 개울을 건넜다. 신작로를 따라 소정골을 지나, 그가 살아생전 싸우고 쓰러졌던 계당산 깊은 품속으로 향했다. 계당산 자락엔 진달래가 만발하였고, 온통 분홍빛으로 출렁이며 애잔한 춤을 추고 있었다.

슬픈 결혼식

　서병옥과 정정숙의 결혼식 날, 계당산은 온통 진달래 연분홍으로 너울거렸다. 온 마을은 화사한 웃음과 흥겨운 소리로 가득 찼다. 빨치산 토벌이 막바지로 끝나가는 터라 마을 곳곳에는 여전히 불안과 상실의 흔적이 남아있었지만, 그날만큼은 병옥과 정숙의 결혼식이 그 모든 것을 잠시 잊게 해주는 잔칫날이었다. 정숙은 결혼을 앞두고 마음이 무겁고 복잡했지만, 그녀의 모습은 여전히 고운 신부로 보였다. 붉은 연지 곤지를 찍고 한복을 곱게 입은 정숙은 그 자리에 섰다. 그녀의 속마음이야 어떻든, 주위 사람들은 그저 아름다운 신부의 모습에 감탄할 뿐이었다. 정숙이 예쁜 거로 치면 저 멀리 읍내까지도 널리 알려졌었다.

　"오메~ 이쁜 거!"
　"그랑께~ 참말로 곱네야."
　"하늘에서 내려온 선녀가 저러쿠롬 예쁠까잉?"
　병옥이 사모관대를 차려입고 정숙 앞에 섰다. 그의 가슴은 설렘으로 두근거렸다. 전날 밤, 잠을 설쳤던 그는 오늘, 이 순간이 기다려지기만 했다. 정숙과 함께하는 새로운 삶, 새로운 시작이 그를 벅차게 했다. 결혼식이 끝나고, 서병옥은 지금까지는 내색하지 않았으나, 예쁜 신부를 보더니 입이 귀에 걸리게 웃으면서 말했다.

"참말로 예뻐네요잉. 연지곤지 찍고, 이걸 입고 사진까지 찍게 될 줄은 몰랐구먼이라. 사진이 이쁘게 나오게 준비됐제라?"

정숙은 속으로 피식 웃었지만, 그 웃음 뒤에는 깊은 한숨과 슬픔이 숨겨져 있었다. 그녀는 무거운 현실을 마주하며 결혼식을 치르고 있었다. 마음속에서는 결혼이 기쁨이라기보다는 어쩔 수 없이 맞이해야 하는 숙명처럼 다가왔다. 어머니가 그녀를 만 원에 팔아서 결국은 자기가 이 서씨 집으로 시집을 오게 된 사실이 여전히 슬펐고, 가슴을 아프게 하고 있었다. 그럼에도 불구하고 홀어머니를 두고 시집가야만 하는 그녀의 마음은 계당산의 진달래보다도 더 슬펐다. 오늘 결혼식에서만큼은 절대로 울지 않겠다고 다짐했건만, 흐르는 눈물을 주체할 수 없었다. 그러나 정숙은 이를 악물고 소리 내지 않고 울었다. 그저 속으로 울고, 울고, 또 울었다. 자신으로 인하여 이 결혼식을 망치고 싶지는 않았다. 그녀는 억지로 미소를 지었다.

"서방님도 오늘따라 참 잘생겼네요. 우리, 사진 예쁘게 찍어서 남겨요. 자식들에게도 보여줄 수 있게요."

마을 사람들은 그저 환호하며 두 사람을 축하했지만, 정숙의 마음은 말할 수 없이 슬펐다. 결혼이 그녀에게는 한 줄기 희망이 아닌, 삶의 고된 굴레로 다가오는 순간이었다. 이 하루의 결혼식이 그녀에게는 영원한 슬픔의 자물쇠가 되었다.

대사반 신부네 집의 방 안은 은은한 등잔불에 감싸여 있었다. 연분홍 비단 이불 위에 나란히 앉은 두 사람은 서로를 의식한 채 말없이 숨소리만 죽이고 있었다. 신랑 병옥이 어색한 손짓으로 차려입은 사모관대를 다듬었고, 신부 정숙은 족두리 아래로 고개를 숙인 채 고운 손끝을 옷자락에 살며시 얹고 가만히 앉아 있었다. 은은한 등불이 비추는 방 안, 그녀의 얼굴이 드러나자 병옥은 마치 달빛 아래 핀 한 떨기 진달래를 본 듯한 기분이 들었다. 병옥이 떨리는 손으로 신부의 족두리를 살며시 걷어 내렸다.
"정숙 아씨… 많이 힘들었지라? 혼례식 내내 정신이 없었을 거시구만요."
병옥이 어렵사리 입을 뗐다. 그러나 그러한 몇 마디 말 외에는 마땅히 할 말이 떠오르지 않아 그는 헛기침을 몇 번이고 했다. 정숙이 얼굴을 붉히며 살짝 고개를 끄덕였다.
"예… 조금요."
그제야 조용히 대답하는 정숙의 목소리가 가느다랗게 떨려왔다. 병옥이 부드럽게 미소 지으며 그녀의 손을 잡았다.
"그래도… 이렇게 혼례를 무사히 마치고 나니… 이제야 실감이 나는디요."
정숙이 조용히 말하며 살짝 미소를 머금었다. 그때, 밖에서 킥킥대는 웃음소리가 들려왔다. 병옥이 순간 바깥쪽으로 귀를 기울이며 미간을 찌푸렸다. 문밖에서는 동네 여인네들이 문지방에 모여 문창지에 침을 묻힌 손가락으로 조그만 구멍을 뚫으며 소곤거리고 있었다.
"지금쯤 신랑이 신부 족두리를 내려 줬을까나?"
"아따~ 진작에 손도 잡았을 거시구만~."
"그런가? 나도 좀 보세!"
"쉿! 조용히 혀! 들키면 어쩌려고!"
병옥은 얼굴이 화끈 달아올랐다. 방 안의 분위기와는 다르게, 신혼방 밖에서는 장난기 어린 웃음소리가 넘쳐났다. 신부의 초야를 엿보려 여인네들이 문창지에 침을 묻혀 구멍을 뚫는 것이었다. 정숙이 얼굴이 새빨개져 고개를 푹 숙이고 병옥도 난감한 듯 헛기침을 하더니, 슬며시 일어나 문으로 향했다. 문을 벌컥 열자, 문 앞에 모여 있던 여인네들이 깜짝 놀라 흩어졌다.
"오늘 밤은 아무 일도 없을 팅께. 다들 돌아가서 주무시시오. 신부가 부끄러워하지 않겠소?"

병옥이 너털웃음을 지으며 말했다.

"아이구, 신랑이 참 점잖네!"

여인네들은 얼굴을 붉히며 뿔뿔이 흩어졌다가 곧바로 다시 모여들었다.

"그랴도, 신부 저고리 벗기는 거슨 보아야제~."

방 안으로 돌아온 병옥은 다시 정숙의 앞에 앉았다. 그녀의 두 손을 조심스레 감싸며 속삭였다. 정숙이 천천히 눈길을 들어 병옥을 바라보았다. 그 눈빛엔 아직 서먹함이 묻어있었지만, 그 안에 깃든 따뜻함을 느낄 수 있었다.

열일곱 살 꽃다운 나이, 신부의 수줍은 미소 속에서, 신랑의 다정한 손길 속에서 그들의 첫날밤은 동백꽃 꽃봉오리가 터질 듯이 그렇게 깊어지고 있었다. 그러나 결혼식 다음 날부터 정숙의 삶은 하루아침에 변해버렸다. 결혼식 다음 날부터 혹독한 시집살이의 시작이 곧바로 시작된 것이다. 전날까지만 해도 어머니의 품 안에서 보호받던 그녀는 낯선 시댁에서 혼자 모든 것을 감당해야 했다.

햇살이 따스하게 내리쬐는 한적한 저녁 마당. 가마솥에서 피어오르는 연기와 함께 밥 타는 냄새가 바람에 실려 왔다. 율촌댁이 정숙이가 불 때는 것을 보고서는 놀라며 뛰어나왔다. 시어머니 율촌댁이 정숙을 바라보며 불만 가득한 목소리로 말했다.

"워메, 밥 다 타불것네. 밥이 다 되어가는디 불을 그렇게 씨게 때면 언쩐당가잉?"

불을 때면서 연기에 눈물, 콧물을 다 쏟고 있던 정숙은 갑자기 뛰어나온 시어머니 율촌댁을 보고 눈이 솔방울만큼 커졌다. 솔직히 정숙은 친정집에서 살림에 대해서 배워 온 것이 하나도 없었다. 시어머니 율촌댁은 정말 속이 터질 듯이 답답했다. 정숙이 시집을 온 다음 날부터 매일 같이 입에 '워메' 소리를 달고 살고 있었다.

"워메, 저것이 불을 제대로 땔 줄 안당가~ 절구질을 제대로 할 줄 안당가, 챙이질을 할 줄 안당가? 나가 미쳐 불겠네잉."

새색시 정숙은 갑자기 시집을 온 탓도 있었지만, 친정어머니 장흥댁은 예쁜 정숙이 손에 물 묻히는 것도 주저하고 무서워하였다. 정찬두에게는 눈에 넣어도 아프지 않을 딸이었고, 순례에게는 금이야 옥이야 하고 키웠던 귀한 딸이었던 것이었다. 갑자기 뛰어나온 율촌댁의 호통에 정숙은 얼어붙었다. 그녀는 아무 말도 못 하고 그저 불 앞에서 고개를 떨구었다.

'내가 무엇을 잘못한 걸까?'

그녀는 속으로 눈물을 삼켰다.

반면, 율촌댁은 남편 서상필이 갑자기 미워지기 시작하였다. 처음에는 그저 남편이 하는 일이니 어련히 알아서 다 잘하겠지 했지만, 가만히 생각해 보니 만원이 뉘 집 개새끼 이름도 아니고 아까웠다. 돈을 줘도 너무 줬다 싶었다. 돈이 아까운 만큼 시집살이는 더욱더 혹독해졌다.

"워메, 내가 복창이 터져 뒤져 불겠네. 저것이 그렇다구 살림을 제대로 할 줄 안다냐, 복내떡 며느리맹크로 길쌈을 잘허기를 한다냐? 조성떡 며느리맹키로 농사를 잘허기를 한다냐? 도무지 어디 하나 써먹을 데가 한 개도 없당께로~."

시집살이는 매일매일 반복되었다. 시어머니의 날카로운 잔소리에 더해, 어린 시누이들까지도 정숙을 가만두지 않았다. 저녁을 먹고, 마당 한쪽에서 정숙이 설거지를 하고 있고 그 옆에는 어린 시누이 이순이가 가소롭다는 듯 불편한 미소를 띤 채 긴 한숨을 쉬고 있었다.

"오메! 올케, 그릇 닦을 때 그렇게 험하게 닦으면 안 된당께. 그러다가 그릇들 다 깨져뿔것소잉."

이순이가 손을 허리춤에 갖다 대고 제법 어른 흉내를 내며 눈을 흘기며 정숙에게 시집살이를 시키고 있었다. 고작 일곱 살밖에 안 되는 어린 시누이지만, 어디서 배워왔는지 새로 시집온 올케를 잔소리로 괴롭히고 있었다.

정숙이 살짝 미간을 찌푸렸지만, 그릇을 쥔 채 다시 물에 손을 담갔다. 정숙이 애써 미소를 지으며 대답했다.

"알겠어, 내가 좀 더 조심하겠구먼."

하지만 이순이 시누이는 물러서지 않았다. 된장찌개에 간을 잘못 맞춘 것을 트집 잡으며 계속해서 잔소리를 늘어놓았다.

"올케, 근디 된장찌개 끓일 때 왜 된장을 그라고 많이 넣었당가? 아부지도 짜다드만, 그라고 음식 간도 못 맞추면 어떡할랑가?"

정숙의 얼굴에 미세한 긴장감이 떠올랐다. 시누이의 끝없는 간섭과 지적에 지쳐가고 있었지만, 시어머니 눈치가 보여 아무 말도 할 수 없었다. 시어머니는 늘 시누이들 편을 들었고, 정숙은 마음속으로 자신이 이 집안에서 어떤 자리에 있는지 뼈저리게 느끼고 있었다.

"다음엔 신경 쓸랑께."

정숙이 힘없이 대꾸했다. 젊은 얼굴이었지만, 그 고된 결혼 생활에 지친 흔적이 남아 있었다. 이번에는 그 아래 동생 다섯 살짜리 또순이가 정숙을 가만두지 않고 다시 입을 열었다.

"올케! 올케, 내가 몇 번이나 말했낭가, 장독대 뚜껑은 꼭 단단히 닫으라고. 이래 갖고 장이 쉬어 불면 어쩔 거시여?"

꼬맹이 시누이 다섯 살짜리 또순이조차도 장독대 뚜껑을 제대로 닫지 않았다며 올케를 몰아세웠다. 이번엔 정숙이 참지 못하고 잠시 손을 멈췄다. 작은 불만이 얼굴에 스쳤지만, 이내 다시 억누르며 "그래, 내가 깜빡했어. 앞으로는 그라고 안 할랑께" 하고 말했다.

또순이는 그 말에 만족하는 듯 미소를 지었다. 하지만 그 미소는 정숙에게는 날카로운 비수처럼 느껴졌다. 시누이들의 미소 뒤에 감춰진 조롱과 경멸을 어쩔 수 없이 매일 마주해야 했다. 정숙은 그저 힘없이 고개를 끄덕이며 말을 아꼈지만, 어린 시누이들에게까지 시달리며 그녀의 자존심은 서서히 무너져 내리고 있었다. 원래 밝고 명랑했던 정숙은 시집을 간 후, 의기소침해졌고 얼굴도 어두워지기 시작했다.

다음 해, 그렇게 '복창이 터져 뒤져불겠네'라는 소리를 입에 달고 살던 시어머니 율촌댁은 셋째 막내 시누이를 낳고는 시름시름 앓기 시작했다.

"며늘 아가야. 우리 애기 잘 부탁한다와~."

시어머니는 그렇게 어린 며느리에게 갓난 핏덩이 막내 시누이를 남기고 한 달을 못 넘기고 돌아가셨다. 서상필은 막내딸 이름을 '막례'라고 지어 주었다.

시어머니가 돌아가신 후에 정숙의 시집살이는 더욱 혹독해졌다. 새색시 정숙은 어린 나이에 시집을 오자마자 갓난아기 시누이를 키워야만 했다. 살림하랴 농사지으랴 어린 시누이들 돌보랴, 갓난아기 시누이 키우랴 일이 끝없이 이어졌다. 갓 태어난 막내 시누이의 기저귀 빨래부터 동네 아낙네들에게 젖동냥까지 하며, 일은 해도 해도 끝나지 않는 상황에 정숙은 깊은 한숨을 내쉬었다. 무명 똥 기저귀는 빨아도 빨아도 또 나왔다. 새벽부터 밤늦게까지 정말이지 정신이 하나도 없이 움직여도 일은 산더미같이 쌓이고 또 쌓여만 갔다.

정숙의 하루하루는 눈물과 고된 노동의 연속이었다. 새벽에 일어나 밥을 짓고, 농사일을 하고, 시누이들은 여전히 그녀를 괴롭혔고, 남편은 그런 정숙에게 무심하게 대할 뿐이었다. 그녀는 새벽부터 밥을 짓고, 집안일과 농사일까지 도맡아 하며 시누이들을 돌봤다. 그러나 아무리 노력해도 그녀의 고생은 알아주는 이가 없었다. 오히려 더 많은 책임을 떠안게 되었다.

순이와 또순이 시누이 둘은 어디서 누구에게 듣고 왔는지,

"집안에 새로 들어온 며느리가 시어머니를 잡아먹은 거시여"라며 어머니를 잃은 슬픔을 올케에게 닦달하며 풀었다. 아마도 개울가 빨래터에서 동네 여편네들이 해대는 소리를 듣고 온 것 같았다. 아무리 열심히 일해도 시누이들은 그녀를 계속해서 괴롭혔다. 매사에 간섭하고 비난하며, 정숙의 행동 하나하나를 문제 삼았다. 어머니가 돌아가시고 없었기 때문에 어머니의 역할을 대신할 사람은 정숙밖에 없었고, 시누이들은 그 점을 이용해 자신들이 해야 할 일까지 모두 떠넘겼다. 정숙이 속으로 울었지만, 눈물을 보일 수 없었다. 아버지의 죽음, 아버지의 시신을 찾아오기 위하여 심청이의 심정으로 팔려 가는 것과 다름없이 원하지 않던 상대와 자신의 마름이었던 집안으로 시집을 가게 되면서 겪게 되는 수난과 자괴감을 극복하며 살아가야만 하였다.

남편 병옥도 그녀의 고된 삶을 이해하지 못하기는 마찬가지였다. 병옥은 무뚝뚝하고 조용한 사람이었다. 아내에게 따뜻한 말 한마디 건네는 법이 없었고, 그저 농사일에만 몰두했다. 정숙은 처음엔 그저 남편의 성격이 원래 그런 줄 알았다. 하지만 시간이 지나면서 그녀는 남편의 무관심이 점점 마음에 상처가 되는 것을 느꼈다. 정숙이 힘들어 보여도 그저 "다 그런 거 아니겠소"라며 무심하게 대꾸할 뿐이었다.

정숙의 가슴속에는 억울함과 서러움이 점점 쌓여갔다. 친정에서 자신을 만 원에 팔아버린 어머니의 선택을 원망하면서도, 그녀는 결코 목소리를 높일 수 없었다. 그 선택이 아버지를 위한 어머니 순례의 최선의 선택이었음을 알았기에 그녀는 묵묵히 감내할 수밖에 없었다.

하루는 시아버지가 정숙을 불러 앉히고는 말했다.

"아가, 내가 너한테 큰 기대는 안 하지만, 집안일도 농사일도 좀 더 잘해야 하겠쟈? 인자 시집온 지도 꽤 됐으니 적응을 좀 해야 쓰겄다."

그 말은 정숙의 가슴을 더욱 아프게 찔렀다. 매일 같이 고생하는 그녀의 노고는 아무도 알아주지 않았다.

시집 식구들은 땅을 살 돈 만 원으로 그녀를 데리고 온 아버지를 원망하고 있었고, 마치 그 돈으로 노비를 사서 데리고 온 듯, 며느리의 역할을 제대로 하지 못하는 정숙을 미워하고 있었다. 정숙은 차마 울음을 터트릴 수도 없었다. 그녀의 삶은 혹독했지만, 정숙은 어딘가에서 희망을 찾고 있었다. 그 희망이 무엇인지 모르겠지만, 그녀는 절대 포기하지 않았다.

그녀는 속으로 말했다.

'이 고비만 넘기면, 분명 좋은 날이 올 거야.'

그렇게 스스로를 다독이며, 그녀는 그렇게 매일 자신을 위로하며 꿋꿋이 견디어냈다. 그러나 그 좋은 날이 언제 올지 알 수 없었다. 정숙은 그저 꿋꿋이 견뎌낼 수밖에 없었다. 시집살이와 남편의 무관심 속에서도 그녀는 자신의 책임을 다하려 노력했다. 정숙은 매일 밤 피곤함에 지쳐 잠에 들면서, 한편으로는 어머니가 딸인 자신을 포기했던 것이 아닌가 하는 생각에 가슴이 아파왔다. 어머니 순례가 했던 결정을 이해하지 못하는 것은 아니었지만, 그녀의 어린 마음에는 여전히 그 선택이 쓰리게 다가왔다.

마당 저편, 사나운 바람이 나뭇잎을 흔들었다.

그로부터 몇 달 후, 병옥은 군대로 입대할 준비를 해야 했다. 그는 결혼한 지 얼마 되지 않았지만, 나라의 부름을 받고 떠나야만 했다. 전쟁은 끝났다고 하지만 마을 사람들은 여전히 불안해했다. 아무도 전쟁이 완전히 끝났다고 믿지 않았다.

여름의 햇살이 조금씩 힘을 잃어가던 날이었다. 들판의 벼들이 황금빛으로 익어가고 있었지만, 병옥의 마음은 무거웠다. 결혼한 지 겨우 넉 달이 채 지나지 않았는데, 그에게 날벼락처럼 영장이 떨어진 것이다. 병옥이 헛웃음을 지으며 시름에 잠겼다.

"허 참말로… 아직 추수도 안 했는디… 이거 원, 사람이 워쪄케 살아가라는 거시여…"

그가 말없이 짐을 싸는 척하며 한숨을 내쉬었다. 결혼한 지 얼마 되지 않은 새색시 정숙이 자꾸 걱정되었다. 자신이 없으면 농사일은 누가 하고, 아버지 서상필은 누가 돌본단 말인가. 병옥은 잠시 짐을 싸는 손을 멈추고 고개를 들어 허공을 응시했다.

정숙이 마당에서 항아리를 씻어내던 손을 멈추고 그를 바라보았다.

"서방님, 그리 걱정만 하지 마소. 난 괜찮소. 아버님도 내가 잘 모시고 애기씨들도 잘 챙길 테니, 염려 말고 군대나 잘 다녀오소."

그녀의 말은 평온해 보였지만, 정숙의 눈빛에는 떨림이 가득했다. 남편이 떠나면 시댁에서 혼자 살아가야 한다는 두려움과 휴전이 되었어도 곧 다시 전쟁이 일어날 수도 있다는 불안감에 그녀는 너무 두려웠다. 그러나 그녀는 남편을 더 힘들게 하고 싶지 않았기에 불안한 마음을 표현하지 않으려고 애썼다.

마침내 병옥의 입대 날이 다가왔다. 마을의 청년들이 하나둘 이양역으로 병옥을 배웅하러 나왔다. 이양역에는 인근 마을에서 징집된 청년들 서너 명이 이미 와 있었다. 그들은 어깨를 맞대고, 힘을 모아 서병옥을 어깨 위로 둘러메고 노래를 불렀다. 머리에 두른 하얀 띠엔 빨간 동그라미 대신 태극 문양이 그려져 있을 뿐, 일제시대 학도병과 의용군들이 끌려갈 때 보았던 이양면의 입대 행사 때 모습과 흡사했다.

"나라에 바치라고 키운 아들을
빛나는 싸움터로 보내여 올 때
눈물을 흘릴소냐 우는 얼굴로
깃발을 흔들었다 새벽 정거장"

젊은 아들과 청년들을 군대로 보내는 부모님과 어른들의 애잔한 노래다. 태극기를 흔들면서 이어지는 또래 청년들의 노래는 구슬프고도 희망찼다.

"하늘 아래 울려 퍼지는~ 우리의 노래
전쟁을 이겨 내리라~ 살아서 돌아오리라
병옥 전사 나가는 길에~ 승리 있으라~"

하지만 그들의 목소리에서 느껴지는 것은 슬픔이었다. 그들 모두 알고 있었다. 군대에 가면 죽음은 언제나 가까이 있다는 것을. 비록 전쟁은 끝났어도, 세상은 여전히 불안하고, 군대에 가면 살아서 돌아온다는 보장이 없었다.

열차가 역에 도착했다. 병옥이 마지막으로 정숙을 돌아봤다. 정숙은 그를 바라보며 아무 말도 하지 않았다. 대신 눈물이 볼을 타고 흘렀다. 병옥이 한 손으로 그녀의 얼굴을 쓰다듬으며 애써 미소를 지었다. 아프지는 않을까 외로움에 힘들어 지치지는 않을까 걱정하는 마음이 앞서 발길이 떨어지지를 않았다.

"색시, 나넌 걱정하지 말드라고. 금방 돌아올 거잖여. 아무 일 없을 테니께, 그냥 농사 잘 짓고 아버지 하구 동생들… 잘~ 부탁허네."

언제 이렇게 깊은 정이 들었는지… 정숙이 고개를 끄덕이며 겨우 말을 꺼냈다.

"알것소, 서방님. 내가 잘 해낼 테니께, 그짝도 몸조심하시씨요…"

열차가 움직이기 시작했다. 정숙이 열차가 떠나는 모습을 바라보며 창밖으로 손을 흔들며 멀어지는 남편을 끝까지 눈으로 좇았다. 이제는 시어머니도 돌아가시고 남편도 없이 시누이들 셋과 시아버지를 모시고 농사를 지으며 살아가야 할 일이 까마득했다. 그들의 이별이 마음을 아프게 하고 정숙의 아픔이 병옥을 더욱 슬프게 하였다. 마을의 청년들은 그가 보이지 않을 때까지 어깨동무를 하고서 마지막 노래를 이어갔다.

"기다림 속 간절히 비는~ 우리의 마음
힘든 순간 닥쳐와도~ 용기로 버텨내어라
병옥 전사 돌아오는 날~ 영광 있으라~"

현기의 사고

"아따~ 현기야, 니가 인자 우리 집안 기둥인디, 어찌 허고 살겄냐."
어머니 장흥댁이 내쉬는 긴 한숨이 방 안에 가득 퍼졌다.
"엄니, 지가 어찌허든 식구들 먹여 살릴랑께 걱정일랑 하지 마시씨요."
정현기는 입술로는 큰소리를 쳤지만, 속은 까맣게 타들어 갔다.
'내가 아직 열네 살밖에 안 됐는디… 아부지두 없고, 누나마저 떠나뿌니, 이 집안 기둥이 나란 말인가…'
현기의 가슴은 두려움과 막막함으로 꽉 막혔다. 불과 열네 살의 어린 정현기의 세상은 하루아침에 무너져 버렸다. 아버지를 잃고, 유일하게 의지하던 누나마저 갑작스레 시집을 가버렸고, 어머니와 어린 동생들만 덩그러니 남았다. 현기는 어린 나이에 갑자기 집안의 가장이 되어버렸고, 그가 책임져야 할 가족들이 그의 어깨를 무겁게 짓눌렀다.
정현기는 할 수 없이 일가친척들에게 도움을 청하러 다녔다. 먼 길을 걸어가면서도, 마음속엔 조그마한 희망이 있었다. 그러나 친척들은 냉정하고 또 가혹했다. 친가 쪽 일가들은 이미 줄줄이 다 망해 있어서 도와줄 여력도 없었고, 혹시라도 빨치산 가족을 도와주었다가 나중에라도 걸리게 되면 치도곤을 면하기 어려울 것 같았기 때문이기도 했다.

"현기야. 니 아버지가 돌아가신 거시 벌써 석 달이 지났는디, 아직두 일자리를 못 찾았다냐?"

"어른들이 돕긴 돕겄는디, 요즘 우덜도 힘들어가꼬…"

정현기는 집안에서 기댈 곳 없이 막막했다. 어느 어른도 그들에게 도움의 손길을 주지 않았고, 그는 가족을 부양해야 한다는 생각에 홀로 무거운 책임을 짊어져야 했다. 결국 그는 외가의 먼 친척, 재성 아재가 운영하는 장흥군 장평의 방앗간에 발을 들였다. 처음 방앗간 주인 재성 아재가 자기에게 일거리를 주었을 때, 자신의 딱한 사정을 듣고 자신을 도와주려는 아재에게 정말 감사했다. 그 마음으로 더 어린 티를 감추고, 남보다 두 배로 더욱더 열심히 일했다. 하지만 그곳에서의 일자리는 배려가 아닌, 새경을 주는 하인같이 그를 부려 먹기 위한 것이란 걸 곧 깨달았다. 그래도 그는 묵묵히 시키는 대로 열심히 일했다. 그러나 보수는 아주 적었고, 수시로 들어오는 일거리로 잠도 제대로 재우지 않고 일을 시켰다.

방앗간에서의 생활은 혹독했다. 어린 현기는 새벽 어스름에 일어나 밤늦도록 일했다. 손발은 늘 기름과 먼지에 젖어있었고, 끼니는 거르거나, 식어버린 보리밥 덩어리를 구석에서 주워 삼키는 게 다였다. 고된 하루가 반복되며 몸은 점점 지쳐갔다. 그러나 돌아앉아 눈을 감으면, 집에서 기다리는 어머니와 어린 동생들의 얼굴이 떠오르면, 마음을 다잡고 다시 방앗간으로 향할 수밖에 없었다.

그러던 어느 날, 정현기는 평소보다 더 피로가 누적되었다. 졸음에 지쳐 깜빡 고개가 스르르 떨구어지는 순간, 방아 기계가 그의 손을 순식간에 집어삼키고 말았다.

"아악!"

정현기의 자지러지는 비명 소리가 방앗간을 가득 채웠다.

"오메~ 현기야~."

재성 아재가 달려왔을 땐 이미 피가 사방에 튀고 있었다. 기계의 쇠 바퀴는 어린 현기의 살점을 무참히 으깨고 있었고, 손은 형체도 없이 피범벅이 되어 돌고 있었다. 현기는 눈이 뒤집히며 몸부림쳤다.

'아… 엄니… 나, 내 손… 내 손!'

눈앞이 아득해지며, 울부짖던 그의 목소리는 점점 멀어졌다. 상황은 이미 돌이킬 수 없는 지경이었다. 재성이 아재가 재빨리 발동기 시동을 끄고 날다람쥐처럼 기계 사이를 타고 올라가, 피대에 돌고 있던 현기의 뭉개진 오른손을 찾아서 내려왔다. 현기의 사고 현장 주변에는 그의 살점과 피부 조각들이 여기저기에 흩어져 있었다. 현기는 아픔에 몸부림치며 울부짖었지만, 고통 속에서 의식을 잃고 말았다.

"오메~ 오메~ 어쩌쓰까잉…."

재성 아재는 '오메 오메'만 연발하며 손을 덜덜 떨었다. 그래도 곧 정신을 차렸다. 웃옷을 찢어 감싸 쥔 뒤, 의식을 잃은 현기를 자전거에 싣고 죽어라 페달을 밟았다. 피비린내가 바람을 따라 흩날렸다. 길은 끝없이 이어졌다. 그가 도착한 곳은 그 일대에서 가장 큰 도립 강진병원이었다.

현기는 병원에 도착하자마자 다시 의식을 잃었고 사흘 후에야 깨어났다. 손목이 묵직하게 아파왔다. 그가 눈을 떠서 자기 오른쪽 팔을 보았다. 그러나 그곳엔 더 이상 손이 없었다. 손목 아래는 아무것도 없었다. 그는 눈앞이 아찔해졌다.

"이거시 뭐시여. 왜 내 손이 없어졌당가?"

현기가 울부짖으며 침대에서 몸부림쳤다. 하지만 아무리 울부짖어도 소용없었다. 손은 다시 돌아오지 않았다.

방앗간 주인 재성이 아재가 강진에 있는 도립 강진병원 옆에 머물면서 현기를 돌보고 있었지만, 현기는 그를 보려고 하지 않았다. 현기는 무거운 표정으로 멍하니 천장만 바라보며 누워 있었다.

"현기야, 이 일을 어쩐다냐잉. 미안허다, 니한티 어려운 일을 시키는 거시 아닌디… 내가 잘못했제."

그러나 정현기가 재성 아재를 노려보며 이를 악물었다.

"잘못했단 말로 내 손이 다시 붙겄소? 내 인생 망쳐놨는디, 인자 어쩔 것이여? 아재가 책임질 거냐고요!"

재성 아재가 더 이상 말을 잇지 못했다.

'옘병! 호랭이가 물어갈 놈. 잘못은 지가 해서 사고를 쳐놓구서, 뎁데 왜 나한테 지랄이여 지랄은?'

그는 결국 속으로 혼잣말을 하면서 고개를 떨군 채 병실을 나갔다.

장흥댁은 아들 현기만 생각하면, 밭일을 하면서도 자주 울었다. 현기가 힘들어도 한참 힘든 시기라는 걸 알기에 가슴속 한구석이 늘 무거웠다. 아버지 없이 가장 노릇을 하려는 현기의 모습이 대견하면서도 안타까웠다. 그렇게 상심에 잠긴 채 혼자 밭에서 일하고 있을 때, 장동 친정에서 장 서방이 급히 달려왔다.

"작은 마님! 큰일 나부렀소. 시상에 현기 도련님이 사고가 나부렀소. 지금 강진 도립병원으로 실려 갔는디, 지금 급히 가보셔야 할 거 가트라."

호미를 쥔 장흥댁의 손이 덜덜 떨리기 시작했다. 방앗간에서 큰 사고가 났다는 소식은 분멍 큰 사고이리라.

"오메~ 오메, 어디를 어치케 다쳤다등가?"

"지는 잘 모르겠는디유, 얼릉 가보셔야 하거쓰라."

그녀는 말을 잇지 못하고 주저앉았다. 땅에 주저앉아 눈물만 흘렸다. 하늘이 무너져 내린 것 같았다. 그토록 아끼던 아들이, 그 어린 현기가, 방앗간 기계에 손을 다쳤다니.

"워쩐당가… 우리 현기가…"

장흥댁은 곧바로 짐을 챙기고 장 서방을 따라 장흥으로 가기로 마음먹었다. 마을 사람들이 걱정스러운 눈빛으로 그녀를 바라보았지만, 장흥댁은 망설이지 않았다. 어린 경자, 경애는 밤실댁에게 맡기고, 머리엔 수건을 질끈 동여맸다. 장에 갈 때나 한 번씩 신었던 기차표 검정 고무신을 신고 길을 나섰지만 장흥까지는 멀었다. 이양에서 청풍을 거쳐 가려면, 그 험한 곰치고개를 넘어야 했다. 하지만 걱정할 시간이 없었다. 무작정 길을 나선 장흥댁은 무거운 마음을 안고 발걸음을 재촉했다. 청풍면 신리를 지나고, 곰치고개가 눈앞에 다가왔다. 그 고개는 평소에도 사람의 진을 빼놓는 험한 길이었지만, 오늘은 그 어떤 산보다 더 높게 느껴졌고 장흥댁은 걸음을 멈출 수 없었다. 아들을 보러 가야 한다는 생각 하나로 무거운 발을 계속 움직였다.

'현기야, 현기야… 니가 어쩌다가 이리되었다냐… 죽지만 말아라웨. 이 모두가 이 에미 잘못이다. 내가 일을 하라고 재촉하지만 않았더면 이런 일도 없었을 텐데… 우짠다냐 현기야!'

그녀는 걸으면서도 아들의 얼굴이 눈앞에 아른거렸다. 이 모든 것이 자신의 죄였고, 자신이 어린 아들한테 돈 벌어오라고 등 떠민 것이 못내 후회스러웠다. 지난 정월 대보름에 당산재를 지내려고 첫 새벽에 얼음을 깬 우물물에 온몸을 씻었을 때, 극한 추위가 몰려오면서 상처에 소금을 뿌리는 것보다 더 아픈 차디찬 쓰라림이 있었다. 이제 다시금 가슴에서 그 쓰라림이 올라왔다. 고개를 넘으면서 숨이 턱에 차올랐다. 다리가 휘청거리고, 땀이 이마에 맺혔다. 한 걸음 내딛는 것조차 힘들었지만, 그녀는 멈추지 않았다. 나뭇잎 사이로 비치는 해가 서서히 지고 있었다. 산길을 올라가면서 나뭇가지가 얼굴을 할퀴는 험한 길이었지만 아무 느낌도 없었다. 오직 한가지 아들 생각뿐이었다.

'내 새끼… 현기가 얼마나 아플꼬…'

그녀의 눈에 눈물이 맺히기 시작했다. 시집간 딸마저 이제는 멀리 떨어져 있고, 어린 아들이 세상에 홀로 남겨진 것처럼 느껴졌다. 친정어머니는 돌아가시고 새어머니가 안방을 차지하고 있는 장흥 장동 친정집에서 하루를 묵고, 그녀는 다음 날 해가 중천에 떴을 무렵 강진읍에 도착할 수 있었다. 순례와 현기가 그렇게 도와달라고 수차례 부탁을 하였건만, 새어머니가 안방을 꿰차고 있는 친정에서는 완전히 나 몰라라 하고 눈을 돌려 버렸고, 친정아버지는 그 남아있던 정도 떼어버리려고 했다. 하기야 정찬두가 금광 사업에 쫄딱 망해서 도움이 절실히 필요할 때도 순례가 그렇게 도와주기를 간청했지만, 친정아버지는 출가외인이라며 단칼에 거절하였었다. 강진도립병원으로 아들을 만나러 가는 길은 거의 이틀이 꼬박 걸렸다. 기진맥진한 상태로 병원을 찾아가려는 그녀의 머릿속에는 온통 현기의 모습뿐이었다. 병원 앞에 도착했을 때, 그녀는 잠시 숨을 고르고 병실을 찾았다. 병실 문을 여는 순간, 그녀는 그곳에 누워있는 아들을 보았다.

정현기가 말없이 천장을 바라보고 누워있었다. 그의 오른팔은 빈자리가 되었고, 손목 아래는 더 이상 존재하지 않았다. 장흥댁은 그 모습을 보는 순간 심장이 쪼그라드는 듯한 고통을 느꼈다.

"오메 내새끼 현기야…."

그녀가 떨리는 목소리로 아들을 불렀다. 하지만 그는 고개를 돌리지 않았다. 눈은 붉어져 있었고, 이미 너무 많은 눈물을 흘렸는지 더 이상 울 힘도 없었다. 장흥댁이 천천히 아들의 곁으로 다가가 그의 손을 잡았다.

"인자 어쩌믄 좋긋냐, 우리 현기야…."

그녀의 목소리는 떨리고 있었지만, 힘겹게 담담함을 유지하려 애썼다. 아들 앞에서 더는 울고 싶지 않았다. 정현기가 어머니의 손을 느끼고는 고개를 돌렸다. 그의 눈가에 맺힌 눈물이 뺨을 타고 흘러내렸다.

"엄니, 내 손이… 내 손이…."

그의 목소리가 떨리고 있었다.

"어쩌다 이렇게 돼부렀는지 나도 모르겄소…."

"그려~ 그려, 현기야…."

장흥댁이 아들을 품에 안았다. 그녀의 가슴속에는 말로 다할 수 없는 아픔이 가득했다. 하지만 이 순간, 그녀는 아무 말도 할 수 없었다. 그저 아들을 품에 안고, 그 아픔을 함께 견뎌내려 애쓸 뿐이었다.

그날 이후로 현기는 달라졌다. 마음속 어딘가에서 무언가가 무너진 듯, 끊어진 듯, 그는 점점 예민하고 날카로워졌다. 가슴 한켠에 품고 있던 믿음마저 무너져, 정씨 집안도, 가까운 친척들도 더 이상 신뢰할 수 없었다. 눈빛은 차갑고 메말라갔으며, 말투는 거칠어져 집안 어른들 앞에서도 거침없이 내뱉기 시작했다. 깊이 자리 잡은 상처를 품은 채 거세지는 그의 분노와 외로움은 결국 어머니조차도 위로할 수 없을 만큼 깊어져만 갔다.

어느 날, 집안 어른 중 한 명이 정현기를 찾아와 나무라듯 말했다.

"현기야, 이러면 못 쓰는 일이여. 니가 힘든 건 우덜도 알지만, 아무리 힘들어도 어른들한테 그런 막된 말을 하면 되겄냐?"

그러나 정현기가 차갑게 비웃으며 응수했다.

"힘든 걸 안다면서 도대체 뭘 했는디요? 진짜 알았다믄 도와줬어야지. 어차피 내 혼자 다 해결해야 하는 거 아니었어라?"

집안 어른이 깊게 팬 주름이 가득한 얼굴에 안타까움과 난처함을 담고서 떨리는 목소리로 다시 타이르려 했다.

"니 손 잃은 거, 우덜도 마음 아프당께. 그래도 종친 어른은 종친 어른인디…."

현기의 눈에서 분노 서린 울분이 터져 나왔다.

"종친? 종친 어른이면 뭐시여! 종친이라믄 나가 어려울 때 손 한 번 잡아줬어야 허는 거 아니다요? 그때 우덜 가족이 힘들어할 적에 다들 외면했잖소!"

종친 어른은 아무 말도 하지 못한 채 무거운 걸음으로 돌아갔다. 그날 이후 현기는 누구에게도 기댈 수 없다는 고독감에 점점 더 깊은 방황에 빠져들었다. 사람을 믿지 않았으며, 세상을 향한 그의 원망과 분노는 더욱 깊어져만 갔다.
　어느 날, 현기는 정운천 선대조께서 임진왜란 당시 입었던 귀한 갑옷과 투구를 집어 들고 대문을 나섰다. 그것은 지금까지 정씨 집안 대대로 소중히 간직해 왔던 가보인 유물이었다.
　"현기야. 안 된다. 그것만큼은 절대로 안 된다 말이여!"
　장흥댁이 현기를 붙잡으며 애원하였지만, 젊은 현기를 이겨낼 수는 없었다.
　"놓소. 이런 거 아무짝에도 소용 없는 거시여라!"
　장흥댁의 다급한 부름에, 한걸음에 달려온 누나 정숙도 합세하여 아무리 말렸지만 소용이 없었다.
　현기는 그 가보를 바라볼 때마다 가슴 깊은 곳에서 차오르는 울분과 회한이 그를 짓눌렀고, 손끝이 망설임으로 떨렸다. 그것은 단순한 유품이 아니라, 가문의 자존심이자 잃어버린 모든 것의 상징이었다. 장흥댁은 참을 수 없는 눈물을 삼키며, 멀어지는 현기의 뒷모습을 그저 바라볼 수밖에 없었다. 현기는 차마 떨쳐내지 못한 절망과 체념 속에서 희망마저 내려놓듯, 마지막 남은 가문의 자존심을 광주로 가셔가시 치분하고는 서울로 떠나버리고 말았다.
　결국, 현기의 가족은 그해 가을 추수걷이도 못한 채, 막내 경애만 어머니 순례가 키우기로 하고, 나머지 가족들은 눈물을 삼키며 뿔뿔이 흩어져 친척들의 집에 맡겨졌다. 하나둘 흩어지는 가족들의 뒷모습에서 더없이 깊은 비애와 상실감이 묻어났다.

서울 유혹

해가 서쪽 산등성이로 기울어가던 어느 날 오후, 정숙은 부엌 아궁이에 장작을 밀어 넣으며 불씨를 살리고 있었다. 그때 갑자기 문밖에서 나는 인기척에 밖을 내다보았다.

"상필 아재, 있당가?"

익숙한 목소리였다. 고개를 들어 바라본 문밖에는, 어린 시절 이양 쌍봉간이학교를 함께 다녔던 친구 양회룡이 서 있었다. 그는 여전한 그 까칠한 웃음을 터뜨리며 정숙을 바라보았다.

"하하하, 불 때능가?"

"아니 뭐시여, 회룡이가 여긴 웬일이당가?"

반가움이 스쳤지만, 정숙의 가슴 한켠엔 알 수 없는 꺼림칙함이 스며들었다. 양회룡이 쌍봉마을에 사는 것으로 알고 있는데, 여기까지 찾아온 이유가 궁금했다.

"그 뭐시, 자네 시아버지가 우리 땅 소작하는 거, 여태 몰랐당가?"

그 말에 정숙은 순간 멈칫했다. 시할아버지 호순 때부터 쌍봉사 앞에 있는 양씨 집안 답을 소작 해오고 있던 걸 정숙이 알 리가 없었다. 양회룡이 부엌 문간 안으로 성큼성큼 들어와 앉으며, 조용히 정숙에게 속삭였다.

"정숙이, 오늘은 내가 속에 있는 말을 참말로 못 참겄네. 내가 소학교 다닐 때부텀 자네를 겁나게 좋아했던 거 자네도 잘 알고 있었지?"

"오메 집에 어른들도 있고 시누이들도 있는디… 시방 뜬금없시 먼 소리 당가?"

그러나 양희룡은 이미 집안 식구들이 모두 건너편 소정골의 감자밭으로 일을 나간 것을 확인한 뒤에야, 주저 없이 집 안으로 발을 들인 것이었다.

"정숙이, 걱정하덜 말드라고. 다들 감자밭에 일하러 나간 걸 다 확인하고 왔응께."

"오메. 참말로 미쳤능갑네잉. 그라믄… 그라믄 더 안 되는 것이제. 집안에 아무도 없는디 혹시라도 누가 지나가다 보면 어쩔라구 이란디야 이라기를?"

"이보게 정숙이, 나도 오늘은 큰 맴 먹고 할 말 허러 온 거시."

"아~ 긍께, 양씨가 나한티 먼 할 말이 있다구 여그까지 찾아와서 이렇게 이바구여?"

정숙이 일부러 거리를 두려고 그의 호칭을 양씨라고 부르고 있었다.

"정숙이, 나가 겁나 오랫동안 생각을 해봤다네. 나도 그 험한 서울 한 번 가보려고 맘먹었는디, 자네가 나랑 같이 가면 어쩌겠는가?"

정숙이 양희룡의 갑작스러운 제안에 잠시 말을 잃었다. 그것은 같이 서울로 야반도주를 하자는 제안이었다.

"워메, 남사스러워라. 먼 말이랑가 시방! 그런 말 하려거든 다시는 여기 오지도 마소."

정숙은 단호히 거절했지만, 양희룡이 이런 말을 하려고 여기까지 찾아올 줄은 미처 예상하지 못했다. 그럼에도 그의 얼굴에는 숨길 수 없는 진심이 서려 있었고, 양희룡은 깊은 한숨을 내쉰 뒤 말을 이었다.

"자네도 알겠지만, 내가 자네를 얼마나 좋아했능가? 자네가 혼자 집에서 이라고 고생하는 거 보자니 정말 안쓰러워서 내가 미쳐불겄네. 병옥이가 군대 가서 언제 살아서 돌아올지도 모르고, 외롭고 힘들게 지내는 거 보면 겁나게 안스럽제잉. 다행히도 자네가 아직 아그도 없고 허니 같이 서울로 도망가세. 서울 가믄 일자리도 많고, 둘이서 한번 살아볼 만하제."

양회룡은 처음에 쌍봉 간이학교로 정숙이 전학 오던 때를 또렷이 기억하고 있었다. 만주에서 왔다던 정숙은 수줍은 듯하면서도 또래들과는 다른 당찬 모습이었다. 시골 이양에서는 좀처럼 볼 수 없는 뽀얗고 복스러운 얼굴, 동그란 큰 눈을 반짝이며 웃어 보이던 순간, 양회룡은 마치 구름 위를 걷는 듯 정신이 아득해졌다.

'어쩌면 그렇게 이쁜 것이 공부도 잘할 수 있을까?'

양회룡은 정숙의 모든 것이 좋았다. 먹는 모습, 걸음걸이, 화내는 표정까지… 심지어 뒷간에 가는 모습조차 상상할 수 없을 만큼 정숙은 그에게 완벽하게 보였다.

그러나 지금, 양회룡의 달콤한 말에 단호히 거절하는 정숙의 말끝에는 미묘한 흔들림이 스쳤다. 그녀 역시 가끔은 이 답답한 시골을 벗어나, 만주처럼 드넓은 땅에서 살아가는 새로운 삶을 꿈꾼 적이 있었다. 하지만 군 복무 중인 병옥을 배신한다는 생각만큼은, 단 한 번도 마음속에 그려 본 적이 없었다.

"위메, 시방 누가 들으면 위쩔라고 그런 말을 한다야~? 내가 어치케 두 눈 퍼렇게 뜨고 군대에 있는 냄편을 두고 서울로 도망을 간당가? 사람이라믄 병옥이 불쌍혀서 그리 못하지 암만."

정숙의 말에 양회룡이 혀를 끌끌 찼다.

"냄편은 냄편이고, 자네는 자네 아닌가. 자네가 여기서 암것도 안 함스롱, 혼자 있으면 뭐가 남겄는가? 같이 서울로 가서 벌어먹고 살아보자니께. 우리 둘이 합쳐서 벌면야 살만 헐 거시구만."

"…"

"내두 세상이 원망스럽네. 언젠가 때가 되면 자네에게 사랑 고백도 하고 할려고 기다리고 있었는디. 나는 인자 어쩌라고 니는 갑자기 시집을 가부러가꼬…"

눈물이 그렁그렁한 양회룡은 정말로 정숙을 많이 좋아했었나 보다. 정숙은 그런 양회룡의 눈물을 보고는, 그만 가슴이 철렁 내려앉았다.

양회룡의 말에 대답하지 못하고 아궁이에 불만 바라봤다. 그녀의 마음속에서는 여러 가지 감정이 뒤섞였다. 한편으로는 양회룡과 함께 서울로도 가고 싶고, 이 숨 막히는 집으로부터 자유로워지고 싶었지만, 다른 한편으로는 병옥에 대한 책임감이 그녀를 짓눌렀다.

며칠 후, 정숙이 마을에 있는 정자에 혼자 앉아 생각에 잠겼다. 그녀는 그날 양회룡의 제안을 계속 떠올렸다.

'정말 서울로 떠나면 모든 것이 나아질까? 하지만 시아버지와 시누이들이 남아 있고, 군에 있는 병옥을 두고 떠나는 것은 옳은 일일까?'

그때, 시아버지 서상필이 정숙에게 다가와 말을 걸었다.

"아가야, 많이 힘들지야? 무슨 생각을 하고 있는 거시냐?"

정숙이 순간적으로 자신의 고민이 들킨 듯해 놀랐다. 시아버지는 이미 자신의 마음을 알고 있는 듯한 표정이었다.

"병옥이가 군대 가고 나서 니기 힘든 거 다 안다. 내가 너한테 이렇다 저렇다 할 건 아니지만, 맴속에 심겨두고 있는 말이 있으면 한번 말해 보거라."

정숙이 잠시 망설이다가 조용히 말했다.

"아니어라우, 아버님. 나가 참말로 워째야 할지 모르겠스라. 서울로 도망이라도 가고 싶지만… 냄편의 얼굴이 떠오르면 그럴 수가 없당께요."

시아버지 서상필이 깊은 한숨을 내쉬며 먼 산을 바라보았다.

"서울에 가서 더 좋은 삶을 꿈꾸는 건 잘못된 것이 아니제. 허지만 병옥이는 너를 믿고 군 생활을 잘 참고 있을 틴디, 니도 조금만 더 버티어 보그라. 그리고 내는, 니가 잘 해낼 거라고 믿는다와. 그나저나 가족은 항상 니 곁에 있다는 걸 잊지 말그라. 니가 어떤 결정을 하든지 선택은 니 몫이니라."

서상필이 어디서 무슨 말을 들었는지, 그녀의 마음속을 속속들이 모두 꿰뚫고 있었다. 그 말을 듣고 정숙은 다시 한번 깊은 고민에 빠졌다. 시아버지의 말이 그녀의 마음을 더욱 무겁게 했지만, 동시에 위로가 되었다. 그녀는 결국 결심을 내렸다.

며칠 후, 양회룡이 다시 찾아와 정숙에게 물었다.

"정숙이, 잘 생각혀 보았는가? 우리 함께 서울로 가세와?"

그러나 정숙이 단호한 목소리로 정색하며 대답했다.

"아니여, 서울 가는 건 그만두세! 나넌 못 하겠네. 인자 일 년 되앗쏨께 삼 년임사 더 못 기다리겠능가? 나넌 병옥이를 끝까징 기다릴라네."

마지막으로 잔뜩 부푼 기대를 가지고 정숙을 설득하려는 양회룡이 실망한 듯한 얼굴로 하늘을 바라보며 한숨을 길게 쉬었다.

"허허! 알겠네. 알겠어. 독하시! 자네 마음을 돌릴 수는 없겠구먼."

양회룡이 다시 한번 정숙을 바라보았지만, 정숙의 마음은 이미 굳건해져 있었다.

군부대 면회

정숙은 매일같이 병옥으로부터 오는 군사우편 편지를 기다리며, 시아버지와 시누이들과 함께 열심히 살아가고 있었다. 어느 날 시아버지 서상필은 정숙을 데리고 아들 병옥의 군면회를 하러 가기로 작정하였다.

정숙은 잔뜩 기대에 부풀어 있었다. 정숙이 새벽부터 일찍 일어나 이것저것 준비를 하느라 부산을 떨었다. 그녀는 무쇠 솥단지 안에 어렵사리 마련한 쌀 두 되와 간장, 된장과 고춧가루, 무까지 바리바리 준비하여 넣었다. 기차 타고 먼 길을 가는 동안 먹을 주먹밥도 만들었다. 주먹밥이라야 매실장아찌와 참기름 한두 방울을 넣은 보리밥 덩어리였다. 어린 시누이들도 신이 나서 연신 부엌을 들락거렸다.

서상필도 마음이 들뜬 정숙을 바라보며 짐을 챙기느라 바빴다. 솥단지며, 장작까지 모두 지게에 실었다. 기차를 타고 가려면 단단히 묶어야 했다. 닭을 잡아 다리를 묶고 포대기에 담았다. 닭 두 마리가 꾸물거리며 머리를 내밀었다.

"아따, 이거시 다 뭐시여? 이것을 다 짊어지고 가려면 내 허리가 남아나겠냐?"

서상필이 웃으며 물었다.

"그래도 병옥이가 뭘 먹고 자픈가 몰라서 이리 준비했당께요. 군대 음식이 얼마나 부실하겄소?"

정숙도 능숙하게 손을 움직이며 웃으며 대답했다. 서상필은 딸처럼 아끼는 며느리가 좋아하는 모습을 흡족하게 바라보면서 고개를 끄덕였다. 그는 이미 오래전부터 정숙이 얼마나 군대에 있는 남편 면회를 가보고 싶어 하는지 그 마음을 모르는 것은 아니었다.

경기도 포천으로 향하는 길은 멀었다. 정숙과 시아버지 서상필은 병옥의 군사우편 주소를 손에 꼭 쥐고 길을 나섰다. 시골 마을에서는 흔치 않게 기차도 타고, 버스도 타는 여정이었다. 짐이 무겁고 길은 험난했지만, 병옥을 만날 거라는 생각에 발걸음은 가벼웠다.

"인자 힘내서 싸게 가자. 니 냄편을 만날 시간도 얼마 안 남았당께."

시아버지 서상필이 등에 진 지게를 힘겹게 짊어지며 말했다.

"그라지라, 병옥이가 얼마나 반가워할까요."

그렇게 기차를 타고 한참을 가다 보니, 서울역에 도착했다. 기차에서 내리자마자 서상필이 지게를 다시 짊어졌다. 정숙도 포대기를 단단히 묶고 다시 길을 찾아 나섰다. 닭들이 여전히 정숙의 포대기 속에서 꾸물거리며 불편한 듯 머리를 내밀고 있었다.

"이놈들아, 조용히 좀 혀. 서방님헌티 가야 하니께."

정숙이 닭들을 다독였다.

그때 한 무리의 사람들이 옆을 지나가면서 그들을 바라보며 키득키득 웃었다.

"아~따, 닭을 저리 바리바리 싸가지고 어디를 가는가?"

지나가던 할머니가 물었다. 정숙은 얼굴이 빨개지며 웃으며 대답했다.

"군대에 가 있는 우리 냄편 보러 가는 길이다요. 닭도 잡아주려구요."

"아이구, 남편이 잘 있당가? 전쟁이 끝나고 나서도 군대에 가면 겁나게 고생한다더만."

할머니가 걱정스러운 눈빛으로 말했다.

"그래도 뭐, 살아있으니 다행이지라. 이렇게라도 가서 얼굴 한번 봐야 마음이 놓일 거 같당께요."

서상필이 대답하며 허리를 폈다. 버스를 타고, 길을 걷고, 묻고 또 물어 드디어 병옥이 있는 부대에 꼬박 이틀에 걸쳐 도착했다. 그곳은 부대라기보다는 숯을 만드는 숯가마였다. 도착하자마자 정숙과 서상필은 얼굴에 숯 검덩이가 잔뜩 묻어 있는 군인에게 물었다.

"여그에 혹시 서병옥이가 있능가?"

"하이구마. 서 일병님 가족인교? 예, 여기 있습니더. 마 쪼깨만 기다리시소."

"서 일병님~! 서 일병님, 면회 왔습니데이~."

병사 하나가 마치 자기 가족이 면회를 온 듯 신이 나서 소리를 지르며 막사 안으로 뛰어 들어갔다.

잠시 후, 멀리서 군복을 입은 병옥이 나타났다. 얼굴은 까맣게 그을리고, 몸은 예전보다 야위었지만, 눈빛만은 반가움으로 빛나고 있었다. 그 사이 가족이 면회 왔다고 깔끔히 씻고 나온 모습이었다.

"아부지! 이녘!"

병옥이 번발치에서 그들을 발견하고 달려왔다.

"서방님!"

정숙이 눈물을 글썽이며 남편을 맞았다.

"아부지 오셨능게라. 먼 길 오시느라고 고생하셨소잉 아따, 글구 이녘! 왔능가~ 이렇게 멀리까지 올 줄이야…"

병옥은 고생스러웠을 그들의 먼 면회 길이 미안스럽고 고마웠다.

"우리 병옥이 고생이 많았제. 그래도 얼굴을 보니 마음이 놓이네그랴."

서상필은 아들의 어깨를 툭툭 두드리며 웃었다. 정숙이 병옥에게 닭과 장작, 솥단지까지 풀어 놓으며 말했다.

"이거 다 당신 잡숫게 준비했어라. 이놈들 잡아서 닭백숙으로 끓여 먹읍시다."

"아따, 이렇게 많이 챙겨왔단가. 갖고 오니라고 고생혔네."

병옥이 멋쩍게 웃었다. 그때 그의 바로 아래 후임병 박 이병이 땔감나무를 한 짐을 해가지고 지게에 지고 왔다.

"안녕하십니껴? 아버님, 형수님. 먼 길 오셨네예. 좋은 시간 갖고 가이소."

"그랴, 박 이병. 고맙네잉."

"고맙구만이라. 밥은 금방 할 틴디, 같이 한 수꾸락 하고 가시지라."

"어데예? 오랜만에 식구들끼리 좋은 시간 보내시소."

그날 저녁, 정숙과 서상필은 부대 앞에 얻은 집에서 닭 두 마리를 솥에 넣고 끓였다. 병옥은 전투복 상의를 벗은 채 닭죽을 먹으며 말했다.

"여그선 이런 밥 못 먹어 본 지가 언젠지 모르겠소. 겁나게 맛있네요."

"당신이 고생하는 거 내가 다 아니께. 이 정도는 당연히 해줘야지요."

병옥은 혼자서 거의 두 마리를 다 먹고도 부족했다.

"아버지도 자시시요. 자네도 먹소!"

병옥이 혼자서 걸떡지게 먹는 것이 멋쩍었는지 늦게나마 같이 먹자고 권했다. 오랜만에 가족이 한자리에 모인 그 식사는 잊을 수 없는 순간이었다. 군대에서의 고된 삶도, 전쟁의 잔재도 그 순간만큼은 잠시나마 잊혔다.

밤이 깊어가고, 시아버지 서상필과 정숙은 부대 앞에서 하룻밤을 묵으며 남편과 이런저런 이야기를 나눴다. 병옥이 군대에서 겪었던 힘든 일들, 그리고 마을에서의 소소한 소식까지. 그날 밤, 가족의 따뜻한 정이 그들의 피곤함을 잊게 해주었다.

"근디 워째 이곳이 부대 같지는 않고, 숯을 맹그는 숯가마인 것 같은디

워찌 된 거랑가요?"

정숙이 부대 주위 분위기가 너무나도 궁금해서 병옥에게 물었다.

"아~ 뭐시냐. 그거슨 말이여 여기서 숯을 맹글어서 팔믄, 선임하사와 중대장이 그걸로 중대를 먹여 살리는 것이제…."

병옥은 그날 저녁, 첨으로 면회를 온 아내 정숙이랑 아버지 서상필을 마주 앉아 신이 나서 말을 이어갔다. 군복에 밴 숯내가 익숙한 듯 몸을 감싸고 있었고, 정숙은 오랜만에 본 남편 얼굴을 만지며 조용히 웃었다.

"당신, 참말로 고생 마니 했겠네요잉."

정숙이 걱정스런 얼굴로 조심스레 말을 건넸다.

병옥은 닭백숙 한 그릇 떠서 아버지 앞에 놓으며 피식 웃었다.

"고생이야 뭐. 살다 보면 다 겪는 일이제."

병옥이 한숨을 쉬듯 말을 잇다가, 천천히 숯 만드는 이야기를 풀어놨다.

"숯가마 일이 말이여, 그야말로 전투여. 우리 숯부대원들은 이걸 '숯전투'라고 부른당께. 숯가마 봉분 안으로 참나무를 차곡차곡 쌓아 놓고, 빈틈없이 꽉꽉 채운당께. 그러고 나서 불을 지피면, 그때부터가 진짜 시작이지라."

정숙이랑 서상필이 말없이 귀를 기울였다. 병옥이 숟가락 내려놓고 손짓을 하면서 계속 말을 이어갔다.

"불을 붙이고 불이 활활 타는, 가마 입구를 벽돌로 딱 막아야 혀. 그래야 나무가 천천히 타면서 숯이 되는 것이제. 그라고 한 6일 정도는 계속혀서 불을 때야 허는디, 처음에는 검은 연기가 올라오고, 좀 지나믄 흰 연기, 그리고 파란 연기가 피어오른당께. 마지막으로 다시 흰 연기가 나믄, 이제 숯을 꺼낼 때가 되어가는 거시여."

그는 그 순간을 떠올리기라도 하듯 잠시 말 멈췄다. 거센 불길 속에서 싸우던 시간이 떠올랐다.

"입구를 허물면, 천도가 훨씬 넘는 열기가 확- 하고 몰아치제잉. 그 순간 숨이 턱 막혀븐당께. 우덜은 5미터가 넘는 부장대라고 하는 기다란 쇠장대를 써서 숯을 꺼내는디, 그거슬 삽으로 퍼 담아 도라무통에 밀봉해 부러야 고급 숯이 되는 거시여."

정숙이는 생각도 못 해 본 힘든 일이라 조용히 남편 손을 잡았다. 거칠어진 손등을 쓰다듬으며 눈물을 글썽이며 물었다.

"그려도, 힘들진 않았소?"

병옥이 그만의 특유한 순진한 웃음으로 짧게 웃었다.

"힘들었제. 그랴도 우리 고향 증리에서 기와막골 가마에 불 지피던 경험 땜시 선임하사랑 동료들이 날 인정해 줬지라. 나름 숯 만드는 기술자인 것이여."

그는 허공을 바라보며 땡볕에 타들어 가던 여름과, 칼바람 부는 겨울을 떠올렸다.

"여름엔 얼굴이 익어서 시커멓게 타지만, 겨울엔 그나마 따땃한께 견딜만혀."

아버지 서상필은 한참 동안 말이 없었고, 농사일로 굳어진 손으로 조용히 술잔을 들어 한 모금 넘겼다. 병옥의 고생에 마음이 찡했다.

"사내가 밥 벌어묵는 게 다 그런 거지 뭐~. 그래도 니가 이라고 잘 버티고 있으니께 다행이다잉."

병옥이 고개를 끄덕였다.

"그런디, 항상 그렇게 배를 곯고 사는 것이요?"

"군대가 다 그라지 뭐. 우리 숯부대는 다른 부대보다는 먹을 게 좀 낫제라. 그래두 저~짝 수색대는 맨날 배부르게 묵고사는 모냥이던디?"

"야~ 으따 수색대가 그렇게 좋은 부대인갑네요잉~."

"그라제~."

정숙은 병옥을 보며 수색대를 부러워했다. 병옥도 그런 눈치였다. 그는 씁쓸하게 웃으며 정숙을 바라봤다.

"그래도 이렇게 만나서 밥 한 끼 같이 묵으니, 그동안의 고생이 조금은 덜어지는 것 같아라."

정숙이 따뜻한 눈길로 남편을 바라봤다. 닭백숙에서 올라오는 김이 부부의 사이를 더욱 훈훈하게 데워주고 있었다. 그날 밤, 작은 군부대의 초가을 하늘 아래에서, 병옥의 이야기는 숯가마처럼 뜨겁게 흘러갔다.

1950년대 초반, 군대가 다 그랬다. 1, 2, 3, 4종 군수물자 보급품들은 여기저기서 다 빼먹고, 비용이 부족하고 입을 것, 먹을 것이 없으면, 병사들을 동원하여 추가 수입원을 만들어서 부대를 유지하였던 것이다. 체격이 작은 병옥은 훈련하는 부대보다는 이렇게 일을 하는 곳이 체질에 더 맞았고 좋다고 했다.

다음 날, 정숙과 서상필이 다시 길을 떠나 집으로 돌아가야 했다. 병옥이 그들이 떠나는 길목에서 끝까지 배웅하며 손을 흔들었다.

"이러케 면회를 다녀가서 참말로 고맙소, 아부지, 이녁! 나는 여기서 잘 있다가 제대할 테니, 걱정 말고 몸 건강히 잘 지내시요."

그렇게 병옥의 부대가 있는 포천을 떠나는 길, 정숙이 버스 창문을 통해 멀어져가는 남편을 바라보며 속삭였다.

"서방님, 서방님이 돌아올 때까지 기디릴 테니 걱정 말으시오."

그 멀고 어려웠던 면회는 사랑하는 사람을 위한 여정이었기에, 그 어떤 고생도 그들에게는 큰 의미로 남았다.

1954년 정월, 막 새해를 맞이하고 겨울이 깊어가던 어느 날, 정숙은 이양 집 마당에 서서 뒷 계당산을 바라보고 있었다. 멀리서 대나무 숲이 바람에 흔들리며 사그락거리는 소리가 들렸다. 그녀의 마음도 그 바람결처럼 설렜다. 병옥을 면회한 후, 몸이 자꾸 무겁고 피곤하더니 결국 아이가 생긴 것을 알았다. 배 속에 새로운 생명이 자라고 있다는 사실이 그저 신기하고 두렵기만 했다.

"워메, 내가 진짜로 애를 가졌는갑네잉… 참말로 시방 이게 우리 자식이 맞는 거제?"

자신의 배를 쓰다듬으며 혼잣말을 했다. 병옥은 군대에 있었고, 면회 때 만났던 기억이 생생했다. 그 만남 뒤로 몸에 변화가 생기기 시작했을 때, 정숙은 아기를 임신하게 된 것을 확신하게 되었다.

정숙이 한 달이 지나 병옥에게 편지를 보냈다. 그녀가 임신했다는 사실을 알리고, 병옥이 제대하기 전에 아이가 태어날 것이라는 내용이었다. 답장이 도착한 날, 정숙은 설레는 마음으로 봉투를 열었다. 병옥은 기뻐하며 곧 아이 이름을 짓겠다고 했다.

"그 양반이 내 뱃속에 든 아가 이름을 직접 지어준다고 해싸터니… 어쩌믄 좋을까."

1954년 10월, 그렇게 몇 달이 흘러 첫째 딸이 태어났다. 정숙은 첫째 아이라 심한 산통을 겪으며 아이를 낳았고, 처음 그 아이를 품에 안았을 때 눈물이 났다. 이제 그녀도 엄마가 된 것이다. 다행히 어머니 순례가 같은 마을에 살면서 산후조리를 많이 도와주었지만, 집안에서 여자가 해야 할 일을 감당할 사람이 자신뿐이었으므로, 모든 일들을 혼자서 다 해내야만 했다. 며칠 후, 병옥에게서 또 한 통의 군사우편, 편지가 도착했다. 이번에는 이름을 지어 보냈다.

〈정숙, 우리 애기 이름을 정옥이라 지었소. 정숙과 병옥 우리 이름 첫 자 따서 지었는디, 참말로 예쁜 이름이구만. 우리 애기 이름을 이 이름으로 해주소.〉

병옥은 작명을 하다 보니 정옥이란 예쁜 이름을 지어서 좋기도 했지만 둘의 이름을 합쳐서 지으면 부부가 백년해로한다는 부대 중대장의 조언을 듣고는 더 좋았다.

정숙이 병옥이 지어준 이름을 소리 내어 불러보았다.

정옥!

그 단순한 이름이 새롭게 들렸다. 처음에는 태명으로 '성자'라고 불렀지만, 그 이름이 왠지 초라하게 살 것 같은 느낌이어서 마음에 걸렸었다.

"이젠 정옥이라 불러야겠구만."

정숙이 아이를 품에 안고 조용히 말했다. 정옥은 갓난아이답게 쌔근쌔근 조용히 자고 있었다. 정숙은 그런 정옥을 보며 자신이 걸어온 삶의 무게가 조금씩 가벼워지는 듯한 기분이 들었다. 그 아이는 그녀에게 희망이었고, 새로운 시작이었다. 하지만 시집살이와 가난한 형편은 변하지 않았다.

서씨 집안에서의 생활은 여전히 고되었고, 정숙은 아이를 키우며 홀로 외로운 시간을 보내야 했다. 그래도 정숙은 아이에게서 위로를 찾았다. 정옥을 볼 때마다 엄마 순례를 떠올렸고, 그 아이를 통해 엄마의 딸을 사랑하는 마음과 고마움이 더욱 진하게 다가왔다.

"정옥아, 니는 참말로 이쁘게 자라거라. 니가 크면 니 외할머니 이야기도 다 해줄란다. 그분이 어찌 살아왔는지, 오직했으면 나를 서씨 집안에 팔 수밖에 없었는지…"

정숙은 아이에게 속삭이며 자신만의 다짐을 했다. 정옥을 통해 어머니 순례의 이야기를 전하고, 그 삶의 무게를 이겨내며 살아갈 힘을 얻었다. 그날도 정숙은 아이를 품에 안고 잠들었다. 남편은 아직 군대에서 돌아오지 않았고, 정숙은 혼자서도 잘 해내리라 마음을 다잡았다.

서씨네 가족

"임자 나왔소. 정옥아 아부지 왔다!"

1957년, 제대 군복을 입고 기차에서 내린 병옥은 증동 마을까지 한걸음에 내달았다. 안사람 정숙도 딸 정옥도 하루에도 수십 번씩 보고 싶었지만, 오늘을 위해서 꾹꾹 참아왔다. 길가의 가로수는 파릇파릇 새잎이 피어나고 개나리꽃은 노랗게 흔들리고, 산마다 붉게 피어나는 진달래가 병옥을 반기는 듯하였다. 불어오는 봄바람과 함께 서병옥이 드디어 군대에서 제대했다. 정숙은 이날을 손꼽아 기다리고 있었다. 어린 딸 정옥이를 걸리고, 마을 어귀까지 나가 병옥을 기다리며 마음이 설렜다. 빛바랜 군복을 입고 제대한 병옥이 마을로 들어오자, 가무잡잡하고 키가 작은 병옥이어도 정숙은 금방 알아볼 수 있었다.

"정옥 아부지, 그동안 얼마나 기다렸는지 모르요."

결혼한 지 한 달 만에 군대에 갔었던 신랑이, 이제 3년이 넘어서야 제대를 한 남편이 원망스럽고 원통했었지만, 정숙은 환한 미소로 그를 맞이했다. 병옥이 정숙과 딸, 정옥의 손을 잡고 눈물을 글썽였다.

"임자 그동안 힘들었제, 아부지 모시고 동상들이랑 정옥이하고 잘 지내주어서 고맙네."

1958년 절골 동암, 밤실 양반 차영길의 작은 방에서 병옥과 정숙에게 두 번째 새로운 생명이 찾아왔다. 첫아들 정배가 태어난 날, 정숙은 온몸이 녹초가 되어 누웠지만, 아이를 품에 안고 있는 기쁨은 그 무엇과도 바꿀 수 없었다. 병옥도 마찬가지였다. 정배를 바라보며, 자식들을 위해 더 열심히 살아야겠다는 결심을 다졌다.

"이제 우리 정배가 태어났응께, 정숙 아부지, 더 고생하겠소. 잘 키워야 쓰겠제라."

"그려, 나야 뭐… 당신과 아이들을 위해서 더 열심히 일하면, 먹고는 살지 않겠소?"

그들은 더 나은 삶과 자녀들의 미래를 위해 고향을 떠날 결심을 했다. 화순 이양을 뒤로하고, 새로운 시작을 찾아 광주로 이주하기로 결정한 것이다. 병옥은 군대 생활을 통해 넓은 세상을 경험하였고, 도회지의 편리함을 알게 되었다. 광주는 화순에서 가까운 대도시였고, 그들은 광주에서도 화순과 가장 가까운 지역인 서석동, 조선대학교 근처에 자리를 잡기로 했다.

이양 도립역에서 기차를 타면 불과 열 개의 역을 지나면 남광주역에 도착할 수 있었다. 이양역, 입교역, 석정리역, 능주역, 화순역을 지나 조선대학교가 있는 남광주역까지는 금방이었다. 하지만 이주를 하더라도 경제적 여유가 없었기에, 돈을 주고 좋은 방을 구할 수는 없었다. 대신 기찻길 옆 빈 공간에 얼기설기 오두막을 지어 생활을 시작하기로 했다.

오두막을 짓는 일은 쉽지 않았다. 집을 지을 재료도 부족했고, 돈도 없었기 때문이다. 하지만 아버지 서상필이 화순에서 급히 와서 도와주었고, 결국 네 식구가 겨우 발을 뻗고 잠을 잘 수 있는 집이 마련되었다. 오두막은 비가 새는 곳이 많아 비 오는 날이면 그릇을 대어 비를 받아내야 했지만, 그럭저럭 견딜 수 있는 공간이 되어주었다.

병옥은 광주로 이주하면서도 아버지와 어린 동생들을 남겨두고 떠나는 것이 마음에 걸리고 죄송했다. 하지만 그는 아내 정숙이 시집살이의 고통에서 벗어나 어느 정도 숨 쉴 수 있는 공간과 여유를 가지는 것이 중요하다고 생각했다.

광주에 정착한 병옥은 지인의 소개로 무등산수박 장사를 배우게 되었다. 병옥은 매일 수박을 지게에 가득 싣고 무등산 자락을 오르내리며 장사를 이어갔다. 무등산수박은 크기가 어찌나 큰지 어른이 두 팔을 벌려도 감싸기 어려울 정도였다. 주로 담양 소쇄원으로 넘어가는 무등산 중턱이나 증심사 계곡 깊숙한 곳에서 자란 이 수박들은 계절마다 미묘하게 맛과 크기가 달랐다. 보통 사람들은 한 지게에 네댓 개의 수박만 실어도 벅차 숨이 턱까지 차올랐지만, 병옥은 작은 키와 체구에도 지게 하나에 많게는 여덟 개나 되는 거대한 수박을 실어 나를 만큼 강인한 체력을 지녔다. 아니, 그것은 단순한 힘이 아니라 가족을 부양하고자 하는 책임감과 지독한 삶의 무게를 버텨내는 정신력의 몸부림이었다.

해발 300미터 이상의 높은 무등산 고지에서만 자라는 이 귀한 수박은 당도가 뛰어나 맛도 훌륭했지만, 무엇보다 운송이 어려운 탓에 가격마저 비쌌다. 아내 정숙은 그런 병옥이 매일 무거운 지게를 메고 힘겹게 무등산을 오르내리는 모습을 볼 때마다 가슴 한구석이 저리도록 아팠다. 그러나 두 사람은 서로를 위로하고 의지하며 고된 삶을 묵묵히 견뎌 나갔다. 병옥은 매일 지게를 어깨에 얹고 무등산을 오르내리며 스스로에게 이렇게 말하곤 했다.

"우리는 먹고 살기 위해 이 일을 하는 것이니, 무등산이 아무리 높다 한들 두려울 것이 없단 말이오. 이 무거운 수박 지게를 지고 산을 넘나드는 것이 나의 운명인갑소. 이놈의 지게가 내 평생의 업이라더니, 오늘도 또 무등산을 넘어야 하겠구료. 그래도 임자가 나를 믿어주고 곁에 있으니 힘이 솟는구려. 우리 정옥이와 정배도 잘 키우고, 다 잘될 것이오."

그들은 서로의 고된 시간을 감내하며, 보다 나은 삶을 향해 하루하루를 그렇게 견디어 갔다.

1960년 5월, 힘들게 버텨내던 나날 속에서 정숙은 또다시 만삭의 몸이 되었다. 그런데 뜻하지 않은 일이 벌어졌다. 시아버지 서상필이 만삭의 새 아내 제출 어멈을 데리고 기찻길 옆 그들의 초라한 오두막집을 찾아 불쑥 들어온 것이었다. 그날 밤 저녁상을 물린 후, 상필이 근엄한 표정으로 아들과 며느리를 불러 앉혔다.

"아범아, 어멈아, 이리 좀 앉아봐라. 할 이야기가 있다."

"예, 아버님. 말씀하시지요."

병옥과 정숙은 조심스럽게 옷매무새를 가다듬으며 앉았다.

"아범아, 제출이 어멈이 이렇듯 만삭이니 어쩌겠느냐? 자고로, 옛부터 한 달에 한 집에서 두 아이가 태어나면 액운이 든다고 혔다. 미안하지만 너희가 방을 좀 비워줘야겠다."

상필은 스스로도 면목이 없는지 잠시 머뭇거리다가 어렵게 입을 열었다. 그러나 정숙은 시아버지의 말을 듣는 순간, 서러움과 분노가 목까지 차올랐다.

"오메, 아버님! 그럼 지는 어디서 아이를 낳으라는 말씀이시랑가요? 세상에 하필이면 지도 만삭인디, 이렇게 새어머니를 모시고 들어오셔서 쫓아내시겠다는 말씀이시오? 너무하신 거 아니여라?"

정숙은 마음이 불타는 듯했다. 정숙이 대놓고 시아버지에게 말은 못 하고, 부뚜막에서 병옥에게만 넋두리를 해대며 눈물을 훔쳤다. 옛날에 처음 시집왔을 때 시어머니로부터 들었던 '오메, 내가 미쳐불겠네'를 연발하였다.

"그래도 어쩌겠소, 우덜이 나가서 아이를 낳아야지 워쩌긋능가."

효심 좋은 병옥이 차마 정숙을 바라보지도 못하며 말했다. 결국 집에서 쫓겨난 정숙은 비 내리는 날, 지붕도 없는 이웃집 한편에서 차녀 순정을 낳았다. 차갑게 스며드는 빗물과 서늘한 바람이 온몸을 파고들었지만, 정숙은 이를 악물고 아이를 품에 꼭 껴안았다. 눈물은 하염없이 흘렀지만, 그녀는 품 안의 아기에게서 오는 기쁨으로 삶의 고통을 잠시 잊었다. 정숙은 갓 태어난 딸을 품에 안고 속삭였다.

"순정아, 네가 이렇게 고생하면서 태어났으니, 우리는 꼭 더 잘 살아야 한다. 미안하다, 아가야…."

정숙은 갓 태어난 순정에게 너무나 미안했다. 태어날 때부터 서럽고 고달픈 운명을 짊어진 아이가 안쓰러워 그녀는 눈물을 멈출 수 없었다.

며칠 뒤, 그렇게 상필의 손에 이끌려 집으로 들어온 온 새 시어머니, 제출 어멈은 곧 딸을 낳았다. 봉순이었다. 그때부터 정숙은 봉순이에 대한 미움이 자라기 시작했다. 정숙의 마음속 깊은 곳에서 이름조차 붙이기 어려운 감정, 설명하기 힘든 미움의 씨앗이 조용히 자라나기 시작한 것은 그날부터였다. 그녀는 미움과 다짐 사이에서 조용히 숨을 삼켰다. 시간이 흐를수록 그 감정은 봉순이를 향한 어두운 그림자로 또렷해졌고, 세월이 지나도 사라지지 않았다. 오히려 더욱 선명해졌다.

그로부터 오랜 세월이 흐른 어느 날, 장봉순이 캐리어 몇 개를 끌고 미국에 있는 정용의 집 앞에 나타났다. 그녀는 정숙이 문을 열고 나오자마자 덥석 품에 안기며 말했다.

"언니, 저 봉순이예요. 설마 저를 잊으신 건 아니시죠?"

정숙은 순간 숨이 멎는 듯했다. 어떻게 알고 찾아왔는지, 어떻게 그 먼 길을 건너왔는지 알 길은 없었다. 하지만 봉순이는 기어이 미국에 사는 정용의 가족을 찾아온 것이다.

그제야 정숙은 오래전 묻어둔 사실을 다시 떠올렸다. 봉순은 서씨가 아니었다. 그녀의 성은 장씨였다. 서상필은 봉순을 비롯해 그 밑으로 딸

둘을 더 낳고도, 출생신고 하나 남기지 않은 채 떠나버렸고, 버려진 아이들은 어머니 제출 어멈이 나중에 장씨라는 남자와 살림을 차리게 되면서, 가까스로 호적에 오를 수 있었다. 제출 어멈은 키가 아주 작았다. 봉순도 엄마를 닮아 작았다. 아니, 제대로 먹지 못해 성장조차 멈춰버린 것일지도 모른다. 그 밑의 동생들 또한 모두 왜소하고 약했다.

그런 환경 속에서도 봉순은 꿋꿋했다. 어려서부터 남의 집을 전전하며 식모살이를 하고 눈칫밥을 먹으며 자라서인지 손재주가 좋았고, 요리를 잘했으며 성격도 밝고 싹싹했다. 무엇보다도 힘이 들고 외로웠는지 아버지의 흔적을 잊지 않았다. 열여덟 살 무렵부터 봉순이는 용기를 내어 이복 오빠인 병옥을 찾아오기 시작했다. 그 모습을 보며 정숙의 가슴은 저며왔다. 참담했던 과거가 불쑥 떠올랐지만, 아버지 없이 외롭게 살아온 봉순이의 세월이 너무도 선명해 그녀를 박대할 수는 없었다. 그래서 병옥도 배다른 동생 장봉순이와는 불과 두 살 터울인 정용에게 심심히 당부했다.

"정용아, 배다른 고모도 고모다. 고모네 식구한테 잘하고, 미국에서 뿌리내리고 살 수 있도록 잘 도와드려라."

"네 아버지, 잘 알겠습니다."

정용은 불과 두 살 차이밖에 나지 않았지만, 갑자기 나타나 고모라며 다가온 봉순이 고모를 정성껏 잘 모셨다. 처음엔 어색하고 당황스러웠지만, 어린 시절 고생하며 살아온 그녀의 삶이 그대로 느껴졌기 때문이었다. 무엇보다 봉순이 고모는 음식 솜씨가 뛰어났다. 어떤 요리든 손만 대면 맛깔나게 완성했고, 집 안 구석구석까지 깔끔하게 정리해 주었다. 그녀의 손길이 닿는 곳마다 따뜻한 온기가 퍼졌고, 정용은 점차 마음을 열 수밖에 없었다.

그러나 시간이 흐르면서 정숙에게는 또 다른 상처가 스며들기 시작했다. 봉순이가 정숙의 자식들을 따라다니며 은근히 괴롭히고, 심지어 순정이까지 밀어내려 할 때, 정숙은 울컥하며 속을 쓸어내렸다.

"어쩐지 그때부터 미운 게 다 이유가 있었구나… 봉순이가 우리 자식들을 따라다니며 이렇게 괴롭힐 줄 누가 알았겠어… 이 서러운 삶을 함께 살아온 것도 힘든데 말이여…."

그 말은 남을 향한 원망이었고, 스스로를 향한 한숨이었으며, 결국 자신에게 되돌아오는 질문이었다. 세월이 아무리 흘러도 지워지지 않는 상처는, 그렇게 또다시 되살아났다.

정용이네

    1962년 겨울, 동짓달이 되자 조선대학교 입구 근처 기찻길 옆의 초라한 오두막집에서 차남 정용이 태어났다. 그해 겨울은 유난히도 추웠다. 그러나 정숙은 매서운 추위 속에서도 다시 한번 어머니가 된 기쁨을 산고를 잊은 채 느끼고 있었다. 정숙은 찬바람이 스며드는 방 안에서 정용을 품에 꼭 안으며, 작은 생명이 건강하게 자라길 간절히 빌었다.
    "이놈의 겨울이 아무리 차갑고 매서워도, 내 품에 안긴 너는 참 따뜻하구나. 정용아, 네가 꼭 우리 가족에게 복을 가져다주렴."
    정용이는 자라면서 시간이 지날수록, 정숙의 친정아버지 정찬두를 더욱 닮아갔다. 정숙은 정용이의 백일은 아무런 잔치나 기념도 없이 지나쳐버렸지만, 다가오는 이백일만큼은 비록 잔치는 못하더라도 사진 한 장은 꼭 찍어 남기겠다고 마음먹었다.
    정숙은 정용이가 태어나기 전까지 이미 아이 셋을 낳고 살고 있었지만 사실, 서씨 집안에 정이 들지 않아 마음은 늘 밖을 향해 있었다. 그러나 아버지 정찬두를 꼭 닮은 정용을 품에 안으면서부터 그녀는 조금씩 마음의 안정을 찾기 시작했고, 시씨 집안에 뿌리를 내리고 살아가기로 결심했다. 하지만 여전히 가슴 한편에서는 말로 표현할 수 없는 서글픔이 아리게 밀려들곤 했다.

정숙이 정용이를 무릎에 앉히고 창밖을 바라보며 깊은 한숨을 내쉬었다. 아버지 정찬두를 떠올릴 때면 가슴속 깊은 곳에서부터 복받치는 회한과 그리움이 쉬이 가라앉지 않았다. 정용이는 엄마의 무릎에 기대어 작은 손으로 정숙의 손가락을 조용히 만지작거렸다. 아이의 얼굴, 눈매, 턱 선까지 너무나 아버지 정찬두를 빼닮았다. 처음에는 그 모습이 마음 아프도록 충격이었지만, 오히려 아이를 보며 아버지를 기억하고 위안을 얻기도 했다.

"아가, 너는 알랑가 모르겠다. 너의 외할아버지가 어떻게 살다 가셨는지를 말이다. 참으로 사나운 세상이라 우리는 아무것도 어쩔 수가 없었지야."

정숙이 정용이가 이해하지 못할 줄 알면서도 혼잣말처럼 이야기를 꺼냈다. 그녀의 목소리에는 깊은 그리움과 슬픔이 묻어났다.

"내가 어릴 적에 우리 아버지는 만주까지 다녀오셨단다. 만주라는 곳이 참으로 험난한 곳인데, 거기서 쿠로가네 차를 타고 다니시면서 얼마나 당당하고 멋있으셨는지 몰라. 나중에 고향에 돌아와 산에서 나무하다가 붙잡혀 빨치산으로 들어가셨는데, 그때부터 우리 집안은 꼬이기 시작했단다. 아버지가 산에 계실 때마다 우리 식구는 쫄쫄 굶으며 살았지. 참 내 팔자도 어지간히 기구했단다."

정숙은 아버지 정찬두가 떠난 후 얼마나 힘겨웠던가를 정용에게 이야기해 주었다. 빨치산이었던 정찬두는 집에 자주 오지 못했고, 가족은 항상 빨치산 토벌대의 위협과 공포 속에서 살아야 했다. 그래도 정숙의 어머니는 아버지가 집에 오실 때마다 밥을 지어드리고, 좋아하시는 홍시를 손에 꼭 쥐여드리곤 했다. 그런 기억은 아직도 정숙의 마음속에 생생하게 남아있었다.

"아가, 네 외할아버지는 정말 대단한 분이셨단다. 일제 때부터 먼 만주까지 다녀오시고, 그때 내가 어린아이였지만 아버지 뒤를 쫄쫄 따라다니곤 했어. 산속 험한 길도 얼마나 많이 다니셨는지 몰라."

정숙이 정용이를 더욱 꼭 안으며 말을 이었다.

"아버지는 마지막까지 싸우다 가셨단다. 그런데 내가 서씨 집안에 시집을 왔지. 아니, 시집을 온 게 아니라 팔려 온 거였어. 그때 난 너무 억울하고 미쳐버릴 것 같았어. 아무리 집안이 힘들어도 나를 그렇게 팔아넘길 줄은 몰랐지. 그때 네 외할아버지가 살아 계셨더라면, 절대 그런 일은 없었을 텐데…."

그녀는 아버지 정찬두가 살아있었다면 자신이 그렇게 팔려 오지 않았을 것이라 확신했다. 그때부터 정숙은 아버지에 대한 원망과 그리움, 그리고 억울함이 뒤엉킨 감정으로 수많은 밤을 지새웠다. 결혼 생활 또한 결코 쉽지 않았다. 서씨 집안으로 들어온 이후로 그녀를 이해해 주는 사람은 아무도 없었고, 혹독한 시집살이에 몇 번이나 집을 떠나고 싶은 충동에 휩싸이곤 했다.

정숙은 아버지의 죽음 때문에 서씨 집안에 팔려 왔다는 원망과 회한 속에서 마음의 안정을 찾지 못한 채 살아왔다. 집안에서 큰 갈등이 생길 때마다 몇 차례나 가출까지 생각할 정도로 힘겨웠지만, 정용을 낳고부터 그녀는 점차 마음의 안정을 찾기 시작했다. 아버지 정찬두를 꼭 빼닮은 정용의 모습을 볼 때마다 처음엔 놀라움과 충격을 느꼈지만, 시간이 흐르면서 오히려 그 모습에서 위안을 얻고 삶의 한 줄기 희망을 발견했다.

정숙이 또다시 말귀를 알아듣지도 못하는 어린 정용을 무릎에 앉혀 놓고 혼잣말처럼 이야기를 풀어냈다. 어린 시절 만주에서 아버지와 보냈던 기억, 정찬두가 빨치산으로 살아가야 했던 기구한 운명, 그리고 자신의 억울한 결혼과 혹독했던 시집살이까지 미주알고주알 되뇌었다. 정용은 엄마의 이야기를 셀 수도 없이 반복해서 들으며 자랐다. 나중에는 정숙이 며느리 은지에게도 그 이야기를 수없이 해주었기에, 은지도 어머니의 이야기를 거의 외울 지경이 되었다고 했다. 정숙은 그런 이야기를 하면서 종종 책으로 엮고 싶다는 소망을 드러내곤 했다.

"정용아, 네가 태어난 뒤로 내가 비로소 마음을 잡았단다. 네가 외할아버지를 빼닮아, 그 눈매며 얼굴이 너무나 똑같아서 너를 보면 자꾸만 아버지가 생각나고, 그렇게 나는 살아갈 힘을 얻었어."

정용은 여전히 엄마의 목소리에 귀를 기울이고 있었다. 비록 아직 말뜻은 이해하지 못했지만, 엄마의 깊은 감정은 어렴풋이 느끼고 있는 듯했다.

"아가야, 너는 외할아버지 이야기를 꼭 기억해야 한단다. 언젠가는 이 이야기를 꼭 책으로 내고 말 거야. 너의 외할아버지가 걸어오신 그 길과 내가 이 집에 들어와 겪었던 모든 일들을 꼭 세상에 알려야지."

정숙은 마음속 깊숙이 품었던 책 출간의 꿈을 정용에게 속삭였다. 누구도 알지 못했던 가족의 역사를 기록하여 아버지의 유산과 그 정신을 세상에 전하고 싶은 간절한 마음이었다. 그녀는 늘 아버지의 삶을 되새기며 그가 남긴 정신적 유산을 붙잡고 살아갔다. 그렇게 가족 안에 새로운 생명들이 태어나며, 정숙과 병옥은 아이들을 위해 더욱 열심히 일하며 하루하루를 견디어 나갔다.

1965년, 동생 정현기의 주선으로 온 가족은 다시 한번 파주군 주내면으로 이주하여 새로운 삶을 시작하게 되었다. 그런데 파주로 가는 길목인 서울역에서 어린 정용이를 잃어버리는 일이 발생했다. 서울에 가면 코를 베어 간다는 말에 정숙은 한 손으로 코를 꽉 쥐고, 다른 손으로는 정용의 작은 손을 잡고 걷다가 무심코 그 손을 놓쳐 버린 것이었다. 아차 싶은 순간 이미 수많은 사람들 틈에서 키 작은 네 살배기 정용이를 찾기란 쉽지 않았다.

"오메~ 오메, 정용아! 정용아~!"

정숙은 눈물과 콧물이 범벅이 되도록 애타게 소리치며 찾아 헤맸지만 정용이를 발견할 수 없었다. 한편, 정용은 엄마의 치마를 붙잡고 따라가다가 올려다본 순간 엄마가 아닌 낯선 사람임을 깨닫고 크게 놀랐다. 정용은 불안한 마음에 울고 싶었지만, 절대로 울지 않겠다고 다짐한 채 식구들을 찾아 나섰다. 기차에서 내린 사람들이 거의 다 빠져나가고 나서야 마침내 현기 외삼촌이 2층에서 정용이를 발견했다.

"그놈 참말로 별난 아이요. 그 어린 게 울지도 않고 똘망똘망한 눈으로 식구들을 찾아 돌아다니고 있더랑께."

그렇게 우여곡절 끝에 파주에 도착하여 새롭게 삶을 시작한 병옥네 가족은 고된 삶 속에서도 서로를 의지하며 무슨 일이든 함께 이겨낼 각오를 다졌다.

"이제는 여기서 자리를 잡고 살아야겠지. 정옥 엄마, 우리 이제 다시 시작하는 것이여."

"그려요, 여기서라도 아이들 잘 키우고 자리를 잡아야 쓰겠소."

병옥이 이번에는 아이스크림 장사를 시작했고, 정숙은 화장품 장사로 생계를 꾸려나갔다. 병옥은 처남 정현기가 어렵게 구해온 커다란 아이스크림 통에 미군 부대에서 구해온 우유 분말과 설탕, 찹쌀가루로 쑨 죽을 넣고 그 주위를 얼음과 소금으로 채워 넣었다. 그리고 우유가 아이스크림으로 변할 때까지 몇 시간이고 통을 돌리고 또 돌렸다. 어린 정용은 아버지가 만드는 아이스크림이 마냥 신기했다. 아버지가 동그란 숟가락으로 아이스크림을 퍼서 콘과자 위에 얹어주면, 그는 아까운 마음에 달콤하고 차가운 맛을 천천히 음미하며 혀끝으로 핥아먹곤 했다. 병옥은 하루 종일 아이스크림 수레를 끌고 돌아다니다 밤늦게 집으로 돌아왔지만, 언제나 아이들 몫의 아이스크림을 조금씩 남겨 가져왔다. 정숙은 남편이 지치지 않도록 늘 격려했고, 자신 역시 집안일과 아이들 돌보느라 잠시도 쉴 틈이 없었다.

"다들 이렇게 힘들게 살아가는 것이지. 내가 어찌 나만 힘들다고 하겠소."

정숙과 병옥은 그렇게 서로를 의지하며 살았다. 두 사람의 모습은 아이들에게도 깊은 영향을 주었다. 힘든 상황에서도 웃음을 잃지 않는 부모를 보며 아이들은 가족의 소중함과 고난을 견디는 방법을 자연스레 배워 나갔다.

"엄마, 아빠, 내가 크면 꼭 고생 안 하게 해줄게요."

"그래, 우리 정배가 그렇게 말해주니 참 든든하고 기특하구나. 네가 잘 될 거란 걸 엄마는 의심치 않는다."

정숙과 병옥, 그리고 아이들은 서로에게 희망이 되어주며, 무등산 아래에서 시작된 고된 삶을 파주에서도 묵묵히 이어 나갔다. 그들의 삶은 비록 힘겨웠지만 꿈과 사랑을 잃지 않았다.

정숙의 친정어머니 순례 역시 아들 정현기를 따라 파주로 이주하였고, 현기의 동생들인 경자와 전애 또한 그곳에서 여학교를 다니며 꿈을 키워 나갔다. 그러나 1967년 겨울방학이 되자, 서상필은 몸이 아프다는 이유로 아들 가족을 갑자기 이양으로 불러들였다. 삼 개월 동안의 아이들 방학이 끝나고 나서 병옥의 식구들이 파주로 돌아가려 했다.

"파주는 너무 위험하당께. 전쟁 나면 너희부터 죽을 것이여. 여기서 우리랑 같이 살자와?"

그러나 서상필은 전쟁이 다시 터지면 파주가 가장 먼저 피해를 볼 지역이라며 간곡히 가지 말라고 부탁을 했다.

"예, 알겠습니다. 아버지."

마음이 착하고 아버지 말씀을 거역할 줄 몰랐던 효자 병옥은 결국 아무 준비도 없이 이양에 눌러앉게 되었다. 하지만 정숙은 원하지 않았던 이양 증리의 삶이 다시 시작되자 깊은 서러움에 눈물을 흘렸다. 이로 인해 중학교 1학년을 마치고 겨울방학 때에 내려온 큰딸 정옥은 학교도 제대로 다니지 못한 채, 시골에서 나무를 하고 농사를 짓는 생활로 내몰렸다. 정옥은 할아버지를 원망하며 눈물지었다.

"할아버지, 나 학교 댕기고 싶단 말이여. 우리 식구들이 여기서 왜 이렇게 살아야 하는지 모르겠네."

정숙의 자녀들은 그렇게 계획에도 없던 이양동국민학교로 전학하게 되었다. 어느 날 국민학교 1학년 2학기가 시작되고, 정용이 새 책을 받은 지 열흘쯤 지난 무렵이었다. 정용이 하굣길에 친구들과 절골 마을 앞 개울에서 물놀이를 하다가, 해가 넘어가기 시작하고 저녁이 되어서야 서둘러 집으로 돌아왔다. 저녁을 먹고 숙제를 하려고 보니 가방이 보이지 않았다. 그제야 정용은 소중한 책가방을 개울가에 두고 온 것을 깨달았다. 그 책가방은 서울에서 노동일을 하던 아버지가 어렵게 사서 보내준, 전교에서 유일한 귀한 물건이었다. 그것은 멜빵이 있어서 뒤로 멜 수 있었던 가죽가방이었다. 다른 모든 친구들은 무명천 보자기에 책을 싸서 '어깨메' 또는 '허리메'로 책보(冊褓)를 메고 다닐 때였다.

"정용아, 나두 딱 한 번만 니 책가방 메보자와?"

"나두! 나두!"

정용의 가죽 책가방은 모든 친구들의 부러움의 대상이었다. 왜 하필 하나만 사서 보내주었는지… 형과 누나도 부러워서 죽을 지경이었다. 그런 가방을 잃어버린 정용은 깜짝 놀라 한달음에 개울가로 달려갔지만, 아무리 찾아도 찾을 수 없었다. 울며 집으로 돌아온 정용은 온 가족에게 번갈아 야단을 맞았다.

"아이고, 이놈아! 대체 정신을 어디에 두고 다니는 거시여?"

다음 날 아침 가족들이 모두 동원되어 찾아봤지만 끝내 찾지 못했다.

정용은 억울하고 죄책감에 학교생활이 막막해져 한참을 울었다. 이튿날 정숙은 정용의 손을 잡고 학교에 찾아갔다.

"선상님, 우리 정용이가 책가방을 잃어부렸는디, 혹시 여분의 책 한 질이 더 있겠습니까?"

"저런 어쩌쓰까요… 정용이 어머니, 죄송합니다. 책이 워낙 귀해서 저희 핵교에는 여분이 없구만요."

"야, 알겠습니다. 선상님. 성가시게 해서 지송하구먼요."

"오메, 미쳐불겠네. 정용아, 그래도 책이 없다고 공부를 포기할 순 없지 않겠냐. 엄니가 똑같이 만들어 줄 텡께 힘내서 공부하그라와?"

실망하고 돌아서는 정용에게 정숙은 말했다. 정숙은 도화지를 사서 한 장 한 장 직접 그리고 써서 정용에게 책을 만들어주었다. 정용은 어머니가 정성껏 만든 책으로 더욱 열심히 공부했다. 어머니와 함께 직접 만든 책이었기에 내용을 모조리 외워버릴 정도였다. 정숙은 무엇이든 솜씨가 좋고 누구보다 자식들을 위해 헌신하는 어머니였다. 그해 가을운동회가 다가왔을 때, 정숙은 손재주와 지혜를 발휘하여 직접 운동화를 만들어 자녀들에게 신겨주었다. 청군으로 출전한 정용은 엄마가 정성으로 만들어 준 그 운동화를 신고 달리기에서 1등을 하여 부상으로 공책을 받았다. 정숙과 병옥 가족은 고단한 삶 속에서도 서로를 의지하며 사랑과 희망으로 묵묵히 살아갔다.

중동 산꼭대기 마을에 사는 서씨네 삼 남매, 장남 정배, 셋째 순정, 그리고 막내 정용은 매정리에 있는 학교까지 매일 이십 리가 넘는 길을 걸어 다녀야 했다. 특히 겨울이면 매서운 눈보라와 살을 에는 칼바람을 견디며 한 걸음 한 걸음을 내딛는 것은 그야말로 고된 여정이었다.

"엄마, 신발이 자꾸 미끄러져요."

정용이 매일 아침 신발을 신을 때마다 투정을 부렸다. 그 말을 들은 어머니 정숙이 아이들이 조금이라도 덜 미끄러지도록 검정 고무신 위에 새끼줄을 촘촘히 엮어 주었다. 새끼줄 덕분에 눈 위에서는 한결 나았지만, 그래도 마른 길을 밟을 때면 발이 아프도록 따끔거렸다.

"어쩔 수 없단다, 정용아. 이렇게라도 해야 눈길에서 덜 미끄럽지 않겠냐?"

정숙의 말에 정용이 입술을 내밀었지만, 곧 묵묵히 신발을 신고 길을 나섰다. 학교까지 가는 길은 멀었고, 겨울 아침 추위는 뼛속까지 파고들었다. 마을 어른들은 아이들을 위해 신작로 중간쯤 자리한 쌍둥이 소나무 아래에 장작을 쌓아두었고, 5, 6학년 형들에게 성냥을 맡겨두었다.

"성아, 언능 가세. 손이 너무 시렵네!"

정용이 얼어붙은 손을 호호 불며 형을 재촉했다. 정배는 동생들의 빨갛게 언 손을 보며 동생들에게 고개를 끄덕였다.

"순정아, 정용아, 조금만 더 참아라. 쌍둥이 소나무까지만 가면 불을 피울 수 있으니께."

세 남매는 차가운 바람을 맞으며 입술을 깨물고 걸음을 재촉했다. 마침내 쌍둥이 소나무 아래에 도착해 형제들은 어른들이 쌓아놓은 장작에 불을 붙였다. 정배가 성냥을 켜자, 바람에 꺼질세라 긴장한 순간이 지나고 몇 번을 시도한 끝에 마침내 작은 불꽃이 일렁이며 장작에 옮겨붙었다. 아이들은 얼어붙은 손을 불꽃 앞으로 내밀며 온기를 느꼈다.

"오메, 따땃한 거…"

정용이 이제서야 미소를 지으며 떨고 있던 숨을 길게 내쉬었다.

"정용아, 손이 다 녹을 때까지 조금 더 있다 가자."

정배가 정용의 손을 꼭 잡아주며 말했다. 하지만 아무리 불을 쬐어도 신발 속 발가락까지 온기가 미치지는 못했다. 아버지가 보내주신 나일론 양말은 불똥이 튀어 여기저기 구멍이 나 있었다. 학교까지 남은 길을 생각하면 다시 길을 나서야 했다. 잠시 쉬었다가 다시 학교를 향해 걷기 시작한 삼 남매의 얼굴 위로 희미하게 얼어붙은 눈물이 빛났다. 그토록 추운 겨울에도 서씨네 삼 남매는 단 하루도 학교를 거르지 않았다. 눈길 위에서 그들은 서로에게 의지하며 한 걸음씩 앞으로 나아갔다.

1970년 9월, 추석 다음 날에 막내아들 정훈이 태어났다. 정용이 학교를 마치고 쌍봉마을 물레방앗간 집 앞을 지날 때였다.

"아가야, 니가 금촌떡 집 아들이냐?"

"야! 그란디요?"

"니 엄니가 동생을 낳았다더라. 얼릉 집에 가보거라."

"야~!"

정용이 태어나서 지금껏 가장 빠른 달음박질로 집까지 단숨에 뛰어갔다. 집에 도착한 정용이 갓 태어난 동생을 바라보며 조용히 속삭였다.

"오메, 그놈 참 이쁜 거. 근디, 이놈이 언제 커서 같이 손잡고 뛰어놀 수 있으려나?"

여전히 집안 형편은 어려웠지만, 정숙은 새로 태어난 아기를 품에 안고 힘겹지만 따스한 미소를 지었다.

"정훈이도 곱게 잘 키워서, 우리 아이들 모두 잘되게 만들어야지."

그녀는 또다시 다짐하며 깊은숨을 내쉬었다.

같은 해 12월, 가족은 태어난 막내 정훈을 혹여나 찬 바람에 쐬일까 강보에 꼭 싸맨 채, 이양을 떠나 이제 막 터를 닦고, 새로 이주를 시작한 성남 대단지의 탄리에 자리 잡게 되었다. 당시 탄리는 막 서울 인근의 새로운 철거민들이 모여들던 때였다. 시아버지 상필은 그동안 애지중지하던 황소를 팔아 마련한 돈으로 아들 병옥의 사업 자금을 마련해 주었다. 그리고 1972년에는 서상필과 막내딸 막례가 성남으로 이주하여 병옥과 합가하게 되었다.

그러나 1973년, 가족에게 큰 슬픔이 닥쳤다. 병옥과 정숙은 첫째 아들 정배를 사고로 잃었다. 열여섯 살, 너무도 착하고 총명했던 정배의 이른 죽음은 가족 모두에게 크나큰 상처를 남겼다. 정숙은 아들의 이른 죽음을 두고, 하나님이 세상에서 가장 귀한 사람들을 일찍 데려간다는 말을 떠올리며 한없는 슬픔과 자책으로 괴로워했다.

"정배야, 미안하다… 네가 이렇게 일찍 갈 줄 알았더라면, 더 잘 돌봐줄 것을…."

시간이 흘렀지만, 그 슬픔은 평생 그녀의 가슴 깊이 남아 삶의 무게가 되었다. 정배의 죽음 이후, 장남의 역할을 맡게 된 정용은 대학에 진학했고, 2년 뒤에는 군에 입대했다.

"하나님! 우리 아들 부디 수색대에서 근무하게 해주세요."

정숙은 매일 새벽, 남편 병옥의 옛 군 생활을 떠올리며 정용이 배고프지 않게 수색대에서 복무하게 해달라고 간절히 기도했다. 어머니의 끈질긴 기도 덕분에 생고생을 덤으로 한 정용이 수색대에서 건강히 군 복무를 마쳤고, 이후 미국 애리조나로 유학을 떠나게 되었다.

고등학생이었던 큰아들을 잃고 나서, 평생 가슴에 맷돌 하나씩을 나누어지고 살았던 정용의 부모는 큰아들의 산소 위치를 잊어버렸다. 그것은 몸부림이었다. 남은 자식들을 키우느라 가슴을 치면서 잊어버려야 했다. 그만큼 죽은 성배에게 향했던 기대는 정용을 바라보게 되었다. 병옥은 집을 팔았다. 정용이 미국으로 떠나던 날, 집을 판 돈을 반으로 뚝 잘라서 정용에게 주었다.

"가라. 가지고 가거라."

돈을 받는 정용은 손이 떨리고 눈물이 났다.

"아버지. 저는 이 돈을 받을 수가 없어요. 제가 어떻게 집 판 돈을 가지고 가요? 그러면, 우리 식구는 어디서 살아요? 흑흑!"

"사내자식이 울기는… 가서 열심히 공부하고, 꼭 성공하거라. 우리는 전세를 얻어 들어가면 된다. 까짓거 니가 나중에 성공해서 아버지 집을 더 큰 걸로 하나 사주면 되지야."

그렇게 정용은 죽은 정배 형의 발등에 떨어졌었던 무거운 다듬잇돌을 어깨에 멘 채, 미국행 비행기를 탔다. 정용은 그곳 애리조나에서 교포 아가씨 박은지를 만나 가정을 이루었고, 우석, 윤석, 민석 세 아들을 낳고 행복한 가정을 이루었다.

1990년 6월, 마침내 병옥과 정숙도 아들 정용을 따라 미국으로 이주하여 영주권을 얻고 새 삶을 시작하였다. 정숙은 낯선 타국에서도 아들과 며느리, 손자들을 돌보는 삶을 살며 소소한 행복을 느꼈다. 손자 우석, 윤석, 민석이 건강하고 바르게 자라는 모습을 보며 정숙은 기쁨과 자부심을 느꼈고, 특히 며느리 은지에게 서씨 집안의 종자를 개량해 주었다며 종종 고마움을 표했다. 하지만 그런 농담 속에는 평생 키가 작고 못생겼던 남편 병옥에 대한 아쉬움과 원망이 녹아 있었다.

"우석 어멈아, 네 덕에 우리 서씨 집안이 한결 좋아졌어야. 호호호. 종자개량을 한 것이 아니겠냐? 근디 느그 외할아버지는 절대 잊으면 안 된다잉?"

정숙은 아들 정용과 며느리 은지에게 자신과 아버지의 이야기를 자주 들려주었다. 그 이야기는 단순한 회상이 아니라 그녀에게는 삶을 버티게 해주는 정신적 유산이었으며, 반드시 책으로 남기고 싶은 간절한 바람이었다.

어느 날 저녁, 정용과 은지는 다시금 어머니 정숙의 이야기에 귀를 기울였다.

"어머니, 꼭 그 이야기를 책으로 내세요. 책은 어머니와 외조부님의 이야기를 모두에게 전할 수 있잖아요."

정숙은 은지의 말에 흐뭇한 미소를 지었다.

"그려, 그날이 언제 올진 모르겠지만, 내가 혹시 못하면 네가 대신 꼭 책을 써줘야 한다잉."

정숙이 그렇게 말하면서 늘 마음 깊이 아버지의 삶과 정신을 기록으로 남기고 싶어 했다.

세월이 흐르고 1996년, 병옥과 정숙은 교회에서 각각 안수집사와 권사로 임직을 받으며 손자들과 함께 신앙생활을 충실히 이어갔다. 그들의 삶은 힘겨웠지만, 가족이라는 따뜻한 울타리 안에서 서로를 보듬으며 새로운 희망을 찾았다.

슬픈 두견새

정숙이 미국에서 돌아온 지 며칠 되지 않았지만, 다시 돌아온 한국 땅은 낯설면서도 친숙하였다. 참으로 오랜만에 계당산을 찾았다. 마치 꿈결처럼 어린 시절의 기억들이 이곳으로 이끌었다. 바람이 산자락을 타고 불어오며 나뭇잎들이 살랑거렸다. 정숙은 고향 땅 이양에 오랜만에 발을 내딛는 순간, 긴 세월 동안 묵었던 감정들이 한꺼번에 몰려들었다.

정숙이 산길을 따라 계당산으로 천천히 올랐다. 깊어가는 오후의 햇살이 대나무 숲에 스며들며 차분히 빛을 비추고 있었다. 발을 내디딜 때마다 그녀의 몸은 고향의 흙을 품고 매만지는 듯했다. 하늘은 맑고, 차가운 봄바람은 살포시 그녀의 얼굴을 스쳐 갔다. 비록 세월이 많이 흘렀지만, 그녀의 고향은 여전히 그녀를 온몸으로 반기고 있었다.

"이제는 여기서 마음껏 숨을 쉴 수 있겠구나."

정숙이 팔을 벌려 계당산을 껴안으며 중얼거렸다.

한참을 걷다 멀리서 들려오는 두견새 울음소리에 걸음을 멈췄다.

쪽쪽- 쪽쪽쪽 쪽쪽-

결코 잊을 수 없던 반가운 새소리, 고향의 소리이다. 정숙은 어릴 적 어머니가 이야기해 주던 두견새의 전설이 불현듯 떠올랐다. 두견새가 피처럼 붉은 진달래꽃을 피우기 위해 밤새도록 슬프게 운다고 했던가. 그 이야기를 들을 때마다 마치 두견새가 아버지와 같은 슬픔과 고통을 품고 있는 것처럼 느껴지곤 했었다. 정숙은 두견새 울음에 귀를 기울이며 한참이나 서 있었다.

산자락을 따라 눈길을 돌리자, 진달래꽃들이 계당산 언덕 곳곳에 붉게 피어 있었다. 피어있는 진달래는 어린 시절 아버지와 이곳에 오던 순간들을 떠오르게 했다. 그의 손을 잡고 뛰어다녔던 그날의 기억. 아버지는 늘 산속의 두견새 울음소리를 들으며 진달래를 가만히 바라보곤 했었다.

정숙이 진달래를 한 송이 손에 쥐고 고개를 숙였다.

"아부지! 혹시 이 두견새에 아부지의 혼이 깃들어 슬프게 울고 있는 걸께라? 두견새가 토해낸 피가 진달래 뿌리에 스며들고 꽃잎 위로 떨어져, 이토록 붉게 핀 것이겠지라?"

어린 시절의 추억이 다시 떠오르자, 정숙이 아버지에게 속삭이듯 중얼거렸다.

두견새야
진달래꽃 머금은 두견새야
아버지 손 잡고 학교 가던 만주 벌판,
무슨 그리움 그리도 깊어
이토록 슬피 우는가.
아픈 피 토해내듯 울부짖어
산자락 온통 물들였구나.
한 맺힌 숨결이 꽃잎에 스며들며
서럽디서러운 진달래꽃
붉은빛으로 타오르는데…

두견새야
진달래꽃 머금은 두견새야
아버지 찾아가던 대나무 숲속,
무슨 사연 이리 많아
밤마다 그리 슬피 우는가.
피보다 붉은 그리움
누구를 위해 끝없는 고독 속에
몸을 떨고 있는가.

두견새야,
진달래꽃 맴도는 그 울음소리,
상여꾼 요령에 맞춰
만장이 휘날리던
아버지의 상여 행렬,
가슴속 한 모두 쏟아내며
또다시 깊은 밤 불태우느냐.
당신의 호령 소리, 이 산에 흐르고
진달래꽃 슬픔으로
다시 울음 우는가.

두견새야,
진달래꽃 숲속에서만 우지 말고
이젠, 산 너머 하늘 높이 날아가 보렴.

대답 없는 산이었지만, 두견새의 울음은 정숙의 마음 깊은 곳까지 스며들었다. 그녀는 마치 아버지와 이야기를 나누는 것처럼, 진달래꽃을 한참 바라보았다.

정숙은 마음속으로 아버지를 원망하거나 미워한 적이 한 번도 없었다. 단지, 그런 선택을 하고 그렇게 살다 가신 아버지가 서운했다. 혹시라도 아버지가 서울에 남아서 군인이 되었고 장군이 되었더라면… 나는 지금쯤 어떠한 삶을 살고 있을까? 내 자식들은 어떻게 살고 있을까? 돈이 없어서 제대로 치료도 받지 못하고 하늘나라로 먼저 떠난 큰아들 정배는 지금도 살아서 건강하게, 행복하게 살고 있을까? 눈물이 났다. 높은 하늘에 무심히 흘러가는 구름을 쳐다보았다.

미국에서의 삶은, 그토록 바랐던 안정과 풍요로움을 주었지만, 결국 그녀의 마음을 채우지는 못했다. 아들 정용이 미국으로 이민한 후 사업을 성공적으로 일궜다. 미국 땅에서 자리를 잡고, 그곳에서 세 아들들을 낳아 키웠다. 정숙은 손자들을 돌보며 그들의 성장을 함께했다. 미국에서는 할머니로서의 역할에 최선을 다했고, 그로 인해 가족들은 안정된 삶을 살았다. 비록 정용과 정훈은 잘살고 있지만, 정숙은 아들들의 성공을 기뻐하면서도 어딘가 모르게 마음이 무거웠다. 그녀의 마음 한켠은 늘 텅 비어 있었다.

삼십여 년 전에는 아들들이 차려준 결혼 50주년 기념과 고희 잔치에서는 웨딩드레스를 입고 다시 결혼식도 올렸다. 아늘늘, 며느리늘이 정성스럽게 마련해 준 금혼식 잔치에는 애리조나 피닉스에 사는 지인들 사백여 명이 초대되었다. 남들은 다 늙은 나이에 턱시도와 웨딩드레스가 웬일이냐고… 남사스럽다고 뭐라고들 떠들었지만, 정숙은 웨딩드레스를 꼭 한 번 입고 결혼식을 한 번 더 해보고 싶었다. 그날의 슬펐던 기억을 온전히 다 씻어내고 새로운 마음으로 결혼식을 올리고 싶었다. 이제는 다시 어느 정도 보상을 받고 위로를 받고 싶었다. 그래도… 눈물은 또다시 흘렀다.

온 산이 진달래꽃으로 흐드러지게 뒤덮였던 오십 년 전, 연두저고리와 다홍치마에 연지곤지를 찍고 결혼식을 올렸던 그날, 울면서 울면서 시집을 갔었던 그날을 기억하며, 오늘은 울지 말아야 하는데 다짐을 하지만, 또 눈물이 났다.

그러나 미국이라는 나라가 주는 풍요함 속에서도 그녀는 늘 외로웠고, 뭔가 부족했다. 편안함과 풍부함이 있는 무엇 하나 부족함이 없었지만, 그녀는 항상 "미국은 철창 없는 감옥 같구나"라고 느끼며 살아가고 있었다. 넓고 자유로운 그 나라에서조차 그녀는 자유롭지 못했다. 그녀가 그리워한 것은 단순한 고국의 풍경만이 아니었다. 아버지 정찬두의 마지막을 함께하지 못한 그리움과 시집을 올 때부터 가지고 있었던 그 깊은 한을 가슴 깊숙이 품고 살아온 그 시간들, 그 상처는 오로지 고국에서만 치유될 수 있다고 믿었다.

정숙은 마침내 어렵게 얻은 영주권을 반납하고 한국으로의 영구 귀국을 결정했다. 한국으로 입국하자 곧 화순군 이양면 증리의 계당산으로 발길을 돌렸다. 아버지가 생전에 자주 다니던 그 길을 그녀도 한 번 더 걸어야겠다고 마음먹었다. 계당산은 아버지가 빨치산으로 활동할 때 많은 행적이 깃든 곳이었다. 옛길은 없어지고 임도가 잘 닦여있는 산길은 여전히 험했지만, 정숙은 아버지의 발자취를 따라가는 듯 느껴졌다. 비록 몸은 늙고 지쳤지만, 그녀는 여전히 힘 있게 산을 올랐다.

산길을 돌아 한참을 오르자, 그녀의 눈앞에 펼쳐진 계당산의 풍경은 차마 숨이 멎을 정도로 아름다웠다. 진달래꽃이 온 산을 붉게 물들이고 있었다. 마치 산 전체가 살아서 그녀를 반기는 듯, 진분홍 핏빛으로 물들어 있었다. 그 옛날 아버지가 호령하며 뛰어다녔을 이 계당산 전체가 온통 진달래였다. 가슴 깊숙이 쌓여있던 슬픔과 그리움이 한꺼번에 그녀를 휘감았다. 그 순간, 그녀는 오래전 그날로 돌아갔다. 계당산 꼭대기를 향해 마음껏 큰소리로 외쳐 불렀다.

"아부지!! 나 왔어요. 정숙이가 왔어라. 지 보고 자폈지라? 만주 댕겨온 다른 사람들은 장군도, 장관도 다 해묵고 팔구십 살을 다 살다가 갔는디, 아부지는 뭐가 그리 급하다고 그리 급하게 일찍 가셔부렀소?"

"그려~ 우리 딸 왔능가?"

대나무 숲속 토굴에서 반겨 맞이해주던 아버지의 목소리가 들리는 것 같았다.

"그려, 울 아부지는 철쭉같이 빠알간 빨갱이가 아니었는디… 울 아부지는 진달래였어. 빨치산 진달래꽃!"

빨치산 진달래꽃! 갑자기 그 단어가 춤을 추듯이 흘러나왔다. 눈앞에서 수많은 빨치산 진달래꽃이 진분홍 한복을 입고 춤을 추고 있었다.

빨치산으로 활동하던 아버지는 이 계당산을 수없이 넘나들며 투쟁을 이어갔었다. 그리고 화순경찰서로 끌려가 모진 고문을 당한 후 돌아오지 못했다. 그녀는 지금까지도 아버지의 상여가 마지막으로 마을 앞을 지나갈 때를 생생하게 기억했다. 상여는 집에도 못 들어오고 밖으로만 돌다가 계당산, 산으로 가셨다. 입산하셨다.

그때부터 그녀의 삶은 한순간에 바뀌었다. 아버지의 시신을 인수하기 위해 그녀는 만 원에 팔려 가야 했다. 결혼이라는 이름 아래, 자신의 삶을 거래처럼 넘기야 했던 순간을 정숙은 결코 잊을 수 없었다. 아니, 어떻게 잊을 수 있단 말인가?

"나는 시집을 간 것이 아니었어. 만 원에 팔려 갔었지…."

한숨처럼 뱉어낸 그 말이 가슴 속을 찢는 고통으로 다가왔다. 심청이가 아버지의 눈을 뜨게 하려고 자신의 몸을 던졌듯이, 정숙은 아버지의 시신을 찾기 위해 자신의 삶을 희생해야 했다.

"심청이는 아버지의 눈을 뜨게 하려고 인당수에 몸을 던졌지만, 나는 아버지의 시신을 찾아오기 위해 만원에 서씨 집안으로 팔려 갔시야."

그 기억은 평생 정숙을 무겁게 짓눌러왔다. 그 만원이 그녀의 인생을 송두리째 빼앗아 갔던 것이다.

진달래꽃이 붉게 피어난 계당산에서 정숙은 울음을 참을 수 없었다. 눈물이 한 방울 두 방울, 진달래 꽃잎 위로 떨어졌다.

"비록 내 나이 팔십이 넘었지만, 결코 잊을 수도 없는 내 마음 깊이는 억겁으로 쌓인 한이로세."

정숙은 울음을 토해내며 억눌린 감정을 풀어냈다. 세월이 이토록 지나도 그녀의 가슴속 한은 풀리지 않았다. 아들을 따라 미국에 간 것이 어쩌면 새로운 시작이 될 것이라 믿어 의심치 않았지만, 그 땅에서는 진정한 마음의 고향을 찾을 수 없었다. 아들 정용이 성공을 거두어 풍족하게 살아가는 모습을 보며 그녀는 그를 무척이나 자랑스러워했지만, 동시에 자신의 삶이 무엇을 잃어버렸는지 더욱 깊이 깨달았다. 세 손자 우석, 윤석, 민석을 돌보며 나름대로 만족스러운 삶을 살았다고 생각했지만, 그곳에서 진정한 자유와 평온을 찾을 수는 없었다. 이제 그녀는 아버지의 곁으로 돌아왔다. 계당산 정상에 서서, 그녀는 다시 한번 진달래꽃을 바라보며 아버지를 떠올렸다. 그 꽃들은 마치 그녀에게 속삭이는 듯했다.

"네가 희생한 삶은 결코 헛되지 않았다. 정숙아."

정숙이 마지막으로 계당산을 둘러보며 속삭였다.

"아부지, 이제는 당신 곁에서 편히 쉴 수 있겠지라. 비록 그 만 원이 내 인생을 묶어두었지만, 이제는 자유로워질 수 있겠소."

정숙이 두 손으로 곱게 진달래 하나를 받쳐 들어 꼭지를 따고는 천천히 입에 넣었다. 시큼하면서도 뭐랄까… 그래 그 옛날 배고플 때 따 먹었던 바로 '그 진달래 맛'이었다. 계당산 진달래 맛! 하나둘… 진달래 꽃잎을 따 먹을 때마다 그녀의 손끝에 맺힌 이슬이 서서히 사라지듯이, 오랫동안 그녀의 마음속에 맺힌 한도 조금씩 풀어지기 시작했다.

진달래꽃 하나를 더 입에 넣었다. 가슴 아린 아버지의 빨치산 진달래 맛이었다. 쓰디쓴 시집살이 서씨 집안 진달래 맛이었고, 큰아들 정배를 하늘나라로 보낸 가슴속 바윗덩어리보다 더 큰 슬픈 진달래 맛이었다. 또 다음 하나는 미국에서 정용이와 함께 살았던 아메리카 커피 같은 진달래 맛이었다.

진달래가 하나씩 더 입에 들어갈 때마다 지금까지 정숙의 마음을 무겁게 눌러오던 납덩이같은 껍질들을 하나씩 벗어 던지듯이 차츰 가벼워지고 있었다. 그러고 보니 서씨 집안에 시집을 오고 나서 슬프고 어렵고 힘들었던 시간들만 있었던 것은 아니었다. 천천히 되돌아보니 보람 있고 기쁘고 행복했던 기억들이 훨씬 더 많았던 것 같다.

멀리 봉화 연기가 타올랐던 쌍봉사가 보인다.
멀리 어렸을 때 다녔던 쌍봉 간이학교가 보인다.
높이 빨치산 진달래꽃을 품은 하늘이 보인다.
높이 계당산을 품은 만주 호랭이 아부지가 보인다.
머-얼리 계당산 너머, 아들들이 사는 캐나다와 미국이 보인다.
정숙의 얼굴에 환한 미소가 피어났다.
"네기 지금까지 세상을 헛살지는 않았나 보다. 이제는 아부지가 계신 저 나라로 편히 갈 수 있겠구나…"
두견새 울음과 진달래 꽃잎이 서려 있는 계당산을 떠나기가 쉽지 않았다.
"미국에서의 삶도 좋았지만, 결국 우리 고향이 최고제. 미국은 마치 창살 없는 감옥 같았어야…"
그렇게 미국에서 어렵게 받은 영주권도 스스로 반납하고, 다시 화순으로 돌아와 평화로운 여생을 보내게 되었다.

| 에필로그 - 작가 후기 |

어머님의 유언을 가슴 깊이 새기며, 이 글을 쓰기 시작한 지도 어느덧 이십여 년의 세월이 흘렀습니다. 그러나 단 한 페이지조차 제대로 채우지 못한 채 머뭇거리며 방황하던 날들이 더 많았습니다. 글을 쓰기 위해 컴퓨터 앞에 앉으면 마음이 먹먹해지고, 눈앞이 흐려지며, 가슴 한켠이 막막하게 저려왔습니다.

그러나 미국에서 살아가면서 단 한 줄의 글도 써 내려가지 못한 채 무기력한 시간을 보내던 필자는 작년 봄, 마침내 고향에 조그만 집필실을 하나 마련하기로 결심했습니다.

고향의 시골길을 걷고, 대나무 숲속에서 귀를 기울입니다. 저도 어머니가 그랬던 것처럼 한 잎 두 잎… 진달래 꽃잎을 따 먹어봅니다. 그리고는 흙냄새를 맡으며 매미 소리를 듣고 있노라면, 그리웠던 중동 마을에서의 시간들이 어제처럼 되살아납니다. 구수한 남도 사투리, 졸졸 흐르는 시냇물 소리, 소나무 잎새 사이로 이는 바람, 그리고 갑자기 쏟아지는 여름 폭우마저 제 마음을 울리는 감동으로 다가왔습니다. 화순 이양의 고향 땅을 다시 밟고 서면 가슴이 뜨거워지고, 저도 모르게 눈물이 흐릅니다.

한때는 외면하고 싶어지던, 고향 마을이 이제는 따뜻하게 저를 품어주는 듯 느껴지고, 어색하고 멀게만 느껴졌던 고향 사투리마저 정겹게 들리기 시작합니다. 그렇게 하루하루 제 안에 갇혀 있던 글의 물꼬가 조금씩 트이기 시작했습니다.

글을 쓰고, 다듬고, 다시 쓰는 긴 여정 속에서 저는 마치 어머니와 다시 마주 앉아 깊은 이야기를 나누는 듯한 시간을 보냈습니다. 오래도록 가슴에 맺혀 있던 체증이 스르르 내려가듯, 이제야 비로소 묵은 숙제를 다 끝낸 듯한 해방감과 함께 깊은 감사의 마음이 밀려옵니다.

이 글은 제 어머님께서 평생 간직해 오신 아픔과 한을 조용히 풀어내는 소박하지만, 간절한 어머님께 드리는 헌사입니다. 여전히 부족하고, 어머님께서 바라셨던 만큼 충분하지 않을지도 모릅니다. 하지만 제가 담고자 했던 것은 단지 한 시대의 이야기가 아니라, 그 이야기를 통해 되살아나는 기억의 온기와 사랑이었습니다. 어디 제 어머니만 그러셨겠습니까. 그렇게도 춥고 배고프던 시절, 어떻게 오 남매를 그토록 밝고 씩씩하게 길러내셨을까를 생각하면, 지금도 눈앞이 흐려지고 가슴이 아려옵니다.

저에게 어머님의 삶과 사랑은 마치 여덟 폭 병풍과도 같았습니다. 그 시화(詩畫)는 때로는 격정적으로, 때로는 잔잔하게, 한 구절 한 구절이 제 가슴을 울리고, 제 삶의 노래가 되었고 기도가 되었으며, 거센 바람 앞의 든든한 바람막이가 되어주었습니다. 그러나 이제는 더 이상 새벽마다 두 손 모아 드리시던 어머니의 기도가 이 세상에 없다는 사실에 문득문득 허전함이 밀려옵니다. 그때마다 아들은 더 많이 기도하게 됩니다.

아울러 옛날 외가의 독립운동과 외조부의 혁명투쟁의 흔적을 찾아 나서며, 우리의 역사와 시대가 겪어온 사상과 이념의 갈등으로 인한 불협화음은 이제 곧 치유되고, 통일로 오는 길목에서 진달래꽃같이 아름다운 민족의 꽃이 피워지리라 믿습니다.

그리고 부족한 저에게 세심한 배려와 정성 가득한 가르침으로 글의 세계로 인도하여 주신 정찬주 스승님께 심심한 감사의 말씀을 드립니다. 마지막으로, 어머님께 드리는 이 사모곡이 평생토록 가슴앓이하시다 가신 어머님께 비록 일천하게 부족한 글이지만, 어머님을 그리워하며 사모곡과 함께 이 글을 바칩니다.

진달래 사모곡

어머니,
긴 세월이 흘러간 고향의 흙
두 손으로 받쳐 들면
그토록 보고 싶어 했던 꽃이
계당산 언덕에서 당신을 반깁니다.
두견새 울음이 닿는 곳마다
당신의 진달래는
긴 세월에 살며시 젖어 드나이다.
평생 숨죽여 견뎌온 고통
철창 없는 감옥이라던 타국 생활
진달래 한 송이 머금고
내려놓으소서.
만주 벌판의 세찬 칼바람 눈보라
애리조나 광야의 뜨거운 먼지바람에도
굳세게 맞서온 당신.
그대의 가냘픈 나날들은
계당산 능선에서
진분홍 한복 입고 춤을 춥니다.

어머니,
빨간 댕기머리 찰랑대던 그 길엔
두견새의 울음 머금은 진달래꽃
흐드러지게 피어나고
그리움에 사무치는 어머니! 부르면
계당산이 붉게 타오르고
산들거리는 당신의 손길
제 머리를 쓰다듬어 줍니다.
눈물 한 방울,
진달래 꽃잎 적실 때
삶의 무게를 차츰 벗어가며
당신의 긴 한숨도 서서히 녹아내리니
아득한 세월의 한이 맑아지나이다.
당신 손끝에 맺힌 진달래는
수줍은 고백이자 오래된 위로입니다.
고향의 품으로
아버지의 품으로
다시 돌아온 진달래꽃이여.
그토록 깊었던 당신의 한은
진달래꽃 숲에 묻히리라.

어머니,
진달래꽃 입에 넣으면
세월의 무게가
하나둘 가벼워지니
외할아버지의 구수한 진달래 맛,
서씨 집안의 쓰디쓴 진달래 맛,
미국의 커피 향 짙은 진달래 맛,
모두가 나였고
모두가 당신의 삶이었소.
어머니,
지금 제 마음속엔
백만 송이 진달래꽃이
그리움으로 피어오릅니다.
당신의 사랑은 결코 헛되지 않으리니
두견새 우는 계당산 진달래꽃 옆에
편히 쉬소서.

빨치산 진달래꽃

초판 1쇄 인쇄	2025년 10월 29일
초판 1쇄 발행	2025년 11월 05일
지은이	효산 서용환(케네스 서)
펴낸이	김양수
편집디자인	안은숙
교정교열	연유나
펴낸곳	휴앤스토리
	출판등록 제2016-000014
	주소 경기도 고양시 일산서구 중앙로 1456 서현프라자 604호
	전화 031) 906-5006
	팩스 031) 906-5079
	홈페이지 www.booksam.kr
	이메일 okbook1234@naver.com
	블로그 blog.naver.com/okbook1234
	페이스북 facebook.com/booksam.kr
	인스타그램 @okbook_
ISBN	979-11-93857-25-0 (03800)

* 이 책은 저작권법에 의해 보호를 받는 저작물이므로 무단전재와 무단복제를 금지하며, 이 책 내용의 전부 또는 일부를 이용하려면 반드시 저작권자와 휴앤스토리의 서면동의를 받아야 합니다.
* 책값은 뒤표지에 있습니다.
* 파손된 책은 구입처에서 교환해 드립니다.
* 이 도서의 판매 수익금 일부를 한국심장재단에 기부합니다.

휴앤스토리, 맑은샘 브랜드와 함께하는 출판사입니다.